U0598301

魅丽文化

知几许顾意

Xiao
Hong
Xing

小红杏

一 著

广东旅游出版社
GUANGDONG TRAVEL & TOURISM PRESS
悦读书 · 悦旅行 · 悦享人生

中国 · 广州

图书在版编目（ＣＩＰ）数据

顾意知几许 / 小红杏著 . —广州 : 广东旅游出版社，
2018.2

　　ISBN 978-7-5570-1191-8

　　Ⅰ . ①顾… Ⅱ . ①小… Ⅲ . ①长篇小说－中国－当代
Ⅳ . ① I247.5

　　中国版本图书馆 CIP 数据核字 (2017) 第 303011 号

出 版 人：刘志松
总 策 划：邹立勋
责任编辑：梅哲坤

广东旅游出版社出版发行
（广州市越秀区环市东路 338 号银政大厦西楼 12 楼）
邮编：510060
邮购电话：020-87348243
广东旅游出版社图书网
www.tourpress.cn
湖南关山美印有限公司印刷
（湖南省宁乡县金洲镇关山社区）
880 毫米 ×1230 毫米　　　　32 开
10 印张　　327 千字
2018 年 2 月第 1 版第 1 次印刷
定价：34.80 元

目录
CONTENTS

目录
CONTENTS

01

闹钟接连响了两三遍，程意意翻身，闭着眼睛伸手去够床头那盏壁灯，摸了两三分钟，愣是没摸到，被窝渗进来的冰冷空气让她有了几分清醒。程意意这才猛地意识到，她已经不在英国那间狭窄的留学生公寓了。

程意意按着太阳穴坐起来，弯腰捡起书桌上散落下来的A4纸，那是昨夜她写了一宿的基因编辑技术系统构成分析报表，大概是方才摸灯的时候被碰掉了。冯教授布置作业的时候，要求报表必须在下周五前交上，但她哪敢真等到下周五。

冯教授是再严苛不过的了。

收好报表，程意意瘫坐在地上，把凌乱的长发别到耳后，轻轻叹了一口气。她撑着地面站起来，把报表整齐归集到文件包里，叠好被子，又把床单拉整齐，趿着拖鞋去洗漱。

宿舍离研究所只有两站路，整天戴着口罩泡在实验室的程意意不需要化妆，这让她可以在起床后有条不紊地做每件事情。

程意意硕士攻读的是生物工程，回国正碰上A市大学毕业生就业大潮，当时找不到合适的工作，只觉得人生迷茫至极，未来一片黯淡。恰巧有位崇文大学的师兄给她介绍了自己的博导。通过国家科学院的博士招生考试后，程意意便和现在的研究所签了协议。

于是她又带着回国时候的行李箱，直接来了这座沿海城市。

虽然还是冷，但G市的冬天其实比她之前待过的任何一个城市都更暖和。程意意这样安慰自己，将喝完的牛奶盒抛进车站的垃圾桶里，脱下手套，朝手心哈了一口暖气，再从外套口袋掏出公交卡，随着人流上车。

G市的生物研究所直属于国家科学院，已经成立四十多年，在生物研究领域算是老大哥一般的存在。师兄给她介绍的导师又是位院士，程意意再满意不过。到了这个级别还愿意亲力亲为带学生的大牛不多，至于导师为什么愿意带她……

程意意刚进来的时候就考虑过这个问题，她是崇文大学的本科生，大三的时候到英国A大当了交换生，后来又读了A大的硕士，写过几篇不错的论文发表在知名刊物上，简历算得上漂亮，但在高手云集的研究所算不上拔尖。没想出所以然来，程意意干脆当自己运气好，坦然接受了。

公交车上太吵，她眯了几分钟，下了车眼睛下的黑眼圈还没消散。连连打了几个哈欠，程意意的心情不太美妙，甚至隐隐有几分烦躁，不过走到大楼的保安室之前，她已本能地将满脸的黑气隐藏好。

"早啊。"程意意朝保安室的保安大哥打了个招呼，一口米牙整齐漂亮。

一路上没遇到几个人，她都笑着打了招呼。程意意工作的地方在A414室，整间办公室一共有四个同她一样的在读博士生。办公室里其他人都没到，只有程意意的同门师兄肖庆在沙发上睡得正香。两人的课题正到了需要实时监测的阶段，为了准时记录数据，肖庆已经在实验室连续守了好几天。

似是感觉有人进门，他不安地动弹了两下，却依然没有醒过来。那么冷的天气，睡了好几天愣是不知道带条毯子，单身汉的日子过得就是这么粗糙。

程意意摇摇头，放好文件包，泡了两杯热咖啡，一杯给自己，一杯放在师兄面前的茶几上。脱了大衣外套，换上实验室的白色工作服，又给窗台上的盆栽都浇完水，程意意打开电脑。

她刚坐下没几分钟，办公室里便有手机闹铃响了起来。

这是肖庆的闹铃。

大概是怕闹不醒自己，肖庆特地把声音调到最大。这一响，受到惊吓的肖庆猛地醒了，从沙发上弹坐起来，抬头就去看墙上的时钟。看清楚时间，肖庆脸也顾不上擦了，匆匆和程意意打了招呼便迈开长腿往实验室里冲。

程意意习以为常。

在这个实验室，稍有差池被导师发现，导师有权力随时让你推倒重来，若不仔细严谨，几天的心血分分钟就能打水漂，尤其两人的博导冯教授是个严苛古板、眼里容不得沙子的老头。因为他的高标准高要求，肖庆至今没能博士毕业，现在冯教授手下又多了程意意，两人简直成了"难兄难妹"。

程意意端起咖啡抿了一口，打开文件把昨天的数据整理归档。她刚整理了个开头，肖庆也带着本子把数据记录回来了，他神情疲倦，眼睛下青黑一片，进门就端起茶几上的黑咖啡往嘴里灌。

"辛苦了，师兄。"程意意一向乖巧嘴甜，眨眨眼睛，"咖啡还要吗？我给你泡！"

肖庆一口气喝完，抹抹嘴放下杯子，摆手道："不要了。"他把数据记录本放在程意意桌上，整个人便疲惫地靠坐在沙发上，声音有气无力，"意意，总感觉再毕不了业，你师兄我就要英年早逝了……"

"师兄风华正茂，哪能呢。"程意意温声劝道，接过记录本，对照着电脑，又道，"这会儿我守着，师兄你先去食堂吃个早餐。"

听到可以吃早点，肖庆打了个哈欠，来了精神，起身活动几下脊背，脸上有了些笑容："果然还是师妹亲。"

肖庆埋头从抽屉里翻出饭卡，说："那我去去就回啊。"

走了两步，他忽地想起什么，又回头道："对了意意，你的手机昨天下班落在抽屉里了吧？我听一直有人打来，是不是有什么要紧事？"

"谢师兄提醒。"程意意抿唇微笑着挥手，"快去吧！"

肖庆出了门，程意意便不笑了。

她面色淡淡的，嫣红的唇绷成一线，甚至有几分说不上来的冷漠。她拉开抽屉，手机就安静地躺在一沓文件上。她按亮屏幕，电量格已经见红底，显示三十五个未接来电。

已经气疯了吧？

程意意波光流转的眼眸蓦地幽深起来，眼底的情绪复杂晦涩，心底却如脱缰的野马般有种难以名状的快感。

02

整份数据快要整理完，时间已过去将近半个小时。

"又这么早啊，意意？"姚澜推门进来便惊讶地打招呼。她三十来岁，皮肤白净，头发低低地绾在脑后，眉眼虽然平淡，却自有一种饱读诗书的高雅气质。

"哪有，"程意意忙笑道，"我也刚到没一会儿呢。冬天冷得要命，实在难起床。"

"这倒是。"姚澜赞同地点点头,"今年冬天确实比去年冷。童童都吵着不肯起床去上幼儿园,淘气死了。"

姚澜大学毕业就嫁了人,博士没毕业,家里小孩已经到了上幼儿园的年纪。

"童童还小,我倒觉得小孩淘气点才聪明呢,我小时候也特别淘气。"程意意搭腔,起身接水的当儿,拿出三张票放在姚澜桌上。

"这是欢乐谷的票?"姚澜惊呼。

"学生给的。"程意意笑着应她,声音温和又真诚,"童童不是吵着想去吗?"

"这怎么好意思呢?这几天欢乐谷的票可不好买。"姚澜的面色动了动,还是把票推过去,"意意,还是你们年轻人自己留着去玩吧。"

欢乐谷是 G 市一座大型主题游乐园,平日里一票难求,更别说眼下将近年关。

"三张票,刚好够澜姐你们一家三口去,孩子不是早就想去了吗?"程意意温声劝道,"再说这助教的工作还是澜姐您帮我介绍的,都还没来得及谢您呢。"

这话说得人心里熨帖,姚澜笑起来:"哪里就是我的功劳了?要不是你能力强,人家也不会收。"

程意意顺势把票推了回去:"反正我一个人,没什么好玩的,再说也抽不出时间。孩子叫我一声阿姨,就当我这个阿姨送给童童的礼物了。"

姚澜没再推拒,收下了票,只是又忍不住轻声笑道:"真是一点都想象不到你小时候淘气的样子,童童长大哪怕能及你一半,我做梦都能笑醒。"

"快别逗我了,澜姐,童童像你,能差到哪儿去……"程意意又笑着恭维了几句,哄得姚澜眉开眼笑,心底却又真真实实感叹了一声。程意意长得漂亮又肯努力,还特会说话。别说是一半,就是童童及她十分之一,她也就心满意足了。

程意意不知道她自小打哪儿来的机灵劲,但凡她愿意,轻而易举便能讨好每一个大人。不过这样脾气的人通常不太讨同龄人喜欢,程意意就是在初中的时候被人一巴掌打醒,学会收敛锋芒的。

上了初中,程意意发育得早,一抽条便从众多少女中脱颖而出,纤细的腰肢如同摇曳风中的嫩柳,精致的五官,可爱的虎牙,惹得一众青春年少的小伙子蠢蠢欲动。

她的抽屉常年塞满情书，那时候初中部的走廊里甚至经常有慕名而来的高中部学长。如果不是他们从窗外经过时每每伸长脖子，程意意也许真的会相信他们只是路过。

程意意只管收下抽屉里的礼物和情书，却没和他们之中任何一个人交往。这些情书的主人是谁她对不上号，也不关心，她只享受这种被别人喜欢的感觉。这一来，便惹出了祸端。

不知是谁给她递的情书被女友知道了，那个高三的大姐大领着手下一干人把程意意从教室里叫出来，拎到高中部的天台上去教训。

一群比她高比她壮的学姐要她退还那几封情书，还要逼她低头认错道歉，提了一堆过分的要求。退还情书也就算了，可这件事情，程意意不觉得自己错了，她又不是神，哪里管得住别人不给自己写情书。

不肯道歉认错的后果是，她被人架着四肢，收到了人生中的第一个耳光。

那一记耳光清脆响亮，她印象极深，羞耻而又屈辱。

而最让她受伤的不是被招呼的这一巴掌，而是教室里坐着的和她每日相处的同学，眼睁睁看着她被带走，没有一个人去通知老师或者用其他的方法帮她一把。如果不是最后有人帮忙，她可能连衣服都要被那帮人扒干净，留下一辈子的阴影。

平日里她的人缘看起来不差，从前就是因为她父亲，多得是捧着她的人。表面上看起来倒是花团锦簇，可真正的朋友，一个也没有。

这些赤裸而难堪的事实，在父亲落马入狱之后的第一个月，对她露出了冰山一角。虽然领头打她的学姐最后被开除了，但那种屈辱感深深地印在了她的心里。吃一堑，长一智，她从此学会了放下架子习惯性交好身边的每一个人。

姚澜很有几分知识分子的清高，对人的防范心与警惕心都不低。她和程意意的导师不同，按常理，除去同在一间办公室，两人应该再没什么交集，可程意意花了心思，便很少有笼络不到的人。没到研究所几天，姚澜已经热情地邀她到家中做客了。

科研所在读博士的津贴算是行业内最高的，但仅有一千五百块钱，加上导师给的五百，学校发的三百，程意意每月的基本工资是两千三。在 G 市这样高消费的地方，不赚外快，仅靠这点钱是根本活不下去的。

其他人的导师还会从企业接些项目，分给手底下的学生们去做，若是遇到运气好的时候，每个月也有一大笔进项。程意意可没那么好的运气，她和肖庆的导师是整个研究所最刚直、最醉心于学术的，根本不屑于那些阿堵物。

肖庆家里条件好，时不时帮衬补贴，他倒也过得轻松。程意意就惨了，初来的时候，日子过得捉襟见肘，天天都吃素包子、馒头，唯一值得欣慰的就是研究所还提供宿舍，免去了房租这一大项开销。

姚澜的丈夫在 G 大任着一官半职，姚澜大概是见她可怜，实在不忍，便帮她介绍了一个助教的活儿。因为主讲的客座教授是 G 大特聘的，一般在周末讲课，这刚好是程意意的空闲时间，她满意得不能再满意了。

教授每讲一堂课有两千多块，指头缝里漏一点，程意意每堂课也有了两百块的酬劳，每星期两堂课，一个月下来也有小两千。虽然收入还是微薄，可天天泡在实验室穿白大褂的人不需要添置化妆品和衣服，节俭一点，四千块还能有节余。

也正因如此，她对姚澜说不出地感激。不过助教这工作看着简单，只需要周末兼职，但实际操作起来需要耗费大把时间。

白瓷杯里新接的热水冒着氤氲的热气，程意意揉了揉酸涩的眼睛，关掉完成的电子档案，端起杯子来稍稍抿了一口，又抬头去看墙上的时钟。

八点半。

程意意正襟危坐，给肖庆发了"速回"的消息，又将做好的实验报告一一规整好，确定没有遗漏，才把目光移向那静悄悄的门口，心也提起来几分。

下一秒，门开了。

"程意意。"冯教授站在门口叫了她一声。

程意意立马站起来，恭敬地行了个礼："老师。"

"拿上我之前布置的作业和这几天所有的实验资料，两分钟之后到办公室找我。"

冯教授七十来岁，身材高挑清瘦，颧骨略有些高，头发花白却精神矍铄，紧抿的唇让他看起来多了几分深不可测的威仪。

"是。"

停顿片刻，他又问道："肖庆呢？"

"师兄他在实验室守了一夜，刚刚去洗漱了，我会通知他一起去。"

冯教授收回打量的目光，点头离开。

冯教授一转身，程意意立马逐一核对起教授要的资料和文件，其实这些她刚才就已经弄好了，现在唯恐有遗漏。

出发之前，肖庆终于气喘吁吁地跑了回来。

"都收齐了？"

"齐了，师兄……"程意意指了指他的嘴巴。

肖庆连忙抬手把嘴上沾着的面包屑擦拭干净："那我们走吧。"

两人的面色都如同奔赴刑场，带着几分凛然。办公室近在眼前，程意意站定抱紧资料，整理头发，礼貌地敲门："老师。"

"进来。"

03

"这么寒酸的数据连我都说服不了，你们还想说服谁？"

一堆装订好的文件直接被冯教授扔到了门外。

"我要的大量实验组和控制组呢？告诉我，在哪里？"

实验报表也未能幸免。

"肖庆，你觉得这个水平的论文我好意思让你毕业吗？"

肖庆拉着程意意自觉地滚出了导师办公室，办公室大门从里面狠狠带上。

两人都没想到冯教授居然会大发雷霆，办公室门外狼藉一片，文件七零八落地躺在地面上。

程意意这个新生好一些，肖庆这个毕不了业的留级生简直被骂得体无完肤，整个早上都没能抬起头来。实验从第三阶段起的资料被扔进了碎纸机，至此，两人小半个月的努力打了水漂，旁人大概都想不到看起来斯斯文文的冯教授发起火有那么大的威力。

整理好地面上的文件，早饭时间已经过了。最近事情本就繁多，一件压着一件来，在她快要负荷不了的时候，现下辛苦了半个月的实验进度又被重置，饶是程意意心理素质这样好也快受不了了。

周六，照例是到 G 大上课的日子。

程意意提前五十分钟到达上课的阶梯教室，十分钟调试设备打开投影仪，然后开始检查邮箱收到的作业。

剩下的三十分钟里，学生陆陆续续都到了。

别人看在眼里大概觉得这帮研究生综合素质不错，不过程意意心里清楚，大部分人提前来的目的，就是跟她套近乎。

这门课的主讲教授是客座特聘的，平日里是个甩手掌柜，程意意不仅负责批改他们的平时作业，还要负责着这批学生的期末考评。可以这么说，程意意直接掌握着他们这门课的生杀大权。

一帮学生坐在下面，眼巴巴地瞅着她给作业打分，程意意也不好再批改作业，干脆关了邮箱，和大家说说话。

坐在最前排的苹果脸女生叫陶乐，程意意给姚澜的门票就是她送的。事后程意意换成现金全额退给了她，但那欢乐谷的门票到底不好买，也算欠了个不大不小的人情。程意意有心补偿，便和她多聊了几句。

"助教，你看过那个《天生我才》节目吗？最近很火的。"

没有。她整天累得要命，哪有时间和心情去看什么节目。

"是新出的综艺节目吗？"程意意微笑，温声接过话。

程意意随意一接话茬，陶乐便激动起来，兴致勃勃地跟她推荐："那是个选拔天才的节目，听说最后会组建战队和国外的战队对抗，说真的，助教，我觉得你特别适合参加。"

程意意的记忆力特别好。

从第一堂课点名之后就没见过她叫错过谁的名字。陶乐就曾经见过她手机的电话簿界面空空如也，没有储存联系人。程意意随时可以在打开拨号界面之前，从大脑里调出每一个人的手机号码，从系里的教授到她手下的学生，百来人，无一遗漏。

陶乐的眼神充满期待，程意意却轻轻笑起来："我也想自己是个天才，可问题是我不是呀。"耸耸肩，程意意露出遗憾而抱歉的表情，转身抱起讲台上需要发放的课堂讲义，给陶乐发了一份。

"你别不信啊，助教！"陶乐急了，亦步亦趋地跟在程意意身后，"我手机上有款《天生我才》APP，都是节目组出的题，你做做看不就知道了？"

"快上课了，陶乐。"程意意轻声强调。

陶乐不是没听懂助教的拒绝，可真叫她作罢，又有些不甘心，于是厚着脸皮又道："助教，这个游戏我都玩两个月了还没出头，您就当随便刷一下题，帮我通通关嘛。"

最后一句近乎撒娇了，程意意的娇躯抖了抖，想想那两张票欠下的人情，终于还是转身，把讲义放到陶乐手里："你发题给我看看。"

"好嘞！"陶乐欢呼一声，飞快打开 APP 就把题递了过来。

APP 界面上只有三道基础型的题目，数独、心算和魔方墙。后面的题目需要基础题通关之后才能解锁。整个界面还是一排带锁的题目，主人明显还没做出几题。程意意没忍住抚了抚额角，陶乐说自己智商不够用，居然不是在谦虚……

低头看手表，离上课还有二十分钟，程意意随意找了座位坐下来，帮陶乐通关。她凭着兴趣率先点开数独。大题打开又有七小关，难度呈递增状态。陶乐最好的纪录是做到第四关。这些数独关卡越往后，解答就越难。

第一关的迷你数独，程意意可以不用思考，轻轻松松就将空格填满，但越往后，速度就会越慢。陶乐发完讲义回来的时候，程意意已经做到了她之前卡住的那一关对角线数独了。

程意意面前没放稿纸，依靠的是大脑记忆做每种假设。在陶乐眼中，程意意简直不费吹灰之力就闯到了第四关。

"这么短的时间，助教，你是怎么做到的？"陶乐惊呼道。

"嘘！"程意意示意她安静，在对角线数独中填上了最后一个数字。

下一关很快弹了出来，Maga 数独，16×16 的网格。

看着卡了她小半个月的关卡在程意意手下分分钟打通，陶乐几乎要五体投地了。

助教的桃花眼是那样明亮幽黑又充满智慧，皮肤白皙，鼻子也是那么精致，就连下颌线都仿佛神祇精心刻画的，有着完美弧度，头发柔顺地披在脑后，露出饱满的额头和美人尖。

几样特点综合，似乎有点眼熟，像谁呢？

陶乐皱起眉，虽说美女长相上的优点多少会有共通之处，可助教的心形脸和桃花眼都是身边不多见的，到底在哪儿见过相似的长相呢？

陶乐可没有程意意那样"逆天"的记忆力，直到程意意又过了第五关，露出满意的笑容来，她才猛地想起一张脸来，没忍住低呼一声："宋安安！"

"什么？"程意意偏头询问。

"影后宋安安，助教，有没有觉得您和她长得特别像？"说完，陶乐似乎意识到这样说有些不妥，又道，"应该说她长得像您，她是您的'低配版'，我觉得助教您比她漂亮多了。"

程意意把散落的碎发别到耳后，没有搭腔。

"宋安安的鼻子没有助教的翘，而且我听说她的桃花眼是人造的，不如助教的精致。还有虎牙，也没有助教的牙齿整齐好看。"

这马屁拍得就有点违心了。宋安安长得确实好，虎牙更显得人甜美又青春，在一众高鼻子大眼睛的女演员中立马就能脱颖而出。

程意意笑笑，还是没有说话。

如果陶乐知道过去的她是什么样子，大概就不会说出这样的话来了。过去的程意意也是有虎牙的，在英国留学期间，她整整矫正了两年。

程意意的笑容分明包容又温柔，陶乐却不知怎的觉得这气氛让她背后有点发麻，颇不自在地转移了话题："网上还有传闻说宋安安是顾西泽的现任女友，有媒体拍到两人进同一家餐厅的同框照呢。"

"国民男神顾西泽，助教肯定认识吧？"

网络票选多年的"男神NO.1"，当之无愧"国民"二字。陶乐觉得这个国家基本上应该没有女人不认识他。拥有这样知名度的顾西泽不是明星，是个相貌英俊的商业巨子。虽然出身豪门，但他简直是那些纨绔子弟中一股清得不能再清的清流。

陶乐说到这儿，又来了兴致，面上的神情也显得梦幻起来："翩翩浊世佳公子，那英俊的脸蛋。能做她的女朋友，不知道上辈子积了什么德。"

04

程意意没有接话，探过身去拿桌上的另一张稿纸，探身时动作稍大，发出些许轻响，陶乐这才意识到自己叽叽喳喳说话打扰到她了。她默默闭上嘴巴，讪讪地摸了摸鼻子。

有了稿纸，不需要排除杂念，程意意的速度显然更快了。第六关、第七关完成之后，数独第二大题也随之开启。而从第二大题开始，便是大师级数独。

难度提升，程意意也来了兴趣，可惜时间不够了。她看一眼表，离上课还有三分钟，估摸着教授快到教室了。程意意把题目记下来，把手机还给陶乐。

"一会儿把解法给你。"

陶乐佩服得五体投地了，哪里有不应的道理，赶紧小鸡啄米般点点头，目送周身自带圣光效果的程意意回到讲台下方。

讲课的时间，程意意只需要在台下切换一下PPT，十分清闲。教授课上讲的都是她在崇文大学念本科时便学过一遍的课程，讲台一侧又是教授的视线死角，通常这个时段，她用来发呆和休息。

不过今天有了其他内容。程意意拿铅笔在稿纸上默写出之前记下的数独题目。

解开数独重在方法和技巧。

程意意擅长用最简单的方式达到目的。铅笔在稿纸上一勾一画，仅用了几次双线风筝和"XY-Chain"，这个大师级数独便被解出来了。

收起稿纸，程意意看了看时间，不到二十分钟。

离今天的课程结束还有一个多小时。

百无聊赖，程意意放空大脑，回忆实验室的进度，又把下一步实验思路整理妥帖，一遍一遍，直到确认毫无遗漏，这才开始计算今天G大云华食堂做水晶咕咾肉的概率。

教案上调为静音状态的手机闪亮，显示收到新信息。讲台上年迈的教授说得正酣，应该无暇注意到他下面不务正业的助教。

程意意把头发撩到耳后，低头，正大光明地拿过手机查看。

"意意，你在G市？"

发件人那栏显示是来自A市的陌生人。

程意意盯了那号码片刻，确定自己记忆中没有出现过这串数字。

回国近一年，她与从前的同学和朋友几乎没有什么联系，知道她在G市的人更是寥寥无几。犹豫片刻，她在键盘里试探般地打出两个字。

"你是？"

在等对方回复的时候，程意意咬着下唇，觉得一颗心慌得有点打晃，落不到实处。

"昆南。"

回复姗姗来迟。

看清这两个字，程意意的心真悬了起来。昆南，程意意中学同年级隔壁班的同学，顾西泽的表弟。

程意意能认识顾西泽，是因为被人拎上天台打耳光、衣服险些被扒光的时候，课间在天台上吹风的顾西泽顺手帮了她一把。而顾西泽之所以会帮程意意，就全靠当时的小跟班表弟昆南了，那小子整天在他面前意意长意意短，让人想不认识她都难。

所以，当初三的程意意和高三的顾西泽这两大校园风云人物交往甚密的消息在学校传开之后，昆南含着泪砸了大半宿东西，差点把家里的天花板捅破，还整整半年没再和自己最崇拜的表哥说一句话。

他起初以为，自家表哥是看不惯自己才横刀夺爱，他还是有机会的。可谁也没想到，两人一交往就是五年，直到程意意作为交换生出国，顾西泽自崇文大学毕业，这对众人眼中的金童玉女才分道扬镳。

这里最需要画重点的地方是：程意意甩了顾西泽！这简直可以排进当年崇文大学十大不可思议事件之首。但据当天从行政院回来的同学的线报，他们可都亲眼看见了顾西泽回学校教务处确认，得知程意意已经作为交换生出国后不敢相信甚至失魂落魄的模样。

顾西泽，众人眼中神祇一般、贵气逼人、风度翩翩的男人，因为女朋友出国，大庭广众下失态了。程意意出国，作为男朋友，顾西泽是最后一个知道，也就是说，顾西泽被甩了。

人生大赢家顾西泽初恋收获毁灭性的溃败，天之骄子猝然被甩跌落云端，这样的大新闻足以让当时目睹的人铭记一辈子。

可那时的程意意，早已经在重洋彼岸的大不列颠开始了她的留学生涯。经此一役，程意意人不在崇文大学，却成为崇文大学的神话。

程意意久不回复，那边的消息却一条接着一条发了过来。

"意意，你真的在 G 市？"

"在 G 市做什么？"

"回国为什么不联系我？"

程意意回神，挑着第一个问题简单回他："对，我在 G 市。"

想了片刻，她又接着发过去一条："昆南，你要帮我保密。"

那边是长久的沉默。

铃声响起，教授收起讲义宣布下课，又对程意意叮嘱几句便离开了教室。

程意意留下慢腾腾地收拾教案，就在她都要以为昆南不会再回复的时候，手机一亮，新消息进来了。都不用给手机解锁，她一眼便看到了界面上接连新进的两条信息。

"别的我都能答应你，意意。"

"但这件事，我不说，表哥也已经知道了。"

程意意的手抖了抖，差点没拿稳手机。

"怎么知道的？"

"昨天晚上的顾氏年会，我遇到了你母亲，就问了几句，是她告诉我的，当时表哥也在场。"

程意意深吸一口气，闭上了眼睛。

那情形，不用昆南描述，程意意也能想象了。

她母亲倪茜，现在是 A 市一家知名银行某高层的情妇。也许是那高层千辛万苦拿到顾氏年会的请柬，扬扬得意地带着自己的情妇出席，也许是倪茜小意温柔苦苦哀求情人带自己去上流社会刷刷脸，总之，结局都一样让她难堪。她的母亲一定知无不言，言无不尽，把她知道的一切告诉了这两位看起来金光闪闪的公子哥。她闭着眼睛，静静将情绪梳理好，许久，吐出一口浊气。

半天没收到回复，昆南干脆打来电话。这次，程意意没有半分犹豫，直接将电话挂断了。好在她即便是对着亲妈，也保留诸多，比如她的工作、她的住址，倪茜所能告诉他们的，不过是她人在 G 市，还有一串空泛无意义的手机号而已。

程意意如此想着，利落地关机，将手机的卡槽打开，卡一是工作专用的，卡二是她为了应付倪茜特地换的新卡。

一道抛物线划过，卡二精准地落入了垃圾桶。

"助教？"身侧传来陶乐的唤声，"你的脸色怎么这么难看？"

"大概是因为刚刚算出来云华食堂今天做水晶咕咾肉的概率不到百分之十。"程意意短呼一声，疲惫地抚了抚头发，把稿纸递给陶乐，"答案都在，照着填就是。"

"还接着往下做吗？"陶乐睁大眼睛小心翼翼地问道。

"嗯。"做吧，反正这人情迟早要还，做题还不费什么事。

"助教！"陶乐欢呼一声，激动地说道，"那我把答案填完之后就给您发下一道题目的截图。再往后只要刷新闯关纪录就有节目组赞助的旅游大奖，我相信助教绝对有能力刷新纪录！"

"八字都还没一撇。"程意意勉强挤出微笑，"先别抱太大希望，到时候失望就不好了。"

"助教，一定要加油啊！"陶乐可怜巴巴地望着她，心中却一点也不觉得程意意会输。

云华食堂的今日菜单上果然没有水晶咕咾肉，这一餐味同嚼蜡，程意意任由自己发起了呆。回国之后不出现在顾西泽的视野里，不让他有机会听到关于她的消息，甚至不想他在哪里看见类似"程""意""意"这样的字眼，她只想完完全全地从他的生活中消失。两人的朋友圈高度重合，她甚至都和从前的同学和朋友断了联系。

只是千算万算，她万万没算到，顾西泽会从她母亲的口中听见关于她的消息。事情已经发生，现在只能寄希望于顾西泽早已经把她这个前女友抛到九霄云外去了，听到她的名字也完全无动于衷，更不会突发奇想找到她报仇雪恨。

她是真的没有半点再去招惹他的勇气。

01

腊月十八，A 市下了第一场雪。整个城市在一夜之间银装素裹。清晨未来得及清扫的路面将车堵成了长龙，喇叭声此起彼伏。白色的小 POLO 在这车流中走走停停，车主正烦躁得想骂娘时，余光不知怎的瞄到了一旁与他齐头并进的黑色迈巴赫。

迈巴赫 62s 齐柏林。

男人对车的感情总是特殊的，即使他开着小 POLO，也不能阻挡他一颗向往着豪车的心。这会儿他却不觉得车流移动太慢，只盼着这车流再慢些，好叫他多拍几张照片，看个清楚。要是那黑洞洞的车窗能降下来便更好了，说不定里面的还是个在电视机里见过的人物。

这么想着，那后座的车窗竟真的缓缓降了下来。

新鲜空气夹杂着雪粒打着旋儿飘进了车厢内，顾西泽活动了几下僵硬的后颈，总算觉得头脑清醒了几分。

水泄不通堵了大半个小时，看来早上的例会注定要推迟了。他下意识地伸手看时间，定睛才看清楚腕上机械表的时针已经停在了今天凌晨三点钟。

已经记不清它是第几次罢工了，这机械表本就不贵，年头又久，他一再拆开修了又修，才勉强用到了现在。

揉着昏昏沉沉的脑袋，一声微不可察的叹息微微溢了出来，车厢内的制暖设备在冷空气下失去了作用。

副驾驶座的江助理没忍住打了个哆嗦，好歹把打喷嚏的欲望压下去，清了清嗓子，继续兢兢业业地向老板汇报一天的行程。

临近年关，这一天的行程密集，大大小小的事情都需要他去决断，可不知怎的，顾西泽竟又没忍住走神了。

程意意高三那年的生日，A市似乎也是下着这么大的雪。他还记得那天的最后一堂课是马克思主义哲学，没等到课上完，他从崇文大学出发，穿越大半个城市，去找程意意。高三的课程很紧，程意意还没放学，他在教室外等了近四十分钟。

风很急，雪很大，他的手脚都冰透了。

程意意擦干净玻璃上的雾气，隔着窗户对他笑，桃花眼微弯，露出两颗可爱的虎牙，笑得甜到人的心坎里。

那眉眼，即使隔着氤氲的雾气，也让他深深记到了现在，挥之不去。他烦躁地皱眉，将车窗开大，试图让自己更清醒些。

年近三十，那些举动算得上是他这一生为数不多的后悔的事情。他甚至想象不到当年的自己是怎样被程意意这个坏女人迷了心窍。

江助理念了半天的行程没得到回应，扭头一看，却发现顾西泽在发呆。他眼眸幽黑沉静，带着几分说不上来的空洞冷漠，眼睛对着窗外，视线却不知飘到了哪里。

那寒风中的雪粒如同小石头一般，从车窗飘进来，打在脸上生疼生疼的，江念回神，这才发现，顾西泽只穿了单薄的西服，脸上是不自然的潮红。

"顾总，您在发烧？"

顾西泽回神，并不回答，从江助理手里抽过iPad，自顾自看起行程。浑身被抽去力气，一会儿像在冰窖，一会儿又如同置身火炉里，顾西泽知道自己是在发烧。强打起精神把一天的内容看完，他开始吩咐："早上的例会推迟十五分钟，下午的工地巡视提到例会后，通知张董，下午的饭局取消，出差也暂时延期。"

很少生病的人往往病来如山倒。

顾西泽勉力支撑着将一整天的工作处理完，终于得以在天黑前躺上了医院的病床。江助理带着医生进门，却发现顾西泽并没有像预料中那样躺在床上，而是端坐在病床的桌子前拆表。

又是那块破表。

有时候江念实在不能理解自己这位年轻的上司。那表是浪琴五六年前的款式，并不名贵，又老又旧，即使主人保护得再好，皮革表带也已经褪色。若说它有什么特别的意义和价值，又不太可能，顾总父母应该不会送他这样廉价的手表吧？修了又修，浪费时间与精力，还不如直接买块同款的新表呢。

他单看那一堆小堆细密的零件，便觉得眼睛和头都疼了，真佩服顾总有耐心一次次把它拆开又组装起来。

总归是只敢心里想一想，这些问题，江念是没胆子去问的。他也不敢打扰，朝医生使个眼色，把点滴挂到一边，耐心等顾总把他的宝贝表组装完。直至顾西泽重新戴上表，江助理才连忙招呼医生上前替他扎针。

医生那边扎着针，江助理这边便提起："顾总，刚刚接到电话，崇文大学邀请您出席一百二十周年校庆。"

崇文大学的知名校友众多，现如今的顾西泽已经是排得上号的一位。

顾西泽当年高考以理科最高分被崇文大学经济系录取，毕业时又获得经济学和管理学双学士学位，进入国际顶尖的投行任分析师。离职之后，他从美国回到A市，却并没有直接进入家族企业，而是成立了投行MINT。

直到2015年金融危机，他才临危受命，接手了资产逾百亿的家族企业。接手顾氏仅两年，他的投资与决策屡屡成功，当初孤身成立的MINT更是壮大成为国内首屈一指的投行，他也因此被业界誉为百年难得一见的商业巨子。

江念说着，找出了校庆那一天的日程安排，不出所料，行程排得满满当当。顾西泽安静地靠在床边，双眼合着，唇色苍白，静静摩挲着腕上手表的黑色表盘。江助理看了又看，实在拿捏不准顾西泽的意思，便试探问道："行程也满了，不然……就推了？"

他知道，顾西泽对这些"刷声望"的场合一向不大热衷。

病床上的人沉默了半晌，就在江助理以为他已经默认的时候，顾西泽却开口了。

"把崇文大学的邀请名单给我一份。"

"崇文大学校庆请我出席？"饶是程意意理智又冷静，也还是感到吃惊，她放下手中的滴管，转身摘下口罩，将碎发拂到耳后，镇定下来才重新开口，"你没听错吧，师兄？"

崇文大学的知名校友众多，席位却有限，这知名校友邀请名单难道是按"颜值"排的吗？轮得上她？

"是你，没听错。"肖庆强调，"学生处打不通你档案上留的电话号码，还是我直系师妹知道了咱俩是同事，这才给我打了电话。"

"不去。"

程意意表面神色如常，心却是一团理不清的乱麻。自己有几斤几两，她再清楚不过。毕业之后，她一个小小的在读博士，早已泯然在崇文大学众生里，每月四千块钱的工资，几乎是混到底层的架势，哪里值得崇文大学给她一个贵宾席位？

即便是在当年，她能拎得出来称道的，也只不过是拿遍的奖学金和组织主持过崇文大学几场大型文娱活动。

"不是请你坐贵宾席，是请你去做主持的。八位主持人，你是其中一位。"

"主持？"程意意努力压住语气里的惊讶。

崇文大学的校庆是盛会，一百周年校庆便是在国家大会堂举行，一百二十周年校庆应该也不例外。

可以说，它不仅仅是母校的一次文艺晚会，更是一次"政治任务"。历届校庆，主持人都会外聘请知名主持与毕业校友，再搭配几位崇文大学在读生一起主持。

程意意在校时倒也曾主持过一百一十五周年校庆，不过那时的规模当然远远比不得一百二十周年的。这些年崇文大学的领导班子几乎没怎么换，也许是当时的校领导对她印象深刻？

这么一想，倒也解释得通。

不过转念一想，再怎么仓促，崇文大学也不可能到了现在才请主持人。她压下心中千头万绪，回头道："这么大规模的校庆，学校应该在至少半年前就开始主持人的邀请和选拔，眼下就是校庆的日子，彩排都应该过了数十遍了，怎么会突然让我去？"

"好像是约好的央视主持人出了岔子，来不了。意意你当年不也主持过校庆吗？据我那位学生会的直系小师妹说，你当年的主持风格和临场反应能力都给领导留下了好印象，点名就要请你去呢。"

程意意一时没有接话。她的拳头握起，却又不知不觉缓缓松开。她沉默了良久，不知用了多少力气才吐出声音来："师兄，你替我回绝了吧。"

"为什么？"肖庆满脸不敢相信，眼睛都要瞪出来了，"这是多好的机会啊！"

这是一个多好的机会，她知道。

可她不能去。

02

程意意一旦重新回到 A 大，她的现在就势必和过去相连，程家、母亲、同学，还有……顾西泽。她曾经做过很多后悔的事情，现在的生活已经够好了，她不打算让自己一辈子沉浸在痛苦与自怨自艾里。

"程意意，"肖庆耐着性子，拉过一旁的椅子坐下来，一副要与她长谈的架势，"崇文大学生的勇敢和骄傲为什么在你身上就是不见体现？"

"师兄我也是崇文大学毕业的，自费前去观礼都不一定有位子坐，你呢，母校一出手就送你个主持人的位置，你怎么就是不知道珍惜？"

"国家大会堂礼堂，上百家媒体采访，随随便便，你会得到多少大人物的赏识？咱们未来的实验项目轻轻松松就能拿到多少经费？你怎么就不能考虑长远一点？"

肖庆说得口干舌燥，却见程意意还是一副无动于衷的样子，火气都快上来了："不说别的，就说眼下，一次校庆主持，你至少能拿到五位数的薪酬吧？这不比你天天在实验室啃包子强？"

肖庆说了大半天，也只有最后一句，击中了程意意的软肋。

五位数的薪酬，确实是她眼下需要的。

在很久之前，她还挤在英国那间又冷又破又狭窄的留学生公寓里，每天听着隔壁那对年轻情侣白天争吵厮打，晚上拼命摇床板，无法安睡的时候，她最大的梦想，就是买一间属于自己的房子。哪怕这房子不是很大，但至少用不着日日担心月底缴房租的日子，给她一个可以放心安放自己的栖息地。

这些年来，无论是留学时找几份兼职，回国之后到 G 大上课，还是通宵连轴转赚取那点微薄的奖学金，不买化妆品，不添置衣裙，啃白馒头素包子，都是为了这么一个奢侈的愿望。

没有家人的帮衬，她也从未有过把未来寄望于另一半的想法，一切只能靠自己去打拼积攒。现如今程意意虽然小有积蓄，可比起 G 市的房价来说，那点积蓄远远不够。

实验进度重置，今年年底的奖金自然打了水漂。思及此，程意意合上实验记录册，转回身，将肖庆满脸的怒其不争收入眼底。

师兄一心为她好，她知道。

程意意的眼睫轻垂，投下一片阴影，思虑良久，她终于轻声道："别生气了，师兄。"

见肖庆还不说话，再开口，她的脸上便带了笑意："我去，真的。"

不就是回一趟 A 市吗？

想到存款单上那缓慢上涨的数字，程意意的心便缓缓坚定起来。

程意意离开 A 市的时候还是夏至，重新踏上这片土地，却已经到了风雪肆虐的寒冬。下了飞机，随着人流往外走，程意意一眼便在航站楼出口看到了崇文大学学生会师妹。

大约是见过资料中程意意的照片，她也一眼在人流中将程意意认出来，放下牌子，像许久不见的朋友般冲程意意招手："师姐！"

程意意站定，也微微朝她笑了笑以示回礼。

"师姐，我叫陈冲。"

程意意松开拉着行李的手，微笑着与她握手："程意意。"

她听肖庆说过陈冲，她也是校庆主持八人团中的一员，现任崇文大学宣传部部长，在攻读管理科学和工程学博士双学位，也是一位了不起的师妹。

一出机场大厅，那风大极了，就如同要帮人动拉皮手术一般，冷冷的，刺得骨头生疼。程意意忍住哆嗦，紧了紧羽绒服，将头埋进围巾。直到上了崇文大学派来的车，车内有空调，程意意才松了一口气。

"师姐这么怕冷，难道是南方人？"

"母亲祖籍南方，南方体质，但我确实是个 A 市人。"程意意笑了笑，移开话题，"师妹电话里没与我细说，现在离校庆不到一星期，联排到第几次了？"

"本来正要准备第三次，但那位央视主持人突然出了岔子，还是学校党委副书记史老师向大家推荐了师姐来救场，节目单和流程都已经定型，师姐的任务是最重的。"

陈冲说着，递给程意意一个网格文件袋。

文件袋里装的正是晚会流程、节目单和主持手卡。程意意接替的是撑起晚会大梁的央视主持人的位置，串词最多，也是最考验记忆力、主持功底和临场反应能力的位置。

陈冲之前还对学校的决定颇有疑虑，校庆主持选拔淘汰的人不少，随便找出几人都能作为备选人，为何偏要舍近求远找来已经离开崇文大学多年的程意意？然而，这个想法在程意意上台之后消失得一干二净。

程意意在从机场到崇文大学的短短一个小时的车程里，已经将节目单和手卡内容背完，不出意料，再来两次排演，她就能彻底追上大家的进度。

校庆的任务确实繁重，连续将近一周，程意意每天只能睡三四个小时。没日没夜地熟悉流程、进行排演，第三次联排结束、第四次联排结束、第五次……

程意意的枕边放着的都是手卡和节目单，到了闭上眼睛也能倒着将那上面的内容一字一句背出来的程度。

这一天终于真正来临。

四点刚刚睡下，六点钟已经被负责联排的老师一个电话叫醒，程意意只来得及喝了一杯水，便坐上了学校到会场的大巴车，短短的三十分钟车程，程意意又与其他七位主持人串了一次词。

在这七位主持人里，其中四位是崇文大学的在读研究生或博士，还有一位新闻与传播学院的老师，也是央视的新闻评论员，一位著名卫视的知名主持人，另一位是同程意意一样的崇文大学毕业生。大家都是各自领域的佼佼者，为了校庆辛苦准备了大半年，对程意意这位半途插进来的主持人或多或少有些敌意。

程意意是借着陈冲对她的好感，才与其他几人熟悉起来的，相处了几天，到了这两日，大家对程意意的态度倒也有了改观。

现下是登台前的最后一刻，大家前所未有地齐心协力起来。

十八点五十分。

近三百平方米的现场后台早已忙得热火朝天，到处是凌乱的服装、化妆品，以及人来人往的演员们。化妆师早已为程意意化好了淡雅大气的晚会主持妆，头发高高绾起，露出漂亮的美人尖，她身上的礼服是修身束腰的款式。由于怕擦花口红，程意意自早上吃过早点之后，便再没有进食，只含着颗糖，偶尔用吸管喝水。

出场的第一套礼服是修身的淡金色的，抹胸款式，网纱的裙摆镶嵌着细小的水钻，出场之后，便会在舞台的灯光下熠熠生辉。

前台已经在最后一遍调试音响，程意意拿到了自己的专属麦克风。

喧嚣之中，程意意终于有了一丝真实感。她是真的即将踏上百年校庆的舞台，而且这不是彩排的舞台，是这样大的、足以见证一个时代的舞台。兜兜转转，她仿佛在此刻才终于找到了当年满腔激情、热血沸腾的感觉。

十八点五十八分。

即将上台，程意意扒开幕布的一角，悄悄环视台下一圈。程意意的视力一向是极好的，而这一眼看去，她的笑意却彻底僵在了嘴角。

知名校友也分等级。

正对舞台的第一排贵宾席 A5 区，正是学校特别邀请到的知名校友，程意意上台前，学校负责彩排的老师一再交代，要特别注意这一区的大人物的观感，千万不能出半点差错。

然而就在这么重要的一刻，程意意觉得一天没吃饭的不适感来了，她的大脑里竟出现了一片空白，那些喧嚣嘈杂声完全被隔绝在两耳之外。

她一眼认出了 A5 区正中端坐的男人。

顾西泽。

五年不见，他似乎没变，又似乎变了许多。生平第一次，程意意痛恨自己 5.2 的视力。

他依旧穿着笔挺的黑色西服，头发一向修理得很短，一丝不苟地向后梳起，露出光洁的额头，鼻子英挺，眼睛黑亮深邃。

与从前不同的大概是，他的目光变得沉静，锋芒内敛，不见波澜。

身边的席位偶有人探身与他交谈，他似是偏头回复。程意意却一眼看出，他眉宇间那几分让人轻易察觉不到的冷淡与不耐烦。

"时间到了，别愣着，快上台。"

还是身后的搭档推了她一把，程意意才回过神。她深深吸了一口气，压住心中纷杂的千头万绪，昂首，终于踏出了第一步。

每一步，她都在拼命刨除杂念，心底无数遍默念：这是属于她的开场词，千万不能搞砸了。

03

"尊敬的各位领导，各位来宾！"程意意并不是科班出身，但胜在台风稳健、声音好听，她念出串词的第一句，字正腔圆，如同珠落玉盘。

"崇文大学各位亲爱的老师、同学们！"搭档梁老师接过下一句。

"各位从祖国以及世界各地赶来参加校庆的师兄师姐！"陈冲接词。

"所有关心和支持崇文大学成长的社会各界的朋友！"

"大家晚上好！"

如同之前数十次预演过的那样，衔接完美。

"我是生物工程学院2009级的本科生程意意，很高兴能主持崇文大学一百二十周年校庆盛会，重回母校，一切还是那么亲切。"

顺利的开场终于成功让程意意抛弃了杂念，虽然她的手脚还是想要微微颤抖，但随着串词一句句流利地脱口而出，她最终镇定下来。

没有低头看一次手卡，没有卡壳，没有出错。

程意意与众人的配合堪称完美，领导席众人也渐渐露出满意的神色。

程意意的声音出口那一刻，顾西泽有些愣神，僵硬了片刻，他才抬起了头，目光移到舞台之上。

她就站在聚光灯的正中央。

淡雅的妆容干净而清新，黑发绾起，露出细腻纤长的白颈，她的桃花眼依旧漂亮清澈，好似秋波荡漾，微笑时又露出一排整齐的米牙，不急不缓地念着开场词。

她的样子，与大学时期相比几乎没什么变化，时隔多年，她似乎过得很好。

顾西泽烦躁地皱眉，只觉得似喘不过气来。

在他这个年纪，已经能够很好地控制情绪，那么多年，他一直这样要求自己，也一直这般做。

可是在这一刻，曾经那些让他压抑的记忆猝不及防地涌上了心头。少年时期的顾西泽对于同龄异性的容貌没什么概念，倘若他以接触到的同班女生来综合定义，那么女生应该是一种矫揉造作的生物。

是程意意第一次修改了他词条中关于女生的释义。

倘若要他选修美学这门课程，那么程意意是他唯一的老师。顾西泽是在刚刚那一刻意识到这一点的。

因为，他曾经觉得小虎牙是上天赋予女性最甜美的标志，可在刚才程意意微微扬起嘴角的那一刻，他忽然又觉得，小虎牙始终是瑕疵，洁白整齐的牙齿才是上帝完美的杰作。

从十八岁开始，十年来坚持的审美观，就在刚才那一刻被改变了。

顾西泽移开视线，低头不再看台上。

他觉得自己疯了。

晚会灯火通明持续到一点钟，校庆演出结束，所有演职人员和领导上台合影。

微笑、微笑、微笑。

程意意觉得自己的眼角纹都要笑出来的时候，大合影终于结束了，一天的超负荷运转，似乎也在校庆圆满结束的这一刻得到了回报。

台上穿着演出服的几千人在欢呼、呐喊，这些在读的崇文大学学生急于想要找到人分享他的痛苦和喜悦，他们满腔的热血需要在此刻得到宣泄。

而程意意已经过了这个年纪。

他们慢慢就会明白，他们所有的痛苦和喜悦，想要诉说的疑惑和纠结，甚至还有不甘和遗憾，都没有人可以分享。热闹和冷清，都是自己的。把心底的波涛汹涌都藏在一个安静的地方，自己静静说、静静听就好。

她会心一笑，转身，回头，不再看，一个人拎着裙摆悄悄下了舞台。凌乱的后台，程意意倒出卸妆水准备卸妆。

"意意！"

程意意回眸，瞪大眼睛，满是惊喜："师兄，你怎么来了！"肖庆难得正经打扮一次，短发修理得整齐，黑色西服笔挺，看起来极其精神。

"母校生日，我不回来看看怎么行？"

程意意抿起嘴，压住笑意："只是这样吗？"

"好吧，小师妹时隔多年再次登台，师兄回来捧捧场。"

"那还差不多。"程意意嘴角上翘，转回身，拿起卸妆棉对着镜子擦脸。

"哎，意意，先别擦！外面好多跟你一届的同学还等着跟你合影呢！"肖庆连忙叫住她。

程意意停手："有我同班同学吗？"

"有好几个，还有听说你是主持人，特意回来观礼的。"

"确实好多年没见面了……"程意意低声轻叹一句。

其实当年她在崇文大学的时候，跟这些同学相处得不错，只是留学之后，便渐渐断了联系。程意意重新拧上卸妆水的瓶盖："那就先去和他们合影吧。"

礼堂内开了暖气，但程意意的礼服还是过于单薄。

"外套。"肖庆拿起程意意搭在梳妆台上的羽绒外套，追上前几步递给她。

见了面程意意才知道，哪里是肖庆说的好几个，她当年的同班同学几乎聚齐了，简直如同一场同学聚会。

这些年的同学聚会程意意都没有参加，也因为如此，众人一见程意意，便都有说不完的话。

人生结交在终结，莫为升沉中路分。

同窗之谊几乎称得上是人一生之中最纯净坚固的感情。按程意意的计划，本来校庆一结束，第二天便回 G 市的，可众人闹着第二天要聚首，她也不好扫了大家的兴，只得默默将手机上订好的机票退了。

已经是凌晨三点整，若是提前回去，还能在崇文大学的四星级招待所里睡上五个小时。但是除了崇文大学的校巴，这个时段已经打不到车了。

程意意已经精疲力竭，眼皮都快抬不起来了，强打着精神在网上约了车。司机的车子刚好停在大会堂宾馆的地下停车场，礼堂附近严禁外部车辆通行，程意意只得自己走过去。

她匆匆换下礼服，就着洗手间的温水卸妆洗了脸，裹上大衣和围巾，一头扎进 A 市零下几度的夜晚。

大会堂宾馆的地下停车场足有五层。停车场里虽然不如外面风大，却又阴冷又昏暗。程意意的手脚早已冰透了，之前卸妆洗脸时残留在发梢上的水已经结成碎冰。她一层一层往下走，手机网页上的进度条一直停顿，就是不见显示约好的车的信息页。

她哆嗦着拿出手机给司机打电话："师傅，您在哪层，我怎么找不到你的车呢？"

"姑娘，我就在五层啊，你下了扶梯看，第一辆黑色的车就是我的车，车牌是……"

地下停车场的信号差极了，程意意只断断续续听到些内容："下了扶梯，黑色车，车牌 A442……差一位呢？"

听到这里，那边便没了声音。

程意意只得挂断了电话，把手揣回兜里，强撑着眼皮找约好的车。

扶梯附近都是黑色的车，第一辆……左边还是右边呢？程意意先朝右边看去，对上车牌："A442……9？"

应该就是这辆！

只是这车看起来并不便宜，现在的网约车都这么"高大上"吗？程意意暗叹，来不及多想，连续一个星期只睡两三个小时，现在卸下一个大包袱，她的眼皮实在是抬不起来了。

拉开副驾驶座车门，驾驶座上果然坐着司机。

"师傅，崇文大学北苑招待所。"

"哎，姑娘……"您上错车了！司机这后半句还没说完，便被后座上的老板打断了。

"送她去吧。"那声音极低，和平日里一样平静冷淡。

司机猜不透他是什么意思，也学他低声问道："顾总，这位姑娘您认识？"

"认识。"

那看来这姑娘是和顾总约好的？司机慢慢将车辆启动，只是心中又不由得多想：这辆迈巴赫除了顾总母亲，还没有载过其他女人呢。

想着，他没忍住又偏头看了一眼，这姑娘已经把头埋在围巾里睡着了。

车辆缓缓倒出停车位，顾西泽抬头看见对面黑色的车与他相近的车牌号，便明白了事情的原委。

程意意居然阴差阳错就这样上了他的车，顾西泽不得不感叹一句命运真奇妙。程意意大概永远不会知道，她留学的时候，他曾经去过英国，拿着从崇文大学教务处抄来的地址，在程意意的留学生公寓的花坛旁边徘徊。

那天伦敦也在下雪，呼出的气都在脸上结成了冰碴。他不知道程意意在不在，但他最终也没有去敲门。程意意回国后躲他，他也不愿再去找她。那么多年，他自己也觉得两人应该是不会再有相见的一天了。

副驾驶座离他很近，不似舞台那般远。昏暗的车厢里，他看到程意意从围巾里露出的半边白皙的脸颊。她的睫毛浓密又纤长，看起来乖巧极了。迈巴赫的减震功能不错，她睡得静谧又安稳，不摆头也不乱动，仿佛不是睡着了，而是在端坐。

程意意打小就聪明，每每她想要在课堂上补觉的时候，便是这样端坐在崇文大学大教室的第一排。即使偶尔被发现了，她也能脸不红心不跳地站起来说，自己昨夜温书温得太晚。反正老师提问，她总能答出来便是了。

她的脸就在他触手可及的地方，虚幻得仿佛是一场梦。他伸手想去触碰，却在抬手的一刹那重新放了下来。

他变了许多，可她依旧是那样没心没肺。

04

"姑娘，北苑招待所到了！"

"哦，到了……"程意意抬头看了一眼车窗外的建筑物，确实就是崇文大学的四星级招待所，她摇了摇睡得发沉的头，开门下车。

"谢谢您，师傅，给您五星好评。"没了车上的暖气，程意意紧了紧围巾，习惯性地露出微笑。

话音刚落，黑色的小轿车司机便踩了一脚油门走了，喂了程意意一股汽车尾气。程意意把脑袋重新缩回围巾。在车上小憩，夜里的寒气让她好歹清醒了一些。

脚冰得要命，她跳起来跺了两下脚，一口气从招待所路灯下的喷泉边跑回了自己的房间。气喘吁吁地关上门，忙着打开房间里的暖气，正准备脱了大衣睡觉的当儿，手机屏幕却闪了两下。

为了校庆晚会，程意意的手机一整天都是静音，这会儿掏出手机，才看见多个未接来电。那号码，就是刚才网约车司机的号码。

打那么多电话，她落东西了？程意意感到奇怪，回拨。谁知电话一接通就是男人劈头盖脸的一阵骂。

"我说你这姑娘脑子有毛病吧？是你约了车，这么冷的天，我在停车场等你大半个小时，说了在地下五层，敢情您摸到护城河去啦？"

"您还在停车场？"程意意刚睡醒，脑子里如同搅着糨糊，有些转不过弯来，"那我刚才上的是谁的车？我已经到北苑招待所了啊！"

"得嘞，我算是听出来了，敢情您要我呢。您这活儿我也不接了。遇上个神经病，白等了大半个小时，算我倒霉。"

程意意还没来得及问清楚，那边"吧嗒"一声挂断了电话。也没再拨回去，程意意打开手机约车的网页，好好看了一下她约的车的资料，黑色大众CC，车牌号A2247。

程意意回忆了一遍，她下五楼扶梯的时候，左边第一辆确实是这样的车型，只是她还没来得及细看左边的车牌，便上了右边那辆车。

同是黑色，车牌号A2249。

程意意对车没什么研究，也不大了解那看起来价值不菲的车到底是什么牌子。司机那张平凡无奇的脸她倒是记得清清楚楚。

可一个陌生人，又不收车费，凭什么送她回来？

看她长得美？

程意意想了片刻，觉得已经过去的事情，再想也毫无意义，干脆把事情抛到了脑后，埋头睡觉。

七点整。

程意意准时睁眼，赖在被窝里暂时没有动弹。窗帘拉得严实，透不进一点光，房间里开着暖气，温暖舒适。她似乎许多年没有好好享受这样清闲的早晨了，甚至一整天都只用参加一场同学聚会。发了一阵毫无意义的呆，她又想起了昨夜晚会坐在台下的顾西泽。

他也看见她了吧。

她是整场的主持人，他是不可能看不见她的。程意意把头埋进被窝里，只觉得心烦意乱。她曾经无初次痛恨自己耳闻成诵的记忆力，就像这一刻，她都不用怎么回忆，便能将那些话一字不漏地记起来。

"我曾经觉得你是这个世界上最美的人，可我错了，意意，你不是。

"你自私而善于伪装，冷血又工于心计，为达目的不择手段，我觉得我好像到这一刻才真正认识了你。

"你走吧，让我静静，我想我需要重新思考我们的关系。"

那时，他的脸色平静而淡漠，那目光让程意意觉得陌生极了，仿佛他第一次认识她。

一字一句更是如一柄锋利的匕首，深深地扎进她的心坎里，几乎把她的五脏六腑撕碎。

程意意在尚不理解"情爱"二字的年纪，孤注一掷地下了一个决定。她在高三的走廊上拦住顾西泽，踮起脚尖吻了他。

倪茜说顾家权势滔天，只要抓住顾西泽，他一定有办法把父亲从狱中救出来，一切就能够回归到原来的轨道。

她还是父亲捧在手心的小公主。

但她低估了父亲所犯的罪行，也低估了顾家严谨的家风。

顾家哪能容忍最有出息的继承人为了一个外人去触碰法律，让他金光闪闪的履历沾染上瑕疵呢。那件事情自然没有成功，不过程意意在学校的日子倒是真的好过了起来。

她和顾西泽交往的消息风一般传遍了学校，再没有人敢找她的麻烦，连那帮要扒她衣服的女生也被尽数开除。

那时候的顾西泽，是程意意在这世间最大的庇护者，她像溺水的人，拼了命想要抓住那根救命的稻草。

她骗了顾西泽。

她用拙劣的演技装作她喜欢他，她爱他，所以吻他。可目的不纯的开始，又怎么可能得到举世皆欢的大团圆呢？即使已经在一起五年，当真相揭开的时候，她还是没办法为自己辩解。

任何解释在那时候都会显得苍白无力。

程意意洗了个热水澡，看时间差不多，便出门了。

同学聚会的地方在崇文大学附近的燕清园酒店，离程意意住的北苑并不太远，她便选择了乘公交出行。A市又下起了雪，风不大，雪花便飘飘扬扬地打着旋儿落下来。好在程意意出来的时候在招待所大厅里拿了伞，姿容整洁地踏进聚会的包厢里。

她穿着乳白色的高领毛衣，外套是修身的长款驼色羊绒大衣，极简的剪裁优雅利落，腰带打成精致的结，脚踩一双黑色靴子，更衬得腰身纤细、双腿修长。

"意意，风采不减当年啊！"班长上前与她寒暄。当年还在上学的时候，他便是一群工科男中少见的长袖善舞的人物。

"班长才是越来越帅了。"程意意笑起来，伸手与他相握。对着这帮多年未见的同学，程意意倒是真有了几分重逢的感慨与兴奋，她热情地一一与大家问候，嘴角始终带着笑意。

生物工程学院从来男多女少，程意意这个班算得上是整个系中女生最多的班级，吃过饭，她便扎进女生堆里，和女同学们聊起来。

"意意，你和学长分手之后真的就再也没联系了吗？"

程意意立刻反应过来，这个"学长"指的是顾西泽。程意意惯会打太极，她不着痕迹地将这话题混过去也不是什么难事。可俏皮的话到了嘴边，她竟想起了顾西泽的那张脸。

平静、淡漠的脸。

如果对上她，大概就会变成不耐烦与厌恶。程意意突然觉得自己说不出话来了，她沉默了片刻，嘴角强撑出僵硬的笑容，她低低应了一个字："嗯。"

大概是看出程意意的情绪低落，大家也不再追问，反而七嘴八舌地安慰起她："意意，我瞧顾学长现在的女朋友都是按你的标准找的呢，和你当年简直像一个模子里刻出来的，那肯定是旧情难忘啊。"

"都是绯闻女友吧，也没见学长承认过谁啊。"

"意意，你们到底有什么误会，就不能破镜重圆吗？真的好可惜……"

程意意嘴角的笑意快要维持不住了，她扬起声音故作洒脱："打住啊大家，真的没什么误会，都是过去的事情了，咱们也要往前看，不能在一棵树上吊死啊，对吧？"

程意意说话的分贝一向控制在让人觉得舒服的范围里，可不知怎的，这次她的话一出口，所有人便住口了。

于是，她的声音立马响彻了整个包厢。

怎么突然都不说话了？程意意奇怪地起身，却发现大家的目光都集中在了包厢的门口。一瞬间，她心底突然升起了不大好的预感，她僵硬地转身回头，也将视线移到门口，只见包厢的门半敞，顾西泽一手撑着门，在原地站定。

他穿一身剪裁利落的黑色西服，头发一丝不苟地往后梳起，高大威严，面容冷峻，他的发梢里夹着冰粒，仿佛也将室外肆虐的风雪夹带了进来。

他的眉眼深邃沉静，带着威慑人心的锐利，直视程意意的眼睛。

"那你想换几棵树？"

一字一句，好似带着重逾万钧的分量，又仿佛玩笑般漫不经心的询问。不管怎样，此时此刻，大家都感受到了一股无法言说的寒意从后背升起。

风暴中心的程意意感觉尤甚。

气氛僵在这一刻。

"呃……学长是我请来的，有没有很惊喜？"班长清嗓子咳了几声，好歹打破了僵局。

"学长你嘴巴也太严实了，闷不作声就请来了学长这么大的人物。"

"就是，一点准备也没有……"

众人顺势接过话头，纷纷与顾西泽问候，气氛这才渐渐温热起来。班长还在崇文大学学生会的时候，曾是顾西泽的部下，时隔多年，他居然能把顾西泽请来，这实在出乎众人的意料。

当然，这中间也不知道沾了程意意多少光。

不过现在大家也顾不得那么多了。要知道，顾氏家族旗下的公司涉足各行各业，此刻能让顾西泽记住自己，哪怕是留些微薄的印象，零星地搭上两句话，他们也是受益匪浅的。倘若能得到赏识，在顾氏求得一官半职，那更是意外之喜了。

第三章
你还是一样不讲理

01

程意意绝对没有想到，和顾西泽再见面，竟然是在这样让她尴尬的境地里。

众人簇拥着顾西泽，如众星捧月。她找了张角落的沙发，拿出手机乱点，却依旧觉得手足无措。

"意意，麻将三缺一，来吗？"声音从身后传来。

程意意回头，这人正是她在崇文大学时的室友，似乎是看出了她的无措，偏头冲她眨眨眼睛。

棋牌室在包厢的隔间里，程意意急于想逃离这令人窒息的空间，立刻便点头答应了。

程意意还在崇文大学的时候，宿舍有两位川妹子，都酷爱麻将这种益智游戏，耳濡目染下，她也学了不少。平日里程意意是不打麻将的，原因无他，一来她没有时间，二来……程意意会算牌，跟她打麻将的人总是输，玩多了，自然觉得没有意思。

不过今天有些不一样，程意意有些心神不宁，人在牌桌上，思绪却不知飞到了哪里。她晕晕乎乎地出牌，频频出错。

几圈下来，程意意面前当作筹码的瓜子仁已经所剩无几。

"几年不见，你牌技差得不要太多，意意，我跟你说，骄傲使人退步。"室友难得赢程意意那么多次，嘴角都翘上天了，完全忘记了当年她抱着程意意的大腿痛哭流涕、要求悔牌的样子。

程意意扬起嘴角，目光温柔又真诚："是你进步了，英宛，真的。"

心不在焉地顺手摸了张牌，她抬手正要往外打，却被人按住了手腕。

那手白皙而修长，骨节分明，程意意立刻认了出来。她心跳如擂鼓，不敢转移视线，浑身僵硬，连动一下也难。

是顾西泽的手。

不知什么时候，他站到了她的身后，此刻在俯身看牌。他们许多年没再隔得这样近，近到程意意能清晰地闻到他脖颈里柠檬味沐浴露清新的香气。

这是与她浴室里那瓶柠檬味沐浴露一样的味道。

他晨起的时候洗了个澡，他没有换过沐浴露。很奇怪的是，一瞬间，程意意的大脑中蹦出的却是些五花八门的念头。

他握着她的手腕，将她僵硬的手移到另一张牌上。

"出这张。"他的薄嘴轻启。

那熟悉的声音时隔五年，就这样在程意意的耳边炸开。她的思绪依旧在神游，手下却依他所说，换下一万，将那张多余的四筒打了出去。

"回神。"

听到这一句，程意意才迷迷糊糊找到了几分真实感。

哦，顾西泽让她回神。

她与顾西泽是截然不同的两种人，读书时就已经初见端倪。顾西泽从来便知道自己想要什么，他聪明，也肯努力去把一件事情做到极致，不把时间浪费在没有意义的事情上。程意意不一样，她对什么都好奇，却对什么都不大舍得花时间，只要把第二名甩在身后，便已经心满意足。

两个"学神"在图书馆的日常是，顾西泽看书，她发呆。顾西泽让她回神，她看会儿书再继续发呆。

而现在，她回过神来，定睛看眼前的牌。

"清一色，和了。"程意意茫然地摊牌。

"不信！你这不是诈和吧？"英宛都不敢相信手气臭了一早上的程意意居然转运了，探身过来确认。

"一二三四五六万，三个七万三个八万两个九万……居然真和了。"

她眼睁睁看着赢了一早上的瓜子仁一次性悉数被拨到程意意那边，眼睛都要瞪直了："你们夫妻合心，其利断金，我自然打不过，班长，你赶紧来这边救我！"

夫妻……

程意意被英宛的话吓得再次浑身僵硬。她很想偏头去看看顾西泽的表情，看他是不是生气了，却始终不敢偏头。

耳边也始终没有听到反驳的声音传来。

自那把稀里糊涂的清一色后，程意意便时来运转。她胆战心惊地在顾西泽的指导下赢了一整个下午，英宛输得剥瓜子仁的手都酸了。

程意意不喜欢嗑瓜子，却喜欢吃瓜子仁。同学聚会散场，牌局结束，程意意正准备把那一大堆瓜子仁收入口袋，却被顾西泽抢先一步。他端起堆瓜子仁的果盘，将瓜子仁倒进了准备好的纸袋，剩下几颗粘在果盘上，连果盘一起递给她。

程意意目瞪口呆地接过。

他指指手中的纸袋："我的。"又看向程意意手中的果盘，"你的。"

说罢，他拿起搭在椅子上的外套，将纸袋放了进去，交给了程意意。

"我去开车，拿着衣服在酒店门口等我。"

他的眼神平静没有波澜，和当年大不一样了。他是要送她回去……然后打击她报复她？

程意意不说话，他便等着，目光静静地落在程意意的面上，执拗地与她对视。直到程意意坚持不住败下阵来，点头，他才收回视线，重新强调："等着。"

说罢，他转身，大步向前，消失在包厢外的走廊。

程意意与英宛结伴到酒店门口等车。英宛已经结婚了，老公的车早已经在酒店门口等候。

在酒店大厅门前远远看见那车，英宛就兴奋地大幅度挥了挥手，朝老公打招呼，正要小步跑过去，又想起了什么，她转回身来，对程意意道："意意，都不知道怎么说……"她似乎想要找到合适的形容词，欲言又止半天，最终放弃了，干脆平铺直叙，"我总觉得，你和学长之间的误会应该很深，但是不管怎么样，他是爱你的。你相信我的感觉，意意。"

酒店台阶上的雪被扫得很干净，程意意目送英宛一步步朝她丈夫走去。英宛没有告诉程意意的是，那年程意意去英国当交换生，她走得匆忙，剩在宿舍的东西是顾西泽来整理好，一件件收走的。那时候她们都觉得程意意实在太自私太狠心，那样好的男朋友，她不要就不要，说走就走。

当时有种传言是，顾西泽做了对不起程意意的事情，所以程意意才会伤心地出国留学。可这些话，英宛一个字也不相信。一个人的品行怎样，细节是作不得假的。

在程意意进崇文大学之前，顾西泽是崇文大学学生心中的神，不食人间烟火般的存在。可这样完美骄傲的人，在女朋友进崇文大学之后，习以为常地给她打开水，给她买早点，请她室友吃饭，一样不落，和寻常恋爱的小伙子是一样的。

也因为程意意，她们才得以见到顾西泽的另外一面，让人不可思议的一面。就算是在两人分手之后，她们这些室友依旧偶尔能因为顾西泽而得到优待。例如崇文大学演出座位的前排，顾氏公司招聘的一轮免试……这一切，如果不是为程意意，又是为谁做的呢？

英宛说得认真，程意意却并不敢相信。

人的记忆力太出众有时并不是一件好事情，比如，她从来不敢有一刻忘记，那时候顾西泽眼里的失望与陌生。她一直知道顾西泽是个什么样的人，倘若在他那里失去了信任，那么，他便再也不会交付你一丝一毫。

她在躲着他，可那么多年了，他同样没再找过她。

更何况，时间可以改变一切，他变了，她也变了。就算一开始还留有几分初恋的情谊，但五年过去之后，这些情谊还残存多少呢？

程意意站在原地，越想便越发胆怯起来。她抱着烫手的外套，正考虑着转身回去塞给哪位酒店前台的时候，纯黑色的宾利欧陆已经缓缓停在了面前。

程意意认得，上大学的时候，顾西泽开的便是这辆车。

"上车。"

程意意迟疑地站在原地，没有动弹。

"要我抱你上来吗？"顾西泽偏头，眉眼冷淡。

程意意害怕遇见他，害怕与他共处一室，害怕和他说话，最怕的，便是顾西泽这样冰冷的神情。

从前，便是程意意惹得他极生气的时候，他也从不冷脸发怒，只沉默着，待冷静下来再想到办法，让程意意认识到自己的错误，乖乖听话。程意意甚至会想，正是因为接受过他给的太多的庇佑和温暖，失去的那一天才会感觉如坠冰窖吧。

拉开车门，程意意将大衣收紧，坐进了副驾驶座。制暖系统完全静音，车内没有放音乐，两人也都没有说话。程意意不敢乱看，浑身僵硬地端坐着平视前方的路面，抓紧手中的外套。

这样小学生听课般的姿势，一直持续到顾西泽将她送回北苑招待所的楼下。

她甚至都不敢问顾西泽是怎样知道了自己的住址，放下外套，忙着开门下车。

"程意意，"顾西泽再次抓住了她的手腕，力气大极了，仿佛下一秒就要把她的手折断，他接着往下道，一字一句，极认真，"我的问题，你还没有回答。"

02

"什么？"程意意脱口而出的一瞬间，想起了他进包厢时说的那句话。

你想换几棵树……

程意意只觉得面上火辣辣地疼了起来，内心有羞愤，更多的却是酸涩。她那句话是说来敷衍大家的，却被他当了真。程意意不想作答，挣扎了几下，却始终没有挣脱开他的手。

她突然觉得眼眶酸涩极了："我想换十棵、一百棵，那又怎么样？关你什么事？我们已经分手了！"

她的语速极快，语罢，便趁顾西泽不备，将手一把抽了出来，开门，下车。

"意意。"程意意还没站定，他又开口唤住了她，这一声唤得很低很低，更似一声无奈的叹息，"你还是一样不讲理。"

程意意背对他，眼泪刚掉出眼眶就已经冰凉，可她不敢抬手去擦，强压着不肯从话里带出鼻音："你也不是第一次知道，我就是不讲理的。"

酒店门前的雪清扫得干净，可地还是滑的。程意意踩着高跟鞋，没有回头。

冬日的寒风刮过，她的大衣窸窣作响，冷极了。一步一步，她极力让自己挺直了腰板，看上去不那么狼狈。

她知道顾西泽在看着她。

虽然在他的眼里，她自私又圆滑，虚伪又不讲理，但她还是不想给他留下一个狼狈的背影。今天过后，她就回到 G 市，除去新闻与电视机，她不会有再见他的机会。消失在顾西泽的视线范围之后，程意意的小腿终于冷得打战，跟跄了两下，差点摔倒，险险才扶住走廊的墙壁。

她突然觉得浑身的力气好像都被抽走了，就像从前在实验室里待了三天三夜那般，想要就此躺下去，然后长睡不醒。

程意意已经疲惫到极点，走到房间门口才发现，世事没有最糟糕，只有更糟糕。

"意意！"

她的母亲倪茜拎着小手包，站在她房门前，不知等了多久。

大概是在电视上看到了崇文大学校庆的转播，知道了她是主持人，她母亲忙不迭到崇文大学问了她的住址，便在这里守株待兔。

"我今天很累，不想和你吵，你走吧。"程意意唇色苍白，她把手深深插进大衣口袋，可还是觉得冷极了。

"意意！"倪茜的眼睛立马红了，"妈妈是来……"

她的眼泪一向是说掉就掉的，程意意已经充分领教过这一点，她不再理会，直接越过倪茜，刷卡就要进房间。

"程意意！"倪茜紧紧抓住她的手腕。

"松开。"程意意的唇紧抿，眼里已经是一片冰冷。

"你今天必须跟我走。"倪茜反而抓得更紧了些。

"去干什么？"程意意把房卡重新放回了口袋，回过头看着她，眼神带着嘲弄，"去和你一样找个有妻室有家庭的男人，去过暗无天日的日子吗？"

"你就是这种态度跟你妈说话的？"倪茜大怒，拔高了声音，"我是你妈！"

"那你要我什么态度？"程意意一把挥开她的手，倪茜的反应更证实了她的想法。

倪茜不再年轻了，在一天天老去之前，她需要找到依靠，维持她奢侈的生活。而遗传了她美丽脸蛋的程意意，就是她下半辈子最大的本钱。程意意对倪茜的性子清楚得很，从前一年半载也不联系她的人，现在一打就是三五十个电话，不打到她接电话决不罢休，美其名曰要给她介绍青年才俊。

可这世界上哪有无缘无故从天上掉馅饼的事情，即便真的是青年才俊，又有谁愿意娶她这样家庭出身的女人？更何况以倪茜奢侈的生活水平，根本不是一般的青年才俊能够支撑得起的。

所以，倪茜介绍的来钱快的，要么是年纪大得足以做程意意爹的男人，要么就是跟她一样当人外室，总之，都一样为人不齿。

程意意冷笑："你尽过一天当妈的责任吗？现在才知道你是当妈的？早干吗去了？趁我现在好说话，马上消失在我面前！"她本就心情不佳，此刻负面的情绪更是几乎把她淹没。

她永远不会忘了，父亲最初入狱的那几个月，倪茜唯恐带上她这个拖油瓶遭人嫌弃，半夜带着行李，悄悄搬进那个银行高层购置的房子里。那一夜，程意意根本睡不着，也不敢睡，趴在门上透过门缝看着倪茜把属于她的东西搬得干干净净。家中顶梁柱倒了，她一个私生女，出生便是原罪，亲妈都不管她，程家能给她一口饭吃已经称得上是仁至义尽。

学校里的那些同学只知道程意意父亲入狱，哪里知道那时候的程意意几乎到了仅能解决温饱，学费都成问题的地步。

"不管怎么样，我现在是为了你好，不管你说什么，你今天必须跟我走。"倪茜精致的美甲紧紧陷入她的手包，极力压下火气。

程意意不再多说一句，刷卡进房间，眼看房门就要关上，倪茜突然伸出手来，拽住她的大衣，把她往外拉。程意意本就精疲力竭，又穿着高跟鞋，半点没有防备，被倪茜往后一带，就这样直直往后仰倒。

倪茜显然没想到程意意这么不经拽，被她的动作吓得站在原地一动不动，眼睁睁看着程意意的后脑勺朝走廊墙角的欧式金属壁灯撞去。

那欧式壁灯的棱角极其尖锐，剧痛袭来，程意意眼前一花，只感觉后脑湿漉漉的，她愣愣地伸手碰了一下，移到面前，已经满手都是鲜血。

血沿着她的颈窝，流进了她的脊背，染红了乳白色的高领毛衣。

这世界上果然只有更糟糕的事情啊。

程意意这次真的是身心俱疲了，眼前都是重影，她眨眨眼睛，视线模糊，总觉得在走廊尽头看到了一个不可能出现在这里的男人。

顾西泽，他为什么会在这儿？

"你在做什么？"那声音冷冽中含着威仪，仿佛A市腊月的风雪。倪茜吓得一颤，这才回神，她捏紧了自己的手包，摇着头战战兢兢地往后退了几步，猛地撞在了走过来的顾西泽身上。

她甚至连头也不敢抬，便慌忙地转过身逃离了走廊。

走廊上灯光昏暗，倪茜逃开之后，顾西泽才看清楚程意意的后脑在渗血。她的眼睛半开半闭，意识已经不大清楚了。

"意意！"他的声音有些颤抖。

程意意的毛衣上是大片的血迹。他的心在这一刻被狠狠捏紧了，觉得生疼。

他从来不曾想过有生之年还会在公共场合这样失态。

倘若不是他的车停在楼下，久久不见程意意开灯，倘若不是他忍不住想要上来看一看，那程意意今天要在这里躺多久、流多少血才会被人发现？

半跪在地板上，顾西泽用最快的速度抽出领带折成方帕，缓缓将程意意扶起来，靠在他的臂弯里。然后他小心翼翼地扒开她的头发，寻找到出血点，将折成的方帕按压上去止血，同时一边在程意意耳边一声接着一声唤她的名字，一边打急救电话。

"不要睡……意意，别睡……"他觉得自己的声音从来没有一刻像现在这么温柔，可他也只能无力地重复这一句。生平第一次，他恨自己在楼下那一分钟犹豫，倘若他能早一分钟出现在这里，也许一切就不会发生。

程意意本来不想睡的，她听得到，可急速地失血让她有些缺氧，她的眼皮实在太沉，没有力气强行撑开，也没有力气应答。大脑皮层却是活跃的，只是装了一些稀奇古怪的念头。

倪茜不敢再来找她了吧，经过这么一场，她们的母女情分真是什么也不剩了，那更好。

顾西泽呢？他为什么没有走？又是什么时候站在了走廊的尽头？他会不会觉得她很可笑？

陶乐新发给她的数独题还没看，这次不知道又要多长时间才能解出来。住院要花多少钱？她还等着买房呢。

她的呼吸就在他的耳边，弱得几乎快要听不到，眼睛闭着，唇色苍白，皮肤更是透明得不见血色，仿佛随时要羽化一般。程意意走的第一年，他在心里想过，如果她回来，他便原谅她。

可程意意没有回来，没有一封邮件，也没有一个电话。他憋着一口气在心里想，他也决不去找她。程意意走的第三年，他终于忍不住去了她留学的公寓的楼下，虽然没有敲门，可那时他发了誓，倘若她回来，他就娶她做他的太太，把这世界上最好的东西给她。

可程意意最终没有回来。

五年了，漫长的等待里，在他觉得他的爱几乎都要变成恨的时候，程意意回来了。可她就是这样让人一点都恨不起来，也狠不起来的人，他似乎永远没有办法做到潇洒地对程意意这个麻烦精不管不顾。血液浸透了方帕，顾西泽竟觉得自己按住出血点的手在颤抖："别睡……求你了……醒过来……"

03

程意意做梦了。

她又梦见了十五岁的那一天。明媚又和煦的晨光透过走廊，打在顾西泽完美无瑕的侧脸，西式校服衬得他高大而挺拔，他微启薄嘴，还没来得及与她说话，便被她踮起脚尖来勾住脖颈，吻住了。

那大概是她一生中做过的最大胆的事情。她明明紧张害怕得要命，心跳如擂鼓，却还要强撑着不肯在脸上露出端倪。她害怕顾西泽毫不留情面地将她推开，也紧张，担心他会讨厌她。

程意意一直明白自己的优势在哪里，她的美丽对于男生来说无往不利，可换作面对顾西泽的时候，她却不自信起来。她甚至不敢闭上眼睛，她想要看清顾西泽脸上每一个细微的表情，然后，在那脸上露出嫌恶表情之前放开他。

他同样没有闭眼，他的眼睛离她很近，近到她能数清他的睫毛。那眸子带着一点惊诧，幽深中酝酿着一团她看不懂的情绪。

"程意意，"他推开了她，眉头轻轻皱起来，抬手擦拭嘴角，"为什么吻我？"

程意意满心的忐忑在这一刻跌落谷底，她失望地垂下头。

"喜欢你。"那声音细如蚊蚋。

"没听清楚，再说一遍。"

"喜欢你！"程意意觉得窘迫又丢人，破罐子破摔地喊了出来，埋着头转身就要跑开，却被顾西泽拉住手腕。

"再说一遍给我听。"

听见这一句，她回头，才发现他的面上都是笑意，眉眼舒展，唇边露出一排洁白的牙齿。他很少笑得这样真实而放松。

程意意这才反应过来他是故意吓她，她又羞愤又生气，红唇微启正要说话，顾西泽却揽着她的腰一把将她抱起来，坐在走廊旁教室的窗沿上，这样一来，她便不用踮脚也能与他平视。

"闭眼。"

程意意闭上眼睛的最后一刻，面前是一张放大的脸，他俯身吻了下来。

少年的脸一半在温暖和煦的晨光里，一半在明灭的阴影中，轮廓棱角分明，眼睛迷人深邃，盛满了温柔与认真。

不管起初是什么样的目的，可是在那一刻，程意意觉得，无论是谁应该都无法拒绝吧。尽管她那时候还不懂得爱是什么，可她清晰地听到，有什么东西在心中萌芽了，痒痒的，麻麻的，却让人感觉舒服极了，身心都要飞扬起来。

"意意？意意！"

看着程意意的眼睛微微掀开一条缝，肖庆赶紧伸开五指在她面前晃了晃："看得清我的手吗？"

程意意沉浸在过去那场冗长梦境的余韵中还未回神，眼珠缓缓动了两下，有些呆滞。

"不会磕傻了吧……"肖庆低声自言自语，一颗心都提起来了，给她掖了掖被角，"还知道我是谁吗？"

程意意掀开眼皮，想要抬手把这位烦人的师兄推远一点，奈何四肢无力，抬手也艰难，只得改成翻个白眼。

"记得，你是二傻子。"那声音很轻，她也没力气说得更大声些。

肖庆终于放下心，露出了些许笑意："记得就好。"他伸手抚了抚她额角的碎发，眼底有些湿润，"我们意意这么聪明的脑袋摔坏了多可惜。"

程意意环视了室内一圈，光线极好，单人间，病房的条件极好，她应该还在 A 市。她压下心中许多的问题，最终只问了一句："师兄，我睡了多久？"

肖庆低头看表："十六个小时了，我昨天估摸着你同学聚会结束了，想着去酒店找你，谁知道刚好碰到你被带上救护车。

"昨晚九点多进的手术室，现在下午一点半，还好你醒了，再不醒我就要再去叫一遍医生了。"

后脑伤口处应该是缝了针，麻醉药效大概已经过了，一阵一阵隐隐地疼。

"我想坐起来。"程意意抓着床沿就要起身。

"别呀，意意。"肖庆连忙按住她，"医生说你得躺着休息，你都不知道昨天你流了多少血，是顾……"说到这一句，他停顿了一下，小心翼翼地去看程意意的脸色。

"顾什么？"

在程意意的注视下，肖庆只能移开视线，接着往下道："是顾西泽送你来的……"

程意意了然，被子下的手不自觉地攥紧了床单。她沉默半晌才轻轻吐出两个字："他呢？"

"招待所那条走廊是监控死角，没有证据可以把推你的人定罪，他就是为这个去警局了……"

程意意无力地闭上眼睛，觉得脑袋昏沉沉的实在是疼得要人命，黑长的睫毛垂下一片阴影，思虑良久，终于缓缓开口："师兄，帮我给警察打个电话……就说昨晚是我自己摔的。"

"意意，自己摔的怎么可能摔成那个样子？"肖庆一脸不敢相信，"还是说……你想包庇谁？"

"师兄，我头晕，想休息一会儿。"程意意不想回答他，语罢，便合上了眼睛。肖庆看着她闭上眼，终究不敢再追问，满腔的问题也只得咽回肚子里。

他与程意意相识七年，认识的时候，她已经和顾西泽在一起了，两人的事情，他多多少少知道一些。可程意意的家庭，他一无所知，程意意自己也始终讳莫如深。

程意意伤成这样，家就在 A 市，家里却始终没人来看她一眼，她又是这样一副想要把事情压下来的态度，肖庆隐隐觉得，这事或许和她的家人有关。

僵持了半晌，程意意丝毫没有改变主意的意思，肖庆只得妥协，往警局打电话。

审讯室内，倪茜面色苍白又慌乱，平日里打理精致的头发此刻凌乱地垂下来，她极力辩解："警官，我真的没推……我是她妈妈，我怎么可能故意伤害她呢……"

她是真的慌了，故意伤害罪会判刑，顾家的能力她清楚得很，倘若真的认了罪，她便没有任何回旋余地，真的要去坐牢了，谁也不敢帮她，谁也帮不了她。

想到这里，她心中又暗恨起来，程意意居然敢骗她，她当年亲口说过，顾西泽只是玩弄她，根本不把她当一回事，已经把她甩了，并且恨极了她，两人再不会有什么联系。

她也蠢，居然信了她的鬼话。难怪不把她介绍的那些人当回事，有了顾西泽这棵大树，程意意哪里还看得上其他人？

要不是把程意意的谎话当了真，她今天又怎么会被关在这里？坐在审讯室的强光灯下，倪茜心里恨归恨，面上却越发可怜起来，眼里含着泪光，苦苦为自己辩解，恍若她真的是个无辜的人。

顾西泽站定在审讯室外，冷眼观看着倪茜这场拙劣的表演，思绪有一瞬间飘忽。

这会儿，不知道程意意醒了没有……

他也想守在医院等她醒过来，可他更害怕看着程意意唇色苍白悄无声息地躺在病床上的样子。

那会让他觉得难受和心软，他害怕这种陌生的情绪，害怕自己忘记程意意的自私与决绝，忘记自己这些年来漫长的忍受与等待。

"顾总。"审讯室外间的门忽然开了，来人进门，附到顾西泽耳边悄声说了两句。

"她是这么说的？"

"是，程小姐刚醒过来就打来电话，她反复强调是她自己摔的。"

顾西泽的眉头皱起，不，这绝不是程意意的性子。

他很清楚，虽然有着血缘关系，但她和倪茜从来没有亲情可言，倪茜害她受了这么重的伤，现在被抓起来，她就算不落井下石，也绝对不会善良到一醒来就帮倪茜脱罪。

但如果这是她的意思，那就算了。

顾西泽进病房的时候，程意意正尝试着坐起来。

她侧过身，抓住床沿的护栏，怕伤口裂开，简单的几个动作，已经让她出了一身汗，到底失血太多，身上的力气一时恢复不了。好不容易才坐定，程意意抬头，这才发现顾西泽就沉默着立在病床不远处的地方，不知道看了她多久。

刚刚那些笨拙的动作不知道被他看到了多少。一瞬间，程意意脑海里闪过好多念头，到最后，她捏住被角，只低声讪讪地挤出几个字："你来了啊……"

顾西泽把外套搭在床头的椅子上，没有应她。肖庆不在，病房里只有他和她，气氛越发尴尬起来，程意意不自在地垂下头。

一个保温饭盒递到了她面前。

"张仪熬的粥。"

程意意诧异地抬头，他的面上很平静，她无法解读出他的情绪，也猜不透他的想法。张仪是顾家做饭的阿姨，手艺极好，从前程意意最爱吃她做的东西——无论是正餐还是点心，她羡慕极了顾西泽身边有这样厉害的阿姨。

顾西泽察觉她喜欢他之后，每天从家里给她带早餐，后来，他便直接把她带回家吃热的。那位阿姨没有女儿，很喜欢程意意。拿着饭盒，程意意突然觉得眼睛又酸了，她慌乱地低下头，轻声道了句"谢谢"。

谢他帮她叫了救护车，谢他到警局帮她做证，也谢他此刻给自己带的粥。

其实她心中到现在还不大敢确定这是现实还是一场梦。

分手的时候，她作为过错方不打招呼直接收拾东西去了国外，以至于顾西泽被议论了这么些年，事情闹得那样僵，顾西泽应该是恨极了她的，可他现在还是帮了她。

04

玻璃饭盒里的粥还泛着热气，隔层里放着一把圆木勺子。程意意刚拿起勺子，便听见顾西泽开口问她："为什么对警察撒谎？"

程意意的动作停顿了一下，放下了勺子。

"国家科学院启动了'百人计划'，研究所有名额，我写了申请材料，没想到在第一关就被刷下来。"她低声回答了他。

户口本上倪茜未婚生育，程意意的生父本就不详，若是生母再入狱，那她便再不可能有机会入选。

想要在研究所熬出头太难，也太耗时了，她不甘心大好的年纪只在实验室里监控数据和打杂，她更愿意放手一搏，捷径，就是国家科学院这项青年科学家培养计划。自三十年前至今，历届最年轻院士，无一不是从这个计划里走出来的。

当初程意意能孤注一掷跑到陌生的 G 市，未尝不是为了博个前程。

程意意并不是毫无根据就写申请材料的，而是经过了深思熟虑。她的导师孤傲又清高，却是在整个研究所都能说得上话的资深院士。只要程意意拿出真本事来，他同样会给程意意最好的资源，包括入选推荐。

而她和肖庆合作的课题便是最好的切入口，只要出了成果，这样好的成绩，足以将她送进国家科学院的正式编制内。

她知道，最理智的做法是不说实话，可她不想再对顾西泽撒谎。

她在顾西泽眼中已经够坏了，那些形容词里如今又添上了"功利"。程意意很想自嘲地笑一笑，嘴角却怎么也扬不起来。看着手中的饭盒，她也没了食欲，浑身乏力，她将饭盒放回床头的柜子上，只想躺回被子里睡一觉。

一动，伤口便又生疼，程意意忍着疼，一声不吭就要躺下去。

"别动。"顾西泽探身，搂住了她的脖颈。

程意意的伤口在颈窝上方，缝了十来针，好在伤在发间，留下疤痕也看不见。只是手术的时候为了防止感染，那一小片头发被医生剃了个干净，在未来很长一段时间里，那里的头发是长不长了。

此刻，她的卷发披散着，垂在肩头两侧，晃动间便会触及伤口的纱布，若是不小心压住了头发，那更是扯得头皮生疼，极不方便。

程意意不知道顾西泽要干吗，只得僵硬地任他扶住肩膀。

顾西泽将她扶着坐定，又将她凌乱的卷发理顺，分成两半，五指成梳，编成麻花辫。他手上的动作不快，很多年没练习过，甚至有些生疏。

好在程意意的头发很柔软，又是卷发容易编，即使生疏，他也磕磕绊绊地将两条辫子整齐地编完了。

肖庆从主治医生的办公室回来见到的便是这样一幕，程意意柔顺地垂头，任他的手指在她的发间移动。他凝视着眼前的两人，在原地愣了几秒，无声地带上了病房的门，转身走开。

程意意心里装着事情，没有注意到门外的肖庆。两条辫子安静地搭在肩头，顾西泽重新拿过床头的饭盒，打开。

"张嘴。"

勺子就在嘴边，程意意骑虎难下，只能张嘴咽下这一口，去接顾西泽手中的饭盒。

"我自己来吧。"

程意意的内心其实是惶惶不安的。她实在猜不透顾西泽想要做什么，只能这样被动地接受他为她做的一切。

"好吃吗？"顾西泽替她把耳边的碎发别到耳后，轻声问她。

"嗯。"程意意抬头看他的眼睛，又点点头。

"明天我让张仪继续给你送来。"

这话出口，意思大概是他明天不会来了。

程意意停顿片刻，柔顺地点头："嗯。"

顾西泽又坐在床头的椅子上等待，直到程意意吃完，他收起饭盒，扶着程意意躺下，又帮她拉好被角，拿起搭在椅背上的外套。

"好好睡一觉。"

"嗯。"

程意意目送他的背影消失在门口，又静静听着病房的门"咔嚓"一声关上，一颗心缓缓沉了下来。

她是非婚生子，敏感与自私与生俱来。她早熟，从小惯会讨好大人，仰人鼻息生活，也最擅长察言观色，会在做出别人不高兴的事情之前及时止住。

而在顾西泽面前是不同的，他会宽容她、忍让她，她甚至故意做出让他生气的事情，她喜欢看他包容却又无可奈何的样子。

她从来不敢想象有重逢的一天，因为她怕看到顾西泽脸上的厌恶与陌生，她害怕知道他恨她。这些害怕，从起初的一点点，随着时间推移，越来越深，她越来越怕。

她不敢再见他，她好不容易习惯了没有他的生活，可是他为什么要对她好呢？好到她想要和过去一样独占明明已经不再属于她的东西。

"意意，今天伤口还疼吗？"肖庆往床头的花瓶中插入一束漂亮的康乃馨，拉开病房的窗帘。

"嗯，好些了。"程意意伏在病床的桌子上，做陶乐给她发的杀手数独。已经到了最后一关，越来越难，都是世界数独锦标赛在用的赛题。程意意躺在病床上，什么也做不了，只能借做题来打发时间。

"实验室那边我已经跟教授请了假，反正没两天就是年假，你也能安心在医院躺着了。"

"嗯。"程意意在数独上画出一条对角虚线，开始运算。

这道题她已经连续看了几天，今早起来突然有了新的思路，现在下笔如有神助，"唰唰唰"写了好几张稿纸，终于在吃饭前填上了最后一个数字。

张仪堪比酒店大厨做的盒饭已经送来，程意意把最后答案拍了张照片给陶乐发过去，才开始吃饭。

张仪年近七十，一生都在顾家做事，一手带大了顾西泽。她鬓角花白，但精神状态让她看起来十分年轻。她和蔼地坐在床尾，一边看着程意意吃饭，一边絮絮叨叨地与她说着话。

老人没有儿女，程意意长得好、嘴甜，最讨老人家喜欢。从前还在上学的时候张仪便十分喜欢她，总是提醒顾西泽记得带她回家吃饭。

大概是人老了总爱多愁善感，多年未见，那天张仪送饭到医院看见程意意时，眼泪都要掉出来了。这两天她每每到饭点便来，极其准时，和程意意总有说不完的话。

"阿姨，明天就不用送了，您年纪大了，来回多不方便。"程意意将饭盒收起来，冲她甜甜地翘起嘴角，"医院食堂的饭菜也挺好吃的，附近也有好多餐厅饭馆呢。"

"没事，先生派了车送我呢。"张仪慈爱地笑笑，"再说外头的东西哪有自己做的干净放心呢。"

"真的不要了，我哪有那么娇气。"程意意皱皱鼻子，笑起来，"阿姨忙您的就好了。"

"我哪有那么多事情可忙呢。"张仪叹了口气，"倒是先生，这两天都在忙董事局换届的事情，忙得饭都顾不上吃了……"

说到这里，程意意没有再搭腔。这两天电视上铺天盖地全是顾氏集团董事局换届的新闻，她想不知道也难。

张仪正叹着气，程意意的电话便响了起来。

熟悉的号码，归属地为 G 市，是陶乐。程意意冲张仪露出抱歉的表情，接通了电话。

一接通，那边便传来陶乐的尖叫声："啊啊啊啊啊……助教，你太牛啦！"

这声音震得程意意耳膜疼，她皱着眉，忍不住把手机挪远些，直到陶乐冷静下来，才重新拿回耳边，开口问道："怎么了？"

"刚刚我把你给的答案上传之后，《天生我才》节目组就立刻给我打了电话，他们说你是这个 APP 开发以来第一个通关的人，邀请你参加他们下一期节目呢！"

"助教，从今天开始我真的要做你的铁杆粉丝了！"说到这儿，她又想起来什么，问道，"对了，助教，你智商多少？怎么连这样变态的题目都能做出来呢？我觉得你比节目里大部分选手都聪明厉害！"

门萨的总部便在伦敦，离程意意留学的 A 大并不远，有一天一时兴起，她便尝试着填了门萨的测试登记表，交了 15 英镑的考试费，在一位牧师的监考下，成功拿到了门萨的会员证。

　　智商 152，也许确实比大部分人强一些，可程意意从来不觉得自己是个天才。即使她足够聪明，可她依旧把自己的生活弄得一团糟，她做不到的事情实在太多。

　　对于上节目，她实在兴致缺缺。

　　"抱歉，陶乐，我可能去不了了。"程意意轻声拒绝道。

01

"为什么？"陶乐不解，失望地问，却还是安静下来等着她的解释。

"陶乐，"程意意温声安抚，"闯关纪录已经刷新，就算不上节目，你想要的旅游赞助也能拿到了，不是吗？"

"可那是助教做出来的，旅游赞助也应该……"陶乐忙道。

"可我在医院，哪儿也去不了啊。"程意意轻声打断她，"一开始就说好了帮你通关才做题的，旅游自然也是你去。"

"助教您在医院？"陶乐惊呼一声。

"嗯，前几天不小心摔倒受了伤。"程意意解释，"所以真的没办法去参加下一期节目。"

"那怎么办？"陶乐有点慌，"我刚刚没经过您的同意就把您的联系方式给节目组了，我以为……"

"没关系，要是他们打来电话，我会跟他们说清楚的。"

陶乐的电话挂了大概半个小时后，《天生我才》的节目组果然打来电话。

《天生我才》是档科学类脑力竞技真人秀节目，是为了帮助国内外多所顶尖大学选拔组建超级大脑人才库而推出的，靠山强硬，节目制作费充足。策划团队从陶乐那边获取程意意的联系信息后，便从程意意助教的身份着手，一路挖出了她的简历。

不出节目组所料，程意意的确是个人才。

从档案来看，程意意在崇文大学时曾经做过国际标准版 IQ 测试，记录如今虽不大详尽，但 120 分以上肯定是没跑的。

国内顶尖大学崇文大学的本科，一路从未断过国家级奖学金，成功拿到了英国 A 大的生物工程硕士学位，现在进入国家科学院攻读博士，本科至今发表过十余篇论文，甚至还有一篇在《科学》这样的顶级学术期刊上刊发，而做到这一切的程意意，年仅 25 岁。

学术派，履历优秀，知识"迁徙力"强悍，话题性与争议性都足够，总策划看着档案中程意意的一寸照，当即拍板，不惜代价一定要把她请上节目来。

然而这些，程意意是不知道的。电话中，她婉转拒绝几次，节目组却一再让她重新考虑，可以为她推迟录制，听闻她人在 A 市，甚至提出要来医院探望。

程意意反复说不通，也觉得有些恼，干脆直接挂了电话。她很少把事情做得这样直接不留情面，大概是因为在医院住了几天，真的闷得有些烦躁了。

手机挂断后依旧亮着屏，网页停留在微博的热搜页面。

热搜前三里便有两条是关于影后宋安安的。

程意意出国前，从没听说过宋安安这个人，回国的时候，大街小巷已经铺天盖地都是她的海报。

风光无限的新晋影后。

一条是宋安安新电影《长安》上映。

一条是宋安安和顾西泽恋情重炒。

程意意烦躁地翻过手机不再看，把一旁打扫病房卫生的看护阿姨唤过来搀她从床上坐起来。其实她的伤口除了有些痒，已经不似一开始那样疼了，只是行动间还会头晕，大概是撞击的后遗症。

她本来不打算请看护，但肖庆是 G 市人，临近年关，她也不愿见他继续留在 A 市医院陪她，干脆找了个看护让他放心，然后态度强硬地把他赶回去过年。

"程小姐，要上厕所吗？"

程意意摇头，借着她的力起身："我想洗头……"

受伤以来她已经好多天没洗过澡，身上还能每晚用热水擦一擦，头发医生却一直不让洗，但程意意已经实在无法再忍受。

不能洗头对她来说简直是酷刑。

"不行呀，程小姐……洗头伤口总会沾到水的，医生说现在沾水会感染……"看护急忙阻止道。

程意意已经扶着墙走到卫生间门口，半只脚踏进了卫生间，哪里还肯罢休："阿姨，头发太脏也是会感染的，可能比洗头感染得还快。"

"不行呀……程小姐，我笨手笨脚的，洗不了，让你的伤口沾太多水就不好了……"

"没事……"

"我来吧。"

程意意的话一脱口，便被身后来人的声音打断了。

是顾西泽。

他身高近一米九，身材高大又挺拔，几乎把病房门堵住了。

程意意的视线落在他身上。他的西服和往常一样一丝不苟地扣到最后一粒扣子，正装不见一丝褶皱。但不知怎的，程意意总觉得他看起来很累。

大概是因为他眼下淡淡的一片青黑。顾西泽是不容易有黑眼圈的，若非一连熬几天夜，是不会有这样明显的痕迹的。

程意意不自在地放下扶着卫生间门框的手："阿姨帮我就可以了。"

"程小姐，我真的不行啊……"程意意话音刚落，看护便推辞。

"我来洗。"顾西泽发声，带着不容拒绝的威慑力。顾西泽调好热水，程意意坐在他搬来的椅子上，双手搭在洗漱台上，埋头，热水便冲到了发间。他的大手在她的发间摩挲，让热水完全将她的头发打湿，又小心地避开了受伤的地方。

整个卫生间里只有水龙头出水的声音，弥漫着洗发水的香气。

"西泽。"程意意突然开口叫了他一声，声音很轻，几乎要淹没在哗哗的水流声里。这还是重逢之后程意意第一次唤出他的名字。顾西泽的手微微颤了一下，很快又不着痕迹地重新动起来。

"嗯。"他强自镇定地低声回应。

这一声，隔了整整五年。

程意意的头埋在洗漱台间，看不见顾西泽的神情，不然她一定会发现，顾西泽的眼底在泛红。众人眼中无所不能、顶天立地的顾西泽，眼眶泛红。顾西泽一生最大的跟头，就是跌在了程意意身上的，伤口太深，搅得五脏六腑几欲撕裂，时间也难使其愈合。

可最好的回忆，也是程意意带给他的。

从十八岁开始，第一次情劫，第一次亲吻，第一次深拥，第一次交颈而眠。

所有的心防，都在她这一声低唤前土崩瓦解。

"谢谢。"程意意接着说。

她感受着他的指尖穿梭在自己的发间，怕扯到伤口，他力道轻柔，她感觉有些痒，却舒服。

"你从前不是有很多话，现在就只会这一句了吗？"顾西泽的声音有些生硬。

他打开水，开始冲洗发水揉出的泡沫。其实程意意有很多话，可她心里酸涩得要命，话涌到喉咙边，又都觉得不妥当，不知道到底该说些什么。泡沫顺着流水，沿着她的发丝，冲进下水道。

她轻轻叹了口气，终于说出了凝于唇齿间的三个字："对不起。"

顾西泽没有应她，关了水龙头，将她的湿发绕开伤口，分成两边拧干，将她的头扶正，这才开口："你觉得你错在哪里？"

"错了很多。"程意意这一句声音低极了，如同小孩犯错时的嘟囔。

"我要听详细的。"

"一开始，我就不应该撒谎。"程意意抬头从镜中看了他一眼，又飞快地低下了头。

他等她继续说下去。

"即使撒了谎，后来的五年里，我有无数次可以把真相告诉你，可是我没有。"

她没有，她总是心怀侥幸，直到顾西泽接到了倪茜给她打来的电话，她的谎言猝不及防被拆穿。

"接着说。"

"不应该离开A市，一声招呼也不打……"程意意觉得自己的鼻子越来越酸，她的眼泪几乎要不受控制了。

在那之前，她从未想过有朝一日要离开A市去留学，直到顾西泽发现了一切。她太害怕了，曾经的包容与爱都变成厌恶与憎恨。

她会崩溃。

那还不如干脆躲得远远的，在一切发生之前，她先将他丢弃出自己的生活。可即使她占据主动离开A市，同样过得糟糕极了。她总在夜深人静的时候被噩梦惊醒，想起顾西泽最后对她说的那些话。

工作日待在实验室，周末去做兼职，她让自己忙碌得像个被抽动的陀螺，只有这样，才能一躺下就沉沉地睡过去，不再回忆关于 A 市的一切。

"还有呢？"顾西泽的声音轻颤。程意意红着眼眶，不可思议地抬头去看镜中的男人，她不敢相信那是男人发出来的声音。

还没来得及看清，程意意眼前天旋地转——顾西泽将她抱起来坐在洗漱台的边缘，低头吻住了她。

像是暴风雨突然来临让人措手不及，她甚至完全没有来得及反应。这吻的力道极重，迫切而又压抑着万千的情绪。

炽热缠绵。

02

他们的身体贴合紧密，鼻尖相抵，熟悉的气息与体温刺激着彼此的神经。如果不是程意意扯到伤口，不知道这个吻会持续多久。

结束一个疯狂的长吻，程意意大口喘着粗气，背脊抵在顾西泽的臂弯，后脑隐隐作痛。顾西泽直起腰来，下巴抵在她的额尖，温声道："抱你去床上？"

"嗯。"程意意轻轻点了点头。

他帮程意意撩了撩额角的碎发，将她整个人打横抱起来，放回床边，又拿出吹风机，插上电源，替她吹头发。这一刻，两人心照不宣地不再提从前的事情。

直至头发吹干，他重新将她的长卷发分成两半编起来。

这次顾西泽明显熟练得多，两条辫子很快编好，被皮筋利落地扎起。怕扯疼程意意的伤口，他便特意扯松一些，看起来颇有韩式辫子的慵懒美感。辫子是挺好看，可编起来，被剃光头发的那一小片头皮便露了出来，还没拆线，上面盘踞着一条可怕的疤痕。

程意意见顾西泽盯着看，不自在地把后脑转向另一边。

"很丑吧？"

"别动。"他按住她的头，"不丑。"

骗人，怎么可能不丑呢？

程意意想着，却还是乖乖将后脑转了回来。顾西泽拿出准备好的碘酒，用棉签细细涂在疤痕周围。即使洗头的时候仔细地绕开伤口，终究也还没拆线，用碘酒消一遍毒，能将感染的风险降到最低。

不管程意意相不相信，他都知道自己没有说谎。他大概得了一种叫审美障碍的病，他见过程意意最狼狈的样子，却始终觉得她是这个世界上最美丽的女人。

她在他还没有觉察的时候，不安分地一点一点入侵他的生命，又在他完全没有反应过来的时候抽身离开。可在一起的千百个日夜，她早已渗进他生命的脉络里，纵然她不愿，他也无法轻易地将她与他的人生分割开来。

顾西泽的眼帘垂下，只看向那伤处，细致地擦完，又将纱布仔细贴好。

"要睡会儿吗？"

程意意其实不困，她的头虽然有些昏沉沉的，内心却清明极了。顾西泽这样问，她便把眼睛温顺地闭上。

顾西泽帮她抚平被角，才走到窗边，接通早已震动多时的电话。程意意隐隐能听到是关于董事局换届选票的事情。

电视上已经报道了许多天，程意意也多少清楚一些。这是十几年来顾氏高层最大的变动，顾西泽的父亲即将卸任董事局主席。不出意外，等票选结果出炉后，顾西泽便不仅是顾氏的CEO，还即将成为新一任的顾氏董事局主席。

这个兴盛百来年的鼎盛家族，将迎来最年轻的主人。顾西泽做事从来谨慎、滴水不漏，他能在她面前接通这样隐秘的电话，算是将信任重新交到了她的手上。

她这个骗过他的人……

程意意轻轻掀开了眼帘，看着不远处窗前男人的背影。明灭的光线里，他的身影如同当初一样颀长挺拔。他们之间，实际上已经整整分隔了五年。已经陌路五年的两人，忽略分离的生疏与过去含混的矛盾，突然重新有了拥抱与亲吻。

可是，现实真的能如想象一般回到过去吗？

程意意突然茫然起来。五年实在太长了，足够让一个无甚名气的十八线小明星红得发紫，让曾经亲密无间的两人生出隔阂彼此猜疑。她不再是念书时万众瞩目的"校园女神"，而成为研究所最底层、津贴不超过两千块的在读女博士。他也不再是陷入热恋的小伙子，不再是无底线、无条件放下所有事情去将就她的顾西泽。

她睁大眼睛，看着空白的天花板，放空心绪，却越发觉得心中反反复复，再难安宁。顾西泽在窗边挂了电话，转回身，程意意已经扶着床沿重新坐了起来。

"睡不着吗?"他把手机放回西服的口袋里。

"嗯。"

"想出去走走吗?"

程意意抬头看看虚掩着的门,摇头。

他便不再勉强。他最清楚不过,程意意打小爱漂亮。从前念书的时候,有段时间她喜欢上了露脚踝的九分牛仔裤。为了漂亮,她这样怕冷的人,便是到了冬季,仍然一点也不听劝,执着地要穿九分牛仔裤露出她那截纤细白嫩的脚踝。即使出门走走有助于伤口恢复,但叫她这样顶着纱布不修边幅地出门,让人看见,简直比杀了她还难受。

从果盘里拿了水果刀,顾西泽在床头的椅子上坐下来削苹果。他修长的十指翻转间,果皮薄厚均匀地一圈连着一圈打着旋儿落下来,看起来再清闲不过。

可程意意知道,他这样清闲地陪她一会儿不知道要堆积起多少事情。张仪也提到许多次,年底这段时间来顾西泽忙得要命,家里书房都被当成了卧室睡。

"我自己看电视,不用管我了。"程意意想了想,还是轻声把话说出口,"你去忙吧。"

顾西泽正好把整个苹果削完,听到程意意说话,他也不作声,将手上的苹果切成小块放进盘子,这才抬起了头。

程意意也是这时候才看清楚,他的眼眸颜色比平日深,几乎要渗出水来,酝酿着她看不懂的情绪,他的话一字一句敲在她心上:"程意意,和我相处让你觉得那么困难吗?"

"不……"程意意勉强才将几个字挤出口,"不是的。"

她藏在被子里的手抓紧了床单:"我只是觉得,你有很多事情,不用浪费这么多时间在医院里。"

顾西泽这才放松下来,声音顿时带了疲倦。

"你想看电视,我帮你开。"他将那一小碟苹果插上牙签放在程意意手中,起身去开电视。他伸手时,衬衫袖口上滑,腕上的半截表盘正好暴露在程意意的视线中。

带着黑色金属切割感和科技感的表盘。

程意意一眼便认出来，他还戴着！她惊讶地抬头去看顾西泽，却只看见他俯身去开电视的背影。

浪琴五年前的情侣表式样，表盘的背面刻着彼此名字的缩写。

她曾经有一模一样的一块。

可她的那一块，遗失在了五年前那架飞往伦敦的飞机上，就在经济舱右边靠近遮光板的位置，她至今记得那趟航班的编号和乘务员的名字，可那块表大概永远也找不回来了。

她已经不大愿意回想当时的自己是抱着怎样的心情，将那块表刻意遗忘在座位上。她从不爱哭，有时即使眼泪已经到了眼眶，也还是深吸口气挺直腰板咽回去。

唯有那天，她从崇文大学的教务处领了 A 大的入学通知书，拎着简单的行李，眼泪从候机一直流到飞机落地。

她人生第一次将面子和形象都抛到脑后。她的脑子里只循环着一个念头：她是真的要离开这座城市了，也是真的失去了这世上对她最好、给她最多包容与爱的人。

飞行的十二个小时里，她分明紧捏着那块表，飞机落在希思罗机场的时候，她却松了手。

她当时想的大概是，以后的路，终究是要自己一个人去走了。程意意自以为决绝地做了决定，可第二天，她便忍不住登上航空公司的官网填了失物登记表。

那表本就不算贵重，当时没有收到客服回复的邮件，即使后来程意意几次三番去机场询问，也没了下文。

此刻看到他腕上的手表，程意意悄悄将自己的双手塞回被子下。电视一打开便是娱乐频道，程意意还没来得及看清画面，只模糊听到"宋安安恋情"几个字，便被顾西泽切换了频道。

她抬眸去看他的神情，自然又平静，她什么也没看出来。

"怎么换台了？"程意意没沉住气。

"我记得你不喜欢看娱乐频道。"顾西泽回眸，"我记错了吗？"

"没有。"

电视最终停在了《动物世界》的频道。非洲大草原的动物们迎来发情期，节目的配音一本正经地科普，配上的视频满屏都尴尬。

03

昆南不知打哪儿得知程意意在 A 市住院的消息，风尘仆仆地从正出差的 S 市跑回 A 市，一下飞机便开车直奔程意意所在的医院。

"行了行了，我知道。"昆南烦躁得想把手机从车窗户里扔出去，"不就是签个合同吗？多大点事，你替我去签不行吗？"

"可这毕竟是老爷子第一次交给您的任务，您好歹得做出个样子来……"那边的特助着急得险些哭出来。

"行了，甭烦了。"昆南把电话拿远，"我开车呢，挂了啊，你好好干。"

这边的特助还没出口的话被电话"嘟嘟"的忙音掐断，他拿着电话挂也不是，再拨也不是，只能一个劲长吁短叹。

第一次签合同就敢放合约方鸽子……特助越想越觉得自己前途无望，摊上这么一位主儿，还不得天天跟在他后面给他擦屁股……

这边的昆南听不到他的心声了，三步并作两步穿过走廊，直至推开程意意的病房门。

今天程意意头晕好了许多，正仰头靠在窗边的沙发上晒冬日里难得的太阳。听见推门声，她以为是护工，回头正要说话，抬头却发现来人是昆南。

许多年不见，他似乎长高了许多。毕竟是表兄弟，细看，便能发现他眉眼间和顾西泽有几分相似，连头发也如出一辙修短。不同的是，顾西泽的黑发是沉稳内敛的原色，昆南却漂染成了白金色。

一般人肯定"Hold 不住"这炫目的白金色，但昆南的轮廓立体，五官更多了几分常人少见的精致，他染这发色，便多了几分不羁与活力动感。

"昆南。"

一别多年，再见故人。

程意意心中也有几分意外之喜，面上便不吝惜地带了笑意："好久不见。"

她娇俏可爱的虎牙已经变得整整齐齐，眼睛里就像有一湖秋水，翘起的嘴角如同拂过的春风。昆南觉得自己就这样被她的笑容困在了原地，他的嗓子哽咽，几乎说不出话来。

"好久不见。"他停顿了一下，才艰难地念出接下来的两个字，"意意。"

"见到我你这么感动吗？"程意意笑着开起玩笑，"愣着都不知道进门了。"

"嗯，感动。"昆南这才动了，迈开腿进门，径直走到沙发边蹲下来，把她搂进怀里，轻轻给她一个久别重逢的拥抱，"感动得都快要哭出来了。"

他的声音就在她耳边。

程意意赶紧推开："有话好好说，别撒娇别动手动脚啊！"

"在国外待了那么久，意意，你怎么还这么保守？"昆南不满地松手，站起来去查看程意意的伤口。

隔着纱布，他也不好撕开看，伸手轻轻碰了一下，去看程意意的脸色："疼吗？"

程意意翻个白眼："你说呢？"

"我知道很疼，"昆南收回手，说道，"从前被夹断片指甲你都要委屈地念叨好几天呢。"

昆南和程意意从初一起便是同桌，关系一直是好的。初三之后程意意被分到附中的优生一班，虽然班级不同了，两个班却还在同一层楼。更何况昆南从来不被学校的那些条条框框束缚，他想见程意意，便直接来一班串门，和程意意的同桌换个座位，在一班听课。

有什么事，他也习惯先和程意意说。附中崇尚自由，昆南这样做，背后虽然有人议论，他却没有被老师为难过。他在沙发旁的茶几边坐下，久久凝视着程意意的脸。

"看什么呢？"程意意不乐意，抬起手上的书遮住了他的视线。

"我看看是谁这么没良心，这么多年不和她最好的朋友联系。"昆南扒开书，"朋友好不容易拿到她的号码，还被拉黑了！"

程意意讪讪地把书放下："没有拉黑啊……我只是把电话卡扔了。"

"程意意，你是怎么厚着脸皮说出这种话的？"昆南扯了扯她的脸颊。

"好好说话！扯脸容易长皱纹！"程意意"啪"的一声便拍掉了他的手，"再说我又不是因为你才扔电话卡的。那号码一天三五十个骚扰电话，我实在忍不了，才拔出来扔了。"

"真的？"昆南半信半疑。

"真的！"

"那你新换的号码为什么不告诉我？"

程意意往后缩了缩，还没来得及遮住，身后的手机便被昆南抢了去，给他的手机拨号。

直到把程意意的号码存进电话簿，他才心满意足地收起手机，再去捏她的脸："来，我看看皱纹都长哪儿了。"

"这儿！"程意意指着眼角，她最近老有一种眼角在长鱼尾纹的幻觉。

昆南俯下身仔细帮她看看，那眼角白皙光滑，都是胶原蛋白，哪里有鱼尾纹的痕迹。直起腰来，他嘴上却并不这样说："没有爱情滋润的女人老得最快，你看表哥这么多年一点不见老，他可过得滋润得很呢。"

没有等到预料中的安慰也就罢了，还被戳着心窝子来了一下，程意意脸上的笑顿时不见："你走，你一说话我就想打你。"

"知道电视里那些忠臣为什么总被皇帝喊打喊杀吗？因为他们老瞎说大实话。"昆南从果盘里拿起一个苹果，咬上一口，"娱乐版新闻你看过吧，就算媒体总爱夸张，但他这些年换过不止一个女朋友的事可是真的。

"远的不说，就说现下那个宋安安……"

"好了，别说了，"程意意捂上耳朵，"一见面你就跟我说这个，我不想听。"

"行，我不说。"昆南把果核扔进垃圾桶，拍拍手站起来，"你知道，我就是见不得你受委屈。反正你难受的时候别来找我哭就行了。"

当初程意意和顾西泽分手之后便去了伦敦，昆南什么都没来得及问清楚，顾西泽更是对这件事情讳莫如深。也因为如此，这些年来，昆南始终不清楚他们分手的真相。只因为他心里更偏向程意意，便把过错一股脑归到了自己表哥身上。

更何况背井离乡的人是程意意，表哥这些年看起来一点不受影响，要风得风要雨得雨。

"你和顾西泽吵架了吗？"程意意心中疑惑，干脆直接问出来。

她记得从前昆南最听顾西泽的话，听不得别人说他表哥一句不是。昆南是家中独子，父母把他捧在手心疼爱，也养成了他天不怕地不怕的性子，打小就是个浑不吝的小魔王，也只有顾西泽的话他能听进去几分。而现在，他提及顾西泽时，却尊崇不再。

"问这个干吗？"昆南不想听这个，移开话题，"要出去走走吗？今天阳光特别好。"

昆南不答，程意意也不再追问，指指后头的伤："头发都剃秃了一片，不想去。"

要出门也得等她拆了线，头发放下来，遮住那片秃掉的地方。

"病房里多闷啊，出去走走，伤口也能好得快些……"昆南继续劝她。

"程小姐要出门？"恰逢护工推门进来，听到昆南的只言片语，便以为程意意要出门，面上带了笑意，"顾先生昨晚来的时候给您买了帽子呢，吩咐我您要出门的时候找出来。"

顾西泽来的时候程意意已经躺下睡了，因此并不知道他来过。

"他晚上常来吗？"程意意听出端倪。

"嗯，顾先生来得晚，那时候您都睡下了，有事情他便都告诉我……"

"聒噪。"昆南嘀咕一声，直截了当地打断她，"帽子找着了吗？"

"哦，这就找。"护工赶紧弯腰打开柜子，只片刻便拿出那帽子来。

那是顶EugeniaKim的冬帽，颜色是程意意喜欢的乳白色，帽子精致大方，不是顾西泽的风格，却是程意意喜欢的款式。昆南接过帽子，套在她头上，完美地遮住了包着纱布的伤口，两条黑色的辫子垂下搭在程意意的米色羊毛衫上，看起来清新又安静，不像是病人，倒像是精心打扮的学生妹。

程意意一向对能把自己变小的东西乐此不疲，对着镜子又摆弄了几下，嘴角这才翘起来，套上羽绒服："走吧。"

程意意住的是A市出名的医院，并不像许多公立大医院那样人满为患，又住的是单人病房，因而走廊上静悄悄的，偶尔才有护士走动。

昆南陪着程意意散了好一会儿步，又在住院部的花园里晒了会儿太阳，突然想起一件事来："哎，意意，你还记得我在这儿住院那次吗？"

记得，初中的时候昆南一对几和别人打架，最后被人拿着啤酒瓶偷袭，脑袋开了瓢。

"那天你带给我的生滚鱼片粥特别好吃。"

程意意放学来看他，在来医院的路上给他买了鱼片粥。

只买了一份，程意意自己没吃饭，看到昆南打开饭盒才觉得自己也饿了。昆南便让她先吃，自己吃了剩下的一半。

"那家广式茶点店一直没关门，我又去吃过好多次呢。"昆南笑道，"想吃吗？"

昆南一说，程意意便心动了。

"在这儿等我，我马上就回来。"

广式茶点店并不远，昆南跑着去也就十来分钟的脚程。

程意意等着昆南，坐在长椅上闭着眼睛晒太阳。

"宋安安？！"

一声尖叫划破难得的宁静，程意意不悦地睁开眼睛，才看清自己面前站了一对情侣。

看起来十来岁的年纪，大概是两个学生。

程意意的下巴埋在高领羊毛衫里，她们大概是把自己认成了当红的宋安安。

"我不是宋安安。"她解释，眉头皱了起来。

"宋安安，真的是你呀！我超喜欢你的……"

宋安安和眼前的人实在太像，屏幕里的明星化妆后和现实中有细微的差别也是正常的事情，更何况此刻第一次见"偶像"的欣喜和激动压过一切，她哪能注意到微小的细节。

没看出程意意的不悦，女生掏出本子便要她签名。

04

宋安安。

这个名字真是无孔不入地出现在她的生活里，烦不胜烦。她抬头，扬起下巴，那张完美的漂亮脸蛋就这样暴露在两人的视线里。

"再仔细看看，能分清楚吗？"

她面上一点脂粉不带，干净莹白，眼型是精致漂亮的桃花眼，鼻梁挺翘，牙齿白皙整齐。乍一看和宋安安挺像，可一细看，便能瞧出很多不同来。

"不好意思啊……"女生讪讪地道歉，"你们真的太像了，乍一看我就顾着激动了，忘了安安还在拍戏呢……"

不知道自家的偶像现实里有没有眼前的女人漂亮。

女生道了歉，又忍不住多看了程意意几眼，心中悄悄想着。

程意意摆摆手示意没关系。

看那对情侣走远，她也没了再晒太阳的兴致，但还得等昆南回来，只能勉强在长椅上坐下。

她从未与宋安安谋面，可这个名字如此频繁地出现在她的生活之中，还每每与顾西泽的名字捆绑在一起。被迫活在别人影子里的感觉……回国之后，程意意一次次体会了。

还真是让人身心都不舒服啊。

从天而降一块石头堵在心口，程意意的情绪不大好，病房里昆南说过的那些话也一遍遍在耳边回放。果然，就算她再放空心绪提醒自己全然不去想，也还是不可能不在意。可是毕竟是她先放手的，哪有底气去质问他这些。她烦躁地踢着脚边落下的枯叶，轻轻一用力，便碾碎在脚底。

顾西泽和别人恋爱的时候会是什么样子呢？她控制不住自己去深想。

会不会也同和她恋爱的时候一样，温柔周到，无限包容？

他的好，也会毫无保留地交付给另外一个女人吗？

程意意想着，便觉得几乎喘不过气来。昆南拎着鱼片粥回来的时候，程意意已没了想要好好品尝的兴致。她从长椅上起身回病房。

"发生了什么？"程意意面上虽然不明显，但昆南还是立刻发现了她情绪似乎不大好。

关系再好的朋友也有不愿分享的事情，程意意不愿多谈，找了个借口勉强扯开话题，强打起精神和昆南有一搭没一搭地说了几句话，没一会儿便回到了病房门口。

一推开门，程意意便愣住了。

宋安安。

刚刚才在她的脑海中让她纠结了千百遍的人，此刻就站在病房的窗边，她的妆容精致，红唇诱人，带着当红明星独有的气场，优雅又自信。

"请问……"程意意皱眉。

"程小姐，你好。"她偏头，唇边扬起无懈可击的笑容，"我是宋安安。"

她一笑起来，程意意便觉得浑身的不舒服更甚了。眼前的女人，从五官到发型，与她有不少相似之处。程意意笑来就喜欢微微偏头，弯着眼睛，露出上排的牙齿，梨窝若隐若现。

而宋安安举手投足之间，与她相似得惊人。有那么一瞬间，程意意甚至觉得她在和过去的自己照镜子。

"你来做什么？"昆南随后进门，看见宋安安便怒了。

宋安安的团队常年用她和顾西泽的绯闻炒热度,但凡有新上的作品和电影,必定要把那两张陈年的共进晚餐的照片翻出来热一热。此刻他一见宋安安站在这里,第一反应便是她来者不善。

"昆南。"程意意拉住他,用眼神示意他噤声。

昆南这才心不甘情不愿地闭了嘴,眼神到底还是暗含不善。程意意掏出插在羽绒服外套里的手,挺直腰身,踩着平底球鞋,迈开长腿,优雅地进门,力图不输气势。

"宋小姐,请问,你有事吗?"她抿唇微笑。

"冒昧来打扰,确实是我太唐突了。"宋安安嘴角含笑,脱下手套,"听说程小姐出了些意外在住院,我便来了。

"程小姐对我可能并不熟悉,但我认识程小姐很久了。我觉得我们有很多共同之处,应该能成为朋友。"她伸出手来,偏头,等待程意意与她相握。

"您说笑了,"程意意也笑,假装没有看见她伸过来的手,"我并不记得我们曾经有过交集。"

程意意的拒绝让宋安安面上有点不自然,她眉头轻轻皱了一下,很快便恢复如常。

若不是程意意视力有 5.2,大概还真来不及看清楚。

宋安安不急不缓地收回手,拿着长款手套,在腹前轻轻交握:"程小姐可能还不知道,几年前,我在西泽的相册里见过你们的合照。"

"所以?"程意意还是不清楚她的来意。

"我很好奇。今日一见,程小姐果然比照片上漂亮些。"

"谢谢。"程意意翘起嘴角道谢。

她大概明白了,宋安安是来示威的。短短的几句话,无处不将她的存在感彰显出来。她能称呼他"西泽",还认识了几年,不短的时间,亲密到能翻看对方的相册。

程意意面上不动声色,但宋安安确实成功让她的心情变差了。

桌上放着宋安安带来的果篮,程意意还在病中,你来我往交锋几句,程意意便不想再打起精神应付她了,好在她的手机在这时候及时响了。

护工从病床枕头边把响铃的手机递给她:"程小姐,刚刚你们出去后手机就一直响呢，我也不敢擅自替您接电话……"

"我知道了。"程意意点头示意，去看手机上的来电显示。

是顾西泽。

她对宋安安露出抱歉的表情，这才接通电话。

"今天想吃什么？"

电话那端是顾西泽低沉好听的声音，他今天的心情似乎很好，声音里带着难掩的愉悦，隔着话筒的电流声，如同缓缓拉响的低音提琴。

顾西泽的电话通常会在午间休息的时候打来，晚上工作完毕后他再到医院。住院后程意意的三餐便一直是张仪做好送来，今天他却突然问她想吃什么。

"你要做给我吃吗？"

有时候程意意会觉得世界上最适合做饭的不是女人，而是男人。因为她再怎么练习，做出来的食物也仅可以果腹。

在国外留学的日子，没少因此委屈她的口欲。

顾西泽却不一样，他明明从未进过厨房，第一次按着食谱去练习，就能做出她喜欢的味道来。

"嗯，我做好给你送过去。"他的声音里是难得的放松。

程意意的伤口拆线时间就定在下午，他特意一大早将事情压缩做完，希望能在拆线前赶到，并不知道宋安安去了医院。

"想吃水煮肉片，"程意意抬起头来，看了宋安安一眼，"我现在就饿了。"

"我尽量快点。"顾西泽轻轻笑起来，隔着话筒，挠得程意意的耳朵有些痒。

"宋小姐要留下来用餐吗？"程意意挂了电话，礼貌地问道，"西泽一会儿就过来。"

"顾先生要来？"宋安安先是低问一声，笑容难掩诧异，定了定神，又开口道，"西泽近来不是很忙吗……"

"他工作上的事情我也不大清楚。"程意意微笑。

"用餐就不必了，"宋安安坐在沙发上，腿动了动，"我下午还要拍戏，坐一会儿大概就得回去了。"

"谁稀罕你坐这一会儿，现在走不行吗？"昆南早就看她装腔作势的姿态不顺眼，直接呛声。

"昆南。"程意意打断他。

即使被呛声，宋安安面上仍然带着笑意："正好我也还有事，那今天便不打扰了。"

她重新戴上手套，站起身来，一手拉住披肩，含笑深深凝视了程意意一眼。

"程小姐，再会。"

"再会。"程意意礼貌地回应她。

病房门一关上，程意意的笑容便渐渐沉了下来。昆南知道她心里不好受，也不再提宋安安，起身去给她倒热水吃药。

程意意却在这时候突然唤他："昆南。"

"什么？"

"把你知道的顾西泽的那些女朋友都和我说一遍吧，我突然又想听了。"

昆南放下杯子，动作停顿了一下，没有回头。

"我知道的，无非是那些媒体报道出来的。你走之后，我和他便没有多少往来了。"

不知道是不是错觉，程意意觉得昆南的声音听着有些发涩。

"意意。"他唤了她一声。

"嗯。"

"就算他真的有过这些女朋友，你也还要和他和好吗？"

"你怎么了，昆南？"程意意疑惑地看着他。

昆南背对着她，程意意看不清楚他面上的神情，也无从猜测。

"没怎么。"昆南端着杯子转身，把药放在程意意面前，"吃药吧，你吃完药，我也该走了。"

见程意意还是一动不动地盯着他看，他突然恼了，双手蒙上她的眼睛："别看了，他的事情我也不知道，你若想知道，可以自己去问他。"

程意意再睁眼，昆南已经大步离开了病房。

好似身后有人在追他。

昆南自己也不知道。

程意意在沙发上坐下来，心里装着事情，她无暇顾及昆南的情绪。盯着桌上的果篮看了一会儿，她掏出了手机。

搜索引擎真可算是人类历史上伟大的发明，她只输入了"顾"这个字，下列的备选项里便出现了"顾西泽与宋安安恋情惨遭第三者插足""顾西泽历任女友盘点"之类的词条。

其中那个"第三者插足"的词条前方还带着红色的"Hot",是今日热点词条。

程意意手一滑,便点开了。几十条报道,无一例外配了图。程意意还没点开大图,便一眼认出了照片中的自己。

她在酒店门口,从迈巴赫上下来。

校庆的那天晚上。

程意意还没来得及消化那晚她坐的是顾西泽的车,转念便想到……不会那么戏剧化,她被说成第三者了吧?

01

照片使用远景镜头拍摄，又是在夜晚，因而照片不大清晰，能看清楚程意意从迈巴赫上下来，只因背景刚好在酒店门口，时间是凌晨，无端便生出暧昧来。

程意意那晚在会场的卫生间里卸了妆，素面朝天，大波浪胡乱披散着，眼睛半睁半闭，还裹着厚羽绒服，曲线全无。程意意觉得自己平日里还挺上镜的，现在看来看去，却觉得图片上的人只有那双腿还能看。

真是够丑的。

她嘀咕一声，继续往下滑看，又看见了另一段视频。依旧是在酒店门口，她穿着驼色修身版羊绒大衣，手里抱着顾西泽的外套，当顾西泽的欧陆停在她面前时，视频戛然而止。

这段视频倒是为她的美貌正了名，只是两次被拍都在酒店门口，编者的行文中便带了引导偏向，影后的能量又不容小觑，评论区首页几乎被粉丝刷了屏，再往下看，大都是一些不堪入目的话了。

许多人认定顾西泽与宋安安恋爱在先，程意意这个插足者即使长得漂亮，也不可原谅。

近年来娱乐版有关顾西泽的新闻不少。年轻英俊的商业巨子便是浏览和点击量的保证，标题里只要一打上顾西泽三个字，点击量就会暴涨。就算简单报道几句当天顾西泽的午餐吃了什么，也有大批少女心的铁杆粉丝买账。

网上这些边角小料层出不穷。有时顾西泽就是去喝杯咖啡，也能被网络媒体描述出他与端杯子的咖啡厅服务员一段不得不说的浪漫恋情来。顾西泽要是和这些媒体较个真，倒也没人敢再写。可这些年来，他对媒体几乎是放纵的态度，爱怎么写怎么写，他从不放在眼里，也从不回复。

程意意觉得她是永远学不会豁达了，她就是这样小心眼。她把评论区的热评一条一条往下拉，像犯了强迫症一般，逼着自己看完。

只要看到夸她漂亮替她说话的，她就动手点赞。

只不过那样的评论极少。

只因照片刚刚爆出来，媒体还没来得及深挖程意意的背景。不过大家倒是都发现了一件有趣的事情。以往顾西泽需要带女伴出席的社交场合，带上的无一不是秀发黑长直、桃花眼、长着可爱虎牙的女人。

宋安安就是最好的例子。

身为明星，她换过很多发型来拍电影和走红毯，可私底下，她永远以清纯的长直发示人。

大家渐渐都接受了顾西泽尤其偏爱黑长直和小虎牙、桃花眼这一设定，与顾西泽见面前都先把自己朝他喜欢的风格打扮。而这个女人不同，她的头发是精致的空气卷大波浪，牙齿整齐，身材高挑纤细，跳出了顾西泽历任绯闻女友的模子，却比顾西泽历任绯闻女友都更漂亮。更何况，在众多网友看来，他们这次是被拍到了在酒店门口的照片。

而宋安安这个正牌女友，大家也只见过两张他们共进晚餐的照片呢。

任网上风云变幻，顾西泽这时却是不知道的。

他凌晨四点钟起床，工作了一整个上午，待手中的事情告一段落，便马不停蹄地回到家中，给程意意做水煮肉片。顾家重视对子弟的教育和历练，年青一代大多早早学会了独立，身为嫡系长孙的顾西泽更是如此。高中毕业的时候，他便一个人从老宅里搬出来，在丽都的公寓里独自生活。

顾西泽极度不喜欢私人领域被人侵犯，也因此，在 A 市的这套公寓，除了张仪过来打扫卫生和做饭，平日里再没有其他人能够踏足。

不，准确地说，有一个人是来过的。

那便是从前的程意意。

她不仅人来了，还将她的一切都带来，然后霸道地待在这方天地里。书架上的那盆多肉植物在五年里不断分株繁殖，如今占满了大半个阳台。灰色沙发上极不搭调的五颜六色的抱枕，他虽觉得碍眼，却从未有过想要换掉它们的念头。

衣帽间里女主人的衣物和饰品平整如新，如果忽略那五六年前的款式，大概会有人以为她从未离开过。爱一个人的时候，恨不得拿自己的全部与她分享，盼望着把她的世界和自己的人生糅合在一起，让心灵与身体全部契合，直至难以分割。她离开的时候，尽管他再难受再生气，却还是舍不得将她从自己的世界里剥离。

他无法用更贴切更合适的言语去描述那样奇妙的感觉。

顾西泽许久没有进过厨房了。

仔细回忆，上一次似乎还是程意意还没有离开的时候。她的臭脾气烦人，爱漂亮、心眼小、总撒谎骗他，不会做饭，偏偏还馋得要命。他念书的时候虽然也忙，但总体还是比如今清闲得多。她闹起来肚子饿，他就算在工作，也只能认命地挽起衬衫衣袖，洗手作羹汤。

有时候，顾西泽会为自己感到不可思议，都不知道他怎么就在不知不觉中容忍了她这些毛病，还不可救药地觉得可爱。

重新拿起锅和铲子，他颠了几下，试图找回记忆中的熟悉感。他做得认真又用心，许久没有再碰这些调料，不知道还能不能做出从前的味道。

保温盒里的饭菜颜色与香气兼备。他嘴角微翘，盖上饭盒，稳沉如他，动作间也不禁轻快几分。

特助江念的电话便是在这个时候打来的："顾总，您应该还没关注到，刚刚公关部蒋文给我打来电话，说您的几张照片上了今日的新闻，影响比较负面，需要现在处理吗？"

"什么样的照片？"顾西泽皱眉。

"具体情况我还不大了解，是您和一位小姐在酒店门口被偷拍了。"

酒店门口……

和程意意？顾西泽的眉头皱得更深，他一手接着电话，一边打开 iPad 去看江念口中的热点新闻。越往下看，他的面色便越发阴沉，再开口时，已经冰冷平静，听不出一丝波澜。

"查清楚哪几家媒体发的稿，寄上顾氏的律师函。

"马上把这些乱七八糟的东西清理干净。"

江念被上司的语气震住了片刻。

顾总发怒了。

为什么？

平日里不是没有捕风捉影胡乱报道的媒体，江念就亲眼见过顾总只见过一面的女人被媒体有模有样地写成"国民男神终结者"，两人婚期已定。他还记得顾总那天看到这些新闻的神情，他嘴角抽搐了两下，大概是觉得可笑，却最终也没去管，只吩咐他以后不要再把这些荒唐又浪费时间的东西拿到他面前。

江念刚刚就在要不要把这件事情往上报的选项里纠结了半天，最后才打了电话。

这次和以往不同，闹得大，而且拍到了照片，被媒体大肆报道，不去管的话，必然会对顾总的形象产生影响。只是他没想到这次顾总的态度居然和以往截然不同。

顾氏的律师团在圈内以高薪和难缠闻名，只要收了顾氏的律师函，少说也得脱一层皮，更何况这次顾总震怒，这些没规矩的小媒体，律师团绝对不会罢休吧……

"是。"他应下来，又小心翼翼地提起另外一件事情，"顾总，那您和宋安安小姐的内容也要一同清理干净吗？"

听到这里，顾西泽的眉头皱得更深了："宋安安什么时候成了我的正牌女友？"

"大概是两年前吧，周年庆典结束那一次，被拍到了共进晚餐的照片。她的团队似乎一直在利用您炒热度。"

那次晚餐的餐桌上分明还有其他人，经由媒体一拍，加上文字渲染，却俨然成了两人共进烛光晚餐的模样。

顾西泽的眼皮跳了跳，转身倚靠在冰箱上，压下心中起伏，问道："为什么现在才说？"

"顾总您说过，这些乱七八糟的事情不需要向您报告。"

顾西泽语塞。江念跟了他近五年，他第一次觉得自己是时候换个助理了。

"你负责把这些不实的报道全部清理干净。另外……"顾西泽停顿了一下，接着道，"把宋安安的号码给我。"

"好的。"江念应下。他负责打理顾西泽的大小事务，最清楚宋安安和顾总的关系。

02

前几年金融海啸席卷欧美，这海啸在国内的金融界倒是不见多大破坏力，出口却严重受挫，外贸公司首当其冲。宋安安家里的公司，便是国内最先负债破产的一批外贸企业之一。

她的父亲借了巨额高利贷却无力偿还，在医院奄奄一息，那时宋安安刚出校门，被放贷人逼迫，赚钱还贷。

她第一次陪人出席聚会，便遇到了顾西泽。他在看清她面容的时候有片刻愣神，很短，转瞬即逝，可宋安安还是捕捉到了。

她知道自己年轻漂亮，也知道这是最好的也是她最后的机会。顾西泽年轻英俊又多金，这世界上再找不出第二个比他更合适的人选。

她顾不上当晚雇主阴沉的脸色，孤注一掷地走到顾西泽身侧，与他搭了几句话，继而便哭诉起自己的遭遇。这位商业巨子果然不似传说中那般不近人情，他凝视了她的脸一整晚，最后替她暂付了那笔债务。

宋安安换了个债主，再后来，便签约进入顾氏旗下的娱乐公司还债。她长得漂亮、演技好，和集团的继承人看起来又有几分说不清道不明的关系，娱乐公司的高层自然力捧。短短几年，她便一跃成为新生代当红花旦。

只是她万万没有想到的是，她已经进入顾氏，顾西泽却再也没有主动见过她，好似那一晚他狂热的眼神只是她的错觉。她不甘心如此，一次次制造机会，他却再没有露出故态来，始终矜持有礼，或者说，冷淡而疏离。

她早已赚够还清债务的钱，却拖欠着迟迟没有归还。在她看来，那是她与顾西泽这样的庞大财团继承人最后的联系。她孤注一掷为她带来了第一次成功，第二次，她决定跳出顾氏，成立自己的工作室。只有那样，她才能真正与顾西泽平等起来。合约期未满，她交清违约金，带着签下的债务支票，第一次走进了顾氏大楼顶层。

顾西泽的团队当天很忙，秘书室里的电话响个不停。有人匆匆给她泡了杯茶便再也顾不上招呼她。

她在会客室里整整等了四十分钟，站起来走动时，不小心闯进了顾西泽的休息室。休息室的案几上放着一本相册，封面已经被人摩挲得陈旧。

她记不清当时的自己怀着怎样好奇的心去翻开了它，她大概在想，有可能看到顾西泽小时候的照片，哦，或许还能见他的家人。

结果却仿佛遭遇晴天霹雳。

她一直以为自己对于顾西泽来说是不同的，否则顾西泽这样的庞大商业帝国的掌舵人，怎么可能有多余的同情心分给她？可结果狠狠给了她一耳光。整本相册里都是同一个女人的照片，或单人照或合照，一个与她长得相似的女人。

从稚嫩的少女时期开始，有几张两人还穿着中学校服，照片按照时间线的顺序排列，她越长越开，容颜越来越让人惊艳。

她或者趴在顾西泽肩头笑开，露出可爱的虎牙，或者在亲吻顾西泽脸颊的时候睁大眼睛。

甚至还有她穿着男式衬衫站在阳台上逆光中冲镜头微笑的影像。

他们曾经的关系是她不能想象的亲密。女人与她的相似度有六七分……如果不是坚信自己母亲当年只生了一个，她绝对会认为这是自己失散多年的亲姐妹。

只因一张与人相似的脸，她得到了顾西泽的特殊对待。

她鬼使神差地拿出手机把那些照片一张一张拍了下来，后来，她头昏脑涨地匆匆留下支票离开了，回去后消沉了好一段时日。

可在某一天清晨，她突然又燃起了斗志。前女友又怎样呢，就算他再念念不忘，还不是一样分手了！那么多年来没有出现，以后又还有多少复合的可能？

未来握在她手里，只能靠她自己去争取，就像那年在聚会上鼓起勇气走向顾西泽的那一刻。

她重新翻出了那些照片，发动所有人脉打听到了程意意的事情。老套的纯情初恋毕业分手的戏码，女方甩了顾西泽之后便直接去了英国，再没有回来过。

她嗤笑那个女人愚蠢，却还是花了大力气找出那个女人在崇文大学时期的影像资料，连着照片一起，一遍一遍反复看。

她不自觉地便开始了模仿。做着这样的事情，有时她也觉得自己可笑极了，可很快，她便真的笑了出来，因为顾西泽的特助联系她，说会带她出席顾氏的周年庆典，顾西泽需要一个女伴。

她穿盛装华服，直发清纯飘逸，抿唇笑着露出虎牙和若隐若现的两个梨窝。她将手臂插进他的臂弯里，第一次感觉自己和这个男人的距离是如此近。即使顾西泽需要女伴的场合极少，可她还是成为这世上为数不多的可以接近他的女人之一。就算按照这样缓慢的进度发展，她也迟早会成为顾西泽真正的女人。可她没有预料到的是，在她觉得一切走上正轨朝着美好的方向发展时，程意意回来了。

从知道这个消息起，她便再不能平静了，明星本就是个压力极大的职业，此时此刻，她更是压不住心中的火气与烦躁。

正在开拍的电影反复被 NG，她干脆请了假离开剧组。她一定要见一见这个女人，知己知彼，方能百战不殆。她的人生中唯一的坎坷便是父亲因企业破产进医院，后来她在顾西泽的帮助下方才顺风顺水。她不能想象也不能容忍自己失败。

这个女人离开了那么久，一回来就试图把顾西泽从自己手中抢回去，妄想！然而面对这样冲动又仓促的会面，她才走到医院的地下停车场便后悔了，她走了一步臭棋。此刻顾西泽的电话打来，她的第一反应是程意意把自己去医院的事情告诉了他。

她按下心中的慌乱，声音甜美地接通电话："西泽……"

电话另一端的顾西泽听到这个称呼眉头便皱了起来，但他没有工夫和她闲话，直奔主题："你的新电影上映了？"

"你知道啊！"宋安安的声音中难掩惊喜，"我还以为你从不关注这些呢……"

"我确实不大关注，但每每你的新电影上映便要同我的名字捆绑宣传，烦不胜烦。"顾西泽停顿了片刻，一字一句开始陈述，"宋小姐，我记得我从未对你有过令人误会的举动和暗示。

"也许是你，也许是你的团队，假如你们误会了什么，请立刻停止这种炒作。"

"不是的……"宋安安着急地解释，"那些报道不是我的本意，我并没有……"

"从前的我便不再追究，倘若你和你的团队执意要继续下去，那只能抱歉了。

"我有能力给你的，自然也有能力拿回来。"

通话已经被掐断，宋安安举着话筒，只能听到那端传来的忙音。几天，程意意回来仅仅几天……她的人生就被这样强硬倒置了。

一切仿佛又回到了原点。她绝对相信顾西泽最后的威胁，他能在瞬间收走她的一切。

她疲惫地捂住了整张脸，缓缓坐下来，拼命将心中的千头万绪压下。

冷静。

她必须冷静。

这世上只有她自己可以帮自己。

许久，她终于放下了双手，拿起丢到沙发上的手机，拨通了一个电话。

"张哥，之前买好的那些营销号转发都作废吧，之前发的也都删了……再给他们打一笔，想办法删了……"

程意意花了近四十分钟把整个评论区几千条评论看了一遍，居然还找到了类似附中校友口吻，替她说话的评论。

毕达哥拉斯轮回：相信我，视频女主角当年和顾西泽谈恋爱的时候，你们的偶像宋安安还在英语课上睡着流口水……

看到这儿，程意意忍不住笑了。

宋安安的演技很好，蹩脚的英文口语却总被黑粉诟病，还曾经因此失去了一部年度大片的出演机会。

她乐滋滋地点了个赞，拉开这一楼往下查看。

评论刚发出不久，宋安安的粉丝大部分还没到达战场，楼下倒都是些有趣的回复。

火腿炒饭没有肉：呵呵，楼上看起来是知情人士的样子，求科普！

牛排不要三分熟：可以吗？好奇！

楼主过了很久才回复。

毕达哥拉斯轮回：哥初中的时候和顾西泽念同一所学校，还是一届的，女主角是当时附中女神级别的人物，当年就在和顾西泽谈恋爱，谈了好多年。

这回复一出，评论区炸了，纷纷追问后续。而毕达哥拉斯轮回说完这一句，却再没有回复，无论网友使了多少次"大召唤术"，就是不出现。

程意意还没来得及收起笑意，便有人推门进来了。

"西泽。"她唤他一声，偏头看他，"水煮肉片做好了吗？"

"嗯。"顾西泽走到茶几边，替她摆好饭盒，问道，"笑什么？"

程意意拿了筷子，还没来得及吃，放在一旁的 iPad 就被顾西泽拿走了。

平板的页面一触便回到了评论区最上方，只见大批宋安安粉丝的刷屏，有的字眼不堪入目。

顾西泽的眉毛这次是深深皱了起来："你在看这个？好笑吗？"

程意意以为她说的是那条附中校友的评论，咬着筷头愣在了原地。

他这是在责怪她笑话宋安安吗？

程意意顿时便觉得心里堵成了一团。

在之前，其实她从未相信过顾西泽真的交了那么多女朋友。他的性格与生俱来便是高傲的，倘若不是真的动了心，绝不会降下身段去谈一场恋爱。恋爱一旦开始，他就会投入全部心力去经营，就如同他做所有事情，一旦下定决心做就会做到极致。

虽然那些风传的言语和照片也够她难受很久，但她心底自始至终觉得不真实。如果顾西泽真的在和宋安安谈恋爱，他决不会沉默，反而很有可能大大方方地承认了。

宋安安早上的虚张声势同样验证了她的猜测。

之前看了那么多恶心人的评论都没有这样难受，可此刻，她觉得整颗心都被乙酸浸泡了起来，酸得她喘不过气，酸得她眼眶泛红，想要哭。

"我为什么不能看？"程意意倔强地看着他的眼睛，不肯让眼泪掉下来。

她自己觉得掩饰得很好，却不知道她的眼睛里已经泛起了雾气。顾西泽从来便清楚她的性子，藏得再好，装得再像，她美丽的眼睛还是会露出端倪。他轻轻叹了一口气，想着，心便柔软下来。他关掉了 iPad 上的新闻页面。

"意意，别看这些毫无意义的东西。"他停顿了一下，随即蹲了下来，握紧了她的手，盯着她的眼睛一字一句道，"我有女朋友，但不是宋安安。"

程意意的心猛地收紧，仿佛被人扼住了喉咙。

是谁？

她想问，却一个字也说不出来。

久别以来所有的酸涩在这一刻终于涌上心头。自再次看到他的那一刻起，她心中便隐隐有这样的预感。他与她的距离已经被时间拉得越来越远，隔着当年的鸿沟，隔着误解和或深或浅的怨恨，又能残留多少爱意？

她早该知道的。

她的眼泪忍不住夺眶而出。

下一秒，顾西泽仰头，吻住了她的眼睛。他的唇瓣有些冰，却是柔软的，吻掉了她来不及溢出的眼泪。

"我从来没换过女朋友。"他轻声告诉她，用他觉得最温柔的语调。

03

程意意的伤口拆了线第二天起床的时候，网络上类似第三者的流言蜚语已经被删了个干净。

关于程意意的图片，还有刚刚挖了个开头的背景大起底，都不见了踪影。仔细再一翻，有关宋安安和顾西泽的绯闻也被删了许多，只剩些陈年旧帖。哦，还有宋安安微博下那些粉丝们不甘心的叫嚣。虽然想起顾西泽替宋安安说的那句话还是会不舒服，可再往下想，她便又觉得身心都圆满了。

他没有再交过女朋友。

程意意早早收好了衣服，不愿在病房里空等，便自己去办出院手续。离年关越来越近，医院门诊部的大厅里人挺多，喧嚣嘈杂，有点挤。程意意拿着卡和单据慢慢排队等候，低头漫不经心地点着手机上的图标。

一道声音就在这时候响起来。

"果然是你！我就知道你今天还会在这里！"

这声音很熟悉，她昨天刚听过。程意意抬头，发现面前站着昨天把她当成宋安安的女孩。她的年纪不大，十四五岁，背着书包，还穿着中学校服，几根自然卷的头发搭在额前，一脸义愤填膺。

"你就是第三者吧？"

她的声音很大，周围的人很快被她吸引了注意力，纷纷看过来。

"你长得这么漂亮，插足别人的感情，你要不要脸呀？"

程意意皱了皱眉，对方年纪小，她不想与对方计较，因此，只能按捺住心中的不悦，一字一句告诉对方："你不了解事情的真相，就没有发言的权利。

宋安安和顾西泽并不是恋爱关系。"

"我有什么不了解的？！所有人都知道，安安是顾西泽的女朋友，你们这些狐狸精就是看上我们安安的男人有钱长得帅！"

程意意气极反笑，试图和这样的"中二"少女对话，她简直要疯了。她直接转过身，不再看她，也不再理她。周围人的目光如芒在背，程意意强忍着一口气才勉强保持住淑女风度。

"你也知道丢人呀！做第三者的时候怎么不知道？"少女扬扬得意地笑起来，却发现程意意已经不再理她，顿时便又羞恼起来，"你为什么不说话？是心虚了吗？"

程意意憋着气。

"狐狸精！"少女发现程意意还是把她当空气，终于恼了，上前推搡了程意意一把。

青春期的小孩力气大，程意意一时没防备，本能地伸手去抓身侧的人稳住身形，那四十来岁的中年妇女却轻轻一躲，闪开了。

她也听到了小孩说程意意是破坏别人感情的第三者。

躲完，她还顺手拍了拍被程意意摸到的衣摆上那不存在的灰尘。

惨了，刚刚拆线的脑袋又要磕开了吗……程意意闭眼，却并没和想象中一样落地。

昆南把程意意扶起来，第一件事就是报复般先去推了那小女孩好几下。女孩被成年男人推着一步步往后退。

这男人染着白金色的头发，凶神恶煞，不像好人。他控制着力道，不至于把女孩推倒，却足以让她惧怕得几乎要哭出来。昆南可不管什么绅士风度，边推边吓她。

"还敢推人吗？

"不知道她是病人吗？

"我也推你两下试试。"

女孩的眼泪终于掉下来，哀求道："不敢了，我不推了……不推了……"

昆南这才停手，拍了拍掌心，转身又看向刚才躲开程意意的中年女人。

"阿姨，我敬你是长辈，今天就不推你了。但其他事情，我得好好跟你算清楚。"昆南的个子大，一步步逼近，吓得那中年女人连连退了几步。

"喏。"他把程意意拽到面前，转个身，扯了她的帽子，指着后脑的纱布给她看，"你知道什么是真相吗？听别人说风就是雨。别说她还是正儿八经的正宫娘娘，就算她不是，今天这脑袋要是磕破了，你也赔不起。"说罢，他冲那女孩招招手，"小屁孩，你过来。"

女孩怯生生地站在原地不敢动弹。

"过来！"昆南没了耐性。

女孩吓得浑身一激灵，背着小包便小跑到昆南面前。

"看好了！"昆南帮程意意戴上帽子，把她的脸扳正，"顾西泽的女朋友，唯一一个！听懂了吗？"

女孩含着泪小鸡啄米般点头。

"你说的那个宋安安是谁我不认识，但她的粉丝要再敢给别人泼脏水，我就让她帮你埋单。知道了吗？"

"知道了……"女孩终于忍不住"哇"的一声哭了出来。

"吵死了！"昆南不耐烦地瞪她。

女孩立刻噤声。

"赶紧回去上学，别让我再看见你。"

女孩一溜烟跑远了，程意意差点笑出来。

"解气吧？"昆南冲她挤挤眼睛，抬起手。

"解气。"程意意长呼口气，也伸手一击。

"单子给我，你去边上坐着休息。"

程意意顺从地把单据交给他，从队伍里出来。

解气是解气了，可她能改变一个、两个人，也改变不了所有人的想法。手机就在这时候震动了两下，程意意拿着手机走到一边的长椅上坐下，查看新收到的消息。

又是《天生我才》节目组发来的短信。

——程意意小姐，请您再认真考虑一下参加挑战。我们的节目非常优秀，制作精良，收视率高，也非常有趣。我们坚信，您有问鼎冠军的能力。

04

这次程意意倒没像以往那般看完便将短信删了，她拿着手机反复看了一会儿，几番犹豫，终于下定决心，打开网页，在搜索引擎中打上了"天生我才"这四个字。

她之前没有答应陶乐去上节目，原因有好几重。

一来，是害怕和过去相识的人再联系。

二来，她精力有限，手上还有个决定前程的重要课题，即使有再多钱拿，她也不愿因小失大。

而最重要的是，暴露在公众的视野里，就意味着鲜花与掌声下，可能还藏着暗涌。众人无端的揣测，伤人的闲言碎语，还有许多摸不着却切实存在的诱惑……

她从来不认为自己是一个高尚到能几十年如一日安贫乐道潜心于研究的科研人员。这一个行业极乏味，也极枯燥，许多人的斗志就在日复一日无法得出成果的实验里湮灭，决心与毅力渐渐消失在微薄的报酬里，没办法往上行，没办法评上更好的职称，不得不向现实妥协。

离开了研究所，有高新企业的重金邀请，有知名高校的荣誉任聘，名誉与金钱摆在面前，唾手可得，但倘若真的伸了手，也便永远失去了去探索、攀登这个领域最高峰的机会。

程意意不甘心。

但即便是她，也并不能确定自己是否禁得住参加节目后那些金钱与名气的诱惑。相比之下，她选择更理智更保守的方式，远远避开，宁愿恶狠狠地继续啃着馒头，也不用这样一夜成名的机会来试探自己。

眼下，程意意的内心却不是那么肯定了。

她顾忌的第一件事，从再见顾西泽与倪茜的时候便失去意义，已经无足轻重。第二件事，节目组已经明确表示过，一切录制配合她的时间，不耽误她的课题进程。

而且，现在的她有了上这个节目的理由。网络上那些新闻确实还没来得及发酵便被顾西泽出手清空，但该看见的人都看见了。宋安安是公众人物，年轻的金马影后，她有成千上万的粉丝作为后盾。她什么都不用说、不用做，一个委屈的眼神、一个泫然欲泣的表情，多的是人替她打抱不平。

程意意却不一样。

这世界上认识她、为她说话的人，终究是极少数的。顾西泽自然有能力给媒体施压，让媒体改变风向，洗清她被人泼上的脏水，可她不愿意用这种强迫别人接受的方式。

她为自己正名，不靠别人，靠自己。

光明正大地站在众人的视线里，让他们瞧得清清楚楚、明明白白，她不与任何人相似，不是任何人的影子，她不想再要任何人把她认错，她是程意意，而不是宋安安。她如今不再害怕自己无力抵御来自外界的诱惑，因为，她已经重新得到了人生最珍贵的东西。

网页的进度条已经刷新到最末，网页的第一页是往期选手们的挑战视频，程意意没忙着点开看比赛，而是继续往下滑动，在百科释义里逐行浏览了节目的赛制。

节目采用"2+3"的模式，两位小有名气的科学家作为主要评审，搭配三位明星组成评审团。

第一轮挑战赛，挑战的选手们在《天生我才》节目组已出的题目中选择任何没有被挑战成功的进行挑战，由两位主评审打出的难度系数分相加。

明星评委们对选手项目的完成程度进行打分。难度系数分乘以项目的完成程度得出的最后值，就是选手的成绩，满分一百五十分，分值超过九十六，选手晋级。第二轮擂台赛时，晋级选手们便成为项目擂主，接受任何人的挑战，两两PK，胜者在第三轮代表国家出战国际脑力界大赛。

节目组一再打来电话，想要程意意挑战的大概就是那个"最强数独"。

"最强数独"分为冒险难度、王者难度和地狱难度。节目进行到第三季，七分的冒险难度和八分的王者难度已被前两季选手成功解锁。程意意之前在手机上通关的，便是前两赛季的真题和地狱难度的相似题目。

最后一关，程意意用了两天的闲暇时间去完成。

舞台和平日里不一样，比赛一旦开始，便不容她随心所欲，不可能想看的时候把题目拿出来，有事情的时候便搁置一边。上了舞台，在节目组给出的有限时间内，选手必须让大脑飞速运转，不仅考验人的脑力和反应速度，心理素质也十分重要。

程意意看完赛制，昆南也回来了。

将卡和单据交到程意意手上，他试探着开口："我那儿刚好有套空房。"

"不了。"程意意冲他笑笑，"程娴让我到她那儿住几天。"

程娴是程意意同父异母的姐姐，程家长女，真正的大家闺秀。程家没有人喜欢程意意，这种不喜欢，在父亲入狱后，几乎达到了巅峰。唯有程娴，在那之后，她和程意意的关系反而亲近了些。她在程家吃了许多年的白饭，走了之后，她断了和所有人的联系，唯独和这个长姐，还偶尔有些联络。

　　昆南把下半句咽回去，晃了晃手中的钥匙："我开车送你过去……"

　　他的话音还没落，便被身后来人打断了。

　　"不必，我会送。"这声音很低，却极富穿透力，穿过了熙攘的大厅，直直钻入昆南耳里。

　　顾西泽到了。

　　他大概是到了病房不见程意意，便直接来了医院大厅。

　　昆南的拳头紧了紧，转身，下巴微扬，神情轻蔑："程意意刚才需要你的时候你不在，现在抢，晚了，意意，咱们走。"说罢，拉着程意意就往地下停车场的方向走。

　　"昆南，我的行李还在病房呢……"程意意悄悄压低声音告诉他。

　　昆南犹豫，又听到耳边传来顾西泽的声音。

　　"外公今天同我通了电话，问你在不在我这儿。"那语气听起来漫不经心。

　　昆南愣住，站定回头，眯了眯眼睛："你威胁我？"

　　顾西泽不应，只朝他身边的女人翘起嘴角，声音温柔："意意，来我这儿。"

　　这次程意意没有犹豫，收起笑容，从昆南那儿抽回手，插进衣兜："你们慢慢聊，我去病房拿行李。"说罢，转身往回走。

　　她习惯了两人过去的相处模式，还是第一次看见他们这副针尖对麦芒的样子，还是躲开为妙。

　　程意意没走出几步，顾西泽便追了上来："你的伤口还没全好，不能拎行李。"顾西泽抽出她左手的单据和卡，将她的手牢牢握在了手心。

　　程意意回头看了看，昆南还远远地站在原地，注视着她们，没有动弹。

　　"你们到底闹了什么矛盾？"程意意不解，从前昆南是最听顾西泽话的。

　　他没有直接回应她，反而抛出另一个问题："你先说刚才大厅里发生了什么。"

　　程意意不大想把被宋安安的粉丝为难的事情告诉他。她撇撇嘴，另一只手把玩着垂下来的辫子，没有答。顾西泽最了解她不过，程意意不想说，他也没有继续追问下去，却暗自把事情记了下来，开口时换了另一个话题。

"伤口没痊愈，程娴那儿没人照顾你，把张仪带过去吧，嗯？"他偏头询问。

"去别人家总不好还带着人，算了。"程意意摇头，"我自己多注意就行了，不会扯到伤口的。"

顾西泽沉默下来。

大厅离病房挺远，穿过走廊，又走出电梯，他突然站住唤她："意意。"

那声音很低，念得极慢，仿佛沉淀了万千的情绪。

"啊？"

程意意松开扯着辫子的手，抬头，还没来得及看清，便被拉进了一个怀抱。环住她的力道很大，她几乎喘不过气来，鼻尖顶着他发硬的胸膛。他的心跳就响在她耳边，近在咫尺，清晰可闻。

一下，接着一下。

程意意的心仿佛也要跟着共鸣。

"我今天早上醒来的时候，还怀疑过这十多天来是一场梦。"他的下巴搭在她的帽子上，咬字极轻，一字一句飘荡在她的耳边，"你还在伦敦，在G市，躲着我，也不愿回A市。"

程意意的心紧了紧，像被无形的手攥住一般，揪得生疼。

"我每天起床后把你的凝脂莲搬到阳台上晒太阳，数着你离开的日子，想象着你的归期。"他静静地把自己内心最深处的一切陈述给她听，"我想你。"

程意意的眼泪突然毫无预兆地掉了下来。

她几乎从未想象过，她眼中顶天立地、无所不能的顾西泽，同她一样，在这段恋爱里患得患失。她总固执地以为自己在这段感情里处于劣势，她自私，她害怕遍体鳞伤，她不敢见他，她不敢回来，却不知道，这个世界上，还有人同她一样在承受这一切。

我也想你。

程意意抱紧他的腰，在心中轻轻回应。

她的眼泪滴在他的胸膛上，转瞬水迹便融入他西服黑色的面料里。腰上的束缚更紧，胸膛处是温热的触感，这一刻，他忐忑的心终于缓缓安定下来。

"别住太久，早些回来，好吗？"他听到自己的轻声询问。

"好。"程意意哽咽着不住点头。

趴在副驾驶的座位上，看顾西泽将她的行礼整齐地放进后备厢，也是在这一刻，程意意终于下定了决心，将草稿箱编辑好的信息发送——我愿意参加挑战，请在假期为我安排录制时间。

她要接受世人的审视。

她要光明正大地充满骄傲站在这个男人的身侧。

01

程意意下车时，程娴已经特意到地下车库来接她。她穿着简约大方的 OL 套装、高跟鞋，干练知性，程意意一下车，便扬手冲她挥了挥："意意，这儿。"

程娴的目光再落到程意意身后的男人身上时，目光里多了几分诧异。

"姐！"程意意看清来人，抿唇笑开，着急走了几步，却又渐渐慢下来，"好久不见。"

她有点说不上来的心酸，她真的好久没见程娴了。程意意的亲情缘很薄。父亲入狱之前，她是同倪茜住在外面的宅子里的。倪茜整日忙着逛街化妆约会，程意意在她眼中大概是个隐形人般的存在，作为程意意户口本上唯一的亲人，她甚至连家长会也抽不出时间去参加。唯有父亲来的那几天，她会装装样子，嘘寒问暖几句，只不过那样的日子少极了。

父亲一走，她便立刻又将程意意抛到了脑后。

程娴是程家正儿八经的长女，遭遇却同程意意差不多。父母是商业联姻，各玩各的互不关心，也自小被母亲漠视着长大。

她很早便知道了父亲在外面有个小她五岁的女儿。这个妹妹隐隐存在于她的印象之中，却从未谋面。

直到父亲入狱。

父亲入狱前最后的请求，是把无依无靠的程意意接回程家。

她第一次看见了程意意。女孩年纪很小，很矮，脸却生得漂亮极了，仿佛受到老天爷的偏爱，将所有的灵气都汇于她一身，眼神干净单纯。

她终于知道了父亲为什么疼爱这个女儿。她讨厌倪茜，却不讨厌程意意，因为她们是血脉相连的亲人，因为她们都无法选择出身，却依旧渴望被这个世界善待。

于程意意来说，程娴大概是她生活在程家的记忆当中唯一鲜活的部分。

她寄人篱下，活得小心翼翼，只有长姐会在她晚归的时候让厨房给她留饭，在即将开学陷入窘境的时候把压岁钱悄悄塞给她作为学费。那些在程娴看来或许微不足道的事情，程意意却一直记在心上。

五年未见，程娴在电话里邀请她小住，她便来了。程娴很高，穿上高跟鞋，程意意大概只到她的鼻梁下方。见程意意走到跟前，程娴抬手想要摸摸她的头发，却被人开口制止。

"意意头上有伤。"

顾西泽一步步走来，站到程意意身后，将她在车椅上碰乱的头发理顺，又把粘着纱布的发丝理到一边。他比穿上高跟鞋的程娴还要高一些，挺拔而极有存在感。

他主动伸出手来，向她问候："初次见面，我是顾西泽。"

程娴自然不可能不认识他，只是传闻中的顾西泽这样平易近人，便是稳重如她，也愣了片刻。程娴僵硬地伸出手来与顾西泽交握，镇定地道："我是程娴，意意的长姐。"

两手交握后，顾西泽礼貌地松开。

"常听意意提起你。"顾西泽停顿了一下，又重新开口道，"意意执意要来，我劝不住，但她头上的伤还没有痊愈，这几天只能拜托你了。"

他的语气如和风细雨，却让人不得不记在心上。

程娴连忙点头："这是自然的。我是意意的姐姐，并不算麻烦。"

顾西泽面上的笑容真实了几分："那便麻烦了，我过几日便来接她。"

说罢，他偏着头悄声再次叮嘱正在伸手拨头发的程意意："小住几天，记得给我打电话。"

说着，他将程意意拨头发的手拉下来："头发挡着伤口长得慢，别老拨到后面。"程意意的伤口只有头发披后面才挡得住。她有点不乐意，但见顾西泽盯着，只得不情不愿地点了头。

程意意将自己的行李拎进程娴的公寓。

这间一百五十平方米的公寓是程娴用工作多年的积蓄买的，位于三环，交通便利。公寓内的装修是现代极简风格，漂亮大气。程意意暗自羡慕，便多问了几句房价，不出意料贵得让人咂舌，程意意赶紧打消了买套房子做邻居的念头。

主持校庆的薪酬已经拿到手，但就算加上她这些年来零零碎碎的积攒，也还是远远不够。

程意意住在靠近阳台的次卧，程娴早就帮她铺好了床。

程娴平日里其实很忙，为了迎接程意意，特地请了半天假。两人叙了一番旧，吃过午饭，程娴便匆匆赶回了公司。

碗筷还放在洗碗池里，程意意想着姐姐应该是请了钟点工。在别人家里做客，她想了想，还是挽起袖子将洗碗池里的锅碗瓢盆洗了个干净，总不好什么都不做。

回到卧室，她将自己的东西收拾整齐，戴着浴帽先洗了个澡，最后躺上床，拿出手机开始看往期《天生我才》的视频。

程意意本就不习惯打无准备之仗，更何况这一次挑战事关重大，她绝不允许自己失败。她同意挑战的信息发过去之后，就在刚才，收到了节目组安排好的录制日程表。

本来节目组对所有挑战选手有一项硬性指标，即经过节目合作方崇文大学等几所国内权威脑科学实验室的专业测试，拿到一百二十分以上才有资格参赛。

但考虑到测试的周期太长，而节目组为了配合程意意的时间，需要赶在年前将她这一期录制完毕，干脆直接跳过了这一环节。

节目组策划做下这一决定的时候本来还有几分犹豫，在程意意拿出门萨的会员证之后，他们的心便落回了肚子里。不管挑战成功与否，程意意的学历和漂亮的脸蛋放在那里，走上台便是话题与收视率的保证。

程意意用一天时间看完了关于数独的挑战内容，接下来的两天，便一直在看数独题。当初 APP 通关的最后一道题，她解了两天，而节目组给出的时间是四个小时。虽说那两天程意意用的都是闲暇时间，真算起来可能还不足四个小时，但那时心态放松、思路灵活，上台之后却要面对整场的压力和时间的紧逼，程意意不敢托大。

程娴的公寓在三环边上，《天生我才》也恰巧在三环 CBD 中心区的电视台进行录制。从公寓出发，只要不堵车，她到达电视台不过十分钟。两天的时间里，程意意看题的时候，又抽空到节目组做了几次基础测试，还到指定的实验室照了个磁共振成像，测试大脑的控制机能。

第三天的时候，程意意一大早便起了床，开始洗漱。程娴诧异，她自己工作忙，起得早，程意意却还在养伤，没什么事。

"天还黑着，外面在下雪，怎么不再睡一会儿？"

"今天要去电视台录节目……"程意意擦干净脸，冲程娴笑笑，"昨天我特意早早睡了，气色还可以吧？"

"挺好。"程娴下意识答她，反应过来又赶紧追问，"录什么节目？我怎么一点没听你说过呢？"

"《天生我才》。"程意意倒了杯热牛奶推到程娴跟前，也给自己倒了一杯，说道，"我去参加挑战赛。然后挣钱迎娶 CEO，当上白富美，走上人生巅峰。"程意意打趣地冲她笑起来，眼睛里饱含着自信，还有几分无人可挡的势在必得之意。

02

电视台大楼外，天刚蒙蒙亮，外面飘着小雪，而室内，节目组的后台已经一片兵荒马乱。

程意意裹着毯子仰头闭眼让化妆师给自己上妆。

"你皮肤也太好了，遮瑕膏都没地方用呢。"化妆师是个二十来岁的圆脸妹子，上定妆粉时忍不住同她聊了几句。

程意意正闭目养神，闻言睁开眼睛。镜中人的卷发已经被精心打理成恰到好处的弧度，充满了空灵感，柔顺地披在肩头，一点也看不出她的后脑受过伤。

程意意笑着冲化妆师道谢，也不着痕迹地恭维了两句，小女生的嘴角到底忍不住翘了起来。

《天生我才》的每一期节目都不止一位挑战选手，但最后播放的，一定只有挑战成功或极具话题性的那一部分。为了保障每期节目时长一致，有时候录制完的节目还会分成好几期播放。

节目的前台已经开始了心算项目的 PK 赛录制，而程意意需要等到心算 PK 赛录制完毕才能正式上台。

八点整，程意意化完妆。节目组提前二十分钟将准备好的数独题目用投影仪在程意意眼前铺展开来。

《天生我才》的挑战项目动辄要几个小时。现场还好，节目组会准备歌舞或介绍选手事迹来替观众打发时间，电视机前的观众却是不可能坚持等待的，也因此，一般时长的项目都会压到后面开始，提前让选手们在台下计时观察。

桌面的计时器秒后的数字开始疯狂跳动。

程意意深吸一口气，抛掉杂念，静下心来去看题。

不出所料，节目组给出的题目与程意意在 APP 通关时所做的最后一题同为"杀手数独"。

杀手数独。

9×9 的宫格。

难度系数 impossible——不可能完成的。

然而真正的地狱模式还不止如此，为了节目的噱头和可观赏性，这道数独题策划团队要求盲填。也因这不可能完成的难度设置，节目进行到第三季，依旧无人能在数独项目的"地狱模式"挑战成功，这也是节目组在调查之后无论如何要将程意意请来的最主要原因。

会解数独的职业选手很多，然而兼具强大的计算推理能力，还拥有超强记忆力的人，才是他们寻找的、万里挑一的天才。

"在我们大家的印象中，美貌与智慧通常不可以兼具，但我们今天的挑战者真是彻底刷新了我的观念啊。"主持人汪宸笑道，"在后台第一次见到意意的时候，我向工作人员确认了好几次，才肯定这确实不是我们的明星嘉宾。"

汪宸毕业于国内顶尖名校金陵大学，是主持圈公认的高智商主持人，知识广博，堪称行走的百科全书。虽然并非主持科班出身，然而他语言丰富，应变能力极强，台风独特，从第一季开始，便一人撑起大梁主持《天生我才》。

他侧过身，将程意意让到舞台正中："来，意意，跟大家介绍一下你自己。"

程意意微笑着欠身，大大方方地开始自我介绍。

"大家好，我叫程意意，A 市人，目前在国家科学院读博。"她咬字清晰，声音也柔软好听。

程意意的介绍太过简短，汪宸自然而然地接了一句："我们意意本科毕业于崇文大学，和我们陶教授还是校友哦。"

《天生我才》的两位科学家评委分别来自崇文大学和雁京大学，汪宸说的陶教授，便是来自崇文大学的那位，他留校做了教授，已经五十来岁，是个浓眉大眼的老帅哥，说话也风趣幽默。

他开口便乐呵呵地道："我对这位程意意同学的印象很深刻啊，前段时间崇文大学一百二十周年校庆，我还在台下看完了她主持的整场晚会，都可以抢汪宸你的饭碗了。"

汪宸一副受惊的样子，又插科打诨几句，使现场的气氛活跃起来，这才言归正传："我们意意是《天生我才》APP上第一个将数独题目做通关的人，节目组能请到她也真的是非常不容易。所以大家也知道了，今天我们意意要挑战的项目就是数独，地狱模式，大屏幕请亮题！"

瞬间，身后的大屏幕竖起了画满虚线却无一个数字的81宫格，震得台下的观众们再次发出一阵惊呼。

"impossible难度的杀手数独，我们选手要进行的挑战是盲填。项目难度系数给分是10分。"汪宸介绍规则，"很多观众可能并没有接触过杀手数独，也不清楚盲填数独的难度，10分的难度系数分已经是最高，我们的两位科学家为什么给出这样高的难度系数呢？"

汪宸将问题抛出来，评委席的付教授开始向大家科普。

杀手数独和所有数独相同的地方，是在空格内填1—9这9个数字，每行每列每个小九宫格不得重复，遵守"45法则"。不同的是，杀手数独以虚线在九宫格内划分成多个独立的区域，区域内数字的总和，必须和它附有的数字相同。

杀手数独是数独之中唯一需要大量运算的数独，然而高难度的杀手数独，许多地方和值只有两三个分解式，有的地方甚至只有一种分解式。就算是国际顶尖的职业数独选手，也不见得能在短短四个小时之内解出，遑论程意意挑战的是盲填。

盲填不仅要记住所有虚线划分的领域，还要记住所有填过的数字在哪行哪列，同时运用各种方式进行庞大的运算。

只有真正的天才，才能解出这样的题目。

现场传来的抽气声程意意已经听不见了。

她已经戴上隔音耳机，背对数独，大脑飞速运转着，在大脑中调出了记忆的整幅数独题目画面来。她按照先易后难的习惯，将对应唯一数字组合的一个区域挑出来填列，作为解题的突破口。

每念一个数字，大屏上便对应出现一个数字。除去台下观察的二十分钟，她还有三小时四十分钟来完成整道题目。有了隔音耳机，程意意倒是比在台下安静许多，心跳也渐缓了，甚至还有脑神经末梢分出神来天马行空地想象，这时候的顾西泽应该西装革履地在顾氏开早会。

她起床的时候没来得及给他打电话，不知道他打来知道她关机会不会生气。

八点是程意意大脑一天最为活跃的时候，她喜欢在这个时段整理思路，做实验，进行头脑风暴，因为这时候她的逻辑思维和计算推理能力最严密。

然而，数独的奇妙就在于，你永远不知道会不会在下一个格子遇到关卡，填错一个空格，便要推翻上一格，推翻整列甚至整个区域……如同多米诺骨牌效应，返回检查的时候陷入无限修改的循环。

很多人盲填便是在这个时候出现记忆混乱。大屏上的时间还剩十五分钟，81个空格她完成了79个。

程意意即将说出第80个格子的答案，犹豫片刻，却停顿下来。

不，不对。

她相信自己的记忆，如果按照运算的结果填了答案，那便与这一列另一个数字重复了。她皱着眉在心中回溯推算修改，却始终找不到第一个出错的空格。

录制现场第一次奇异地安静下来，台上的两位教授看着大屏，也皱起了眉。这是程意意从做题到现在第一次卡住。

03

"今天就到这儿，散会。"

顾西泽一声令下，偌大的会议室几分钟后便空下来。他坐在原地，疲惫地往后靠，头脑放空，不禁出了神。直到电脑屏幕过了三分钟自动熄屏的时候，他才恍然察觉会议室里只剩他一个人了。

往常这个时候，他应该已经和程意意通过电话了。

顾西泽拿起手机，再次拨通，和开会前拨打的结果一样，话筒中依旧传来机械的女声提示：您所拨打的号码已关机。

程意意不是别人，她的记忆力出众到从不会忘记给自己的手机充电。她受了伤，又在假期，不需要关机做实验。他疲惫地敲了敲太阳穴，想要把脑海里的杂念清空，可是最终失败了。

他无法让自己停止猜测程意意为什么不接电话。

顾西泽一向能把工作和私事分得极清楚，可今天早上从到公司开始，他机械地完成所有的事情，神魂却在不停地游离。

昆南那天在医院随口一提，顾西泽却没办法不在意，事后特意让江特助去找了医院大厅的监控录像。

早晨工作前，他花十分钟看完江特助从医院拷贝下来的片段。出院那天，他去之前，她遭到了宋安安粉丝的为难。

可事后，她一个字也未曾向他吐露，就像她平静地看完了他所有的绯闻，也没有问过他一句。

生气、失望、要他替她出气……这些情绪，统统没有。

从前的程意意不是这样的，她就是断了个指甲，也会故意伸着十指来他面前打晃，直到他发现，捧着她的手安慰两句，她才会心安理得地收回去。

她所受的委屈不再事无巨细地告知他。五年过去了，他早已无法确定自己在程意意心中是什么位置。

这样的认知让他莫名烦躁，甚至充满了无力感。顾西泽合上文件夹，从座位上站起来。

雪下了一早上，整座城市被冰雪覆盖，从他所在的楼层，已经看不清路上的行人，但好在往下望时的失重感终于让他冷静下来。

他拿过椅子上的外套，径直走出会议室，同时接通江念的号码。

"顾总？"

"我记得顾氏旗下子公司有品牌代言人在用宋安安？"

"是，一个洗发水品牌。"宋安安的黑长发符合品牌形象，便被选用了。

江念回答他，却有些摸不着头脑。这些小事一向由子公司主事的人自行决策，整个集团，顾总倘若事无大小全部过问，早就累死了，他从来只掌控大方向，今天却不知怎的突然提起这个。

"换了吧。"

电话那边只传来轻描淡写的一句，江念却不知怎的，觉得浑身寒毛都冻得竖了起来。

"以后顾氏旗下的所有代言都不再考虑宋安安。"

江念想了想，觉得应该是宋安安的团队借顾总炒热度把他得罪狠了。他一向是个合格的特助，认为自己应该事无遗漏地提醒雇主。

"顾氏的院线正在对宋安安小姐新上映的电影进行排片……"

"一起封杀排片。"顾西泽补充，"不止这一部，还有今后她的所有作品。"

他的语气冷淡得没有一点温度，如同将这座城市覆盖的冰雪，铺天盖地地席卷而来。

他给过宋安安机会的。那么久的时间，她但凡有过澄清的举动，也不至于有粉丝跑去为难程意意。

他从来缺乏对世人的同情，只把最容易心软的地方留给程意意。当初对宋安安那一点微薄的怜悯，仅仅是不愿见与程意意长着相似面孔的人堕落，因为那样会让他有不好的联想，想象着他的意意也许同样在遭受着这个世界的恶意。

顾西泽说完，却长久地沉默下来。

江念不知道顾总还要吩咐些什么，也不敢催促，只得安静地等待着男人开口。

"江特助，今天过小年，我没有记错吧？"

北方地区腊月二十三过小年。

"是，您没有记错。"

腊月二十三，是程意意的生日。早在程意意住进程娴公寓的那天，他便计划着在这一天把程意意接回来。他不相信她会忘记这个特殊的日子，可他确实连她的电话也打不通了。

录制现场的气氛越发紧张，在场的所有观众的心几乎都提了起来。时间还剩五分钟，而程意意一直停在第七十九个格子。

她不再说话，而是闭着眼睛思考，仿佛忘记了挑战赛的时间在不停地流逝。为了避免思维混乱，她用了最复杂的方式，从第一个填下的格子，按照填列的顺序进行排查。

排查到最后，依旧一无所获。也许她应该换一种方式？

程意意很清楚自己的时间已经不多了。录制现场的暖气并不像后台那样足，可此刻，程意意不觉得冷，反而有些热，因为观众太多，空气甚至有些混浊。时间接近十二点，她的数学运算和逻辑推理能力会渐渐从几个小时前的巅峰水平往下滑落。

她还是低估了这道题目的难度。

程意意深吸一口气，让自己重新静下心来。

一定还有其他办法，就像那个时候……

程意意参加过各种数学奥林匹克竞赛，没少做出过挑战人类智力极限的变态题目，可要论卷面的答题完整度，她从来不及顾西泽。

那一次便是这样，她在图书馆和一本高等物理里的赛题较上了劲，到饭点也不愿走，偏要证明出来才甘心。顾西泽拿过稿纸，几分钟便将答案"唰唰唰"写出来给她看。

他用了一种她想都没想过的简单方式。

她并不比顾西泽笨，也许就智力而言，她能得的分数比顾西泽还要高一些。可在解决难题的时候，她习惯用剑走偏锋的方法，而往往忽略了那些再简单不过的普通方法。

04

下一秒，程意意睁开了眼睛。她的神情依旧淡然，眼神清明而坚定，饱含着智慧。大屏将她面部的微妙表情清晰放大，许多人心中莫名振奋起来。

她想到了。

她用了所有解开杀手数独最难的方式，埋头于庞大的计算，排除、筛选了诸多的数字组合，却独独忘了她正在解答的杀手数独也是一种数独。用她两三分钟解开常规数独的方式去解决，结果反而更快。

"对不起，第 4 列 D 行，请把 6 改成 9。"

那是她第一次忽略的地方，这个空格其实还有另一种可能。

"第五列 D 列，请把 9 改成 6。

"第四列 G 行，9 改成 7……"

开了头，程意意的修改速度便越来越快。人们惊讶于她能把填过的数字记忆得如此清楚，台上的两位教授却惊诧于程意意到了此时还能保持冷静的心态。不到最后一秒，他们也无法确定程意意的修改是否正确。可她眼睛里的光芒是耀眼的，带着惊人的感染力，他们更愿意相信她是对的。

计时器停在了 3 小时 57 分钟。

还剩整整 3 分钟，程意意念完了 81 格的最后一个数字，然后确认答题完毕。

两位教授同时看向大屏，脸上是无法掩饰的惊喜。即使还没有得到出题人的验证，观众们也能从台上评委们的神情里窥知，程意意的挑战已经成功了。

全场静默了几秒，随即，热烈的掌声毫不吝啬地响了起来。这掌声就算不为她挑战成功的题目，也为她的冷静自若和保持到最后一秒的风度。

最后一道程序，主持人请出题人验证挑战项目的正确性。

出题人是现任数独国家队的教练。

他的年纪才二十七八，身材高挑，温文尔雅。他微笑着出场，在全场瞩目下说出激动人心的四个字来："完全正确。"

全场一瞬间欢呼沸腾了，明星嘉宾们一同打出 15 分的项目完成度分，程意意满分晋级了。她并不是这一季第一个满分晋级的选手，现场的欢呼却远比第一位选手晋级时来得热烈。原因简单极了，因为她比第一位晋级的那位男选手好看。按照《天生我才》的惯例，主持人宣布挑战成功后，嘉宾便要为选手颁发挑战者勋章。

而为程意意颁发勋章的，正是这位数独国家队教练。他微笑着同程意意握了握手，将挑战者勋章交到程意意手上。

"恭喜，其实我出题的时候，自己也没想到过有人能将它盲填成功，你出乎了我的意料。"

"谢谢。"程意意微微欠身，保持微笑致谢。

接过勋章转身，程意意又朝两位科学家评委鞠躬致敬："谢谢两位教授。"然后又一一向给自己打满分的明星评委道谢，最后向台下的观众欠身，"谢谢大家。"

虽然过程多了点波折，但好在结果尚在她的预料之中。

"我们意意非常礼貌啊。"主持人笑道，"能给大家分享一下，你闭着眼睛思考的那十分钟里，到底想了些什么吗？我当时看着时间快到了，你还在闭着眼睛，心都快跳出来了。"

程意意拿起话筒，虽然还是笑着，但眼神变得认真起来："其实我当时把整个数独从第一个填列的宫格按顺序过了一道，但没有找到最开始出错的地方。

我是完全没想到自己会出错的，心里确实有点慌。"

"我们完全没看出来你慌了……"有明星嘉宾笑着道，"那后来呢？你是怎么找到的？"

"大概因为有人在庇佑我吧。"程意意的眼神柔软下来，放大的镜头中，她的眼睛如一泓澄澈的湖水，美丽得惊人，轻轻巧巧便能在人的心头荡起阵阵涟漪。

在电视台待了四五个小时，程意意终于走出了这栋大楼。

雪下得比来时更大了，白茫茫一片已经覆盖了街道，马路上还有扫雪车在不停地清理。好在电视台外便是公交车站，有公交车直达程娴公寓楼下，程意意便安心地等起公交车来。不出意外，节目剪辑后会在过年前播放，免得和年后各种各样的贺岁节目"撞档"。

届时，程意意将会收到一笔六位数的节目出场费，也因此，节目组让她注册微博这点小小的要求，她没怎么犹豫便答应了。

买房基金的进度条瞬间又往前拉了好大一截。真是做什么都比搞科研来钱快啊……程意意眨眨眼睛，又把思绪放回到自己课题的进度上来。受伤休年假的这些天空闲也不是没有用处，至少让她静下心来，好好思考了自己为什么会失败。

也许她太急了，人一急，便容易变得浮躁。可能冯教授也正是看出了这一点才会大发雷霆。休完年假回去之后，或许她可以将重心放到课题上……

"嘿！"程意意的思绪正飘远，被人唤了回来，那人笑着问她，"去哪儿？"

正是刚才给她颁奖的数独国家队教练。

冰天雪地的，他实在不忍看见刚刚还接受自己颁奖的女孩在公交车站吹冷风，说道："我回队里，可以顺路载你一程。"

程意意本想拒绝他的好意，还未开口，他便看出了她的想法："放心上车吧，94路公交的站点我恰巧都经过，换作其他人我一样会帮的。"

这个公交车站只有94路车。

不好再拒绝，程意意干脆大大方方上了车。车内放着轻音乐，又有暖气，比外面要暖和得多。程意意道了谢，和这位教练探讨了几个和数独有关的问题，程娴住的小区便到了。

"我在路口下就好了。"程意意再次道谢。

"不必，和你聊天我也受益许多，希望有机会能真正比一场。"他笑道。

程意意下车，欠了欠身，礼貌地目送车开远了，这才回头。路过小区外的停车位，她的目光落到第一辆车上，动作停顿了一下。

这辆车似乎有些眼熟。

车牌号是A4429。

不对。

程意意走出几步突然站定，新闻上，崇文大学招待所门口，她就是从这辆迈巴赫上下来的。

这是顾西泽的车。顾西泽不知什么时候下了车，已经站在了她的身后。

"你怎么来啦？"程意意笑起来，扯开围巾。

"为什么不接电话？"顾西泽站在原地，面容极力保持平静，眸色却越发深沉。

程意意自然明白他是生气了，笑容也有些绷不住，埋头闷闷踢了一脚地上的积雪："我今天去……就关机了，没有看到你的电话，对不起。"

她解释的那句说得实在太轻，仿佛就只在唇齿间滑一下便咽了回去，他只听到了那句"对不起"。

大风刮过，短短片刻，她没了围巾遮挡的脸颊便被冻得通红，程意意没忍住轻轻打了个喷嚏。

她有点想看看他的神情，刚抬头，眼睛便被人蒙住了。她眨了眨眼，那是顾西泽的手。

"我不需要你说对不起，不需要。"顾西泽的声音很低，压抑而隐忍，"今天是什么日子，你告诉我。"

他不轻易动怒，却总是为她破例。

她似乎有无数的办法轻而易举让他生气。

她关了机，却言笑晏晏地从别的男人车上下来。

"我的生日。"程意意的眼睛微酸。

顾西泽没有出声，他在等待着她继续说下去。

"我们一起在林光寺前面的古树下发誓的那一天。"

他们的纪念日，发誓彼此爱意永存的日子。那是父亲入狱后的第三年，她上了高三。离除夕不到七天，学校还在补课。冰天雪地，他跨过大半个城市，在教室外面等了很久，给她庆生。她放学的时候，他手脚僵硬，浑身都已经冻得冷冰冰，程意意最怕冷，却一头扎进了他的怀里。

他的大衣上似乎都有了冰碴，冷硬地扎疼了她的脸，然而两颗心是火热的。父亲入狱后，除了顾西泽，再没有人记得她的生日。

她不想吃蛋糕，红着眼睛，拉着顾西泽去了林光寺。

那里有一棵千年的姻缘树。

她听说过一次，便记在了心上。

顾西泽是无神论者，难以想象自己会陪着她做那样幼稚的事情。可他那天确实陪着程意意，一本正经地在那棵树下发了誓。时间已经过去了那么久，也许拴着他和她名字的红绫早已经风化，湮灭在 A 市的风雨里。

01

A市的冬风携带着彻骨的寒意袭来，啸声刺人耳。顾西泽站在原地，他的手轻轻颤了颤，缓缓垂了下来，掌心残留的温热在零下几度的天气里瞬间成为一抹冰凉的水迹。

她额角的碎发被风吹起，脸颊和鼻子被冻得泛红，眼里的水光倒映着他的模样。永远都是这样，她就这样流着泪，专注地凝视着他，让人产生她的世界唯有他一个人的错觉，而他没有免疫，也无法抗拒。

顾西泽错开眼神，突然觉得自己可悲极了，从很多年前，他患上程意意这场感冒开始，他没有抵抗力，不想吃药，最后再也没有机会痊愈。

小感冒每每发作起来，总是给他一记重击，让他好似四肢百骸都失去了力气。

顾西泽动了动，轻轻叹了一口气："我以为你忘了。"

他帮程意意重新把围巾拉了起来："天冷，回去吧。"

他的语气平淡，仿佛什么事情也不曾发生过。程意意却知道不对劲，她心中千头万绪绕成一团麻，慌得要命，却找不到出错的源头。

她知道，两人都不再是十几岁时可以把爱与恨肆无忌惮地说出口的年纪，如今的他们已经失去了那样的勇气。时间的滚滚车轮已经将他们爱情里风发的意气碾碎，在彼此心间划出天堑来。即使表面已经修补完整，裂痕却不是一朝一夕能够抚平的。

沉默又隐忍，他们不约而同将一切疑问埋藏在心里。

不，不该是这样的。慌乱中，她一把紧紧拽住他的手。

"我不冷，你别走。"

"别闹。"顾西泽低声哄她，"公司还有许多事情要做，我只是抽空过来看你一下。"顾西泽没说谎，他推了一堆会议，好不容易才抽出身过来。

程意意的眼眶更酸了，她松开手，然后一头扎进了他的怀里。

"我没有闹。"她的手紧紧抱住他的腰身，汲取温度，仿佛那样才有说话的勇气。

"上次我这样抱着你的时候，是在崇文大学的女生宿舍楼下。

"那天你本来在准备答辩，我在电话里骗你我病了。

"因为在那之前，你忙着家里和毕业的事情，两个星期我都没能见你一面。

"我抱着你，你亲了我的额头，骂我是小骗子。"

往事历历在目，程意意觉得说出来就忍不住哽咽，可倘若真哭出来，便也说不下去了……她只能强忍着，忍住眼泪，忍住内心的涩意，好让他能清楚地听她接下来的话。

"你知道我的记忆力，我忘不掉的。

"我记得那天你手指上美工刀划破的伤口还没有痊愈，记得那天落在你发梢的柳絮……我清清楚楚地记得那时候想你、盼着你出现在我面前的心情。

"所以离开 A 市的时候，我无数次强迫自己忘掉，彻底做一个自私又绝情的人开始新生活多好，反正你眼里的我就这样的。

"可是我总是忘不掉……

她的鼻尖抵着他的胸膛，好像那样便得到了喘息，眼泪大颗大颗无声地浸透他深色的大衣里，很快失去踪迹。

"我想你……我骗了你，可我还是想你。

"我不敢见你。

"怕你看见我脸上会是陌生和排斥……

"我怕你已经将我完全扔出了你的生活……

"怕你交了新的女朋友……

"我胆怯，我什么都害怕。"

她看不见他的神情，只能越发用力地抱紧他。他动了动，终于静默着抬起手来，环住了她的肩膀。那动作仿佛蕴含极大的安慰与鼓励，程意意泣不成声，可她最终告诉了他。

"我爱你。"

这三个字出口的瞬间，她能清晰感觉到他的身体如同受到震动般僵硬了。

"如果从前你不相信，那我再说一次。"程意意止住哽咽，努力让自己的话更清晰一些，"我爱你，就和你爱我一样。"

程意意终于推开了他的胸膛，不再躲闪，仰头看着他的眼睛："我不是故意不接你的电话，我……"

她还没有说完，顾西泽便俯身封住了她的唇。他在无声地回应她，他相信她。未尽的言语淹没在这深吻里。

他无法形容胸腔里一瞬间喷涌而出的感情有多么激烈澎湃，热烈又滚烫。

她爱他。

那是世上最动听的言语，让人疯狂，让人甘心沉沦。汹涌的欲望无从宣泄，他只有用力地亲吻，仿佛那样便能把彼此糅为一体，将爱意融进彼此的血脉里。

等程意意从欲望中稍微清醒，找回些许神智，她才发现，不知什么时候已经跟着顾西泽回到了他的公寓。她曾经住了很长一段时间的公寓，从玄关到客厅，沙发、书架到每一个摆件，熟悉得让她的眼泪几乎掉下来。

她愣怔着转身，去看身后的顾西泽，还没来得及看清他的脸，世界便在这一瞬间天旋地转。

她被他打横抱了起来，接着那个长吻，唇舌滑入他的口中，探索唇齿间每一寸角落，用尽力气汲取她熟悉的气息，不同于刚才的热烈，而是温柔到极致的缠绵，仿佛那爱意便是他赖以生存的氧气。

他将她放平在沙发上，俯下身来。突如其来的重力让她感受到彼此紧密贴合的身体。他们曾经熟悉彼此身上的每一寸肌肤，如同熟悉自己那样。

"我爱你。"

漫长的欢愉中，他的声音变得低沉又略微嘶哑，一字一句告诉她。他虔诚地亲吻了她的眼睛，仿佛那是世上最神圣的仪式。

下了一整天的雪，傍晚的时候终于停下来。

顾西泽起身去给她做饭。室内开了暖气，程意意赤着脚，拖着酸软沉重的身体，从床上下来。

打开衣帽间，程意意本想找件衣服裹着到客厅去拿回自己丢在那里的衣物，可打开门的那一瞬间，她觉得自己又想哭了。衣帽间里，她五年前的那些衣裙依旧紧紧挨在一起，占了一半以上的空间。

程意意爱漂亮，别的不多，最多的就是漂亮的衣裙。走的时候她惊慌失措，连宿舍的东西都没来得及好好收拾，更别提放在顾西泽这儿的。她甚至想过，她的这些东西他也许早就打包扔了出去。然而现在，她却看见当年留在宿舍的那些衣裙一并被井井有条地安置在他的衣帽间里。

在原地愣神很久，程意意才动了动，找了从前的衣服穿上。她上大学的时候老是觉得自己应该更瘦一些，然而这些年她真的瘦下来，穿上从前的衣服，对着更衣镜左照右照，却始终觉得宽松得不如从前好看。

程意意在大衣口袋里找到一根皮筋，将自己的长发扎在脑后，走出卧室，将忘情时扔在客厅地毯上的衣物一一收起来放好。她悄悄走进厨房，抱住了正在做菜的顾西泽的后腰。

"快好了，饿了吗？"他柔声问她。

"嗯。"程意意把头埋在他的背脊上，"我上午就没来得及吃饭。"

她已经饿得前胸贴后背了。

他的衬衫袖口挽至手肘，他关了火，利落地将锅里滚烫的骨汤倒进煮好的面条里，放进烫好的菜心、香菇和鸡蛋。

"今天吃长寿面。"

程意意不喜欢吃面条，所以他尽量把长寿面做得好看些。他将面条端到餐桌上，帮她拉好了椅子。

"你不是问我为什么没来得及吃早饭吗？"程意意偏头问他。

"哦，为什么？"顾西泽摆好筷子，顺着她的话发问。

程意意看着眼前的长寿面，拿筷子夹起一根，等它变冷，突然说道："我去参加了《天生我才》的挑战赛，录了四个多小时的节目，所以才没有接到你的电话。"

"怎么突然想到参加这个？"

程意意本要把面条夹进嘴里，闻言，动作停顿了一下，偏头笑起来。

"要是旁人说分手的这些年，我交过男朋友，你会介意吗？"

顾西泽最了解她不过，闻言，心中便立刻意会。

她在影射宋安安。就像从前念书的时候，他被人拦住表白，尽管当时他便拒绝了那个女生，可程意意不知怎的还是从旁人那里听到了。那女生的面容他早已没了印象，只记得她当时在崇文大学似乎小有名气，之前曾主持过几次文娱晚会。

后来，便没有后来了。

因为那个女生每次参加主持人的选拔，程意意必然也会参加。她努力做一件事情的时候，就没有做不成的。

她不找人麻烦，只在旁人最值得骄傲的领域超越他们。不知怎的，顾西泽突然想笑。那种心灵上饱食的满足感好似随着血液缓慢流入了四肢，让他重新有了力气。

02

康山监狱在A市远郊，犯人只有在星期天才能接受亲属的探访。临近年关，程意意更是好不容易才获得了探视机会。因为是平日里没有人抵达的远郊，又下着大雪，顾西泽便直接开车送她过来了。监狱外是几棵枯败的老树，连一片叶子也无，光秃的枝丫有几处堆着积雪，张牙舞爪地朝天伸展着，显出几分颓然的气息来。

"要我陪你进去吗？"顾西泽停车偏头问她。

程意意摇头："我一个人可以的。"

她带了几本书和冬日里御寒的衣物，推开了车门。程意意时隔多年终于又一次踏上这个地方。父亲初入狱时，她在上初三。法律上，程渊和她并非亲属，程意意又是未成年人，没有人帮她，每次都历经千辛万苦才能得到会面机会。

后来次数多了，程渊便不愿意见她了。

大概觉得，程意意总想办法跑来见他耽误学业，而若是她的人生里没有他这样的父亲，应该会顺遂得多。程意意离开A市前，也是接连几次申请探视被拒。谁也没想到，再有机会见面的时候，已经过去那么多年。倪茜从来凉薄自私，只在程渊来的时候会一改平日里对程意意的漠视，对她嘘寒问暖。

倪茜长得好，但她心里十分清楚，自己能一直跟在程渊身边，归根结底是因为肚皮争气，生出了程意意这张长期饭票。

对世人来说，父亲不是一个好干部，不是一个好丈夫，最后被判处无期徒刑，他确实咎由自取、罪有应得，然而，对程意意来说，程渊的父爱是她从亲人那里唯一得到过的东西。

回想年少时想把程渊救出来做过的种种徒劳的努力，程意意觉得自己可笑幼稚到了极点，但她能够理解那时候的自己，因为虽然程渊有罪，却是那时候她在这世上唯一能依靠的人。

程意意经过了好几道登记关卡，探访的东西也被收走检查，统一存放，最后才被狱警领着进了会见室。

会面的房间隔着玻璃，程意意等了好一会儿，对面的门才开了。整整五年，除了书信里有过的两张照片，这是程意意第一次看见自己的父亲。他五官沉静，头发被剃得极短，即使如此，还是能看到满头的白发。她上次来的时候，他还只有两侧鬓角染上点点斑白。

隔着玻璃，他深深看了程意意几秒钟，在眼眶湿润之前及时地移开视线，不让她看见，又过了许久，才通过电话艰难地吐出几个字来："长大了，意意。"

入狱时只长到他胸膛那般高的女儿，如今已经快要和他一样高了，而他却已经老态龙钟，弯腰驼背。

"我带来了你想看的书，还有羽绒服。"程意意努力翘起嘴角，试图改变气氛，"吃的不让从外面带，就只能在里面的商店随便买了些……"

"不用这样麻烦的，意意。"程渊摇摇头，"我现在不大需要这些了，里面都有。"

他的眼睛早已经看不清书本上的小字，年纪大了，味觉、听觉也都已经退化，早已没了口腹之欲，只是在书信中不忍驳了女儿的好意。

他问及她的学业和工作，叮嘱了几句，又提起了程娴。他和程娴的母亲没什么感情，对程娴这个女儿却是牵挂疼爱的。

"长姐现在很好，还自己买了房和车，前两天还和我商量着来看你，只是年底太忙，公司事情多，没抽出时间来……"程意意说完，似乎想到了什么，欲言又止。

程渊一眼便看出来了，问道："怎么了？"

"爸爸。"程意意停顿了一下，垂下头，声音渐渐低下来，"我和顾西泽重新在一起了。"

"什么？"这件事明显超出了他的意料，愣了半天才回神，声音疲惫至极，"意意，你不小了。"

上一次程意意和顾西泽在一起的时候，她来监狱探望，对父亲坦白了。程渊自然清楚，程意意的想法不过是异想天开，就算她把自己搭进去也毫无用处。就是从那以后，他便不见程意意了，他不愿看到女儿因为自己毁了一辈子。

程渊未入狱时，也曾见过年少时的顾西泽，言谈举止得体、相貌风度绝佳，确实是个很优秀的年轻人。可他再清楚不过，顾西泽是顾家长子，是最受重视的继承人，即使那个年轻人真的深爱他女儿，顾家又怎么可能容许他把一个阶下囚的女儿娶进门，那将会成为他一生的污点。

他提心程意意最后会遍体鳞伤。他的一生已经经历了太大的起落，看淡了荣华富贵，他只希望自己女儿能够平淡安康地过完一辈子，那便是老天爷给他最后的恩赐了。

"你真的想清楚了吗？"他长叹了一口气，老态毕现，"顾家不是普通的家庭，有可能你蹉跎了青春，最后却是竹篮打水一场空。换作普通家庭，以你的聪明，必定能活得极好……"

"爸爸。"程意意打断了他，她抬起头来，神情极认真，深深凝视着他。

"我曾经犹豫了很久，也徘徊了很久。"她握紧手中的话筒，"可是后来我发现，这个世界上，只有他会和您一样保护我，包容我。

"您知道我从来为人谨慎，心防很重，再没有十年给我看清另一个人。嫁给谁我都能活得很好，可是都不能像现在这样开心。爸爸。"

程意意的语气变得沉重起来，眼神真挚，含着恳切的期望。

或许连她也没那么自信，只是希望得到肯定来给自己坚持下去的决心。

"我想为他努力一次。"

程渊沉默了很久，心中百转千回。他终是不忍，正要开口，狱警开门，"哐哐"敲了几下："探视时间到了！"他被那位膀大腰圆的狱警半拉半扶着站了起来。

电话被挂断了。

"爸爸！"程意意的眼眶酸涩极了，曾经意气风发的父亲已经年过半百，日复一日在这暗无天日的地方蹉跎人生。

即使理智上知道那是他应得的惩罚，可他们始终血脉相连，感情上，她没有办法不难受、不想他出来。

程渊听不到女儿的声音，却看得到她眼中的悲切，清清楚楚。他拼着力气站定，偏头正面朝她，一字一句念了出来："爸爸更想你能活得开心……"

离过年还有两天，A市大街小巷张灯结彩，满目喜庆的过年红。

《天生我才》节目的最新一期也在这天晚上放了出来，程意意看电视，换台正好切到了这个频道。

正放到她自我介绍的那一段。程意意仔细打量了自己，觉得自己真是帅到不行，扔下遥控器往书房里跑。

董事局主席换届，顾西泽成功以最高的票数当选，接替了自己的父亲。需要交接的事情不少，年前最后两天，他必须抓紧时间把手上的工作做完，才能确保自己过一个安静的春节。

程意意进门时，他还在埋头专注地看文件。她蹑手蹑脚地进门，本想吓唬他，谁知还没走到他跟前，他便先开了口："电视不好看吗？"

书房铺了地毯，为了悄无声息地进门，她连拖鞋都没穿。

他背后长了眼睛吗？

程意意不高兴地背起手："好看。"

顾西泽失笑。

他知道程意意不高兴是因为什么，她玩这个吓唬人的游戏从来没赢过，反而经常被自己吓一跳。有时候她觉得自己已经够悄无声息够隐秘，可还是总被他发现。她大概不懂得，恋爱中的人会有种直觉，觉得爱人就在自己身后，大部分时候回头扑了空。但有的时候，即使不用转身，他就已经知道，她在向自己走近。

程意意帮他倒了杯水放在案几上，拉了张凳子趴在他书桌对面，眼睛发光，神采奕奕地看着他。

"我录的节目播了。"

你要不要看？后半句邀请她在用眼睛说。顾西泽的嘴角又忍不住翘了起来。这样强势的邀请，他自然拒绝不了。

节目开播之前，程意意曾应节目组要求开通了微博。节目播出的时候，程意意没等到录制节目的薪酬入账，却先等来了一声接着一声微博被关注的提示，手机险些被几百条私信卡得动不了，她赶紧关了微博的消息提示。

顾西泽看节目看得认真，程意意满意地躺在他腿上看起消息来。这一次，微博上到底还是有人把程意意和前段时间顾西泽的绯闻联系起来了。

官方媒体删得再快，也没有广大网友保存得快，程意意终于重新看到了酒店门口的照片和视频。

一整晚，没等到宋安安粉丝的声讨，她颇奇怪，干脆自己打开了宋安安的主页。

这一看，她愣住了。

程意意迟疑了几秒，仰头唤他："西泽。"

"什么？"

节目正放到程意意闭眼思考的瞬间，全场的气氛凝成一片。顾西泽盯着电视机屏幕没有低头。

"网上说宋安安的新电影被你们集团的院线封杀了？"

"嗯。"

"为什么？"程意意不解。

上次她看讽刺宋安安英文差的评论，他不是还生气了吗？看到节目上的程意意终于开始修改答案，他才微微低下头，分出神来回答。

03

"为什么不告诉我？"

他不再看电视了，漆黑的眼眸专注地凝视着她，眼睛中那一点认真的光亮，恍若大海里的星辰，包容又明亮，仿佛要使人溺毙其中。

程意意原本静静地枕在他腿上，被他这么一看，她突然觉得那眼神似乎要将人吸进去，委实无法消受。

他在问，你受到的委屈为什么不告诉我。

"你都知道了？"程意意错开眼睛，翻个身把头埋进他的腰间,声音有些闷。

"嗯。"

宋安安在病房里的示威，网上的舆论，粉丝的为难……程意意从来不是任人欺负毫无还手之力的善茬，她计划好了一切，却习惯性对顾西泽隐瞒了这些。

"你固然可以不告诉我，一个人把所有事情解决得很好，"他低头，将她的脸扳回来，轻撩她耳边的碎发，"但是意意，那对我来说不公平。"

他们离得近极了，近到她可以将他的睫毛数得清清楚楚，近到她能感受他声音的震动。

"我们是一体的。"

他咬字极清楚，声音低低的，好像吟唱的大提琴，萦绕在耳边，如同一场美妙极了的梦，尾音却又温柔得好似棉花糖，含在唇齿间，身心都甜蜜起来。

"你受的委屈，我也感同身受。"

程意意突然觉得天底下真的有那种可以杀人的温柔，就像此刻，她便觉得自己可以融化在他真挚的眼神里。她掩饰住内心的感动，抬手挽住他的脖颈坐起来，靠近他的脸颊，问他："她说她去过你的书房，看过你的相册，我很生气，你生气吗？"

"嗯，生气。"顾西泽点头，深深皱眉，"我跟她不熟，她不可能进过我的书房。"

程意意这才笑起来，满意地吻了他的脸颊。顾西泽的眉心却并没有松开，转而又问："她这么说？什么时候？"

程意意立刻意识到他知道的事情并不含这一件，撇撇嘴，三两句把宋安安的事情抖了个干净："我住院的时候她去医院，跟我说了好多话，还称呼你'西泽'。"

宋安安大概是患了臆想症吧？

顾西泽摇头，他还是低估了她。这个女人是公众人物，行事却这样荒唐，简直是颗定时炸弹。他恢复神色，又问："她还做了什么？"

程意意摇头："没了。"

引导舆论和煽动粉丝这样的事情，虽然怀疑，但她始终没有证据。顾西泽按下心中的情绪，帮她顺了顺长发，温声叮嘱她："就这样告诉我，我会把一切处理好的。"

他认真看着程意意的眼睛，直到她点了头，他的嘴角才轻轻弯了起来。顾西泽平日里并不常笑，他的五官本就俊美，一旦笑起来，便如同冰雪消融，无限柔和起来，他认为这样会失了威严。然而此刻，他的神色宁静，眉眼安详而放松，翘起的嘴角有诱惑人心的弧度，翩若惊鸿，令人窒息。

腊月二十九。

程意意晨起的时候，正好收到节目录制薪酬到账的信息，她认真从个位数起，数到第六位，这才满意地收起了手机。她站起身穿衣服，指尖触到枕边冰凉的温度。顾西泽应该起得极早，他一向勤勉，这会儿大概早到公司了。

洗了个热水澡，避开伤口，将大波浪卷发吹干，披在肩后，程意意走出卧室。

刚下楼，程意意便吓了一跳，张仪不知什么时候来了，在客厅打扫卫生，见到她，笑盈盈地唤了一声。

程意意是从顾西泽的主卧出来的。饶是她脸皮厚，这时候也觉得有几分难为情："阿姨，您来啦。"

张仪笑着点头："我不常来的，先生平日不大喜欢别人来公寓，昨天晚上他特意给我打了电话，说你头上有伤，一个人不大方便。我在老宅闲得慌，正好过来做做饭，有事的时候也能搭把手。"张仪说着，一边放下洒扫工具，一边进厨房招呼程意意，"早餐都热好了，要先吃一点吗？"

程意意应着，正要进厨房，余光却看见客厅窗边阳台上有一排小灯亮着，天分明已经亮了。

"阿姨，怎么不关灯呢？"

她奇怪地多望了几眼，脚步不由自主地迈过去。

"哎，不用关。"张仪拿着汤勺，急忙从厨房出来。

程意意已经拉开了遮挡视线的窗帘，阳台上的整个花架就暴露在眼前。高低几排大大小小的花盆里，都是一株株分株移植的凝脂莲，枝叶玉雪可爱，长势喜人。那一排补光灯被嵌入墙面，灯光正好打在植株上。

张仪也赶到了阳台上，向她解释："这个灯不用关的，冬天云层密，窗边的光线也不大好，这些盆栽最喜欢晒太阳，有一年冬天阴了大半个月，枯死好几盆，后来先生才让人装上了补光灯。"

"他一直养着这些盆栽吗？"

"嗯。"张仪点头，"先生宝贝这些，都是他抽时间亲自打理的，我记得前些年还没有那么多盆，现在都可以放满阳台了。"

张仪伸手小心翼翼地摸了摸中间最大的那株凝脂莲的叶片，笑起来："别说，这小叶子还挺招人疼的。"

"这是凝脂莲。"程意意悄声回她，神情怀念，轻轻松了手，放下窗帘。

张仪摸的那一株，便是她当年最初买的那株。不知道从什么时候起，崇文大学宿舍流行起了种植多肉植物，她便也从花店里端了几盆漂亮的多肉植物回宿舍养。

程意意虽然喜欢，耐心却不大好，没种多长时间，这些娇气的小家伙便陆陆续续开始植株老化，叶片干枯，半个学期过去，只剩了一盆凝脂莲。

有次她惹得顾西泽生气，回到宿舍灵机一动，反正她也养不活，便端着这仅存的一盆凝脂莲上门向他赔罪。

凝脂莲最后成功地住进了顾西泽公寓的阳台，她也顺理成章地留下来吃了饭。程意意记得那天的晚饭有嫩姜炒鸡块，鲜香味似乎还留存在唇齿间。

顾西泽把有关她的东西都保存照顾得很好。程意意摸了摸空荡荡的手腕，神色暗淡下来。

吃过早饭，程意意便接到了英宛的电话，约她去逛超市买年货。程意意的大学室友来自大江南北，毕业后，只有英宛一人留在了 A 市。程意意虽然不买年货，但英宛不常约她，她在家里也没事情可做，没怎么犹豫便答应了。

在程意意的计划中，本来是校庆结束便回 G 市的，却不想一留便留到了过年。行李箱里的衣服都被穿完了，她干脆翻出衣帽间里大学时期的衣服。头发利落地扎低在脑后，遮住伤口，深色毛衣外套，帅气的军绿色军装夹克，黑色的贴身牛仔裤搭中筒系带马靴，把腿包裹得细长笔直，照了镜子，程意意便满意地出门了。

虽然是五六年前的款式，但时尚是循环的，程意意眼光好，搭配起来也不会过时。约好的地方在百盛商场，程意意徒步便能很快抵达。在商场奶茶店排队买了两杯热牛奶，程意意发现她今天的回头率明显高很多。

排在身后的几个小女生边抬头打量她，边窃窃私语。早知道今天出门应该化个妆……程意意下意识摸了摸脸。

平日里没有那么多人敢正大光明地偷看她。

她干脆抿起嘴冲那几个小女生一笑，偷看被逮着，小女生们撞上她的视线，都飞速移开视线或低下了头。

程意意找了卡座坐下来休息，喝了口热牛奶，身上多了几分暖意，她托着下巴，觉得自己应该是低估了《天生我才》的收视率。

没过几分钟，英宛便到了。

程意意把热牛奶推给她，英宛接过牛奶，含笑摘了手套，先朝她竖了个大拇指："意意，那么多年过去了，我还是最佩服你的脑子。"

程意意失笑："你也在追《天生我才》？"

"我从前不看这个，昨晚看到网页推送消息，夸得天花乱坠。我一看，咦，这封面人物还挺像我们意意。"英宛说到这儿来了劲，"我又想起当年你的光辉事迹……就那次，老师点名让你上去做实验示范的事。"英宛说着，兴奋地拍了一下桌子，"我记得你睡了一整个早上吧，实验步骤都还是我大课本翻开给你看了一眼。你愣是脸不红心不跳地上去按步骤做了半个多小时……真神了……"

英宛说得口干，一口气喝完了牛奶："不过话说回来，你怎么突然会想到参加这个节目，你从前……"

程意意从前不爱出这些风头，连主持晚会都是因为……英宛想到这儿，话便停了，嘴角忍不住翘起来："你们重新在一起了吧？"

程意意微笑默认。

英宛激动得一拍桌子："我就说嘛！"

这一拍桌，附近人的视线都被吸引了过来。

英宛颇不好意思，降低音量，继续道："意意，这个宋安安的风头早该压一压了，你可千万别信了她的炒作，我一瞧就知道她在'自嗨'，顾学长压根没理过她。"

程意意忍着笑应她："嗯，我听你的。"

04

年货由商场送上门，自超市出来，英宛两手空空，便又硬拉着程意意去了卖珠宝首饰的楼层。

英宛婆婆待英宛不错，她想买件玉器送给老人家。珠宝那层楼人倒是少了许多，至少不用肩挤着肩并行了。程意意同英宛说着话，下了扶梯，刚走出几步，脚步却缓缓停了下来，最后站定。

"怎么啦？"英宛不解地回头，只见程意意的视线凝在了一排手表专柜上。

橱窗的灯光下，简约大方的黑色表盘，切割精致漂亮。

那是浪琴的新年款。

同程意意买过的那对还有些细节上的区别，却是这些年浪琴出过的款式里最像的一款。隔着暖光的橱窗，程意意慢慢走近，指尖触上冰凉的玻璃，神情里满是怀念。

"小姐，您要仔细看一下吗？我替您拿出来？"导购员笑着迎上来，"这是浪琴今年主打的款式……"

程意意点头，接过导购员手中的表。顾西泽的电话便在这时候打了进来。

"在哪儿，我去接你？"

话筒里的声音轻轻在耳边响起，低沉又好听，仿佛重力的吸引。英宛隐隐听到声音，兴奋地用唇形问她，是学长？

"好。"程意意含笑点了点头，说清楚商场的地址，这才挂断电话。

电话一挂断，英宛便笑道："学长要来接你吗？"

程意意点头。

"真好。"英宛两手轻轻交握起来，眼睛闪着光亮，"你不知道，意意，你们分手的时候，我曾经觉得自己再也不会相信爱情了。好在兜兜转转这么多年，你们又在一起了……"英宛眨了眨眼睛，挡住眼眸中的水汽，笑道，"真替你们高兴。"

怀孕的人总爱多愁善感，程意意见英宛交握的双手搭在微凸的小腹上，心中便有了猜测。当初英宛是她们宿舍最后找到男朋友的，几人中，却是她最先修成正果。程意意轻轻安抚了她几句，心中也是感慨万千。

低头，黑曜石般的表盘熠熠生辉，果然像极了。她的指尖轻轻摩挲，最后递还给导购员。

"麻烦帮我包起来。"

马路上的积雪被清扫干净，行驶平稳。程意意的包里静静躺着一对情侣表。她其实有些犹豫不定，到底要不要拿出来？因为款式再像，也不是当年那两块了。

车内放着舒缓的音乐，暖气将寒意隔绝在外。程意意悄悄偏过头，看向顾西泽扶着方向盘的手。他的手修长白皙，简直堪称艺术品，手腕上的表却一点也不搭。

终究是年代太久了，主人再爱惜，也抵不过岁月的侵蚀。

"看什么？"

程意意匆忙收回视线："没什么。"

顾西泽偏头看她一眼，提起另一件事情来："除夕要回老宅。"

明天便是除夕了，程意意恍然大悟。

"哦，你去吧。"程意意语气平淡，装作若无其事，偏头看窗外。

"我的意思是，你和我一起回去。"顾西泽郑重其事地说。车已经到楼下，他打了把方向盘，便缓缓驶入公寓的地下车库。

一起回去……

程意意听清这几个字，说不上来为什么，觉得浑身有些发软。回老宅，见顾西泽的家人吗？

她胆怯，她不敢。

"这么突然，我没有准备……"她强撑起笑容来，试图改变顾西泽的想法。车稳稳倒进了地下停车位，熄了火，顾西泽在黑暗中沉默了好一会儿。就在程意意心底开始发慌的时候，他轻轻叹了一口气，缓缓开了口："意意，我们认识多少年了？"

黑暗中，程意意只能看到他的轮廓，却无法看清他的神情，只能从他的语气中判断他的情绪。她明明知道答案，却还是在心里掰着手指头，从他在教学楼的阳台上帮了她那天起，数到了现在。

"十年，还多出来一百二十天。"她轻声回答他。

"你在害怕什么？"他握住她的手。

即使看不清楚，她也知道他在看着她。他掌心的温度将她的手包裹，她紧紧回握。

自然是怕的，她怕的很多，怕她再怎么努力也不能表现好，怕他的家人漠视或者不喜欢她，怕她最后不能正大光明地站在他的身边……

涉世未深的小女孩才能无所畏惧，而她不是。她对父亲说想试一试的时候，其实心里未必没有志忑。她不小了，顾氏是多大的家族，有多么盘根错节，又有多少森严的规矩，她很清楚。程意意始终记得父亲刚入狱那几年她的遭遇。

探监的手续烦琐，程意意不是程渊法律上的女儿，又是未成年人，没有程家的人帮她，原本是不可能取得探视机会的。最后是顾西泽找了族叔，替她解决了。

顾西泽是顾氏前途无量的继承人，他为程意意父亲这样的人物动用关系，顾家自然便有人知晓了程意意的存在。

那天程意意从学校回来，程母第一次在客厅里等她。她阴沉着脸打量了程意意很久，最后一字一句告诉她："顾家不是你能招惹的，想在这儿待下去，你就给我安分点，别给我找麻烦。"

找麻烦……

这三个字意味深长。大概是顾家有人找了程母的麻烦，因为她给顾西泽添了麻烦。她不清楚是谁授意的，不清楚是顾西泽哪位亲人的手笔，但有一件事她清楚得很：进了顾家，她将会遇到的阻力也许不止这些。

"再给我点时间，我……"程意意觉得自己手心发凉，心脏怦怦乱跳。

顾西泽轻轻叹了一口气："意意，无论发生什么，与你一起承担的是我，你只需要记住这一点。顾家并不是龙潭虎穴，它没有你想象得那样可怕。"

程意意没有出声，他终于不再勉强。程意意有几分慌乱，跟着顾西泽打开车门，低声唤住他："西泽……"

顾西泽站定。

"你在生我的气吗？"程意意的指节捏紧了车门。

他终于转身，无奈地叹了一口气，唤她："过来。"

程意意关上车门，迟疑着走到他身边。

"手给我。"

程意意动了动，手便被他强行拉住，摊开。下一秒，顾西泽拿出东西，一样接一样放进她的掌心。

"卡。

"门钥匙，车钥匙。

"我的心。

"全部给你，我没有生你的气。"

地下车库昏暗的灯光里，他的眼底似乎蕴藏着万千的情绪，声音也比平时急促。

"意意。"顾西泽看着她，轻轻摇了摇头，"我气的只是你不肯相信我。"

程意意觉得他的目光灼烫得让人无法直视，她只能低下头来："我……"

"除夕我会留在公寓。"顾西泽打断了她，"但意意，你不可能永远准备下去，"顾西泽的眉心染上疲色，"除非你从来没有考虑过我们的未来。"

"我知道。"程意意轻声应他，把头埋进了他的怀里，"你别生气。"

顾西泽又叹了口气，许久之后，才抬起手来摸了摸她的头发。

程意意已经许多年没再过春节，留学的时候，在超市里买盒速冻饺子，做两个菜，就算是顿奢侈的年夜饭了。

　　顾西泽不回老宅过除夕，张仪便把饺子包好了才回去，程意意只要等水开了，下锅煮了便可。顾西泽公寓的楼层很高，从窗户俯瞰，万家灯火便在眼前了。偶有拔地而起的摩天大楼明亮璀璨。黑夜中，烟花在远处接连绽开，隐隐约约还传来些鞭炮响声。

　　厨房里的热气将窗户蒙上一层薄雾。

　　真有过年的气氛啊。

　　说不上来为什么，程意意觉得此刻自己心中安定极了。那种润物细无声的暖意缓缓与她的血脉交融，涓涓流进四肢，流回心脏，让人浑身都舒服得有些发痒。

　　她守着等水沸腾，偏头专心看顾西泽给鱼开片。他的十指修长、指节漂亮，旁人看惯了他拿着笔写字的样子，绝对想不到他的手在厨房拎起刀来也这样灵活。

　　鱼肉被利落地削成薄片，整齐地码进盘子里。

　　"真好看，可惜只有我一个人能吃。"程意意伸手摸了摸那晶莹剔透的薄片，嘴角翘起来，露出一排整洁的米牙，"你不做大厨真是可惜了。"

　　顾西泽伸手在水池冲干净，直起腰，提醒道："水开了。"

　　程意意转身一看，水果然开了。

　　她赶紧端起装饺子的托盘，一个一个往锅里下。水在沸腾，程意意又下得急，饺子破了好几个。

　　"笨手笨脚。"顾西泽的声音带着微不可察的笑意，伸手从后面接过了托盘。程意意给他让开位置，不满地站到一边："我买的速冻饺子都用冷水煮，才不会破呢。"

　　程意意说到这一句，他的笑意便缓缓收敛了。

　　"每年都吃速冻饺子吗？"

　　"什么？"他的声音太低，程意意没听清楚，仰头问他。

　　顾西泽没有再问下去。

　　自然是的，他知道。她没有可以依靠的亲人，对人防备心又重。他了解她的性格，就像了解自己一般。他完全可以想象，程意意是怎样度过这五年的。

内心孤独又冷漠，生活忙碌又麻木。

与他一样。

这一想，他便觉得心里好似有块地方堵得喘不过气来。

白盘底上铺两片生菜叶子，程意意将煮好的饺子一个一个摆整齐。

"总算有道菜算我做的吧？"程意意回眸，眼睛亮晶晶的，笑起来，眼睛弯弯上挑，卧蚕精致又漂亮，显得整个人可爱极了。

她还没等到答案，手机便响了起来。程意意腾不开手，便让顾西泽帮自己掏出手机来接电话。谁知他从她外套里拿出手机，只看一眼，手指一划便挂断了。

"谁啊？"

"昆南。"

"怎么不接呢？"程意意看他。

"手滑。"

偏巧这时候手机又响起来，程意意放下筷子就要去拿手机。

这一次，顾西泽却接通了，拿到耳边："什么事？"

就说为什么第一次打过去被挂了！

果然，顾西泽的声音在耳边响起，昆南瞬间觉得自己是打过去找虐的。

"你让意意接电话！"

顾西泽偏头看了看程意意，走到窗边："她在忙着给我做饭，腾不开手，有事我帮你转述便是了。"

01

"我要亲自讲给她听。"昆南气哼哼地说。

"好，我会帮你转达的。"

下一秒，顾西泽挂断了电话。

昆南看着被挂断的界面，烦躁地把手机扔回床上，翻了个身，闭上了眼睛。程意意这个讨厌鬼，居然敢让别人接他的电话。可有什么办法呢？她当年也是这样的啊，毫无顾忌地把与别人亲密无间的背影留给他，与他渐行渐远。

摆好筷子，准备吃饭的时候，顾西泽接到了家里的来电，他示意程意意先吃，走到一边接电话。

程意意举着的筷子又放了下来，她隐隐能听到电话那边传来的声音，女声平静又温和，多半是他母亲在温声叮嘱着什么。电话那边说着什么，他一一应声答"是"。

在除夕这万家团圆的日子，顾西泽却陪她留在了公寓里。程意意垂下眼帘，突然觉得不安起来。顾西泽的父母肯定不会无所察觉，就像她知道他们一般，他们也必然清楚她的存在。

程意意对家庭从来没有概念，因为她从未感受过来自家庭的温暖与安全感。在这方面，顾西泽要比她幸福得多。

她曾见过顾西泽的双亲，在他的相册里。那张照片上，她的母亲气质温婉，笑起来极温柔可亲，父亲高大深沉，伸手搭着顾西泽的肩上。即使只是张照片，也能隔空感受到一家人的亲密与默契。

这与她的家庭有着天壤之别，遥远美好得她不敢伸手去触碰。

春晚开始了。

程意意开始盛饭，顾西泽终于挂了电话，朝她走来。

"等一下，意意。"顾西泽接过她手中的碗，"我爸妈要过来，我们一起吃。"

程意意一时没反应过来，愣了片刻，惊讶地问道："现在？"

"嗯，现在。"

程意意觉得自己有点坐不住了，拨好耳边散下的头发，飞快地将衣服整理了两下，声音抑制不住有点慌："你怎么现在才说呢？我什么准备也没有……"

顾西泽的笑意抑制不住地泛出来："哪里没有准备，我们不是做了一桌子菜吗？"

"算了，我不跟你说了，你不懂。"程意意起身，从外套口袋里掏出皮筋三两下将头发利落地扎在脑后，走出厨房。

"去哪儿？"

"换衣服！"她的声音带着恼意，狠狠地回他。被凶了，顾西泽却一点也不恼，嘴角的笑意终于完全散开来。

程意意回到卧室，手忙脚乱地换衣服。

公寓里平日只有他们两人，室内又有暖气，自然穿得宽松舒适些。此刻她身上的 V 领针织薄裙一俯身便能露出胸前大半肌肤来，如何能穿着去见他的父母？

她换了端庄稳重的海蓝色毛衣，穿了牛仔裤，系着腰带，顾西泽进来了。

"真的不用准备什么。"他将程意意散在地毯上的衣物捡起来，挂在一旁的衣架上，"你很好，他们会喜欢你的。"

他伸出手，递到她面前，眼神专注又真挚："你相信我，意意。"

"好。"眼神交会间，程意意便如受到蛊惑，紧紧抓住了他的手，仿佛这样便得到了肯定。

顾西泽父母的车已经到了楼下。

顾西泽在厨房热菜，程意意到电梯门口接人。程意意很少有这样紧张的时候，她总是三言两语便能轻易得到别人的好感，真正能让她惶恐在乎感受的人少极了。

程意意开门，深吸了两口气，努力让自己平静下来，等着电梯那一声"叮"。

她的脑海中闪过千百个念头，不过两分钟，她却觉得过了一个世纪那般漫长。直到电梯门缓缓打开，她才条件反射般扬起笑容。

虽然还是心如擂鼓，面上却已经镇定下来。

"伯父、伯母，你们好，"待夫妻两人完全出现在面前，她才欠身，微微笑着，打了招呼，"我是程意意。"

她的笑容带着融化冰雪的暖意，亲和力十足，眼角眉梢有着清纯和别样的吸引力，五官精致得让人忍不住赞叹。

初次见面，顾母突然明白了儿子为什么喜欢她。

一个人的气质与风采，隔着照片恐难以领略十分之一，只有真正瞧见了，才能直观地感受那魅力与震撼。

顾母微微点头："嗯，我听西泽说起过你。"她的声音温和，程意意没听出什么来，直起身，又瞧见顾西泽的父亲也对她微微颔首。

她一颗忐忑的心这才稍微安定。

"西泽在厨房做菜，我……"程意意说着话，余光却望见顾母绊了一下。

"小心脚下，有台阶。"走廊里只开了暗淡的暖光，视线不太清晰，她赶紧伸手去扶，还未碰到她的手，顾母便已经被人稳稳扶住。

"怎么这样不小心？"顾西泽的父亲将她扶稳，眉头轻皱。

程意意看清他的脸，这才发现，顾西泽长得像父亲，鼻梁高挺，眼睛深邃，双眼皮的褶皱很深，十分好看，连皱眉的样子都如出一辙。

"是我疏忽了，忘了把灯调亮些。"程意意忙解释，"这两道台阶太低，我也被绊了好几次。"

顾母从顾父手中把胳膊抽回来，冲她笑笑："西泽跟我说你上了节目，前两天我也看了那期《天生我才》，没想到这个节目还挺不错的。"

程意意没料到顾西泽会同顾母说这些，想到节目上自己的表现，顿时觉得难为情起来，面上的笑意不变："我做得太慢了……"

四个小时的录制时间，即使剪了大半，放出来她做题的时间也有近半个小时。

"不用谦虚，你已经很好了，我念书的时候做普通的数独也不见得能做这么快。"顾母同她说话间，程意意开锁进了公寓。

顾西泽父母是第一次踏足平日里儿子独居的地方，人一多，公寓便似乎显得小了些。公寓里处处被打理得干净温馨，两人都极其清楚自家儿子的脾气，自然能猜到那灰色沙发上彩色的抱枕、阳台的盆栽、北欧风格的蓝白地毯是出自谁的手笔。

其实顾母很早便认识了程意意，早到儿子还在上高三的时候。她去开家长会，班主任留下她，小心翼翼且隐晦地跟她提起了顾西泽"早恋"的事情，班主任唯恐早恋会影响顾西泽的成绩。

她记得当时自己是笑了的，心中还觉得极不可思议，尤其是在得知儿子的"初恋"对象还是个初三的小女生之后。这件事情她最终没同顾西泽提起过。她十分清楚自己的儿子是怎样的人，理智、冷静，做事极有条理与规划，他确定的目标便不会因为任何事情挡住步伐，必定要完美地做到极致。

因为早恋影响他的成绩，那才是不大可能发生的事情。

程意意陪着他们坐在客厅，菜已经热得差不多了，顾西泽知道程意意不自在，便让她去端菜，自己在餐桌边陪父母说话。

"西泽，你长这么大，妈妈还是第一次知道你会做菜。"顾母夹了一筷子，尝了尝味道，"要不是今晚我说要过来，还吃不到呢。"顾母说着，招呼程意意，"意意，过来一起吃啊。"

这还是顾母第一次唤她，叫得亲切，程意意有些受宠若惊，端出最后一个盘子，在顾西泽身边坐下来。

看着两个年轻人坐在自己跟前，顾母心中也感慨万千。

不知不觉已经十年了。当时她没有插手这段稚嫩的恋情，却想不到，西泽大学毕业之后，两人还是分手了。程意意刚离开的那段时间，顾西泽面上虽然不显，可是为人母，她哪能看不出来儿子内心的低落与消沉。

虽然心疼，但她也稍感庆幸，分手了也好，年少时的恋爱能走到最后的又有多少呢？更何况，程意意的身份也许会给西泽的人生带来一些阻碍。当时的她万万没想到，十年了，两人还能这样齐齐坐在自己跟前。当年那个五官精致漂亮的初三小女生，如今已经长成了端庄温婉的大姑娘。

"今天伯母可是沾了你的光，"顾母举起杯子与程意意碰了一下，"有生之年还能吃到自己儿子做的菜。"

程意意心中觉得羞窘，好在顾西泽很快给她解了围，他夹了一筷子菜放进顾母的碗中，轻声开口询问："我爸做得不好吃吗？"

02

程意意还从未体验过这样的除夕夜，一家人围着餐桌吃饭，偶尔轻松地说话，客厅里春晚倒计时的声音传来，落地窗外，一排烟火在最后一秒钟绽开。

她甚至觉得有些恍惚，一切似乎和她年少时的梦境重叠起来。

吃过饭，程意意主动去厨房洗碗。

她虽然做菜不好吃，可独自生活多年，其他方面的生活技能是"满点"。比如洗碗，她留学的时候曾经在餐厅找过一份兼职，在后厨刷盘子，周末的时候每天工作八小时以上，时薪是比其他工作高得多，但每天下班的时候脱下手套，手上都是汗，把掌心磨起的水泡蜇得生疼，腰酸得几乎直不起来。

没有办法，公派留学生虽然免了学费和住宿费，还能得到生活补助，但还是不够，科研教学仪器、书、资料……她需要花钱的地方实在太多。

洗碗池放着热水，程意意刚准备戴上手套，顾西泽便进了厨房。

"我来吧。"他自然而然地从程意意手中将手套抽出来。

洗碗池的热水泛起氤氲的雾气，洗洁精白花花的泡沫随着水位慢慢涨起来。程意意走后，这间厨房在很长时间里从未开过火，若不是张仪勤来打扫，恐怕早就落满了灰尘。现在它终于重新充满了烟火气。

程意意看了看他身后，悄声道："你不是在陪你爸妈说话吗？"

"也没有那么多可说的。"顾西泽利落地挽起袖口，站在洗碗池前弯腰开始清洗。

程意意还是不放心，轻轻推了推他："还是我来吧，你做饭还让你洗碗，我要是在他们心里留下不好的印象就都怪你！"

顾西泽突然轻笑起来，声音带着几分清朗："别担心，我妈在家也从不洗碗。"

顾西泽进了厨房，顾母也不看电视了，探头看了看，回头轻声道："我说我儿子今晚怎么两分钟都坐不住呢，原来是去帮人家洗碗。"说着，她又不免忧虑起来，"感觉儿子是帮别人家姑娘养大的……"

顾父轻轻拍了拍她的手："早晚有这一天的。"

顾母瞪他一眼，转念又想了想，最后叹了一口气："我记得儿子小时候，一群漂亮小姑娘就爱跟在他后头，他根本不搭理人家，有次还把她们都吓哭了，还叫人家不准烦他。

"我那时候实在想象不到有一天他喜欢上一个女孩子的样子。

"可现在知道了。

"他喜欢上一个人的时候，会做饭，会洗碗，喜欢笑……"顾母突然觉得眼眶有点酸，"他很少会像这样喜欢什么，在漫长的分别之后还是这样喜欢……叫人想说他两句都不忍心。"她转过身，悄悄擦掉眼角渗出来的水迹，下了决心，朝顾父试探性地道，"不然咱们就随了他们吧？我瞧着那姑娘也挺乖，聪明又漂亮……"

顾父也轻轻叹了一声，沉默了几秒。

顾家企业的强盛不需要借助顾西泽的婚姻来得到巩固。就算程意意是穷困潦倒的普通家庭出身，他们也不至于会这样犹豫，可程意意不是。西泽是顾家最优秀的继承人，倘若他娶了一个父亲在服刑、非婚生出身的妻子，定会受到族人的指摘，人后也许还得承受许多闲人的耻笑与诟病。

他了解自己的儿子，这些西泽大抵都能不在乎，然而他并不确定程意意能同他一起承受。

妻子攥住他的手，再度开口，轻声劝他："让他们试试吧，嗯？"她直直地看着他，声音里带了哀求，"未来的路得他们自己走，我不想儿子一生都带着遗憾郁郁寡欢地走完……"

顾父回握住妻子的手，温声道："好。"

夜已深，程意意同顾西泽一起送顾父顾母到地下车库，顾家的车早已停在车位上等候。突然从有暖气的室内来到气温零下几度的地下车库，即使身上套了厚羽绒服，程意意还是冷得几乎要抖起来。

她忍着冷意，认真地行了礼，与车厢后排的顾父顾母道别。车窗降了下来，顾母突然朝程意意挥了挥手，笑着轻声招呼她："意意，你过来一下。"

程意意犹豫了一瞬，偏头看到身侧的顾西泽对她点头，便笑起来，她快步走到顾母身边，弯下腰来认真等她说话。

顾母轻轻拉住了她的手，附在她耳边轻声与她说话。程意意直起身，顾母才笑着同他们挥手告别。

"别送了，回去吧。"

车子倒出车位，很快消失在地下车库。程意意指尖仿佛还残留着顾母手上的温度，一点一点浸入身体。

真是与她母亲完全不一样的人啊……程意意回头转身，顾西泽的身材高大又挺拔，他就站在原地，温柔地凝视着她。她突然觉得鼻子有些发酸，疾走了几步，来到他跟前，把自己深深埋进他的大衣里。

"怎么了？"顾西泽抚摸她的头发，轻声询问。

"你的家人……"程意意停顿了一下，觉得眼眶中似乎有了湿意，"他们跟我想象中不大一样。"

"哪里不一样？"

"他们太好了。"程意意的声音有些哽咽，环住他的手越发收紧了。

好到她不敢相信这不是一场梦境。

就好似在沼泽与泥潭中深陷了漫长的时间，突然有一日被人拉住了手，爬上岸，然后浑身都被阳光与温暖包裹起来。

好到她不愿意醒来。

顾西泽不清楚自己母亲说了些什么，不过看程意意的样子，约莫能猜到是句暖心的话。他没问，只轻轻拍了拍她的背，劝道："这里冷，先上楼吧。"

程意意点头答应。

两人牵着手进了电梯。

"西泽。"程意意突然仰头唤他，"真羡慕你有那样的父母。"程意意的声音很轻，语气中的艳羡之意却难掩。

"也会是你的。"顾西泽低头看她，越发握紧了她的手。

会吧？

程意意第一次有了勇气这样想着。

因为刚才顾西泽的母亲告诉她，她一直盼望着有个漂亮的女儿。

顾西泽每天在公寓待的时间越来越长，程意意的春节假却要结束了，肖庆已经好几次打电话来同她讨论实验的进度，师兄已经上班了。

回到 A 市的短短半个月，几乎是她这些年来最轻松最开心的日子。如果可以，程意意真想沉浸在现下的温暖里，什么都不去思考，什么都不去顾虑。但是，那不可能。

如果这时候从 G 市回到 A 市，她的博士肄业不说，回国后花费了那么大的心血也会打水漂，她对不起师兄，也对不起导师，最对不起的，是她自己，对不起她拿着微薄的薪水，在实验室里坚持的一千多个日日夜夜。

她不容许自己这样做。肖庆最后一次打来电话，讨论之余，提到冯教授这两天问起了她。

程意意这个假似乎休得太长了。挂了电话，程意意终于开始偷偷收拾行李，却始终不知道要怎么和顾西泽提起这件事。

他会生气吧？

刚刚相聚便又要分别。

程意意叹了一口气，给阳台上的小盆栽一一浇了水。客厅的电视开着，娱乐频道，程意意心不在焉地放下水壶，直到电视机里提到宋安安的名字。

程意意偏头去看电视机，她似乎好久没在电视上见到宋安安了。她正在走红毯，穿着抹胸的净白色仙女裙，好似比上一次来医院的时候瘦了些，颇有些形销骨立的味道。

其实也能理解，据媒体报道，这段时间她的新电影先是被院线封杀，票房大跌，之后好几部进入制作阶段的作品也统统停滞了，还有八卦小报爆料，宋安安现在的片约少得可怜。

宋安安风光不再了。

一个少了曝光率、没了作品、被众人落井下石的女星，前途惨淡。

程意意说不上来心里是什么滋味，她拿了遥控器正要换台，拍红毯的镜头却切换到了近景，宋安安面部的高清镜头出现在电视屏幕上。

程意意的动作顿住了。

镜头一闪而逝，程意意本能地将那画面记了下来。

不对！

她怎么感觉宋安安的脸和上次来医院的时候有些不一样了，那种变化很微小，换作别人或许无从察觉，可程意意的观察力和记忆力比常人强出太多。

更何况，不知道为什么，宋安安的举手投足总让她觉得浑身不自在。

红毯上大牌云集，宋安安很快走完，摄影师再也没给过她面部镜头。程意意皱着眉仔细回想，总觉得宋安安换了种眉形，眼尾似乎上挑了些，鼻头也翘了一点点。

似乎……与她更像了。

03

是她的错觉吗？

程意意皱眉，她不想以这样的心态去揣度别人，但从第一次见到宋安安起，她便本能地觉得浑身不自在，现在想想，那种感觉大概是像在照镜子。

宋安安偏头、伸手、微笑，甚至说话的语气，都能从中找到程意意的影子。

这世界上可能会有两个毫无血缘关系，却从长相到举手投足都相似极了的人吗？程意意摇了摇头，重新仔细回放了那天宋安安到医院探望时的记忆，甚至还上网搜索了宋安安最早出道时的照片和影像资料来比对，心中越发肯定。

宋安安与她的长相本来便有三四分相似，出道后她在脸上的调整几乎微不可察，可日积月累，效果是潜移默化的，那些细小的改变，观众或许都只以为她是换了个漂亮的妆容，而不会怀疑其他。

她的团队甚至一度打出"纯天然荧屏美人"的噱头来为她宣传。可想而知，宋安安请的医师确实医术精湛。如果不是程意意的观察力和记忆力惊人，恐怕她也会和别人一样，认为宋安安原本就长这个样子。

宋安安是疯了吗？

程意意只觉得这种行为简直疯狂又可笑。她实在不能理解把自己的脸折腾成和别人一样，甚至模仿别人的行为是出于什么心态。难道她以为这样就能够改变什么？

程意意关了电视，有些心烦意乱。

宋安安也许改变不了什么，但她确实成功地硌硬到了她。

茶几上的手机就在这时候震动起来，是昆南，程意意记得除夕那晚之后他便没有给自己打过电话。

接通后，电话另一端静得一丝声音也无。

程意意唤了好几声都无人应答，才早上七点，就在她以为电话是昆南在睡梦中无意拨出的时候，电话里终于传出些细微的喘息声。

"意意……"昆南的声音有些哑，轻轻叫了她的名字。

"怎么了？"程意意问他。

她总觉得昆南的声音有些不同寻常，他的性子像个小霸王，说话从来都是一副理所应当的样子，唤起人来也是中气十足，很少这样反常地轻声和人说话，叫人不习惯。

那边又是长久的沉默。程意意怕他有事情，举着电话不敢挂断，温声引导："你给我打电话，就是想告诉我什么事，可为什么现在又不说话了呢？"

昆南闭了闭眼，似乎下定了决心才说道："我想见见你，不会占用你很长时间，就一会儿……"他停顿了一下，声音飘忽，"就在附中外面的那家咖啡厅。"

那是程意意上中学的时候常去写作业的地方。

她答应之后挂断了电话。结束通话后，手机界面自动回到了锁屏模式，昏暗的房间内唯一的光线也暗淡下来。

昆南沉默了片刻，突然暴起，手机狠狠砸向了墙面，手机瞬间四分五裂飞进在酒店房间的每个角落。从醒来到现在，怒火几乎要把他的整个世界都燃烧起来。程意意的温声细语更是让他心中的自我厌恶增长到了极致。积压的愤怒如同火山喷发的岩浆，他的眼里闪着无法遏制的憎恨与厌恶。

他紧紧盯着黑暗中床上的某处，额头的青筋暴起。

"你想得到什么？"他声音沙哑，一字一句地吐出，牙齿仿佛在下一秒就要"咯咯"响起来。

"你知道我想要什么，互惠双赢，只要你肯帮我，你也能得到你想要的。"她极力按压下声音中的颤抖，按计划将这句话说出来。

昆南突然轻轻冷笑两声，他走了两步，"唰"的一声拉开了酒店的窗帘。强烈的光线一瞬间贯穿了室内的每个角落，宋安安赤裸的身体瞬间暴露在空气里。

"是什么让你有了可以指使我的错觉？"昆南轻声问她，他的视线充满高高在上的睥睨，仿佛他在打量的是这世界上最卑贱最肮脏的物件，"客房脏了，你觉得这时候我让服务生进来打扫怎么样？"他的眉梢挑起来，声音饱含嘲弄，那声音轻极了，却让人毛骨悚然。

此刻，他的神情已经全然不见了黑暗中的震怒。宋安安强忍着想要拉过被子掩盖身体那样示弱般的举动，强装冷静吐出三个字来："你不会。"

其实她心里没底。就算被媒体曝光，也只仿佛给他挠痒痒一般，伤不了根本。反倒是她，小心扶着昆南进了客房，是她倒贴，是她不知羞耻地想要嫁入豪门，媒体会这样形容她。

她的前途和事业会毁于一旦。她唯一的赌注便是昆南喜欢程意意，他不愿让那个人知道。

"有个同盟不好吗？我们的目的相同，难道不能各取所需？"

"看来你还不清楚我是个什么样的人。"昆南的嘴角无情地翘起来，声音阴冷中带着嘲讽，"你没有资格做我的同盟，也惹错人了，在 A 市，我捏死你像捏死一只蚂蚁那样容易。"

他的眼神阴鸷，拎着外套往外走，仿佛从未有过犹豫。宋安安的大脑中一片空白，眼前的状况已经全然脱离了她的设想。

不，不该是这样的！

恐惧支配了她的身体，她大脑中只有一个念头：不能让昆南就这样走了，那样她的人生就全完了！

她慌乱地起身去抓住他的衣角："我帮你！我什么都不要！我帮你得到程意意！"

昆南愣住，回头，目光落到宋安安脸上，这是他第一次认真凝视这张脸。他微微俯身，附在她耳边，一字一句亲昵得仿佛情人间的低语："告诉你，这是我活到现在觉得最恶心的事情，尤其恶心你这张假脸。"他轻拍了两下宋安安的脸颊，"别试图耍什么花招，激怒我的代价，你付不起。"

说罢，他拂开宋安安的手，轻拍了衣角两下，仿佛沾染了什么脏东西。最后，他头也不回地消失在宋安安的视线中。

客房门撞上门框，传来一声上锁的脆响。

宋安安失魂落魄地跌坐回原地。

她不知道自己这一步是走错了还是走对了，可她知道，走到现在，她没办法回头了。

她不想做个失败者。

A 市的车流量在春节时候锐减，平日拥堵的十六车道此时十分开阔。

昆南将油门踩到底，仿佛那样心底的压抑和烦躁便能消失不见。他觉得恶心又后悔，甚至想要干干净净地洗个澡再去见她。

他应该在酒吧包厢里朋友带来宋安安的时候立刻起身走人。

程意意说得对，他身边都是一堆狐朋狗友。可是，在醉酒后那意识混乱、头晕目眩的一瞬间，他真的以为她就躺在自己怀里。

那个他触手可得却又从未碰过的人。从十几岁的时候开始，她曾经离他那样近，近得他能清晰地看到她白皙柔嫩的脸颊上的细小汗毛，近到他偏头便能亲吻她熟睡的眼睛。阳光穿透教室的窗户落在她脸颊上，少女的馨香被微风携带着涌入他的鼻腔。

他性格顽劣、脾气暴躁。唯有程意意，他只想把最好的一切给她，从来不舍得对她发脾气，舍不得对她说一句重话。

只因为表哥更优秀，所以在他把程意意抢走的时候，他隐忍地将难受与痛楚统统咽回肚子里。他爱憎分明，喜欢一个人的时候，便恨不得喜欢她的全部，只觉得她值得拥有更好的东西。

所以在程意意离开之后，他才会对曾经尊崇的表哥那样失望又怨恨。

凭什么呢？

他那样喜欢着、爱护着的程意意，因为顾西泽离开了这座城市，顾西泽凭什么在抢走了她之后又弃若敝屣？可不管他怎样意难平，程意意重新回到这座城市的时候，依旧选择了顾西泽。就和当初一样，明明有一瞬间，她离自己那样近，在下一秒，却离他越来越远。

昆南将车缓缓倒进了车位，没有下车。隔着窗户，他看到程意意坐在咖啡馆靠窗的位子上。

那是上学的时候她最喜欢的位置。她正撑着下巴在看咖啡馆里提供的杂志，柔软的卷发从肩后滑落，侧脸宁静又安详，手边的咖啡杯冒着氤氲的热气。

昆南突然觉得自惭形秽起来，内心的自我厌弃感几乎要将他整个人吞噬。

04

昆南将自己的衬衫扣子一颗一颗解开，重新扣得整整齐齐，又将凌乱的头发理得干净柔顺，闭眼深深吸了一口气，可是他仍旧没有下车的勇气。

他烦躁地将十指插入发间，低吼一声，自暴自弃地仰头靠在座椅上。后视镜里，他的眼下带着宿醉后的青黑，即使表面打理得再光鲜整齐，身上也污浊不堪。

他闭着眼睛，他没有勇气去见她。那辆车在原地停了许久，他终于重新发动，一把倒出车位，车轮便飞速旋转起来，整辆车如同利箭飞速冲了出去。

程意意在咖啡馆坐了许久，才等来了昆南的电话。

"你在哪儿？"程意意眉头轻蹙，"出什么事了？"

昆南虽然桀骜不驯，但说好的事情从来不爽约。

"对不起，意意。"昆南左手的指节握紧了手机，右手握住方向盘。

他努力让自己的声音同平日里没什么区别，然后解释道："老爷子突然叫我回家，只能改天再约你出来了。"他艰难地吐出这句话，又假装若无其事道，"等很久了吗？"

"哦。"程意意应他，没好气地说，"好久了。"

"意意。"他突然深深地唤了她一声，接着道歉，"对不起……"

"算了，原谅你。"程意意应他，然而他却并没有停下来。

"对不起……"

"我听到了。"程意意蹙眉。

"对不起……"他机械地重复了好几遍，直到程意意打断他。

"好啦，别说了，我骗你的，其实没有等很久。"程意意总觉得昆南今天不太对劲，可仅仅从电话里的声音去判断，又实在听不出什么端倪。

"那你别生气。"昆南停顿了一下，极力让自己的声音轻松起来，"以后你尽情放我鸽子做补偿，我约一百次，你只出来一次都行。"

程意意扑哧一声笑出来："那我要是一次也来不了呢？我马上就回 G 市了，我回 G 市以后你就自己玩吧。"程意意合上杂志，抬手招呼服务生结账。

"那我去 G 市找你。"昆南急忙说道。

"哎，别来……"程意意收起零钱起身，推开咖啡馆的门，"你还是好好工作吧，可别再三天打鱼两天晒网，你都这么大人了，天天被你家老爷子指着鼻子教训多丢人。"

"好。"昆南轻声应她。

如果与他说这些话的是别人，他早就不耐烦地挂了电话，或者直接骂了回去，可这是程意意，他怎样听都觉得顺耳，她要他好，他爱听，多说两句都是好的。

程意意回到公寓已经快到早饭饭点了。她出门的时候把米淘干净放锅里，插上了电预约蒸饭，饭应该已经熟了。时间还没到，顾西泽应该还没有回家。

她正这样想着，低头开门，走过玄关，一抬头，却见顾西泽正坐在客厅的沙发上。

他的姿势看起来有些僵直，不知道坐了多久。

"你回来了啊。"程意意脸上泛起笑意，视线移开，碰巧落到沙发一旁的 iPad 上。

程意意知道，iPad 的界面一定是航班信息，因为她出门的时候没有清除网页浏览记录，她本以为顾西泽不会回来这么早，就顺手把它放在了茶几上。

"你看见了啊？"

自肖庆三番五次打来电话，她便开始看飞往 G 市的航班，可看了一次又一次，她终究没有下定决心订哪天的机票。

程意意脸上的笑意微敛，不自在地背起手，声音渐渐低下来，垂下头，看向地面，轻声道："我本来正准备跟你说。"

"说什么？"顾西泽眼睛黑亮深邃，声音很平静。

然而，就是那毫无波澜的语调才越发让人忐忑。

"说你打算悄悄再走一次，是吗？"他的眼睛里仿佛有风暴在酝酿。

程意意有点发怵："西泽……"她试图伸手去触碰他的指尖。

下一秒，顾西泽紧紧握住了她的整只手，从沙发上起身，凝视她的眼睛。那眼神看起来依旧是那样清澈又无辜，仿佛什么也不曾经历过。

"你知道吗？你走之后，我曾经发过一个誓。"顾西泽突然觉得无可奈何起来。

她惊讶地抬头去看他。

"那时候我发誓，如果有一天你回来了，我就再也不对你说一句重话，再也不对你发一次脾气。

"可是我现在发现，那样真难。"

因为在这个世界上，只有程意意能轻而易举地挑起他的怒气。他能在任何人面前表现得完美，贵气天成，彬彬有礼。

对任何人都可以，除了对程意意。

"我只问你，你要回 G 市、你要去工作，这些是不能同我说的事情吗？"

他觉得疲惫又无奈。

"不是的……"

她已经准备离开，甚至准备订机票，还收拾好了行李，却唯独没有告诉他。程意意意识到这一点，摇头急着跟他解释："我就是怕你生气。我知道我们好不容易才能重新在一起，我也想留在 A 市，留在这里。"她的眼神里带着紧张，"可 G 市有我的学业、我的工作……我只是想着能再晚一秒告诉你也是好的。"

说到这一句，程意意的声音渐渐轻下来。这份感情和信任有多么来之不易，只有他们自己知道。时光分隔划开的间隙，也只能靠岁月的更替、温情与包容去修补。

"你不同我说我才会生气。"顾西泽轻轻叹了一口气，神情疲惫，"无论好的、坏的，只要是关于你的，我都只想听你亲口告诉我。我没有你想象中那样容易生气。"他垂下眼睫，声音渐轻，低低道出最后一句，"吃饭了。"他转身走向厨房。

他回来得不知有多早，桌上放着的都是做好了的菜。

程意意只觉得茫然又惆怅，这样的日子，不知道还能过上几日。很快，她又得回到 G 市研究所分配的狭小冰冷的宿舍里，继续过那种三餐不定、昼夜颠倒的生活。她明明可以留下来，沉浸在爱情里，衣食无忧，不用辛苦地做实验，不用连擦护肤品都觉得是在奢侈地浪费时间，每天把自己打扮得漂漂亮亮，留精致的指甲，穿好看的鞋。

多么美妙的诱惑。可她不能这样，那样没有追求与梦想，她会觉得自己不配站在顾西泽的身侧。

红烧干贝、鱼香肉丝、冰糖百合，桌上都是程意意爱吃的菜。

他生气，可他到底知道程意意要回 G 市，趁她没走的时候，多做些她喜欢吃的。

他递给她筷子。程意意的眼眶突然红起来，胸腔里都是酸意。

"西泽……"她没接那筷子，而是紧紧环住他的腰，靠在他的胸膛上。

他心跳有力，清晰地响在她的耳畔。那胸膛宽广而又温暖，给予她无限的包容和安全感。

"我突然又不想回去了。"她的声音里有着细碎的哽咽。

上一秒，她明明觉得自己已经如此坚定，可是他永远有能力让她下一秒就动摇起来。

她不知道自己的追求与梦想能达到什么样的境地，那对她来说太过遥远，而他就在她触手可及的地方，她伸手就可以抓住。

"你会后悔的。"顾西泽的身体有片刻的僵硬，有那么一刹那，他多想就这样自私地让她留下来。

她离开的日子是那样漫长，他日复一日守在这个地方，忍受煎熬，已经受够了等待。可沉默过后，他终于抬手，用指尖轻轻梳理了她的头发，俯身埋头，在她的额头上轻轻印上一吻。

"我爱你。"

这一吻，不夹杂任何情欲，是鼓励，也是肯定。

"我不想让你后悔，意意。"

他爱她，所以他允许她再离开他一段时日。那样漫长的五年他都过来了，还有什么是不能等待的呢？

"我送你去 G 市，也会去看你。"他温声告诉她。

程意意的眼睛已经全红了，她努力仰头去看他，纤长的睫毛上还挂着泪，湿漉漉的。

"西泽……"程意意说话带着鼻音，她唤了他的名字。

她的睫毛一闪一闪，扫得他的手心直痒。

"我在。"

她伸手揽住他的脖颈，踮起脚将吻深深地印在他的脸上。起初亲吻到他的下巴，他的胡子扎得她的脸生疼，可她固执地不肯放开。下一秒，她整个人被他一只手抱起，坐在了厨房的料理台上。

主动权转换到另一个人身上。

那吻越来越狂热……

01

程意意最终还是没有订飞往 G 市的机票，因为顾西泽的特助已经帮忙订好了。

他要到 G 市出差，可以同程意意一道去。其实 G 市需要处理的只不过是些再细小不过的事情，根本轮不到顾西泽亲自去，他不过是想送她，想去看看她工作和生活的地方罢了。

因为在过去的五年里，他从未有过这样的机会。

江助理早已在机场等候，远远见到顾总与一个女人十指相扣并肩走来，他的下巴几乎惊掉了。两人的距离那么近，姿势亲昵到让他不敢置信。

在过去的那么多年里，他从未见过顾总那样牵着一个女人的手。真的不是他的幻觉吗？江特助倒吸了两口气，拿下眼镜擦拭两下，重新戴上。

顾西泽正低头温声与女人交谈，他的眼角眉梢都溢满沉静与温柔。

网上那些媒体这次报道得没有错，顾总居然真的有女朋友了。

其实这段时间以来，顾总下班时间越来越早，他也曾暗自揣测，也许顾总真的像网上传的那样陷入了爱河。可这个念头刚冒出来，很快便被他否定了，因为他认知中的顾总，不仅是个工作狂，还清心寡欲。他跟在顾总身边那么多年，从未见过顾总身边有过女性环绕。

同龄"富二代"泡吧聚会玩乐的时候，顾总每天凌晨起床，在深夜结束工作，私生活单调得令人发指，几乎让人怀疑他是个和尚。

顶楼秘书室曾经有过一位新来的女秘书，能力出众，身材、样貌在秘书室的美女里最出挑，唯一的缺点大概就是喜欢在顾总跟前晃来晃去。

这位女秘书不久后便收到了人事部的辞退书。

他私下里曾问过人事部主管顾总授意他们辞退那女秘书的原因，那人居然一本正经地告诉他，顾总觉得那女秘书影响食欲。

顾西泽每天忙得像国家元首，只有饭点能安安静静地坐下来休息一会儿，那女秘书还一副怀春的模样到他面前乱晃，司马昭之心，路人皆知。顾总不喜欢她，可不是影响食欲吗？

经此一次，他越发肯定，网上那些绯闻统统都是捕风捉影、以讹传讹。顾总是个完全不解风情的工作狂，他大概永远不能体验到谈恋爱是什么滋味了。

可这次，他竟然真的在有生之年见到顾总与一个女人十指相扣。

他正想着，两人已经到了跟前。

"顾总。"江特助恭敬地行了礼，强自镇定下来，又朝程意意微微欠身，正为难怎么称呼时，程意意善解人意地伸出手，嘴角微翘："你好，我是程意意。"

江特助赶紧伸出手，欠身与她握手："您好，程小姐，我是顾总的特助，我姓江。"

"江特助。"

程意意微微颔首，抿唇对他露出些许笑意。

气质、样貌令人惊艳，心思也玲珑剔透，相处起来十分舒服。这是江特助对程意意的第一印象，难怪能迷倒顾总这棵万年老铁树。

简单打了个招呼，顾西泽便继续牵着程意意往航站楼走去。

江特助是个人精，能坐到现在的位置，自然十分懂得察言观色。安静地跟在两人身后，他敏感地察觉到程意意今天兴致不大高，一直是顾总轻声对她说话，而程意意爱搭不理。

所以从刚刚走过来到现在，顾总一直低头与她说话，是在哄她吗？

猜到这儿，江念顿时觉得受宠若惊。顾总都哄不好的人，他居然得到了人家和颜悦色相待，转念一想，又觉得人生太奇幻。

顾总平日里行事雷厉风行、说一不二，只要板起脸来，整个公司上上下下便没人敢说话。没想到这样了得的顾总，对女朋友居然是一副好好先生的样子。

也难怪上次程意意被传是"小三"的时候，顾总大发雷霆。他都哄不好的人，居然被外人胡乱编排。男人征服世界，而女人只需要征服男人。

霎时间，江助理心中对程意意的敬佩油然而升。

G 市的天气没有 A 市那般冷，程意意脱了大衣还觉得有些闷热。接机的人已经在机场外等候，下榻的酒店也订好了，顾西泽却让众人先走，自己开车送程意意回研究所的宿舍。

开的是别人的车，不大顺手，顾西泽适应了两分钟，很快便熟悉起来，按着程意意指的路，停在了研究所的宿舍楼下。

程意意来得晚，宿舍楼里的人大多已经回来了，正是午饭时候，人更多。她走时，院子里那棵两人合抱的合欢树差不多刚掉完叶子，过了个年，光秃秃的枝干上已经开始萌发绿色的小嫩芽。

程意意擅长交际，又爱笑，整座宿舍楼里认识她的人挺多，此刻见她从陌生的车上下来，打招呼之余，都悄悄伸长了脖子往她后面看。

别以为搞科研的女人便两耳不闻窗外事，研究所里哪个男的是小开，哪个男的家里有背景，谁毕业的大学不是名牌、学历上不得台面……八卦的时候，大部分都能被"八"出来。

奔驰 Coupe。

这是辆低调的好车，但在 G 市这个有钱人满地走的地界，算不得什么。出乎意料之外，有人便失望起来。原本以为程意意这样的长相和学历，迟迟不找男朋友，定是心高气傲要找个最好的，不承想随随便便找了一个。

程意意自然懂得她们审视的目光，回头对驾驶座上的男人道："在这儿等我，等我下来再一起出去吃饭。"

言下之意是她要自己拎着几十斤重的行李箱上楼。

"我怕你累瘫了。"

顾西泽偏不应她，径直开门下车，打开后备厢，一只手便轻轻松松帮她拎起了行李。顾西泽另一只手轻抚她的头发，冲她笑起来，脸颊光洁白皙。他的五官本就俊美绝伦，纯黑的短发更添了几分干净纯粹，眼睛、嘴角带着笑意，就如同夜空中的上弦月，让人心跳得几乎要炸开了。

程意意仓促地移开视线，正准备跑上楼，身后便有人说话了。

"哎，程意意，这是你男朋友啊？"

发问的是与她同住一层楼的女博士后，三十来岁，没有嫁人，平日里并不爱搭理程意意，大概是觉得她这样长相的女人注定不能潜心做研究，不屑与其为伍。

程意意转回身冲她笑笑，眼睛弯起来，露出一排洁白的牙齿，大大方方地承认："是啊。"

女人捏紧了手上的盆，总觉得程意意这个笑容颇有炫耀和得意的味道。

她笑起来，酸酸地道："过个年十来天就能找到这么帅的男朋友，好厉害，我真是羡慕不来。"

那话颇有些阴阳怪气，程意意不大高兴了。

她撩了一把额前的头发，露出精致漂亮的美人尖，睁大眼睛盯着她认真地道："别灰心，你也可以的。"

她这话一出，女人手里的盆几乎要捏碎了。程意意火上浇油握拳对着她做了个"加油"的动作，面上的神情很励志。女人站在原地，表情难得活像吞了只绿头苍蝇。

程意意这才满意地转身上楼，脚步轻快，肩膀微耸，只差没笑出声来。顾西泽拎着行李箱跟在她后头，身形遮住她的动作，眼中含笑，微微摇了摇头。

她这促狭的样子，真是一点没变。

02

沿着老式的楼梯往上爬，程意意在四楼停下来，抓着钥匙开门。研究所的宿舍楼年岁已久，刷白的墙壁早已泛黄，齐腰的绿漆也翘起皮来。程意意最满意的地方大概就是，这是单人宿舍，而且不用交住宿费。

整间宿舍有二三十平方米，巴掌大的卫生间，两三平方米的阳台，足够她一个人住。室内一米来宽的小床靠着墙角摆放，整间宿舍大的物件就是她的书柜和书桌。书柜里满满当当地塞着文件，桌上有盏小台灯，还放着电脑和打印机。

顾西泽进门，轻轻放下行李箱，站定，环视了室内一圈，觉得这环境实在让他揪心。

G市的夏天热得像大火炉，铺着凉席露天躺在外面也能睡出一身汗来，程意意冬天又最怕冷，一出室内就恨不得在身上裹一床被子，然而这里既没有空调也没有暖气。宿舍之间的隔墙很薄，隔音效果很差，有什么响动相互都能听得一清二楚。

她从前最娇气，不知道是怎样在这里住了这么久的。

程意意已经打开行李箱开始收拾衣物，打算挂起来，却被顾西泽按住了手：

"别收了，意意。"他的神情格外认真，"我给你换个地方。"

宿舍楼外有刷漆贴砖的翻新痕迹，看起来还挺新，因此刚才他无论如何也想不到宿舍楼内会这样简陋。顾家在 G 市搞房地产开发多年，卖出去的房子成千上万，偏偏他爱的人挤在这种连最起码的舒适度都无法保证的地方。

程意意闻言，却扒开了他的手。

"不要。大家都住得，我也住得。"程意意试图说服他，"这个地方离研究所近，我一个人住足够了。"

她留学的时候住的地方环境比这儿差很多。那间公寓小得她转不开身，离学校也远极了。

见顾西泽仍在坚持，程意意又劝道："我都在这儿住了这么长时间了，突然叫我搬走我还不习惯呢。"察觉他还是皱眉，程意意赶紧举起两根手指做保证，"我努力提前拿到学位证，早点回 A 市去，不在这里住很久，行了吧？"

"钥匙给我。"大概是看出程意意确实不愿意搬走，顾西泽终于松口。

程意意乖乖地把备用钥匙奉上，他接过钥匙放进外套口袋里："明天我让人来给你装空调。"

好不容易劝服他，程意意哪里还会不答应，赶紧点了点头，开始收拾东西。走了一个来月，阳台上已经落了厚厚一层灰，室内干净些，但也好不到哪里去，程意意没料到会离开这么长时间，连防尘布也没盖。

挂好衣服，换上干净的被褥床单，行李箱腾空，最底层精致的盒子便露了出来。

那是她和英宛逛街时买的手表，她一直没送出去。顾西泽在帮她擦阳台，隔着窗户，她偏头看去，一眼便能看到他专注的侧影。

程意意背着手，慢慢走近。

大少爷大概还没做过这样洒扫的活儿。他气质高贵而沉静，穿着笔挺整齐的定制西服，理应坐在午后光明敞亮的大厅，悠闲地享用别人送上的茶点，翻看报纸。

而此刻那双宛如艺术品完美修长的手，却拿着抹布在帮她擦这破旧的阳台。

他分明与这里格格不入，却因为她甘心俯身到尘埃里。他察觉到程意意站在身后，便扭过头，轻声问道："怎么了？饿了吗？"

已经到饭点，程意意收拾好东西大概是饿了。

"我不饿，西泽。"程意意轻轻摇头，看着他的左手腕，垂头低声道出一句，"对不起。"

顾西泽的目光随着她的视线落到自己的手腕上，他放下抹布，柔声应她："怎么突然说这个？"

"我的那块丢了，我怎么也找不回来……"

那手表并不算贵重，它最独一无二的地方，大概就是表盘背面刻着彼此名字的缩写字母，承载着彼此的记忆。

相伴永恒。

可程意意把它弄丢了。

她突然觉得藏在背后新买的表怎么也拿不出来，尽管再相似，意义却不同了。

"表不重要。"顾西泽摇摇头，转身在洗手池里把手冲干净，擦干水，摘下手腕上的表，放回西服外套的口袋里。

"对我来说，人更有意义。"

再转身，顾西泽朝她张开双臂，他的眼眸如同一汪深潭，包含着无垠的宇宙，此刻神情是那样虔诚认真，仿佛全世界的光亮都聚集在那里，下一刻就要将人吸引进去。

"来……"

那大概是天底下所有女人都拒绝不了的诱惑。

程意意的表到底没送出去，上班的第一天，被她带到了研究所。

"意意，这对表是送给我的？"姚澜轻声惊讶地道，"看起来不便宜啊！"

程意意翘起嘴角，露出一排白牙："并不贵，假期买来没送出去，放着也是浪费，还不如给澜姐你们两口子戴，新年礼物哦！"

虽然程意意嘴里说不贵，但姚澜打量着手表的外观与做工，怎么看都不会太便宜。纯黑色金属表盘打磨得棱角分明，精致不失优雅，时尚又大气。

这表戴起来越发显得手腕纤细白皙。姚澜不大爱收别人的礼物，偏这手表她爱不释手。

推辞了一会儿，姚澜还是把手表收进抽屉里，转而又问道："意意，你假期是不是上了《天生我才》那个节目啊？童童在电视里看见你，叫我，我还以为是我看错了呢……"

她不爱上网看娱乐新闻，也因此只看到程意意上节目，却没看到网上那些传得沸沸扬扬的八卦。

"嗯。"程意意应她，插上饮水机电源，又道，"假期没什么事情做，我觉得这节目还挺有意思，就去试了试。"

"平日里就知道你聪明，可没想到你的智商居然这么高。"姚澜笑着竖起了大拇指，"深藏不露，虚怀若谷呀，意意。"

"澜姐你就别笑话我了。"程意意连连摆手，"你知道，我年纪不小了，家里又没什么人帮衬，能上节目赚点录制费也是好的。"

说到这儿，姚澜心里也明了。G市的生活水平高，研究所的待遇很低，程意意独自一人在G市打拼，哪有不难的。女孩用钱的地方多，就算加上那份助教的工作，整天忙得团团转，大抵也还是捉襟见肘。

姚澜犹豫了半晌，还是招手把程意意唤了过来，附在她耳侧道："百人计划的申请材料你交上去了吧？"

程意意一颗心怦怦怦飞快跳起来，她看着姚澜的眼睛，点了点头。

姚澜的丈夫是G大高层，G大的生物科学专业在全国实属顶尖，与研究所常有合作，对于"百人计划"，他知道些内幕是极有可能的。

而现在，姚澜打算把这些告诉她。

"从咱们研究所走进'百人计划'的人不少，除了本身底子硬，更重要的是导师和单位推荐，这你知道吧？"

"知道。"程意意点点头。

他们研究所是国家科学院的直属单位，人才济济，资金实力雄厚，在国内是生物研究领域老大哥一般的存在。只要上了研究所以单位名义向国家科学院人才办推荐拟引的"百人计划"候选人名单，这事十有八九也就成了。

"我听说，这一批'百人计划'，咱们研究所只有两个推荐名额。"

"两个？"程意意嘴巴微张，愣住了，"怎么会只有两个？"

"大概是觉得院里生物领域的人才饱和，现在只挑最顶尖的，少占些名额吧。"姚澜说道。

程意意只觉得大脑有点发昏，怎么会只有两个呢？"百人计划"对候选人的年龄有限制，上限是五十岁，下限没有规定。

虽然是杰出青年科学家的培养计划，然而历届的候选人大多是从三十岁至五十岁这个年龄段里挑。上了年纪的人本身比年轻人有更多的阅历和成果，少了浮躁，容易静下心，单位也更偏爱推荐这类人。

程意意的荣誉头衔或许不如其他人多，但她是实干派，聪明，从伦敦到G市，她待在实验室里的时间不比任何人少，也比任何人都舍得拼命，她坚信自己的学术成果不会比同一批候选人中任何人少。

然而，在他们这个行业，年龄有时候就是致命的限制，意味着你无法轻易得到别人的信任。可错过了这一次，她又得等到多少岁呢？

姚澜在科研领域没有程意意这样的野心，她更倾向于毕业后到学院任教，也因此毫无芥蒂地继续和程意意分析起来："最有可能上候选人名单的那位博导，你应该知道，今年四十九岁了，资历足够，各方面条件也都符合，在所里这么多年，就是出于人道主义，这次也会倾力把他推上去。"

程意意点头。

那位博导也是出身崇文大学的师兄，三十六岁当上博导，四十二岁担任国家重点实验室的主任，他占第一个名额，无可厚非。

"递交自荐材料的人挺多，后面的我便不大清楚了，只要你手上那个课题做得好，我敢肯定，撇去年龄，他们跟你比起来都没什么竞争力……"姚澜说到这儿，停顿了一下，沉吟了一会儿，还是决定跟程意意一次性说清楚，"只是有两个人你得注意。"

谁？

程意意紧张地盯着她的口型。

"张清和肖庆。"

张清，便是那个三十来岁、和她住同一层楼的女博士后。肖庆，她的师兄。

"张清拿到过国家杰出青年科学基金，现在是研究期限第三年，虽说还没出什么大成绩，但你知道基金的评审制度非常严格，她的资历比你高，这是她入选'百人计划'最大的砝码，我猜单位肯定也会考虑到这些。

"还有肖庆，你们研究同一个课题，他的年纪比你大，又是男性，入选的机会肯定比你大许多。"姚澜说到这儿，犹豫片刻，又道，"有件事情你可能还不知道，意意。"

程意意正发愣，闻言，茫然地看向她。

"肖庆的父亲就是咱们研究所所长，同样是国家科学院院士。肖庆平日里瞒得好，我也是因为我老公的关系才偶然发现的。"

姚澜说到这儿，忽听走廊上传来细碎的脚步声。估摸着其他人也快到了，她便没再继续说下去。

程意意端着开水，回到座位上，还有些回不了神，她觉得自己似乎明白了些什么。难怪当初回国，她一点周折不费便被研究所签了下来，导师还是冯教授那样的资深院士。

难怪她初来的时候从不犯什么大错，却还是被冯教授折磨得鼻子不是鼻子，眼睛不是眼睛。

冯教授那样刚直不阿的人，对个关系户能有好脸色才怪。大抵是她后来的表现好，好不容易入了教授的眼，他才没把她赶出去，变温柔了一些。

当初电话里师兄只是轻描淡写地说介绍，没想到背后居然帮了她这么多。眼下师兄成了她的竞争对手，程意意只觉得心里五味杂陈。

师兄待她好，她心里清楚，多年的同门情谊也做不得假。若是师兄入选了，也许她会失落，但还是会替他高兴。但若要她现在就认输退出选拔，撤回申请材料，那必定也是不甘心的。

无论结局好坏，不去试一试，她没办法释怀。

毕竟程意意自己也不能肯定，自己在有生之年还有没有这样的机会。她不知道未来自己能走到哪一步。也许明天，也许等不到博士毕业，她便对自己失去了信心，对科研失去了兴趣，像姚澜，像她曾经的同事们，找个大企业，或者找份老师的工作安稳度日。

程意意把桌面上堆积的文件理齐，肖庆踏进了办公室。

"意意！"看到程意意，他的面上便带了欣喜的神色，"你终于舍得回来啦，师兄我一个人都快被教授折磨成人干了！"端着程意意泡好的咖啡，一口气喝下去半杯，他整个人靠在沙发上舒服地喟叹，"果然没有师妹的人生是不完整的人生。"

这话说得程意意忍不住笑起来。

同为崇文大学出身，其实意意很清楚，师兄的实力强悍，他至今没能博士毕业，大概也是因为冯教授爱才心切。教授古板，眼里容不得沙子，有时候师兄明明已经做得够好，教授却总觉得他还能做得更好，用最高最严苛的标准去要求他。

"对了。"肖庆突然翻身坐起来，看了看姚澜那边，压低声音道，"意意，你不是又和顾西泽在一起了吧？"

这事瞒不住，程意意轻轻点了点头。肖庆轻轻放下咖啡杯，神情复杂，若有所思道："我猜也是这样。"

程意意留在A市这么久，迟迟未归，唯一的理由，便是两人重新在一起了。只是，两人分开整整五年，还能复合，便是他一开始劝程意意去A市的时候，也没有料到。

"伤口痊愈了吗？"他又问。

工作时间，程意意的卷发利落地扎成一束在脑后，看不清楚伤痕。

"好了，就是头发还没长出来，丑得要命，想扎个高马尾都不行。"程意意悲叹一声，整理完实验的书面进度，换上白大褂，准备去实验室。

"对了……意意，"肖庆这才想起来，"我忘了跟你说，教授知道你上节目的事了，让你回来上班的时候先去一趟他办公室。"

"怎么会？"程意意吃惊地道，想起教授严肃的脸，心里不由得发怵。

难不成教授这么大年纪还喜欢看综艺节目看八卦吗？冯教授最讨厌搞科研还三心二意的人，上节目是成名的捷径，也是被教授讨厌的捷径。

重视名利、浮躁、不堪大用……程意意自己都能想到一堆形容词了。

"我听说是教授陪小孙子看电视，然后就看到你了。"肖庆轻拍程意意的肩，安慰道，"也不是什么大事，振作点，师兄晚上请你吃大餐。"

"我有约了。"程意意就差哭丧脸了，念书那么多年，曾经的她从不知道"怕老师"这三个字怎么写，没想到奔三的人还一次性把从前没体验过的滋味体验了个遍。

"他也来G市了？"程意意一说有约，肖庆便立刻反应过来。

"嗯。"

一想到自己很可能被骂得灰头土脸地去见顾西泽，程意意越发觉得生无可恋。

重新脱下白大褂，程意意打起精神，敲响了导师办公室的门。

"进来。"

那声音威严又平淡。

程意意没忍住打了个冷战，进门，先恭敬地行了礼："教授。"

冯教授听清来人的声音，这才从案几前抬起头来。

"程意意。"他扶了扶鼻梁上的金边眼镜，合上了手中的资料，问道，"我听肖庆说你受伤了？好了吗？"

"好了，"程意意赶紧点头，"就是一点小伤。"

"那就好。"冯教授点点头。

程意意心里一颤，知道教授这是要进入正题了。

"你怎么突然想到要去参加什么综艺节目？研究所的事情不够你忙吗？"

这时候若是按照对姚澜的说辞回答一番，教授能把她骂死。

程意意把手背在身后，强自镇定道："我上学的时候就很喜欢研究数独题，去年在手机 APP 上做通关了节目组的数独题，节目组便邀请我去参加挑战……听说挑战的题目很难，我觉得很有意思，那时候是假期，有时间，我就去了。"

冯教授凝眉思索一番，觉得程意意的回答没什么问题。做学术就该有这种勇攀高峰的挑战精神，越难才越要钻研到底。有兴趣、有坚持、有激情，这些品质对一个科研人来说非常重要。

到嘴边的问责咽了回去，他想了想，又开口道："你考虑过上了节目之后成名了对你工作的影响吗？"

"考虑过。"程意意点点头，"但我始终相信成名与否不会影响到我的生活和工作。我喜欢数独，但我更热爱科研。"

"你有这样的心态很好。"冯教授点了点头，"我曾经遇到过不少年少成名的科研天才，也正因为一连串的光环过早降临，让他们早早夭折在了科研道路上，我不希望你也这样，程意意。承受住这样的压力，你的成就才会越来越大。"

程意意并不是听不进劝的人，恰恰相反，她很善于接受别人的批评和意见。闻言，她低头深思了很久，面色凝重地点了点头。

"我知道了，教授。"她敬重地行了个礼，"我会努力的，不会辜负您的期望。"

03

搞科研就是必须有勇气做跟别人不一样的东西，可遗憾的是，在他们这个领域，跟踪改良的研究工作居多，有独创性的极少。程意意深知自己手中的课题有着无限潜力，她甚至隐隐感觉到自己已经触碰到了那新世界壁垒的边缘。

现在，她需要的只是时间，或者一个契机。

在A市养病的日子里，程意意常在闲暇时深入分析实验停滞的原因。尽管人不在G市，但她同样在大脑里提出过一连串设想，也思考了不少解决的方式。此刻回到实验室，便是一一试验这些乍现的灵光的时候了。

冯教授的一番话，确实给了程意意一些触动。

教授平日里深居简出，潜心做研究，从不为功名利禄这些外物所累，两鬓已经花白，却仍然坚持每天早上准时出现在实验室，看文献、做笔记、找学生讨论工作，他始终在科研一线，低调得几乎叫人忘了他其实还是一位资深院士。

相比之下，程意意觉得自己实在有些自惭形秽。教授的年纪不小了，业内这个年纪的大牛们很少会再亲力亲为地带学生。师兄就曾经偷偷跟她透露过，他们两个大概就是教授的关门弟子。

平日里，教授对师兄无论是关注还是责骂，都要比程意意多一些，她曾经以为那是他更看重师兄的表现，却没有想到，今天教授能说出这样一番话来。

那大抵意味着，在他心中，没有年龄和性别的界限，他同样是看重她的。

程意意仿佛被打了一剂强心针，浑身有使不完的力气。从导师办公室回来，她便一直埋头做实验，她的劲头太猛，动作又快，肖庆只好站到一边给她打下手做记录。

程意意实在太专注，工作了一整天，抬头的时候，她才发现窗外的路灯早已经亮了。

开了春，天黑得晚，此刻路灯亮起来，说明时间不早了。

程意意心中一惊，赶紧拿出口袋里调到静音的手机。

两个未接来电，时间都是下午六点多，而现在距离六点已经过去了两个小时。

顾西泽工作结束就要回A市，最后一次吃饭她居然还在实验室忘了时间。

程意意懊恼地敲了敲头，赶紧开始做收尾工作。

"剩下的我来吧，你先走，今天也累了一天了。"肖庆看出她着急，脱下乳胶手套，接过她手中的记录本。

程意意感激，连声道谢了几遍，这才脱掉白大褂，一边走出实验室，一边给顾西泽回电话。

她一向极有时间概念，很少会出现这样的情况，今天大概是被教授的话激励得太过热血沸腾。

程意意急着下楼，却迟迟等不到电梯，干脆顺着楼梯"噔噔噔"往下跑。电话拨通，响过一声，便被人接了起来。

"西泽，"程意意赶紧道歉解释，"对不起，我今天……"楼道里的灯不知什么时候坏了，黑漆漆一片，她说着话，只能借着手机通话界面那一点微弱的光亮往下跑。

"我知道。"顾西泽只听见电话另一端急促的喘息声，开口打断她，"我就在研究所楼下，你跑慢些。"

顾西泽的话音还没落，光线太暗，程意意脚下一滑，差点跌倒滚下楼梯去。好在她赶紧伸手抓住扶梯拐角，这才勉强稳住了身形，抓得太用力，撞在棱角处，手心火辣辣一阵疼。

"怎么了？"听见程意意紊乱的呼吸声，他忙问道。

"没事。"程意意站稳，心里觉得愧疚极了，"吃饭了吗？"

"没有，等你一起吃。"他低声安抚，温柔而富有磁性，充满了让人踏实的安全感，"你别慌，慢慢下来。"

程意意这才听话地放缓速度，一步一步走到一楼。

顾西泽的车果然已经在大楼外等候，开的还是那辆奔驰Coupe，就停在研究所跟前的车位上。程意意拉门上车，还有些喘不过气，顾西泽轻拍她的背，直到她呼吸平稳下来，才拧开一瓶水，递到她嘴边。

程意意进了实验室之后就没喝过一口水，此刻就着递到嘴边的瓶子一口气喝下去大半。

"摔到哪儿了？"顾西泽收回瓶子，打开车灯。

程意意虽说没事，但他还是从电话里听到了程意意抽气的声音。

"没摔，就是掌心撞到扶梯的拐角了，也就擦破点皮。"

程意意抬起掌心查看伤口，这才发现，那扶梯的棱角不知有多锋利，一下便划开了个四五厘米长的口子，虽划得不深，但伤口太长，盘踞在掌心，渗着血，分外可怕，血迹还擦了一些在边缘的袖口上。

顾西泽好看的眉毛深深皱了起来，他拉过程意意的手，冷声道："都这么大了，怎么还这样莽撞。"

他口里嫌弃着，却还是探过身，抽了纸帮程意意擦手心的血迹。

程意意也不知道自己这段时间怎么就这样背，一会儿伤了头，一会儿伤了手。不过顾西泽轻轻帮她吹了两下，她倒是不怎么觉得疼了。

昏暗的车灯下，他朝她手吹气的侧脸轮廓棱角分明，显得越发俊美。

"西泽……"程意意唤了一声。

"嗯。"顾西泽应她，没有抬头。

她没忍住弯腰在他光洁的脸颊上飞快地啄了一口。顾西泽本还在低头帮她擦手上的血迹，她的偷袭让他紧皱的眉头散开了些，却还是淡定地看那伤口，没有抬头。

直到过了半晌，他启动车子，关了车灯，嘴角才轻轻地悄无声息地翘了起来。

车子缓缓倒出车位，程意意本来想先去吃饭，顾西泽却偏要先去药店买药给她处理伤口，先怕那磕破她掌心的铁护栏上有锈迹，又怕伤口处理不干净引起感染。

程意意叹一口气，只能依了他。

研究所的外来人员和车辆进出皆要登记，车子停在保安室前的伸缩门口，程意意降下车窗，等保安过来登记。

"程小姐，是你呀？"值夜班的保安看到熟悉的面孔，立刻十分热情地和程意意打了招呼。假期他还在电视上见了程意意。现实中认识的人成了大名人，此刻还出现在他面前，他觉得惊喜又激动。

程意意笑着应他，递过证件。

平日里程意意都是一个人上下班，此刻却坐上了陌生的车，保安登记完递回证件，又忍不住朝车内驾驶座多看了两眼。

驾驶座的车窗关着，光线昏暗，他只来得及看清男人刀削般硬朗的侧脸轮廓，车辆便已经缓缓启动离开了他的视线，消失在夜幕里。

他总觉得那男人的侧脸很眼熟。

是谁呢？

保安的工作并不忙碌，他闲暇的时候最大的爱好就是上社交平台看看新闻和娱乐八卦。好不容易在现实里认识了一个名人，他压不住心中的好奇，又上网翻出了前几天看到的帖子。

那帖子里有程意意几张照片，地址在 A 市一家购物中心的停车场外。照片上，程意意正准备上一辆黑色欧陆，驾驶座上男人的侧脸虽然拍得有些模糊，但他敢肯定，这侧脸与他刚才看见的一模一样。

帖子的主人贴出照片时，只说是逛街偶遇程意意，让大家猜猜驾驶座上的男人是谁。

当时他看到这帖子的时候，还没有多少人回复楼主，却不想几天过去，这帖子居然被贴上了"热门"的标志，成千上万条回复几乎要把楼挤塌了。

随便翻几条评论，便得到了他想要的信息。

他果然认识，那个侧脸英俊的男人是顾西泽，网上盛传的"国民男神"，一个神话般的年轻人。

他居然是在和程意意谈恋爱吗？还为她来了 G 市？

保安觉得自己似乎触碰到了什么了不得的真相，他先是收起了手机，犹豫了半晌，还是忍不住又拿了出来，打开了回帖的页面，一个字一个字慢慢输入。

04

从 A 市回到研究所，程意意迫不及待地想要把她心中的所有设想一一加以尝试。那是一项极为庞大的工程，整个上午她都埋首于实验室进行高强度工作，直到午餐时间，才扶着僵硬的腰回到办公室休息片刻。

接了一杯水，程意意便累得坐在椅子上站不起来了。

姚澜从食堂回来正进门，见程意意靠着椅子背不动弹，奇怪地问道："意意，你怎么不吃饭呀？"

有人来了，程意意连忙扶着腰坐正，笑道："在实验室站了一上午，我休息一会儿再去食堂。"

"茶几上的外卖不是你的吗，干吗还去食堂？"姚澜觉得奇怪。

"我没订外卖呀！"程意意惊讶地偏头，重新去看茶几上的饭盒。

那外卖盒里有微微的香气飘逸出来，其实程意意一进办公室便闻见了，在实验室饿了一上午，她早已经饥肠辘辘。只是以为是办公室里其他人订的，她便忍住没有多看。

仔细一瞧，那外卖上印的是侨光餐厅的字样，包装的盒子还挺漂亮。

"不是郑宽的吗？"她又问道。

侨光餐厅程意意知道，便是顾西泽昨天带她去吃晚餐的地方。那家餐厅饭菜味道挺好，就是贵得惊人，整个办公室除了"富二代"郑宽，大概没人舍得订来吃。

"不是。"姚澜摇头，走近两步，探身弯腰从盒子底层抽出一张外卖订单，"外卖小哥送来办公室的时候我在呢，人家说了你的名字，就是送给你的呀。"

"哎……"姚澜看清订单内容，这才说道，"这上面留的号码确实不是你的，该不会是你的哪位追求者给你订的吧？"姚澜笑着打趣，把订单递给她看，"我听说过追女孩子送花的，还没听说过送外卖的呢。"

程意意接过订单，立刻将订单上一组熟悉的号码与它的主人对应起来。

是顾西泽。

她这才猛地想起，昨晚吃饭结账的时候，顾西泽似乎和服务生说了些什么，她当时只顾着发呆，没在意，原来他是在和人家商量送外卖。

程意意皱起的眉头缓缓舒展开来，嘴角也不禁翘起了几分。

"恋爱了？"姚澜试探着问。

程意意轻笑着没否认。

姚澜见她的样子，心中便明了了几分，开玩笑道："意意，你这保密工作做得够好的，之前一点没看出来呢。"

程意意赶紧解释："没有故意瞒着，也就是最近的事情。"

"咱们研究所这么多青年才俊你都没看上，那小伙子得有多帅才把你追到了……"姚澜抱起手来取笑她。

程意意两颊微红，她平日里恭谦低调，为人处事滴水不漏，也只有这个时候，姚澜才从她眼睛里看出几分不一样的光泽来，她微微笑着，压低声音回道："我瞧着是挺帅。"

好餐厅有它高价的道理，程意意打开外卖盒，餐盒里还热气腾腾，蔬菜摆盘精致，色香俱全，叫人食指大动。

程意意抬头邀请："一起吃吧，澜姐？"

"我刚从食堂回来，就不和你抢了。"姚澜连连摆手，又笑道，"这可是你一个人的爱心午餐呢。"

程意意捏着筷子，本想先给顾西泽回个电话，只是想到他午间应该正忙，便又关了拨号的界面，转而打开了清晨在公交车上没看完的热帖。

帖子的楼层越来越高，回复数量还在一直涨，程意意自己都吃了一惊。

她的微博自注册认证后，便没登录过几次。严格说来，上了《天生我才》对她的生活影响并没有多大，只是走在路上偶尔会被观众认出，基本也没有人再把她错认成宋安安。

微博上的粉丝数量虽然一直涨，对她来说却也只是一组抽象的数字，她至今不大清楚自己在网上拥有多高的知名度。事实上，《天生我才》节目做到第三季，观众们已经逐渐失去新鲜感，节目的热度也开始下滑，也就是借着程意意挑战的那一期，话题度和收视率才重新渐渐回升。

毕竟自《天生我才》开播以来，从未有过程意意这样漂亮得可以直接去参加选美大赛的选手，节目组自然要好好替她炒一炒人气，顺便增加节目的热度。

只是，便是节目组也没料到，程意意居然自带"红人体质"，官微只是稍微转发了几次有关她的视频和短片，便次次被带上热搜，网友纷纷热情回复转发，劲头直冲那些一线网红。

名校出身，高智商，美貌，这就是程意意如今在网络上最大的标签。

网上这些风风雨雨，程意意自然是不清楚的。她的生活很忙碌，平日里很少有时间关注娱乐版块，如果不是公交车上那个小姑娘好奇地问了她一句，她可能都不会知道这个帖子的存在。

帖子主楼放了几张照片，内容都是年前程意意和英宛逛街，顾西泽来购物广场接她时的情景。

拍照的人大概离她们不远，照片内容从程意意拉开车门上车，到男人侧身给她系安全带，巨细无遗。帖子发在国内知名论坛上，就算楼主没添加什么描述，照片里的名车和美人，这搭配本身就能引发热度。

照片的像素和光线都挺好，就是车内的景象不怎么清晰，程意意被拍得一清二楚，那男人是谁却只能从侧脸和下巴猜测隐辨认。

也因此，评论前十几楼，众人一直没能认出照片中的男主角。直到有人扒出了黑色欧陆的车牌，网友才算真正将照片里的侧脸同顾西泽联系起来。

居然真的是顾西泽！

帖子的热度就是从这时候起惊人跃升的。

其实自从宋安安的团队炒作恋情被顾氏院线封杀，一票小媒体齐齐被顾氏律师团起诉，网上已经很长一段时间没人敢再八卦顾西泽的恋情了，媒体大概也明白，顾西泽这次动了真格，没胆子再看图说话，胡乱报道。

所以后来网上三番五次有知情人士爆料顾西泽和程意意的关系，也只有些细碎的流言，没了媒体的推动和转发，都没能掀起大风浪。

然而这一次，不用媒体推动，那帖子的热度压都压不住。除了主楼的照片，楼下又陆陆续续有网友贴出两人同框的照片——崇文大学晚会结束顾西泽送她那一次，同学聚会酒店门口那一次。

诸多的爆料加上照片，不同于以往毫无根据、虚无缥缈的揣测，网友们认定，顾西泽这次大概是真的恋爱了。作为国内首屈一指的大财团的继承人，顾西泽是从临危受命接手顾氏的那一天起，才真正暴露在公众的视线里和媒体的镜头下。

他的出镜率极高，知名度上升极快。人们总是对未知的世界充满好奇，顾西泽这样年轻英俊又多金的上流社会公子哥究竟开什么样的车，穿什么样的衣服，交什么样的女朋友，大部分人心中都有着窥探的欲望。

江特助又一次接到了公关部蒋文的电话。

"江特助，顾总的意思……这次网上那些照片和爆料需要处理吗？"蒋文实在被上次顾总的震怒吓怕了，这一次他学聪明了，提早便打电话通过顾总身边的红人去试探。

应该不用处理吧……江念暗暗猜测，毕竟网上瞎传了这么久，终于传对了一次，程意意本来就是顾总的女朋友。

只是这么想着，他到底不敢妄自下定论，更不敢替顾总拿主意，探头看了一眼会客室里侃侃而谈的顾西泽，压低声音回道："我请示后再给你回电话。"

接待进行了很久，江特助整整等了两个小时，才等到顾总从会客室出来。将客人送到电梯口，转身回办公室的路上，他赶紧跟到顾总身后，压低声音简明扼要地复述了一遍蒋文的话。

"什么帖子，找出来我瞧瞧。"顾西泽听完，突然站定，饶有兴趣地回头看他。事关程意意，他的眼神比平日要柔和一些，嘴角微微上扬。那翘起的幅度极小，一般人恐怕难以察觉，江念常年跟在顾西泽身边，却是一眼就辨认了出来。

从 G 市回来，他似乎还是头一次看到顾总心情这么好。江特助腹诽着，手上却不敢大意，麻利地打开 iPad，翻出那帖子。顾西泽接过，先是一页一页翻了许久，看到后面，嘴角的弧度却渐渐平了。

"顾总，有什么问题吗？"瞧见顾西泽神情变化，江念的心立刻提了起来。

"这帖子讲得不大清楚。"他摇摇头，把 iPad 还给了江特助。

确实，帖子里网友乱七八糟的回复比较多，无关紧要的信息量太大，真相反而难以确认。比如就江助理看来，他家顾总那天在机场跟哄闺女一样哄着程小姐，两人平日里的相处模式可见一斑，而在帖子评论区的风向里，程意意却成为一段不对等感情中弱势的一方。

他家顾总再洁身自好不过，在帖子里却被网友形容为结束一段感情像换一件衣服那样自然，程意意仿佛随时会被新人替代。

"需要马上把帖子处理掉吗？"江念紧张起来。

"不。"顾西泽摇头拒绝，又道，"江特助，我记得《周一访谈》给我发过录制的邀请函。"

"是的。"江念赶紧回道，"录制时间就在下周，我正准备回函拒绝。"

江念清楚，顾西泽必定不会参加录制，他从不把时间浪费在这些没有多大意义的访谈节目上。

可这一次，出乎意料地，顾西泽摇了摇头。

01

又到周末，是程意意该去 G 大上课的日子。

整个学期第一次上课，程意意还没等到闹钟响，凌晨便被一场淅淅沥沥的春雨吵醒了，爬起床洗漱，又打开电脑，把做好的教案课件整理一遍后，才背着电脑包出门。

雨刚停，整栋宿舍楼安静极了。搞科研的人平日里起早贪黑，也只有在周末的时候，才能偶尔睡个懒觉。楼房老旧，楼道里隔音差，程意意穿了高跟鞋，怕动静大吵到别人睡觉，便小心翼翼地放轻脚步。

外面的天微亮，宿舍楼道里光线还有些昏暗。程意意掌心的擦伤结的痂刚掉，残留的粉红色痕迹还未消退，手里拿着没吃完的早餐，扶着楼梯走得越发小心。

才走到二楼拐角，程意意便听到几声猫叫传来。

奶声奶气，听得人心软。

这一片宿舍区常有被遗弃的小猫小狗。楼里年前也来了一只流浪母猫，平日里睡在一楼楼梯下的杂物间外，好心人找来纸箱，用旧衣服给它搭了窝，母猫便一直住到了现在，还生了一窝可爱的小猫。

几只小猫的毛发雪白，眼睛蓝得像一汪水，刚学会走路。一到研究所众人的下班时间，几只小猫便排成一排齐齐趴在箱子边缘，好奇地看着进楼的人。

宿舍楼里住的都是些女同事，心都被它们"萌"化了，路过的时候，多少会留下些吃的。

小猫饿得快，清晨便开始叫唤，整栋宿舍楼又数程意意起得最早，平日里她的早餐多多少少会分给它们一些。大猫流浪了太久，对人的戒备心很强，小猫却渐渐和程意意熟起来，偶尔还会用头蹭她的手。

此刻听见小猫叫唤，程意意一手拿着早餐，转过楼梯拐角，扶着身后的电脑包，先探头朝下看杂物间外的猫窝，出乎意料的是，那儿蹲了个人影，已经拿着东西在喂了。

程意意缩回头，颇有些意外，她凌晨便被雨声吵醒，出门比平日还要早一些，又是周末，是谁起得比她还早？

她好奇地又扶着护栏探出头去看。楼道里的光线昏暗模糊，那人低着头，看不清脸，微胖，仔细辨认了几秒，程意意才从大脑中搜索出与那身形对得上的人。

是和她同楼层的女博士后张清。

程意意意外地眨了眨眼睛，没想到张清平日里一副脾气古怪的刻薄样，居然会喜欢小动物。她喂的也许是幼猫猫粮，形状很像，一颗颗放在手心，小家伙还挺喜欢吃，几只小猫追着她掌心爬出了纸箱。

大猫趴在窝里没动，懒懒地叫唤几声，没能把小猫唤回来，便也作罢了。

看来今早不需要她喂了，程意意缩回头，把没吃完的早餐袋子打了个结，方便拎在指尖，她正要继续下楼，楼道间一声短暂而急促的小猫惨叫声突兀地传来。

一声惨叫戛然而止后，又是一声响过。程意意猛地定住了脚步，不好的猜测瞬间浮上心头。张清不至于做伤害小猫的事情吧？

她赶紧扶住楼梯边护栏，第三次探身朝楼梯下面看去。小猫们血淋淋的尸体就这么跳入她眼里，程意意的眼睛都瞪圆了，目光中全是震惊与愤怒。

有一瞬间，那画面震得程意意浑身僵硬无法动弹。这世界上怎么会有心理这样阴暗扭曲的人？她几乎不敢相信自己的眼睛。

张清作势还有进一步动作。

程意意心里一紧，终于反应过来，赶紧踏响高跟鞋跑着下楼。

高跟鞋"噔噔噔"的声音从楼道中传来，听到脚步声越来越近，意识到有人来，张清终于收回了手，拎着包匆匆出了宿舍楼。等程意意跑到一楼，只看见母猫从墙角挣扎着站起来，追着张清出门去。

程意意还要再追，跑了几步，脚步却缓缓停了下来。地上被摔的几只小猫身上还带着未凉的温度，但已经没了气息。程意意一只一只捡起来，把它们放回纸箱里，展开一张报纸盖住。

闭上眼睛，程意意只觉得心尖都颤抖起来。

宿舍一楼是杂物间和车库，几只流浪猫住在这里，平日里除了轻轻叫唤几声，从未妨碍伤害过任何人，它们可爱又乖巧，连她这从未养过宠物的人都忍不住喜欢。研究所工作节奏快，负担重，枯燥沉闷。姚澜说张清的"杰青"研究期限已经到了第三年，没有出成果，程意意能理解那种压力，可她无论如何理解不了，这世界上为什么会有人将自己的懦弱与无能发泄到比自己更弱小的动物身上。

不忍再看，程意意背着电脑包直起身来，转身要走，刚抬腿，身后便传来一声细微慌乱的猫叫。

声音是那只躲在杂志堆后面的小奶猫发出的。程意意回头，它从报纸后探出一双眼睛，浑身还在瑟瑟发抖。小猫刚满月，还跑得不大利索，如果今天母猫没有回来，它以后可能就活不下去了。可若是带走它，程意意平日里忙得都没时间照顾自己，又怎么照顾得好它？

程意意紧了紧手中的电脑，狠心往前走了几步，又停了下来。

张清今天没发现躲在这里的小奶猫，可若是下一次……

程意意一向理智，她为难地皱紧了眉头，思虑了半晌，终于一咬牙，转身疾走几步，回到旧报纸杂志堆前，微微蹲下。

"来。"她试着用最温柔的声音去打动它。

小猫的身躯还在瑟瑟发抖，雪白的毛发没有杂色，天蓝色的眼睛纯净无垢，茫然地盯着她，它在犹豫。

它还记得每天早上喂它的程意意。

程意意的手很小，可它的整个身体还不及她的掌心大。程意意伸手轻轻摸了摸它的头，温柔地安抚。小猫瑟缩了一下，却没有躲开。看准时机，程意意伸出另一只手，两手小心翼翼地将它抱住，从缝隙里抱了出来。

抱着它，她才有空看一眼手机上的时间，耽误了许久，程意意已经来不及把小猫送回四楼了。

可是左看右看没地方安置它，她想了许久，直到上了车，才想出办法。程意意穿的是春款宽松长风衣，口袋还挺大，她干脆把小猫放进口袋里。

半封闭的打晃的环境或许终于让小奶猫有了些许安全感，它不再叫唤了。

等下了车，走到教室，打开多媒体，一切准备就绪，就要上课的时候，程意意悄悄扒开风衣口袋一看，小猫已经闭着眼睛睡着了。

她悬着的一颗心终于缓缓放下来。

上课的同学也陆续到齐了。

一个假期不见，同学们热情得可怕。小部分原因是程意意上学期给他们的期末科目总评分挺高，更多的大概就是因为新奇，仅仅一个假期，平日里给他们上课的助教居然走红了，还成了大名人。

他们平日里便知道助教聪明厉害，二十五岁便能当上研究生助教，却不知道她连《天生我才》这样需要超强大脑的节目都能挑战成功。

众人叽叽喳喳地与程意意说话，问东问西，程意意怕吵到口袋里的小猫，筛选一遍问题，能回答的都尽量放低放柔声音回答。好在上课铃声很快便响了，教授走上讲台，教室瞬间安静下来。口袋里的小猫还在熟睡，程意意悄悄松了一口气。

教授已经开始授课，程意意坐在台下，抬着笔，随手在教材上记了几个字，又漫无目地发了一会儿呆，忽然想起那天晚上顾西泽说的话。

他说想要个孩子……

其实程意意在听到"孩子"的那一瞬间便清醒了，她只是不知道怎么回答。在过去的二十几年里，程意意从没养过小动物，一直以来，她只要把自己照顾好，为自己负责，就足够了。

可现在，一个小生命就这样熟睡在她的口袋里，那感觉是如此奇妙，仿佛肩膀上已经担负起了它的未来，有了一种神圣的责任感。

养孩子也是这样的体验吗？

孕育一个新生命，然后生下她，喂养她，照顾她，教育她……替她的未来负责。不计较得与失，再忙再累，却甘之如饴，因为她给予你陪伴，也作为你生命的拓展与延续。

程意意有些失神了。

02

大课一上便是一上午，程意意原本还提心吊胆，担心小猫醒过来叫唤被发现，上课之后，她便不再担心了。教授上了年纪，但站在讲台上讲起课来全神贯注，声音高亢又激昂，同学们但凡发出细碎的动静、说话的声音，都能被他的扩音话筒掩盖。

程意意坐的地方是讲台的视线死角，只要没有什么太大的动静，教授一般不会注意到她。

小猫贪睡，整个上午的课程都快结束了才醒过来，先在兜里滚了几圈，最后前掌搭在程意意风衣口袋的边缘，轻轻叫唤了几声。

那声音又细又弱，应该是饿了，程意意察觉到，看了一眼讲台，把早上接的热水从保温杯里倒出小杯，还带着温热，凑到它嘴边。它的小脑袋凑到杯盖边上轻嗅两下，没有立刻舔，而是抬起身子微微偏头，用那圆溜溜的蓝色眼睛看着程意意，叫人的心简直要化成一摊水。

程意意端着杯盖，摸了摸它毛茸茸的小脑袋以示安抚，小猫这才埋头轻轻舔起杯盖里的温水。它太小了，小到来不及对这个世界生出畏惧与戒备，所以才会那样轻易地被她带走。

即使早上刚刚经历过那样可怕的事情，它也只是在温暖中睡一觉便忘了。它不能明白自己的兄弟姐妹已经死在一场人为的浩劫中，更无法理解自己刚刚与死神擦肩而过，幸运地存活了下来。

不知道那只跟着张清跑出门的母猫怎么样了。程意意不敢深想，稍一动念，便觉得心底压抑、浑身难受起来。她早熟，会辨风向，能察言观色、讨人喜欢。她曾经觉得自己对人性的了解足够深入，可她到底太年轻也太幼稚，人性的恶是她永远没办法了解透彻的复杂的东西。

就像张清，程意意从前只觉得她刻薄古怪、独来独往，大概是因为自命清高，所以才不屑与任何人相处。程意意万万没有想到，一个受过高等教育的博士后，心理会如此病态压抑，对着毫无反抗力的动物宣泄自己的恨意与压力。

她在恨什么？

张清平日便不大喜欢程意意，现在又与她同住一层楼，程意意后知后觉不寒而栗。这样的人在身边很危险，因为她永远不知道，在她毫无防备的情况下，张清下一秒会做出什么可怕的事情。程意意轻叹一口气，帮小猫顺了顺它背上的毛，它一边还在舔着温水，一边舒服地眯起了眼睛。

或许应该帮它取个名字。程意意一偏头，心中便有了主意。

"Lucky。"她试着轻唤一声。

下一秒，小猫抬起头来，眼神里带着点茫然，盯着她，仿佛已经听懂了程意意在唤它。

也许它喜欢这个名字。

程意意摸摸 Lucky 毛茸茸的脑袋，压抑沉闷了一上午，在这一刻，程意意终于觉得心底缓过来几分。小猫喝了温水，扒着口袋边缘自己玩了一会儿，眼睛半睁半闭，脑袋又重起来。离下课还有一分钟，程意意便直接把它放平横卧在口袋里，坐直身子准备收拾多媒体桌面的东西。

她才抬头，便瞧见坐在阶梯教室第一排的陶乐两眼发光地盯着她。

"助教……"她对口型唤她一声，神情兴奋。

陶乐的位子离程意意不远，她的眼睛这样亮，一定是看到了她喂 Lucky。

Lucky 整个身体还不及手掌大，雪白的一团，可爱得要命，确实能够轻易激起少女泛滥的母性。为人师表带头做负面表率，把小动物带来教室还被学生发现，程意意实在是汗颜。她只能惭愧地把手往下压了压，暗示陶乐少安毋躁。

陶乐会意，当即安静。只等教授一离开教室，她便飞快地跑上来。

"助教，我刚刚好像在这儿看见了一只小猫，是我眼睛花了吗？"陶乐趴在多媒体的台子上，小心翼翼地试探着问。

都被看见了，程意意也不再藏，一边轻轻把风衣口袋扒开一角给她看，一边叮嘱她："声音轻点，它刚刚睡着。"

Lucky 四肢蜷在一起，窝成一团，大抵是听到了动静，耳朵微微动了动，眼睛都没睁开，呼吸很快又变得均匀起来。

"好可爱呀……"陶乐弯腰探头看它，眼睛里的柔光都要泛出来了，"一开始隐隐听见教室有小猫咪的叫声，我还以为是我想猫想疯了呢。"

她伸手想要摸一摸，怕吵醒它，犹豫了一下又把手缩了回来。

程意意这时已收好东西，背起电脑包，看过时间，准备先去云华食堂吃饭。

节目组的录制团队再过一两个小时就会抵达 G 市，他们在 G 大租借了实验室为 VCR 取景，等拍完了程意意的部分，便能正式开始新一轮比赛。

"助教要去食堂吃饭？"见程意意要走，陶乐忙说道。

"嗯。"程意意点头，顺便邀请她，"要一起吗？"

陶乐岂会不应，小跑着回座位抱了书，追上程意意的脚步，并排而行，同她说起话来。

陶乐是《天生我才》的"死忠粉"，一期不落地看完了节目，程意意的那一期她更是翻来覆去看了好几遍。是她发掘程意意出来参加节目的，程意意一次便将那世界级难度的题目挑战成功，陶乐自己的眼光而自得，觉得自己与有荣焉。

她性格外向，爱说爱笑，叽叽喳喳说起话来便不会冷场。她先是问了些关于节目的问题，聊着聊着，话题就不可避免地转到了顾西泽身上。

在网上的爆料出来之前，谁都没有想到，助教平日里这样温柔又低调，居然认识顾西泽本人，还很有可能就是他的正牌女友。

陶乐一想到自己曾经在助教面前对着顾西泽发花痴，还津津乐道地八卦过他的历任绯闻女友，饶是她脸皮厚，也不禁觉得两颊烧得厉害。

可好奇心到底占了上风，想起在网上看过的那些传闻，她实在抑制不住体内的八卦之力，小心翼翼地开口道："助教，顾西泽真人是不是比照片上更帅？"

程意意似笑非笑地偏头看她一眼："你想问什么？"

"我就是有点好奇……我看到网上有传闻……"陶乐的脸蓦地红了起来，厚着脸皮又试探着问道，"助教真的是顾西泽的初恋女友吗？"

陶乐才不相信那些说助教是"心机女"使尽浑身解数想要嫁进豪门的鬼话，她有自己的判断。像助教这样聪明、温柔又完美的人，本来就该得到最好的爱情。这一点，陶乐坚信与程意意相处过的人都会明白。

她眼巴巴地等着助教的答案，程意意被她盯得颇不自在，轻笑着"嗯"了一声。程意意原以为陶乐面对自己这样敷衍的态度应该会偃旗息鼓，不料她竟越发兴奋了。

"助教！"她情真意切地唤了程意意一声，眼睛里充满崇拜之情，"助教现在又和他在一起了吗？"

程意意又"嗯"了一声。

"助教，你简直是我人生的楷模和偶像！"陶乐不知道该怎样表达心中的激动澎湃。她曾经觉得遥不可及、犹如神祇的男人，就这样成了她"女神"助教的男人。

其实陶乐肚子里还有许多问题，可到底不好意思再继续追问。能得到当事人亲口承认恋情，她此刻便觉得心满意足了。

录制团队计划拍摄的 VCR 已经提前写好脚本，程意意只需要站在实验室里摆拍几张，照着台词说上几句，剩下的就靠节目组后期剪辑配上特效和音效。

程意意本以为拍个小小的 VCR 应该不会有多少人来，也因此，她难得悠闲地在食堂排队打了份自己喜欢的糖醋排骨，慢条斯理地吃完了饭，按计划时间提前抵达实验室。

却没想到，一进门，她就见节目组的录制团队早已经开始架设备，十几个人来回忙碌在这间小小的实验室里。

连上次给她化妆的姑娘也来了。

程意意知道，那姑娘看起来小小的，挺年轻，却是《天生我才》化妆团队的灵魂人物。

拍个 VCR 都如此劳师动众，节目组果然财大气粗，她心中暗道。可转念一想，她又觉得，再怎么财大气粗，节目组也不至于在个小小的短片上动用这么多人力。

心中带了疑惑，小姑娘给她化妆的时候，程意意便不动声色地套起话来。这姑娘工作起来很认真，没什么戒心，三两句话过后便把她知道的一股脑倒了出来。

"原来还要用作宣传片啊……"程意意仰起头，任姑娘挥舞粉刷给自己定妆。

节目组确实没跟她提过个人短片还要用作第三季宣传片的事，毕竟节目的前两季都没有投放宣传片。细想之下，程意意倒也能理解，现下在网络上，只要一提到她便能蹭上顾西泽的热度，这么高效的宣传方式，不用白不用。

程意意有记台词的功底，镜头感也不错，拍起来十分顺利，下午一点半钟开始，还没等到吃晚饭，拍摄就已经结束了。

从化妆师姑娘的手里拿回自己的 Lucky，拒绝了录制团队一起去吃饭的邀请，程意意坐上车，准备提前回宿舍，放好东西再去帮 Lucky 买猫粮和猫砂。

Lucky 还挺喜欢程意意的口袋，软和又舒服，把它抱出来它反而没了安全感，不大自在，程意意干脆任它躺在里面。

下了车，还没走近宿舍，程意意以 5.2 的视力便瞧见一群同事围在一楼楼梯口说着什么，她还隔得尚远，便已经感受到那沉重的气氛。

程意意心下了然，必然是摔死的小猫被众人发现了。

03

大猫在楼下住了有些日子了，小奶猫也是大家看着生下来到满月的，母猫太瘦，楼里女同事还害怕小猫活不了，有人特地泡了奶粉来喂。平日里楼底下只要有人进进出出，一窝小猫就齐齐趴在纸箱边缘"卖萌"。

不说感情深厚，但起码大家都已经习惯了它们的存在。可现在，大猫不知所终，小猫也被齐齐摔死在楼梯下。

更让大家惶恐的是，宿舍楼正门进出需要门禁卡，换句话说，这个虐猫的变态很有可能就住在她们这栋楼里。可惜楼梯下方是监控死角，摄像头架在十来米开外的宿舍楼门前，整栋楼里每天那么多人来往，根本无法排查。

才进宿舍楼，嗅到气息，小猫便不安在程意意口袋里动了动，程意意轻拍它两下安抚一番，准备先上楼。

她早上已经见过一次那令人心碎的场面，实在不想挤进人群中再看一次。迈开脚步上楼，踏了几级阶梯，视野开阔起来，微微一偏头，她便在人群中看见了那一抹熟悉的身影。

程意意的脚步停住了。

张清穿着制服，还拎着文件包，站在人群最里面，那里是最靠近装着小猫的纸箱的地方。

人群中有人低声议论。

"昨晚我下班回来还给它们喂了火腿肠，今天就……"有心软的女同事甚至气得眼睛都红了。

"小猫太可怜了。"

"是啊，谁这么狠心……"

程意意站在高处的台阶上，第一次认认真真注视张清的背影，试图看清她面上的神情。

那脸上会有什么？是得意还是麻木？是懊悔，还是伪装成与这些同事一样的悲愤？

奈何张清始终没有转过头来。

"我住二楼，凌晨下雨的时候我起来上厕所还隐隐约约听见小猫肚子饿得直叫唤，出门买早点的时候就不见它们了，当时我以为是大猫带着出去觅食了。"

大家开始推理。

"她摔猫的时间应该是早上吧？大家都没起来的时候……"

划出时间段来，再查监控里那段时间出入的人，便能大概查出范围了。毕竟这天是周末，起得早的人不多。

"我是早上七点左右出门买早餐的，那时候已经陆续有人下来了，就从七点往前查监控吧？"

这建议一出，便得到众人同意，人群正要散开，张清却突然开口了，大概是因为换季，她的声音带着几分感冒后的沙哑。

"我今天去实验室加班，出门的时候是六点二十。"她剧烈地咳了几声，缓过来后才继续道，"那时候小猫还在，还趴在纸箱上冲我叫。"

"嗓子这么哑，张清你生病啦？"有人问她。

"嗯，小感冒。"张清不欲多言。

张清是整片宿舍区为数不多能拿到"杰青"基金支持的女性，也因为如此，虽然她寡言清高，平日里不与人往来，总体的存在感却还挺高。

"那监控就从六点二十张清出门以后看起吧，这样时间范围又缩小了一点。"那个开口与张清说话的女人提议道。

"真巧。"也就是在这个时候，程意意终于开口了。

她站在楼梯高处，俯视众人，声音带着威压与穿透力，传进每个人的耳朵里。

程意意背着电脑包，一只手插进双排扣风衣的口袋，修身的牛仔裤和细高跟鞋勾勒出纤长笔直的腿形，长发利落地扎到脑后。

她的五官分明，柔和精致，然而此时此刻面上带了几分冷意，那美丽的眼睛色泽深得惊人，仿佛一汪深不见底的潭水，让人胆寒。

气势逼人。

"我六点二十一分到这儿，它们都已经死了。"

程意意说着，一步一步从楼梯上走下来，又一步一步行到张清跟前，与她对视。细高跟鞋敲击地面的声响伴随着她的脚步，一下一下，也敲击在人的心上。程意意平日里多是温柔和善的模样，还从未有人见过她这样肃穆的样子，带着不可言说的威慑力。

总之在这一刻，大家都下意识噤声了，只听着程意意往下说。

"不知道是谁摔死了它们，我下楼来，血已经流了一地……"

大家发现小猫的时候，它们已经被放回纸箱，地面上的血迹也已经处理干净，感官上并不如程意意说出来这般震撼，听到这儿都睁大了眼睛。

程意意甚至听到了有人低声干呕。她说不知道是谁摔的，然而她的视线从未离开张清的眼睛，言下之意是什么，众人一想便明了。

"你含血喷人！"张清握拳，牙齿咬得格格作响，怒瞪起眼睛，"你有什么证据？你以为别人会相信你？"

"我是没什么证据。"程意意轻描淡写地道，又朝前走近一步，"只是……"

她比张清要高一些，又穿了高跟鞋，走近低头，下巴刚好与张清的额头齐平，俯视张清的眼睛，气势上便占了上风。

"人在做，天在看。"程意意的声音带着克制的愤怒，甚至还伸手帮张清撩了撩耳朵边的碎发，好让那阴冷的声音顺利地传进她的耳朵里，"那些被你害死的冤魂，午夜回来找你的时候，不知道你能不能安眠……"

那声音让张清浑身的寒毛倒竖，她条件反射往后跟跄了几步。程意意慢条斯理地收回手，垂头，不再看她，而是从口袋里抽出纸巾，一根手指一根手指擦干净，接着道："如果那时候你还能和现在一样心安理得，我倒是能承认我低估了你。"

语毕，程意意把纸巾扔进墙角的垃圾桶里，环视了众人一圈，放缓声音，接着道："我今天早起到 G 大上课，是六点二十一分下楼的，那时候母猫刚好追出去。

"我花了十分钟时间打扫地面，把它们放回纸箱里。最后在报纸堆后面发现了活着的这一只。"

程意意伸手，从风衣口袋里把半梦半醒的小猫抱了出来。它眯着眼睛，蹲在她的掌心，轻轻"喵"了一声，显然还没睡饱。小猫是这样亲近的态度，倘若之前围观的人已经信了九分，现在便完完全全信了。

程意意没有说谎。

众人看向张清的眼神顿时都充满了震惊与不善，不动声色地与她拉开了距离，甚至有眼尖的瞧见了张清手上有几道抓伤。

那抓痕并不显眼，也许是母猫留下的。

谁都没想到，行凶者就在她们中间站了那么久，神情不露分毫，甚至还不动声色地想要栽赃给在她之后从宿舍楼出去的人。

如果不是正巧碰上程意意戳穿她，她们此刻必定已经相信了张清的谎言。

"张清，"程意意最后留给她一句话，"良心建议，你应该找个心理医生。"

与众人打完招呼，程意意将猫放回口袋，头也不回地上了楼。

在Lucky来之前，程意意还从未感受过什么叫手忙脚乱。

她做事一向有条不紊，即使时间仓促，也能冷静地逐步按照条理来。偏偏Lucky在口袋里乖，放出来却是个喜欢捣乱的。

满月后的小猫正是活力十足、精力充沛的时候，一会儿玩抽纸，撕得到处都是，一会儿又爬上凳子，跳上矮桌，把她的论文顺序打乱。

程意意的实验室课题刚刚有了些许突破，正是最忙碌的时候，又要准备G大的备课资料，又要准备PK赛录制，忙得头晕眼花还要给Lucky收拾烂摊子。好不容易抽出时间来同顾西泽通电话的时候，她终于忍不住诉苦。

偏偏顾西泽还在电话另一端笑了起来，程意意很少有这样抱怨的时候，她从来都把自己的事情打理得井井有条。

那时候他还未见过程意意，昆南跑来向他抱怨，说送给程意意一只茶杯犬，想着女生对这种可爱的毛茸茸的生物都应该毫无抵抗力，程意意见到小狗的时候确实喜欢极了，兴奋地摸了又摸，抱着它上了一天课。小狗叫了几声还被老师发现了，程意意也没舍得撒手。

可她最终没有收，放学的时候又让昆南抱回去了。

昆南百思不得其解，还道女生都善变？

顾西泽那时候还觉得挺好奇，因为他知道，那个年纪的小女生们最难理智地控制自己的欲望，可程意意做到了。后来他能够理解她了。她分明喜欢极了那些小猫小狗，却这样理智地压抑自己内心的喜欢。如果无法保证自己能让它们过得好，她宁可选择克制自己的喜欢。

"你还笑，"程意意生气了，"下次回A市我就把Lucky送过去给你养，让你也尝尝这样的滋味。"

她不知道自己喋喋不休抱怨的样子多可爱。

顾西泽的嘴角翘得老高了。

04

两地分离，好不容易能安安静静打个电话。程意意多说了几句，电话另一端的顾西泽也一直安安静静地听着，偶尔应她，隔着电流，他那低沉而充满磁性的声音仿佛就在耳畔，叫人心里也无端安静平和起来。

时间已经是深夜，黑暗的房间里只有桌上的台灯还散发着微弱的暖光，整个世界安静得仿佛只剩下了他清浅的呼吸声。

案几上是翻开的文献和资料，一堆未经整理的实验数据放在跟前。Lucky大概是玩够了，嘴里还含着她的鼠标线，一头靠在鼠标上睡着了。

程意意拿着笔，突然觉得孤独又惆怅，心底的思念就在这一刻疯长蔓延。

"西泽。"她突然唤他。

"我在。"他耐心地应了她，那声音温柔又低沉，如同羽毛痒痒地扫在人心上。

G市已经开了春，但程意意不敢开窗，怕飞进蚊虫，在室内只穿睡裙还觉得有些闷。她干脆放下笔，托着下巴回忆、想象。

A市这时候大概还有些冷，也许顾西泽的书房里开了暖气，同她一样坐在台灯下的案几前。工作了一整天，他的眉眼里或许带了零星的疲惫，但五官依旧硬朗而俊美。程意意的记忆力极好，稍一想，便连他睫毛有多长都记起来了。

思念是温馨的痛苦，它最折磨人，叫人哀愁，却又让凝在心尖的情感沉淀得厚重起来。程意意觉得心里有点涩，又有点酸。她烦躁地合上文献，疲惫地摊在床上。

"我想你了……"她的声音带着微不可察的委屈。

明知道马上回A市录节目便能见到他，可思念有时就是这么毫无由来地矫情，她想现在就见到他，抚摸他的脸颊，亲吻他的眼睛。

"嗯。"顾西泽的尾音微微上挑，勾得人心里痒痒的，"有多想？"

"想你立刻出现在我面前。"程意意闭上眼睛，翻个身，头埋进被子里，声音发闷。

"好。"他轻声应了她。

程意意正要再开口，却突然意识到，他说的是"好"。

下一秒，她听到了车门关合的声音。

惆怅烦躁突然统统不见了踪影，程意意猛地从床上坐起来。

"你在哪儿？"她这样问着，握紧手机跑向阳台，激动地趴在栏杆上朝下望去。

在浩渺的夜色中，空气潮湿，月光的柔情绵密得不可思议，澄澈的晚风凉凉掠过她的脸颊，程意意举着手机，呆在原地，目光一寸也舍不得移开了。

宿舍区的院子里，那棵两人合抱的合欢树已经枝繁叶茂，树下的阴影中，站了个高大挺拔的男人，她看不清他的脸，只有那一抹手机亮起的微光可辨。

"意意，"顾西泽唤她，而后轻轻笑起来，"下来开门。"

那声音清朗好听，如同在池子里投进颗小石子，涟漪一层接着一层，在人的心间荡漾开来。宿舍楼下的门需要刷卡，这个时间大家都睡下了，顾西泽只好叫程意意下来。

阳台上的人似乎怔忡了半晌才反应过来，飞快地转身，消失在阳台上。

顾西泽取下蓝牙耳机，仰头朝那阳台上自嘲地笑了笑。年近三十，他居然还像个毛头小伙子那样冲动。

晚上七点半他才从公司回到公寓，坐了三个小时飞机，从机场到研究所的宿舍又是半个多小时车程。

他穿着厚重的外套踏上了 G 市的土地，呼吸间仿佛都冒着热气。

清晨还有早会，办公室里厚厚的文件等待他批示，接待一堆访客的行程塞满了他的休息时间……他忙碌得要命。

程意意不久就会回 A 市录节目，他固然知道只需安心等待，可在回到空荡荡的公寓那一瞬间，心中翻涌的思念与爱意仿佛只有看到她才有了妥善安放的地方。

直到坐上飞机的前一秒，他还觉得自己在胡闹。可踏上这片土地的时候，他不后悔了。

他爱的人在这儿，思念汹涌，见一面也是好的。

程意意睡裙都来不及换，大波浪卷发披散在脑后，一口气跑到一楼，开门，在看清楚他的那一瞬间，面上的惊诧和激动再也无法掩饰。

"西泽……"她的眼里泛上氤氲的雾气，步子轻移了两下，越走越快，终于飞扑进他的怀中。

她的鼻梁抵上她的胸膛，有点硬，但不疼，他身上柠檬味沐浴露的香气与她的味道一模一样。

"你怎么来了？"她仰头看他的眼睛。

顾西泽整日忙得要命，有时连打个电话时间都得挤了又挤。

程意意仰头，温柔黯淡的月光亲吻她的脸颊，她的眼神带着几分茫然与疑惑，漆黑的眸子仿佛装进了星辰，亮得惊人，简直叫人上瘾，叫人疯狂。

程意意还没有听到想要的回答，细碎的吻便接连落下来，羽毛般轻轻触及她的发心，然后是额头、眼睛、鼻尖，最后印上她的唇瓣，滑入她的唇齿间。

这吻先是漫长的温柔的缠绵的，清新甜蜜的气息使她沦陷，然而毫无预警地，他的手滑入她的腰间，那吻突然深刻炽热起来，程意意被吻得浑身发麻，意乱情迷。

"我也想你。"迷离中，程意意终于听到他的回答。

"谁在那里？"有人远远大喊了一声，微弱的手电筒光在两人身上晃几下，顾西泽下意识侧身把她挡在怀里。

宿舍区有巡夜的保安人员，时间已经过了十二点，隐约看见人影，自然心生怀疑。程意意两颊"唰"地红了，时隔多年，她居然重新体验了一次在学校小树林谈恋爱被教导主任逮个正着的感觉。

趁着保安还离得远，她赶紧飞也似的拉着顾西泽跑进宿舍楼。

直到关上宿舍的大门，她的心还怦怦直跳。

"保安应该没看清我吧？"她不确定地问顾西泽。

她记性好，总能记得这些人的面孔和名字，遇上了会和善地打招呼，从清洁工到保安，熟识她的人不在少数。

程意意的额角冒汗，不知道是因为跑还是因为紧张。要是传出去她三更半夜和男子在宿舍楼下拥吻，她的面子就要丢光了。

顾西泽觉得好笑，眼见程意意真着急了，才抬手帮她擦了额角的汗，安抚道："没看见。"

顾西泽不会骗她，说没看见，那人应该就是没看见她。

摸黑爬楼梯回了宿舍，程意意没敢把声控灯弄响。

宿舍楼年代太久，隔音效果极差，她生怕吵醒了别人，看到自己半夜带回个陌生男子留宿。

宿舍楼里不是没有已婚的女同事，丈夫来的时候大大方方地住下便住下了。

可程意意的情况不大一样。

一来，她没有结婚，总有些顾忌；二来，顾西泽的身份复杂，若是今晚被人发现，说不定明天就上了各大媒体的头条。

顾西泽还穿着厚厚的外套，一进屋便觉闷极了。程意意帮他脱下外套挂在衣架上，又怕他热，拿起桌上的遥控打开空调。

这空调还是上次顾西泽叫人来装的，天气还不算太热，程意意都没开过几次。

"要洗澡吗？"程意意给他倒了杯水，又问道。

按时间算，顾西泽应该是一下班便风尘仆仆赶来了。想到这里，程意意不禁心里甜滋滋的。他整日繁忙，却还是在百忙之中抽出时间来探望她，这么多年了，顾西泽对她的在意丝毫未减。

真幸运。

顾西泽本就觉得有些热，进了房间之后，这种感觉更甚，扑面而来都是程意意的气息，清新又甜蜜的味道。想起那被打断的让人意犹未尽的吻，他点头，进了洗澡间。

不多时，哗啦啦淋浴的声音传来。

程意意把桌面上的资料收拾好放在高处，又把靠在鼠标上睡着的 Lucky 放回窝里，刚做完这些，转身便听到顾西泽唤她。

"意意，洗发水在哪儿？"

程意意的洗发水放在洗手台下的柜子里，和几瓶擦脸的面霜差不多大小。浴室灯光暗，男人一向又分不大清楚这些东西，怕顾西泽找错，她干脆说道："我进去帮你拿。"

下一秒，那门便开了。

昏暗的灯光中，那小小的浴室被氤氲的雾气笼罩，视线不大清晰。程意意之前答得干脆，待要进去却又犹豫了。

"怎么了？"顾西泽轻声催促。

这场景，有些羞耻。程意意不好意思说她的直觉，只得硬着头皮踏进了浴室。她穿着睡裙，一进门，氤氲的热气便覆盖了她裸露在外的肌肤，只觉浑身软绵酥痒。

程意意没敢看顾西泽的方向，一进门便直奔洗手台去拿洗发水。

只是人算不如天算。

下一秒，地砖的水迹便让程意意的拖鞋打滑了，趔趄了两下，程意意好不容易扶着洗手台站定，稳住身形。她海藻般的头发覆在胸前，眼神慌乱中带着纯真。

下一刻，后面的人欺身上来，轻轻松松一把将她抱起坐在洗手台上，单薄的睡裙与洗手台紧贴，触感微凉。

他的眼神专注地与她对视，仿佛下一秒就要将她淹没。

他的嗓子微微喑哑，压低唤了她一声："意意。"

他身后是淋浴喷头洒出哗啦啦的水声，眷恋又痴缠。

第十一章
我喜欢我女朋友那样的

01

程意意回到床上的时候浑身已经筋疲力尽，她懒懒地趴着，头枕在床沿，闭上眼睛，任顾西泽帮她擦干头发，享受两人相处时这难得的片刻温馨与宁静。

其实她不用想也知道，顾西泽这个点才抵达G市，白天里究竟是有多忙碌。

"明天早上就要走吗？"程意意翻了个身，躺在他的腿上，抬眸看着他的眼睛。

她其实知道答案，只是不死心确认一遍罢了。千里之遥，两地分隔，一切都是她自己的选择，她也没什么说的，也没办法抱怨。

"嗯。"他垂下眼眸轻声应她，放柔了手上的动作。

程意意就这样温顺地躺在他的跟前，眉眼安详而放松，神情恬静。长途跋涉的疲累仿佛都在这一刻得到了抚慰。头发水迹完全擦干的时候，程意意已经趴在他的腿上睡着了，全世界都静谧下来。

海藻般的黑色卷发柔软地伏在她的肩后，随着她的呼吸均匀起伏。她的双手放松地搭在他的衬衫衣摆上，十指白皙纤长，手背太瘦，蓝色的静脉若隐若现。

台灯暖黄色昏暗的光线里，顾西泽看着她的睡颜，心潮翻涌，静默了许久，终于从口袋里拿出一枚铂金指环来。

那感觉奇妙极了。

明明她已经是自己的，但只要看着她，他还是想要再吻吻她，再对她表一次白，再和她谈一次恋爱。

他牵过程意意的右手，将那铂金指环套上了她的无名指，不大不小，正合适地卡入她的手指根部。

戒指的花纹低调而朴素，然而待到他将戒指转正，那切割成星形的钻石便转到正面来。

它的光芒明净而优雅，平静却又光芒四射。这礼物在他银行的私人保险箱里存放了很多年，还是他去伦敦找程意意的那次，从留学生公寓外返回机场的路上，他在伦敦 Westfield 购物中心橱窗里看到了这枚戒指。

那璀璨的钻石里仿佛注入了漂亮的灵魂，迷人而光芒四射，他觉得程意意也许会喜欢。

那是程意意离开的第三年。他发了誓，只要她回来，他就娶她做他的太太，把这世上最好的东西给她。

现在她回来了，就在他的身边。

虽然迟了很久很久，虽然依旧时常与他两地分离，可是在这一刻，他们的心紧紧贴在一起。

"意意。"他抚着她的头发，长叹了一声，低喃的声音只有他自己能听见，"我爱你。"

这一声柔软绵长得几乎要滴出水来。越是临近分别，他越是觉得现下的幸福感是如此不真实，短暂的相处好似偷来的。

时钟嘀嘀嗒嗒地转动，时针已经指到了凌晨四点。他终于松开程意意的手，起身，将她抱平躺在床上，盖上被子，轻轻地在她的额头印上一吻。

最后站起身来，他摘下衣架上的外套，大步朝外走去。

程意意清晨醒过来的时候，窗外又下起了淅淅沥沥的小雨。微凉潮湿的空气被隔绝在外，宿舍里有些发闷。宿舍的光线被窗帘遮住，她掀开被子，昏昏沉沉地睁开眼睛。

顾西泽已经走了。

相处短暂得像是一场了无痕迹的梦。

只是那梦未免太过美好了。

程意意自嘲地笑着摇摇头，机械地起床，准备穿衣去洗漱。右手穿进外套袖口的时候，似乎被东西卡住挂了一下，程意意有片刻的怔忡，随即意识到什么，她立刻脱下外套，将右手五指摊开在眼前。

昏暗中，她的无名指根部套着一枚星形钻石戒指，闪耀夺目。程意意的嘴角还来不及翘起，桌面上的电话接连响了几声。

是新进消息的提示音。

程意意赶紧穿好衣服，拿过手机滑开屏面，短信箱里是一大堆新进的短信。

什么事？程意意挑眉疑惑地往后滑，号码大多是平日与她有几分相熟的朋友和同事。

她直接点开最上面一条查看。

"助教！刚看完最新一期的《周一访谈》，要被你和男神'苏'炸啦！"

下面一行还拉出条横线打上括号注了一句："真的要谢谢助教，我觉得我又开始相信爱情了。"

消息来自陶乐的号码，短短两句话，她的激动与兴奋溢于言表。

《周一访谈》？

这个访谈节目程意意没看过几次，但也知道那是一个世界华人都关注的采访平台，一个锁定高端人群的品牌节目。

顾西泽上访谈节目了？

程意意按下心中的疑惑，关掉陶乐的短信，返回收件箱，接着往下看其他消息。出乎意料的是，收件箱里全是些震惊的询问与求证，还有几条祝福的短信。

同事们大都震惊于她与顾西泽的关系，急切地想从程意意口里得到确认。

程意意平日里为人低调，从不显山露水，与谁都交好几分，所里甚至还有热心的已婚女同事尝试帮她介绍过几个条件挺好的对象。

程意意找了借口，一一婉拒了。好意落空，她们那时候还聚在一起暗暗议论过，程意意的眼光这样高，不知道以后能找到什么样的男友。

可谁都不敢想象，居然真叫程意意找到一个天底下最好的。

再往下翻，祝福的短信便多是一些崇文大学的同学、朋友发的了。他们都或多或少清楚顾西泽与程意意过去的事情，虽然有些惊诧于两人复合，但也不会觉得难以置信。

短信箱翻到最底处，居然还看到了英宛最早发来的信息。

"第一次看《周一访谈》看哭了，那么多年过去，咱们顾总的男友力还是好足！"

英宛最后还打上一个"大力握拳"的表情，程意意"扑哧"一声笑出来。几次被人提到《周一访谈》，她倒是真的好奇了。

她记得顾西泽好像还从未上过访谈节目，他究竟在节目上说了些什么？程意意的眉梢微微挑起来，他总不至于说了他们俩的事情吧？

她了解顾西泽，他是那种从不把自己私生活对外分享的人，程意意才不相信他会对着一档访谈节目吐露恋情。

她抬头看了一眼墙上的时钟，已经快到上班时间，她只能压下好奇心，把手机丢到一边，赶紧去卫生间洗漱。

刷牙的时候，程意意到底没忍住，抬起右手来，张开五指，翻来覆去把那戒指看了一遍又一遍。

镜子里，她的嘴角无声地翘起来。

02

周一的上班早高峰，程意意抱着文件袋上了公交车，费力挤到角落里，抬手压低帽檐，拿出手机开始搜索。

没怎么费力，她便在微博推送的消息里看到访谈删减版的视频。那视频取了个夸张的标题《国民男神顾西泽谈十年爱情长跑，网友疑好事将近》。

《周一访谈》是一档周播的人物专访节目，开播两年，受邀的嘉宾无一不是国内外政商界的权威精英或其他行业的佼佼者。

顾西泽多年来从未接受过访谈，节目组最初发邀请函时，也只是抱着试试看的心态，未曾想到他竟然真的应下了邀请。

这还是顾西泽的访谈首秀，作为最年轻的商业巨子，节目组尚在准备录制的阶段，便大约能够预料，这一期节目的收视率定然会飙升至节目开播以来的巅峰，因为顾西泽的社会影响力极大，关注度高得惊人，就算不看访谈内容，低龄粉丝也愿意观看"男神"的盛世美颜。

《周一访谈》是全国直播，也因此节目组的采访稿再三斟酌，务必要让顾西泽有最好的受访体验，最大程度挖掘他的人生历程及感悟，以此来增加节目的知识含量与思想深度。

稿子修了又修，不过那几个关于情感方面的提问，最终还是没舍得删掉。《周一访谈》的主持人董蘅经验老到，控场能力十足，只想着倘若直播的时候顾西泽不愿细谈这些，再转开话题便是了。

就算董蘅早有心理准备，访谈一开始，见面的时候，还是被顾西泽的年轻震惊了。

董蘅按下心中的惊艳，开场寒暄几句，便按照采访稿的流程开始了提问。

节目的定位是高端访谈，邀请的嘉宾通常是些上了年纪的商界大鳄，探讨的问题有一定难度与高度。很难想象年轻人在面对这些接连抛出的难题时，还能神色自如地侃侃而谈。

顾西泽不仅做到了，还自始至终掌控着谈话的节奏。他的回答总是具有启发性与前瞻性，另辟蹊径，也拓宽观众的思维，让人耳目一新。节目效果远远超出了大家最初的预想。

不想破坏这样的氛围，董蘅只能把关于情感的问题压到了最后，离节目录制时间结束还有七八分钟时，他才话锋一转，硬着头皮笑着提了起来。

"采访到了这儿，我还是想帮大家问一个……所有人都非常感兴趣的问题，顾总您喜欢的什么样的女孩？"

顾西泽闻言，十指交叉放在膝盖上，像是终于等来了这一刻，他对着镜头笑了笑，那笑容好看得有点晃眼。

"好像从来没有考虑过这个……"说到这儿，他停顿了一下，眼神竟温柔了下来，"大概我女朋友是什么样，我就喜欢什么样的吧。"

《周一访谈》是直播节目，这话一出，电视机前顿时便掀起了轩然大波，连董蘅都忍不住有些惊诧。

众所周知，顾西泽从未回应过外界对于他私生活的揣测。她原本早已经做好了得不到答案的准备，打算一会儿轻描淡写地带过，却不想顾西泽就这样大大方方地承认他有女朋友了！

顾西泽松了口，此时不追问，更待何时？

本着职业主持人的素养，董蘅赶紧接着往深处挖掘："其实一直以来，外界对于顾总您的私生活非常好奇。"董蘅说到这儿又笑起来，"您方便跟大家随意分享一下您的爱情观或者感情经历吗？也许能给和您一样的年轻人爱情上的一些感悟和启迪。"

顾西泽微微偏了偏头，似是思考着什么，片刻后便微笑着开口了："其实我本人的情感经历不像网络上盛传的那样丰富，也谈不上给大家什么启迪，倒是有可能给小孩们做了不好的示范。"

"顾总您这样一说，我倒是更好奇了。"董蘅适时露出疑惑的表情。

"我在高三的时候交了个女朋友，她比我小一些，聪明又漂亮，应该算是抓住了早恋的尾巴。"他嘴角微翘，说到这儿，声音更是变得柔和了一些，"我那时候有些倔强偏执，总觉得恋爱应该是无瑕的，因此错过了很多宝贵的东西。其实不然，爱情就应该是一个相互容纳对方缺点的过程。所幸这段恋情分分合合终于走到了现在。"说到这一句，顾西泽微微直起了上身，眼神专注而认真地看向镜头，"虽然感谢大家的关注，但我珍惜我的感情，希望它能够平安顺遂、修成正果，所以更不愿它被外界无中生有的猜测所干扰。"

节目从头至尾，他还是第一次用到这样的字眼，听起来甚至有几分严厉的意味。

"这是我第一次回应恋情，因为只有这一段是真的。"

短短的访谈片段很快就结束了，程意意关掉手机，公交车提示尖塔山路到站。她失神地随着人流下了车，拿着手机站在站台上，竟觉得心中久久不能平静。

马路上来往的车流非常热闹，初春的日头打在身上，暖洋洋的。尖塔山路旁的紫玉兰高高绽放在枝头，花萼精致圣洁，透亮的光线下，显得那样轻盈而美好，竟叫人生出几分此刻美妙得不真实的错觉来。

她做过不少觉得后悔的事情，可最后悔的，应该是那年一言不发地离开他去了伦敦。

分明是她自己做错了事情，可是顾西泽一遍一遍地反思自己。其实不是他倔强偏执，而是她自私怯懦。她一步也不敢停下，一步也不敢回头。所以他们白白浪费了人生中宝贵的五年。

好在，他们走到了今日。

他说，希望这段恋情能够平安顺遂、修成正果。

程意意摸了摸无名指上的戒指，突然觉得心都要融化了。如果他这时候就在她面前，她最想做的事情，大概就是踮起脚来亲吻他的脸颊。

顾母从头至尾看完了访谈，到最后才忍不住轻笑着低低骂了一句："真是儿大不中留。"

长在顾氏这样的大家族里，西泽从小早熟得过分，学业、为人处世从不需要她操心过问。可是再怎么早熟理智，他终究还是个孩子，那时候就被个小女生拐走了。

顾母摇了摇头，实在不知道自己应该为儿子的长情担忧还是骄傲。关掉直播视频半晌，她实在没忍住给自家儿子打了个电话。

顾西泽大概刚出电视台的录制间，身边有些吵。

"妈，你稍等一下。"他说完，拿着电话走到安静的地方，这才重新接通。

"意意她还在 G 市吗？"顾母先问。

"嗯。"

"这样啊……"她微微偏头，"等她回 A 市，你把她带来咱们家玩吧，我还挺喜欢这姑娘。"

"好。"顾西泽的嘴角无声地勾起来，接着补充道，"意意打麻将很厉害。"

"真的？"顾母面上带了笑意，又道，"我说看着她就挺投缘的。"说完又觉得不够，追问一句，"她什么时候有空回 A 市啊？"

"快了。"

顾母挂了电话，还觉得有几分兴奋。大家族里人多，逢年过节女眷聚在一起，就爱打牌娱乐。她手气差得很，别人老给她"放水"也输得很惨。这么一想，早点有个儿媳妇也不是什么坏事，孙子孙女到来的日程不也能提前了？

想到这儿，她又忍不住想了一下大宅里适合做婴儿房的房间，规划了一下房间的摆设，哪里放床，哪里放玩具，对，还要铺上地毯，小孩就喜欢爬。

她想到最后，一盆凉水浇下来：这小两口不会住外面吧？

不出节目组预料，最新一期访谈播放后，果然引起了众人极大的关注。

女粉丝一面为"男神"竟然真的有了女朋友这样的事失落遗憾，一面想到顾西泽居然这样专情浪漫，又忍不住觉得自己被撩拨了，到最后只能在心底安慰自己，至少自己没有喜欢错人。"富二代"里常出纨绔子弟，左拥右抱好不潇洒，偏偏顾西泽不一样。

就算是普通人，年少时的恋爱经过岁月的涤濯与磨白，又有几段能走到最后呢？十年的爱情长跑到了今天，至少能够证明，顾西泽对待感情认真而严谨，是一个值得被珍惜的人。

视频结束，下方的评论区早已经炸开了锅。

开水煮菠菜：只有我觉得，"我女朋友是什么样，我就喜欢什么样的"这样"苏"到不行的答案是在"花式虐狗"吗？

火腿蛋炒饭：男神在视频上果然比照片更帅，可惜女朋友都谈了那么多年了。唉，一想到从今以后只能换个人舔屏，我就只想原地转圈哭一百遍！

逆夏：所以说从前的宋安安之流……全是假新闻！无良的媒体站出来，我保证不打死你们！

随时随地：只有我注意到你们"男神"无名指上的戒指吗？这是私定终身的节奏？

03

清明节假期短暂，节目只能抓紧时间录制，程意意在放假当天凌晨便坐上了飞往 A 市的航班，航班落地的时候，A 市的天还没亮。

她提前三天申请有氧舱位，好在终于把 Lucky 带回了 A 市。Lucky 在小黑屋里待了几个小时，把它从宠物航空箱里抱出来的时候，它还在瑟瑟发抖。程意意轻轻摸摸它的头，轻声安抚几句，它这才安静地卧在她怀里，不再动了。

顾西泽恰巧有公务在国外出差，来不及在程意意抵达 A 市前赶回来，因此走前特意留下了江特助给她接机。

知道程意意被自家顾总放在心尖尖上，江特助不敢怠慢，凌晨便起床到机场等待，等得昏昏欲睡，终于等来了程意意。

"江特助。"程意意笑着跟他打了招呼。

江念受宠若惊，赶紧一边回礼，一边接过程意意手中的航空箱和行李。

PK 赛录制在八点整开始，因此程意意要直接去电视台，提前一个小时开始化妆准备。毕竟这一天她作为擂主，要同时接受三个人的挑战。

抱着 Lucky 上了车，程意意便在后座上发现了早餐，用保温盒装好，打开还热气腾腾。

程意意惊讶抬眸，江念便笑着解释："这是张阿姨早起做的，来接机前顾总特地吩咐我到老宅去拿，说是程小姐您喜欢吃这个。"

如果不是顾西泽亲口在节目上承认，江念还真不能想象顾总这样的人居然会早恋，还把女朋友照顾得如此细致入微。

顶楼的秘书团美女如云，可从未见过顾总对谁假以辞色，好似她们都和自己一样是木头桩子。他甚至怀疑过顾总是不是审美上有些障碍。可是此刻从后视镜里偷偷往后看去，他觉得，顾总的审美确实没毛病。见过真正的天香国色，哪还能看上人间的庸脂俗粉？

他不是第一次见程意意了，可再见，还是能被惊艳一番。程意意的美貌不仅仅局限于令人惊艳的皮相，更在于通身的气质。

她心思玲珑剔透，整个人带着智慧沉淀下的通达淡定，言行皆温婉如水。

顾氏的人才选拔制度严格，能进入顶层的女秘书无一不是学历能力、形象气质兼具，缺点就是个个眼高于顶。网上开始盛传顾总和程意意绯闻的时候，她们一个个跑来跟他明试暗探，完了却又不信他，总觉得顾总连她们都看不上，肯定会找个门当户对的。

直到顾总在节目上亲口承认了，小部分人又在背地里议论，大抵是觉得程意意的出身可能还不如她们，心理不大平衡了。

江特助实在不能理解女人这种从未谋面还一个劲攀比的心理。

程意意跟她们本身就不在一条起跑线上，要是让她们见识到顾总温柔宠溺、迁就包容的模样，大概能把她们惊得眼珠子都掉出来。

六点半，程意意提前抵达电视台。

化妆师是上次的圆脸妹子，给她上妆的动作十分轻柔，还挺舒服。虽然在飞机上睡了几个小时，但程意意还是有些困。把 Lucky 交给江特助，与化妆师打了招呼，她便努力摒除杂念，闭眼静下心来进入深度休憩。

睡眠对大脑的运作十分重要，平日里接触的知识与新信息必须形成长时记忆才能被真正记住，然而想要从短时的、临时的记忆转为长时记忆，就需要高质量的睡眠。

为了挑战，程意意从二十多天前收到比赛通知就开始调整自己的作息，十一点前必须上床睡觉，午休还要补充四十分钟的睡眠。

这对从前的程意意来说几乎是不可思议的，她在伦敦的时候一面兼职一面上学，早已经养成了昼夜颠倒的习惯，学会了用最快的时间进入深度失眠来保证休息的质量，压缩睡眠的长度。

回到国内后依旧如此，研究所的事情多，她又好强，不延长工作时间，很多事情根本没办法完美地完成。为节目调整了作息也是有好处的，工作时间会更清醒、效率更高一些。这种改变不见得多么明显，如果不是她观察入微，可能根本无法察觉，却是切切实实存在的。

其实更理智的做法是，她应该在假期前一天请假提前抵达 A 市，好好睡一晚，精神饱满地上节目。可程意意舍不得。追踪了多时的课题终于有了突破，能在实验室里多待一天都是好的。

见她睡着了，化妆师的动作不由得放得更轻柔了些。其实她还挺喜欢程意意的，长得美，人也温柔，不是那种刻意伪装出来的和煦，而是让人打心底里舒服的，愿意亲近。

也因为化妆师的好意，工作人员拿来 PK 赛流程的时候，不敢打扰，轻手轻脚地放下便走了。

PK 赛的大致流程，程意意之前便做了功课，流程里有份嘉宾名单，她却是一点也不知道。为了保证节目的公平公正，除了两位常驻的科学家评委，每期邀请的三位明星嘉宾资料通常都会保密，选手们也都是临上节目才能知晓。

国际对抗赛需要的是知识迁移能力极强的全能天才，仅会做数独题还远远不够。

程意意需要作为擂主守擂，轮流与三位打擂的选手进行记忆、速度和准确三项指标的 PK，三局两胜，她的名字将会留在天才的荣誉殿堂里。

反之，守擂失败，程意意便会失去晋级对抗赛的资格。

上台前一刻，程意意才睡醒从座位上起身。

江助理怀中的 Lucky 挣扎着偏要她抱，奈何程意意穿的是束腰的白色轻纱荷叶边连衣裙，节目组赞助的，怕 Lucky 的爪子把裙子抓坏了，程意意只能给它顺了两下毛加以安抚。

她拿起文件大致扫了一遍比赛的流程，翻了几页，夹在中间的嘉宾名单便露了出来。前两位嘉宾是对明星夫妻，同为歌坛常青树，程意意还在上中学的时候，他们便火遍了大江南北，她那时候也听过不少他们的专辑。笑容还没来得及展露，目光落到最后一个名字上，她的嘴角便定住了。

宋安安。

最后一位明星嘉宾是宋安安。

"程小姐，怎么了？"江助理惯察言观色，一看程意意神色微变，立马轻声询问。

程意意摇摇头，没有回答，按下心中翻滚的情绪，将剩下的流程大致过完，把文件递还给跟在身边的工作人员。这位工作人员恰巧便是策划团队的中层，听见江特助轻声询问，便立马猜到了程意意为什么。

宋安安从前跟顾西泽的绯闻炒得沸沸扬扬，恐怕是个女人心里都会不舒服。程意意又是顾西泽亲口承认的正牌女友，惹她生气就是惹顾西泽生气。

他心下暗自叫苦不迭，抱着文件忙解释道："实在抱歉，程小姐，最后一位嘉宾原本安排的是冯道成老师，谁知道昨晚冯道成老师突然说档期调不开，恰巧宋……"

程意意抬手打断了他，神色淡然："没关系。"

她说的虽然是没关系，但不知怎的，他竟在空气里感觉到几分肃杀，他没忍住暗自打了个寒战。可昨晚那位大牌影帝打电话来的时候已经是深夜，他们上哪儿去找一位"咖位"相当的人来撑场子？

恰巧今天凌晨宋安安的经纪人打来电话，即使知道不妥，他们也只能死马当作活马医了，总不能让最后一位嘉宾的位子空着吧？

前几季宋安安正当红的时候，节目组也曾对她发过邀约，那时候的宋安安没答应，不知道现在为什么又上赶着见正牌女友找虐，难道真的是因为已经接不到通告了？

来不及多想，程意意已经沿着后台通道上台了。程意意上台后，江助理才回头问道："请问新换的明星嘉宾是……"

工作人员不知道江念的身份，如实回答他："是宋安安小姐。"

这下江念的神色也变了。

坏了，要是在他眼皮子底下出了什么岔子，顾总不会扒了他的皮吧……

别人怎么想，程意意是不知道的，上台时，大屏已经在播放她在 G 市录制的 VCR。

这也是程意意第一次瞧见 VCR 剪辑后的内容，美滋滋地发现原来她工作时认真的样子这么好看。

三月温暖柔和的光线里，程意意穿着白大褂站在窗边的实验台前，卷发悉数扎到脑后，神情专注地做一个简单模拟池塘生态系统的生态瓶。

屏幕上她一边动手，一边介绍了起来。

程意意的声音似水如歌，清澈好听，不急不缓，令人倍感舒适。

"Philosophydegree 的本意，应当是授予博学的人最高学位。而在希腊语中，Philo 和 Sophy 又代表着爱与智慧。"

她的腰微微弯着，侧脸的轮廓好看而安静。她的动作干净利落，在瓶底铺上水草与石子，又加上洗过的粗沙与细沙。

"白发苍苍的博士生并不少见，而这类无止境地追求更高精神境界的勇士，才最配被授予荣耀的博士学位。"

她低头垂眸，不徐不疾地往瓶中倒入清河水，再依次放进水生动物，最后封盖，涂上凡士林。

"或者换一种说法。"程意意做完这些，微微偏了偏头，认真地看向镜头，"读博士的目的，不应当仅仅局限于为了找份更有技术含量或者报酬更高的工作，而应更注重学习的过程。

"注重这过程会为我这如同空气和水一样的爱好带来什么样的利益，会让我的一生拥有怎样一个精神境界和视野，会给我的后代、给整个人类社会留下点什么无价的财富。"

镜头为特写拉近，放大了她的面部表情。那光洁白皙的脸上，唯有眼睛里的眸光亮得惊人，仿佛承载了整个美妙的世界。人们无暇再去注意她美丽的脸颊与曼妙的身材，因为她的灵魂已经真正独立于她的身体而存在。

她最后为瓶子贴上标签，注明制作日期和制作者姓名。

一连串动作一气呵成。

她的字写得好看，生态瓶放在窗台上更好看。

窗外便是三月飘飞的柳絮，透过瓶子里清澈的河水，那水草与水生动物自成一小片天地。

04

VCR 播完，录制厅内静默了几秒。

直到不知是谁带头拍了几下手，众人这才如梦初醒般回过神来跟着鼓掌。程意意是"女神人设"，聪明，漂亮，她什么也不用说，什么也不用做，标签就贴得稳稳当当。可是众人从未想过的是，她纤细的身体里，居然还蕴含着这样的爆发力、野心与能量。

大抵，这就是顾西泽会喜欢她的原因吧。

录制厅内的大灯终于亮起来，程意意随之出现在众人的视野里。

"我是程意意，很高兴再次踏上《天生我才》的舞台。"

程意意对着观众席微微鞠了一躬，直起身来，又分别笑着朝科学家评委与嘉宾打了招呼。

轮到宋安安时，程意意也不例外地含着笑，面对这个曾一个劲扒着自己男友炒作的女人，她依旧神色自若。至少观众们都睁大了眼睛还是一点看不出端倪，只得暗暗叹一声她真是好教养。

宋安安穿的同样是白裙，只是换成了一字肩的式样，衣服上围边缘缀着蕾丝与轻纱，雪白的香肩与红唇相得益彰，头发绾起，美丽逼人。

衣服是相似的颜色与款式，再一细看，两人的脸竟然也像极了。

程意意现在的关注度与第一次登台挑战的时候早已不可同日而语，网络上也不是没有人发现两人长得有几分相似。

可直到这一刻，大家才算直观地感受到了相似度究竟有多高。

两人的相像之处并不单单在五官，而是从气质到举手投足，甚至连那微微偏头的小动作都好似一个模子里刻出来的。

不会是失散多年的亲姐妹吧？

倒没有多少人把宋安安和整容联系起来。

因为一直以来宋安安团队炒的就是天生丽质，就算拿出她幼时的照片比对，也不见得有多少明显的变化，只会让人往长开了的方向去联想。

然而坐在观众席前排的顾母，眉头却微微皱了起来，她压低声音偏头朝昆南问道："这个女明星……"

顾母是从江助理口中知道程意意今天回A市录节目的，恰巧侄子要来现场观看，她便跟着一起来了。

昆南自然知道她想问什么，只压低声音回她："是宋安安。"

"我知道。"顾母的眉头皱得更深了，"她是被咱们家的院线封杀了吧？"

得到昆南肯定的答案后，顾母若有所思："这样像啊，难怪西泽会生气。"

昆南垂眸，掩去神色中的晦暗，不再看嘉宾席，转而把目光投向舞台正中。

三位打擂者有两位是前两季数独项目的优胜者月丹和曹济权，其中月丹还是第一季的战队队长，一位世界级的记忆大师。最后一位则是上次给程意意出题的数独国家队教练季雍。

记忆、速度、准确率，程意意需要分别从他们最擅长的领域去击败他们。

别人只需要有一项擅长，而程意意却需要全能，难度可想而知。

三位打擂者均是男性，高大整齐地站在程意意身侧。

程意意不矮，可性别终究不一样，她身材纤细，与他们一一握手打招呼的时候，身高对比越发鲜明。主持人调侃了几句，观众们实在忍俊不禁。

主持人介绍完了赛制，便到了嘉宾发言的时间。

不同于挑战赛，PK赛环节的嘉宾们不再有打分的权利，仅仅能按着节目组设计好的脚本提出一些对赛题的疑问，为选手随机挑选赛题。

宋安安不傻，如果不是得罪了顾西泽，她现在还是风光无限的新晋影后，便是为了自己未来的命运和最后的公众形象，她也不可能在节目上正面为难程意意。

而且少了嘉宾打分的环节，比赛的结果也不会因为她的主观意志而改变。这也是节目组敢冒险让宋安安加入嘉宾团队的原因。

嘉宾席的明星夫妻说话极有默契，一唱一和，先是笑着表达了一番对天才世界的好奇，不着痕迹地夸了程意意几句，女方最后才向主持人提问道："三个大男人轮流来和意意比，会不会太不公平啊？"

"确实是这样。"汪宸点头，"我们的节目组也从很多方面考虑过，意意的体力和脑力在连续比赛的过程中也不可能一直保持巅峰状态，同时轮流作战，对她的心理抗压能力与应变力也是一项极大的挑战。"说到这里，汪宸侧身看向程意意，最后笑道，"之所以最后还是定下这样不公平的赛制，一方面，我们也想看看意意的极限在哪里，另一方面，国际对抗赛，我们需要一个实力足以服众的队长。"

话里的含义已经不言而喻。

闻言，观众也吃了一惊，纷纷低声议论起来，场面有些混乱。

如果程意意成功了，她将会成为《天生我才》舞台上的第一任女性队长。而队长是整支战队实力最强悍的人，众人都没有料到，节目组竟然这样看重程意意。

在观众听来，PK赛对于程意意而言难度确实很大，不成功便要被淘汰。可事实上，按照节目组最先给程意意测试的结果，在第三季所有的挑战者之中，她算得上各领域综合素质最高的人，无论是记忆力、观察能力、数学运算能力还是逻辑推理能力。

只要程意意发挥出她的最佳水准，不受干扰，三局两胜，成功并不是没有可能。

明星夫妻的问题问完了，最后轮到嘉宾席的宋安安发言。

她红唇轻启，笑起来："问题大家都问得差不多了，听起来很难，嗯……不过我还是比较看好意意。"她俏皮地对着镜头眨眨眼睛，接着话锋一转，"听说意意的家人也来到了节目现场给意意鼓气，所以意意一定要加油！"

大屏适时地给了观众席前排一个近景，倪茜对着镜头露出温婉的笑容。

她放大的脸就这样出现在众人的视线里。

倪茜其实并不年轻了，但靠脸吃饭，她最爱惜的便是身材和那张脸，由于保养得宜，看起来不过三十来岁，风韵犹存，眉宇之间还能找出与程意意的几分相似来。

母亲就是这样风姿绰约的美人，难怪程意意生得这样漂亮。观众低声议论时，又忍不住纷纷朝倪茜的方向多看了两眼。

程意意就站在舞台正中央，在大屏的镜头移过来之前恢复了神色。她觉得自己还是低估了宋安安。她确实没想到这个女人能有这么大本事，把倪茜带到这里来。

宋安安以为身份曝光的危机会让她惶恐，倪茜坐在这儿的压力会让她发挥失常吗？

她心里嗤笑一声，面上却越发平静。

01

宋安安大费周章地上节目，还带来倪茜，无非就是想在此刻干扰程意意，让她的身份被媒体曝光。

即使顾西泽愿意为她排除万难，也绝无法抹灭她的出身。程意意就是一个私生女，生父还待在监狱里，母亲是为人所不齿的第三者，顾家定不会接受这样身份的女人成为顾西泽的妻子。

宋安安大概就是这样想的。

程意意实在不懂宋安安对自己的恨意自哪里来，宋安安这样讨厌她、费尽心思地阻碍她，偏偏还要整成她的样子，模仿她的一举一动。

宋安安应该清楚，这样的事情做得再多，也不可能取代她嫁进顾家。

程意意更不解的是，倪茜不蠢，身份曝光了对她也没有好处，为什么会甘心被宋安安支配？

冯道成那样的影帝总不至于被宋安安影响，说不来便不来吧？宋安安取代他坐上嘉宾席，难道真的是巧合？

程意意不是个容易受到外界影响的人，即使脑海中的念头千回百转，即便她最不想看见的人此刻就坐在台下，她也很快便收回了自己的思绪，调整好心态，凝神准备应战。

她绝不会让宋安安的阴谋得逞。

长得好看的人总会比普通人受到更多的干扰与诱惑，若不是有着极强的抗干扰能力，她不可能考上崇文大学，也不可能到现在还忍受着漫长而枯燥乏味的生活，整日待在实验室里。

第一局与程意意对战的月丹，便是第一季中国战队的队长，因此，即使记忆力是程意意的强项，她也不敢掉以轻心。在她的计划中，比赛最好干净利落地结束在前两局。

一旦拖到第三局，就势必得对上季雍。

数独之于程意意仅仅是一项业余爱好，而季雍却是从十六岁起便活跃在数独的国际赛场上的职业选手。

退役之后，他几乎不再参加大型赛事，一心一意带学生训练。时至今日，季雍的实力越发深不可测，令人捉摸不透。两人比的又是正确率，程意意那一点点的做题经验在他面前好比小学生。无论从哪一方面来看，她都没有多大胜算。

第一局终于开始，场上只剩下她和月丹。

月丹毕竟经历了第一季的多次赛事，实战经验丰富，此刻依旧表现沉稳，面容冷静。

程意意收回视线，把额角的发拂到耳后，屏息看向大屏幕亮出的题目。

不出所料，这一局是盲填。

虽然是中规中矩的 81 宫格，但题目难度不低，而且为了增加记忆量，节目组又加入了 9 种颜色为规则限制。选手需要将数字 1—9 和 9 种颜色正确地盲填入宫格内。

不同于挑战赛独自一人登台，PK 赛的对手就站在身侧，会时时刻刻担心对方的进度超越自己，场上的压力不言而喻。

月丹是进入世界排名的记忆大师，且能在第一季力压群雄，程意意绝不敢小觑他的记忆速度，因此在看见题目的一瞬间，便冒险采用了图像记忆。

程意意只把题目从上到下飞快扫了一遍，便转身按下计时器，出声开始了填列。

台下观众席一片哗然。

程意意真的把题目看清楚了吗？

台上的两人都戴着隔音耳机，因此并不能察觉台下的质疑声。

质疑的声音越来越大，科学家评委席的陶教授这才松开交叠的十指，出声向台下解释：“程意意的速度很快，因为她用的方法是瞬时记忆。在挑战赛之前，有一个对选手做测试的环节。我记得当时程意意是用五秒的时间记下一副被打乱的扑克牌，然后还原成功了。”

说到这里，付教授也点点头："瞬时记忆就像照相机，把需要记忆的信息拍成照片，临时缓存在大脑里。当然，这种方法具有非常强的不稳定性。普通人的图像记忆大概只能保持 0.25 秒至 2 秒。"

直到程意意接连填下三个数字，月丹才记忆完毕，转过身来，他看不到程意意的进度，神色依旧十分镇定，声音不急不缓地开始了填列。

昆南就坐在观众席前排，离程意意最近的地方。即使不看大屏，他也能清晰地看到程意意冷静的神色，唇瓣嫣红，一张一合。

程意意的性格是理智冷静的，即使实力足够，她也几乎从不冒险，而是选择最万无一失的方式。昆南太了解她了，或许程意意自己都没有发现，此刻她用了这种不够稳妥的方法，终究还是受到了台上宋安安和台下倪茜的影响。

她好强，急于想要证明自己不会受到任何干扰。

昆南最后深深地看了一眼台上程意意平静无波的面容，轻轻叹了一口气，强迫自己移开眼睛。

顾母还在纠结于倪茜怎么会出现在大屏幕镜头里。

程意意是自己儿子深深喜欢的女孩，她只能让步，可一想到未来的亲家母是这样的女人，纵使程意意再招人喜欢，她心里也忍不住有些堵。别的不说，只要倪茜曝光在大众的视野里，儿子的身上便有了污点。

她招招手，让昆南把耳朵附过来，低声道："阿南，你想办法，让节目组在节目播出前把程意意家人的那个镜头剪掉。"

昆家主打的便是娱乐产业，由昆南出面，想要剪几个镜头，不过是一句话的事情。

听清顾母的意思，昆南眼里的惊诧几近掩藏不住。顾母不仅知道程意意家里的情况，还要不动声色地帮她把麻烦解决掉，她这是默许了程意意嫁进顾家。

"小姨……"

顾家和昆家不一样，顾家是规矩森严的大家族，不说找个门当户对的，至少身世得清清白白。顾母居然愿意接受程意意，这几乎是不可想象的。

"姨父也知道？"他的右手悄无声息地抓紧了座位边缘，若无其事地追问道。

"西泽大了，有自己的主意，谁又干涉得了他？"顾母摇摇头，答完，又偏头看他，轻轻笑起来，"我记得意意跟你关系不错啊，怎么，你怕我不喜欢她？"

"嗯。"昆南含混地应了一声，垂眸掩饰眸中的情绪，此刻，他实在不知怎样形容自己心中的混乱。

顾母长长叹了一口气："其实我起初也是不愿意的，程意意的身份还不知道会给西泽带来多少麻烦。"

"那后来呢？"他听到自己的声音有些恍惚。

"西泽跟我长谈了一次，"顾母轻轻叹了一口气，"他很少跟我们要什么，我们要求他这样多，不想连他唯一的愿望都不能满足。"

"我只有西泽一个儿子，他已经够累了，我只愿他活得开心些。"说到这儿，顾母停顿了一下，又接着道，"其实抛开身份不谈，程意意跟你表哥还挺配，我挺喜欢她，你不用担心了。"

"我知道了。"昆南终于缓缓松开了握紧的右手，轻声答她，"我会让他们剪掉。"

02

赛场上，程意意始终保持着开局领先的优势，匀速填列剩下的宫格，眉眼之间冷静睿智。

大屏镜头里，昆南能清晰看见她纤长浓密的睫毛安静地垂在眼睑上方，嫣红的唇瓣平静地一开一合。

她认真的样子一贯是这样好看，就像一枝努力伸展着藤蔓向上攀爬的蔷薇，娇艳欲滴，摄人心魄，生命力十足。

尽管他曾无数次在心中告诫自己，不要看、不要看……

可是一点用都没有。

因为他的目光总是轻而易举地被她吸引住。连她那鬓角随便翘起的碎发，都能牢牢抓住他的注意力，只看一眼，就仿佛挠在了他的心尖上。

他多想伸手碰一碰。

可指尖微微动了两下，他终是别开了眼睛，把空荡荡的手插进了口袋，掌心触到一盒烟。

跟顾母打了声招呼，昆南捏紧掌心的烟盒，双手插在长裤的口袋里，快步走出了录制现场。

吸烟区在走廊尽头的阳台上，阳台的窗子大开着，风便哗啦啦地灌了进来。

A市的风一贯大得很，录制现场又在电视台十九楼，他扶着护栏站在窗边，脸被刮得生疼。他胡乱拨了拨被风吹乱的头发，背靠在护栏上，埋头点燃一支烟。

此刻，一切仿佛落空了，可他说不上来是失落还是庆幸。

他从来便害怕极了看到程意意受伤难过的样子，可就在刚才，想要将痛苦加诸她身上的人是他，不是别人。

他越来越不知道自己想要什么，有那么一刻，他甚至不敢相信这是自己做出来的事情——支配着自己最讨厌的人，去伤害他最爱的人。

程意意不属于他，而现在的他配不上她。或许他很清楚这一点，才越发觉得盲目而绝望，如同垂死时还愚蠢地奋力一搏，偏偏挣扎的时候，又出现了还留有一丝希望的错觉。

她不会就这样离他越来越远，不能就这样牵着别人的手步入婚姻的殿堂里。

昆家拥有国外最老牌的娱乐传媒，迄今仍是行业龙头，想要曝光抹黑或捧红一个人，只在瞬息之间。

顾西泽是顾家前途无量的继承人，他承载的期望与责任太多，掣肘与顾虑更多，顾家接受不了程意意，昆家却可以。

他生平第一次做这样自己也要鄙弃自己的事情，念头冒出的那一瞬间如同着了魔，鬼使神差地便被诱惑了。可当一切落空的时候，他又无端松了一口气。

万幸。

一支烟已经燃尽，他掐灭烟头，终于拨通了电话。风很大，从窗外直涌而入，灌进耳朵里，吹得衣摆哗啦啦作响。手机话筒贴近了嘴角，风声大得他几乎连自己的声音也听不见。

"删了……连同宋安安的部分……是，全部……"

而在录制现场，程意意填空的速度越来越快。戴着隔音耳机，两人都不清楚对方的进度。

也许是程意意错误地估计了月丹的速度，怕对方追上自己，因此，她每次发声时思考的间隔都极短，几乎是上一宫格的答案刚出来，又开始填下一宫格了。这意味着，她根本没有时间来验证答案的对错。

又或者，她填得这样快，是对自己的记忆不自信，图像式记忆法本来就充满着不稳定性，也许上一秒她记得很牢，然而在重压之下，在紧张的赛场上，没有人能保证她的记忆依旧准确。

月丹也没料到程意意会填得这样快，他的实战经验丰富，在许多时候，谁能稳到最后，谁就是胜者。所以，他依旧按照自己的步骤，匀速往下填列，不急不缓，面上一派淡定。

两人的差距越拉越大，眼见胜负已定，程意意却停了下来。

她清晰记得自己填过的所有宫格数字和颜色，然而在大屏上一眼记下的题目里，有一个宫格的颜色却在记忆中模糊起来。

程意意微不可察地叹了一口气，轻轻睁开了眼睛。

她终究还是高估了现在的自己。

二十岁的时候，她曾经一次性用图像记忆的方式记下上千个号码整整一星期。然而随着年龄的增大，人的身体机能总要下降，记忆力也不会例外。即使她已经有意在用简单的方式训练自己，然而这样的方式根本无法跟记忆大师系统的记忆训练相比。

座位正对着观众席，她一睁开眼睛，便能看到坐在前排的倪茜。倪茜正拿着手机在看，一抬头，便正对上了程意意的目光。

也许是对于推倒程意意的事她还心有余悸，此刻又瞒着程意意来了录制现场，没对视几秒，她便心虚地移开了视线，看向一边。

程意意暗自一声冷笑，收回了自己的视线。

她的智商遗传自程渊。

倪茜愿意花时间关注的，从来只有新款的衣服、新上市的名牌包……程意意从小便展露出过人的记忆天赋，却是在程渊偶尔来的时候才发现了这一点。

他把自己的记忆方式教给了程意意。比如，精细地回忆在今天遇到的每一个人、每一件事、每一个细节，尽可能回想眼睛扫描过的每一个镜头。

她重新闭上了眼睛，记忆回放到从化妆室醒来那一刻，接下来所有的信息在眼前飞速闪过。

夹在节目流程单里的嘉宾名单……

江助理微变的神色……

冒着得罪顾西泽的风险，节目组让宋安安代替了冯道成……

倪茜突然出现在录制现场，节目组甚至还给了她镜头……

现在的宋安安真的还有那么大能量吗？

如果没有，是谁帮了她……

不知怎的，程意意的思绪分岔，突然想起在附中咖啡馆等昆南的那个早晨。那时候的她记挂着要回G市，又犹豫着不知怎么跟顾西泽开口，接到昆南的电话，便也忽略了很多细节。那天清晨，昆南的嗓子有些哑，也许刚起床，他说想要见她，程意意能听出他的心情不大好。

程意意是乘公交车去咖啡馆的，那天从丽都公寓到附中的路很堵，从昆南打电话给她的时间算起，他无论是从家还是从自己的公寓来，都只会比她更早抵达。

然而她却坐在咖啡馆等了那么久……程意意猛地想起那天咖啡馆窗外停着的跑车。

那辆车自她走进咖啡馆便停在那里，刚开走，昆南就打来了电话，跟她道歉。

她从未见过那辆跑车，但现在想想，那辆车的造型和风格与昆南以往的车差不了多少。

那之后，程意意回G市，昆南也没再联系过她。

昆南的性子便是这样，他只有做错事情的时候才会躲着人。程意意清楚地知道自己在比赛，她不该想这些，可此刻思绪偏偏卡了壳，想不通这里，便没有办法往下走。

昆家主打的产业便是娱乐传媒……

宋安安有恃无恐的面容在脑海中一闪而过……

蛛丝马迹串联在一起，程意意心中终于有了定论。也就是在这一刻，月丹追上了她的进度，场上的比赛顿时进入了白热化。顾母心中也开始打鼓，月丹已经追上来了，意意却还闭着眼睛不说话，不会真的要被反超了吧？卡了这么半天，她到底在想些什么？

顾母急于想要找个人倾诉一下，偏头一看，才发现自家侄子还没回来，只得快快不乐地把一腔话咽了回去。

就在月丹刚刚超过程意意的时候，她似乎终于回神，发声开始往下填。她的平均速度本就比月丹快，答起来几乎没有思考空隙，而且准确率出奇地高，一两分钟后便又重新超过了月丹。

"天哪，程意意刚刚是停下来等月丹吗？难道她也知道自己填得太快了？"

"我也觉得……程意意应该是不想让月丹输得太难看……月丹毕竟是第一季的队长……"

顾母听到有人在耳边嗡嗡议论，嘴角无声地翘了起来。

这是我儿媳妇。

她的下巴微扬，矜持地偏头想要看看是谁在说话，一回头，就见有人已经无声地在自己的身侧坐下。

"妈。"顾西泽轻轻唤了她一声。

"西泽！"顾母面露惊诧，"你不是在出差吗？怎么赶回来了？"

"事情都做完了，没有留在那边的必要。"顾西泽放低声音答道。

他还穿着正装，西服随意搭在背后的靠椅上，长腿在狭窄的观众席过道里有些伸展不开，衬衫袖口随意地卷到手肘部。不知怎的，那衬衫的袖口擦上了些灰尘，手肘上还有块瘀青，皮也擦破了一些，渗出点点血迹来。

"手怎么了？"顾母一眼便看到他手肘受伤的地方，眼神狐疑。

"不留神磕到了，没有大碍，回去再处理。"顾西泽不愿多谈，一句话堵住了她未问出口的话，轻描淡写便带过了，视线始终专注地留在场上。

顾母一肚子的问题往下咽了咽，最后还是忍不住提醒道："你坐的是昆南的位子。"

"没关系。"顾西泽的眼睛依旧认真地看着台上的人，缓缓道，"他突然有事，应该不会再回来了。"

顾母见状，终于不再开口打扰他，自己专心地看起了比赛。不出意料，程意意赢下了第一局，以领先 5 个宫格的优势。

03

"这局赢得漂亮。"第一局比赛结束，连很少夸人的付教授也忍不住多说了一句。

确实，程意意能在这样紧张的气氛和压力下保持良好状态，轻松战胜实战经验丰富的第一季队长月丹，这显然不是凭运气，而是凭极强的实力和抗压能力。

程意意微微笑起来，微微朝评委席鞠躬，出声致谢。

月丹的风度极佳，两人握手致意之后，他转正身体，面朝镜头，对着台下坦然道："其实今天我确实已经发挥出了真实的水平，但意意比我想象中更强，所以这一场我真是输得心服口服。"说罢，他又偏头，微微对程意意笑道，"接下来的比赛也一定要加油，输给赢到最后的人，那我也不算丢人了。"

现场的掌声热烈，程意意再次欠身道谢。

她的脸颊出现在大屏幕里，眸光好似一汪秋水，盈盈笑起间顾盼生姿，连那嘴角的弧度也令人陶醉的完美。

程意意伪装得很好，只有顾西泽一眼看出她的笑容并不达眼底。赢了比赛，她似乎没有想象中那么高兴，因为倪茜和宋安安在吗？

手肘的伤口有些火辣辣的，不怎么疼，却让人心烦。

顾西泽往椅子后面靠了靠，突然觉得有些后悔，他刚才下手果然还是太轻了。

其实顾西泽做事极少用这样粗暴蛮横的方式，他已记不清自己多久没与人动过手了。但对付昆南这个做事全然不顾后果的臭小子，只能以暴制暴。

刚下飞机时，江助理给他打来电话，说冯道成临时推掉录制，被宋安安顶上，他当时便听出了端倪。

这世上哪有这么巧的事情？

到了冯道成这个"咖位"，更注重的已经不再是钱和利，而是名声，答应了的邀约临时推掉，这举动简直是在自砸招牌，更何况推掉的还是《天生我才》这种节目的邀约。

能指挥得了冯道成，还能把宋安安塞上来的人，除了昆南，不会有别人。

从机场赶来电视台，他做的第一件事就是把场外的昆南揍了一顿。

昆南从小就是个混世魔王，在家里又受宠，要星星给星星，要月亮给月亮，没人管得了他。后来是顾西泽一顿把他揍皮实了，从此他才老老实实跟在表哥身后做个小跟班。虽然行事依旧免不了放纵不羁，但所有人都觉得在这样的环境里，这个小祖宗没有长歪，没有学得那些纨绔子弟的一身臭脾气，就已经谢天谢地了。

昆南从在走廊拐角见到顾西泽朝他走来，丢开外套开始卷袖口的那一刻起，便明白了顾西泽的意图。

顾西泽要揍他，和很多年前一样。

等到顾西泽的第一拳重重砸在他脸上，头因受重力甩向一边，他定住了半晌，才缓缓转回头来。拳头紧握，青筋毕露，可他最终忍住了没有还手。

"你知道自己在做什么吗？"顾西泽的声音压抑中隐含愠怒。

"我当然知道。"昆南抬手擦了擦瘀青的嘴角，眼神中露出一丝苦笑，"要不然你以为我现在能傻站在这里挨你的拳头？"

"我只说一次，你有什么不满，冲我来。"顾西泽的眼神慑人，直直盯着他的眼睛，怒火几乎要把人烧成灰烬。

听到这一句，昆南终于松了松领带，抬起头来，对上顾西泽的视线。

"我的不满太多了。"他背靠着墙直起身，嘴角突然翘起来，"你想听我从哪里说起？从你抢走了程意意开始，还是从你放她离开 A 市开始？"昆南一步步朝他走近。

"是我先认识了她，她本应该是我的。"他的眼睛开始泛红，"可她喜欢你，我认了。"他的声音里极力隐忍着怒气和哽咽，一字一句艰难地说出口，"因为那时候我认为你更好，你比我更配得上她。换作其他任何一个人，我绝不可能就这样松手！"昆南低声嘶吼，紧紧抓住顾西泽的衣领，眼睛恶狠狠地瞪着他，"但你就这样让她伤心地离开了 A 市，一去就是那么多年。

"程意意从来不哭，可那天我赶去机场送她，却见她哭得眼睛都肿得睁不开。

"她告诉我她不想再哭了，让我不用送她，谁也别再去找她。因为你，她几乎断了和过去所有的联系。

"可她再回来，依旧选了你这个让她最伤心的人。

"我不满你让她那样卑微地想着打败这个、比过那个！

"我不满宋安安这样的女人你放任她蹦跶到现在……"

昆南的低吼一句句回响在他耳侧。

这是程意意走后那么多年来，昆南跟他说话最多的一次。顾西泽恍然大悟，当初跟在他身后的浑小子，身高已经快要与他齐平了。

早在认识程意意之前，他便知道昆南喜欢程意意。那时候昆南整日跟在他身后，意意长意意短与他说，直到他烦了才讪讪地闭嘴。

可爱情不是单方面的痴恋，意意但凡有一点喜欢昆南，也轮不到他这后来者俘获她一颗芳心。

顾西泽虽然明白这道理，心中到底还是存了几分若有若无的亏欠，这些年处处忍让他的挑衅，却让他越发肆无忌惮起来。

而这一次，他是真的触碰了顾西泽的底线。顾西泽静静听着昆南把所有的话说完，才拍掉了抓在衣领上的手。他轻轻摇了摇头，淡漠地开口："这些都不是你伤害她的理由。

"你很清楚身世曝光对意意来说意味着什么。

"你行事冲动且不计后果，纵然有千般理由，你依旧配不上她。"

就是这种感觉！

最后一句终于激怒了昆南，他紧握的拳头再也忍不住朝顾西泽脸上挥去。现在的昆南，力量与小时候相比自然不可同日而语，他不再毫无还手之力地被压着打，可顾西泽始终是占据上风的那一方。

顾西泽的步伐永远迈在他之前，他怎样都无法追上并超越他。昆南像头发疯的小兽，眼睛血红，遍体鳞伤却还是不肯停手。

"顾总，不能再打了！"江特助赶到现场时，两人已经厮打了好一会儿，他惊恐地赶紧喊停，可谁也没理他。

顾西泽在他心目中的形象一直是智多近乎神祇，言笑晏晏便能轻易地赢得商场上的一场厮杀，这还是江念第一次见他直接粗暴地动拳头。虽然顾总打起架来帅极了，可昆南也是金贵的大少爷，出了什么意外，宰了他也赔不起啊！江特助心一横，闭着眼睛把两人隔开，紧紧从后面束住昆南的手，肚子上挨了好几下，这架才总算是劝下来了。

昆南被人抱住的瞬间，顾西泽也停了手。他站了片刻，拍干净手掌，捡起地上的西服，神情淡漠地最后看了昆南一眼。

"别做你自己都会后悔的蠢事。"言罢，他消失在走廊拐角，只留下昆南立在原地。

江特助小心翼翼地松开昆南的手，低声道："昆少，您的伤口要不要处理一下？"

昆南好似没听见，站在空荡荡的走廊里，那背影高大而寂寥。他低着头，侧脸埋在阴影间，看不清神色。

又过了许久，江特助终于忍不住再次开口："昆少，要不要……"

他的话还未说完，昆南终于出声打断了他："不需要，你走吧。"

他抬起头来，俊脸上青一块紫一块，神色已经平静下来了。他径直进了电梯，消失在十九楼。

第一局结束，主持人提出给半个小时的中场休息时间，程意意却拒绝了。

"真的不需要吗？"汪宸惊呼。

程意意点头确认。

不是她逞能，一鼓作气，再而衰，三而竭，速战速决是此刻最适合她的方式。

因为研究所的假期限制，为了赶上节目录制，她昨夜的睡眠有两三个小时是在飞机上的，状态本就不大好，越往后拖，精神越不济，她的劣势越大。更何况，她急于想要结束现在的比赛，去验证自己的猜测。

昆南称得上是她最重要的朋友，从中学到现在。既然昆南小心翼翼地把一切藏起来，她便也什么都不说，什么都不戳破，因为他们都怕失去彼此这个朋友。

昆南的性子像个小孩，他心思纯粹，爱憎分明。可小孩的忘性也是最大的，久久得不到结果，他终有一日会忘记这份喜欢，所有的东西褪色之后，友情还可以继续存在。

程意意从前一直这样觉得。

可这一次，假若她的猜测没有错，她要怎样继续和昆南相处下去？

她能够理解昆南的动机，却无法接受他用这样的方式。程意意闭了闭眼睛，凝神，和曹济权同时走到了舞台中央的题板前。

这一场比的是速度。

两位选手跟前分别立着 10 块数独题板。每题先答完者加 1 分，出错者倒扣 1 分。

这就是普通难度的 81 宫格数独，平日里解开一个只要两三分钟，比的就是谁的速度更快，谁的应变能力更强，谁出的错更少。

程意意脱下笔盖，屏息等待题板亮题。大屏幕的镜头缓缓转过观众席，顾西泽从程意意身上收回视线，对着镜头露出淡淡的笑容。

"顾西泽什么时候来了？"后台的编导忙吼道，"特写特写！"

谁也没注意顾西泽是什么时候坐在了台下，他那眸色幽深迷人，笑起来宛如夜空中的上弦月，简直要把人吸进他眼睛里去。

一旁的女性工作人员看得脸红心跳。

04

把笔盖捏在手心的一瞬间，程意意似突然有了感应一般，她回头朝台下扫了一眼。

那是一种奇怪的感觉，爱着一个人的时候，总能在人群中轻易地一眼辨出他来。程意意的视力是极好的，台下观众席的灯光算不上明亮，可她回头的时候，他便带着笑意撞进她的视线里。

那迷人的眼睛里如同泛着光泽，带着能把人溺毙的包容与深情，是期待，是鼓励。

她不知道他什么时候坐在了那里，可只要知道他注视着她，她便仿佛有了安定感，力量随之流到四肢百骸。

程意意偏头，嘴微微抿起，冲他眨眨眼睛，回了一个笑容。

再回头，题板正式亮题了。

这场比赛没有隔音耳机，选手并排站立着，观众的呼声，对手的进度，所有的压力都直面而来。

题目出现的那一刻，程意意的大脑便飞速运转起来。为了速度能更快，她需要一次性记下题板上所有的数字与位置，不把时间浪费在搜寻题目上。

填下一个数字的同时，她必须想好下一个宫格或者下面五六个宫格的答案。

她没有立刻动身，而是在题板前站了二十来秒。在观众们眼中，她似乎直到曹济权动身后很久，才提笔开始填列。

"程意意现在的反应好像不如曹济权快啊，是不是因为太累了？"台下有人窃窃私语。

"大概吧，毕竟她之前就跟月丹比了这么久。陶教授不是说了吗？车轮战中脑力的流失速度会非常快。"

程意意上一局的表现实在过于震撼，与这一局的反差太大，后面说话这人即便找出了理由替她辩解，声音也掩饰不住地透露出几分遗憾。

"她的速度并没有变慢。"

有声音从前排传来，这声音低缓，咬字清晰，声线极富磁性，语气中含着笃定。

顾西泽！

两人齐齐抬头，左右环视，确认了好几遍才发现，顾西泽似乎真的是在回复他们俩的讨论，两人对视一眼，彼此的神情中都有掩藏不住的惊喜。

真的是顾西泽……

"喀喀……"一人清咳了两声，壮着胆子轻声追问，"能请教下这结论是怎么得出来的吗？"

倒不是说他真的很想知道答案，可前面坐的是顾西泽呀，这样难得的机会，能多搭上一句话都是好的。他眼睛亮晶晶地盯着这位"国民男神"的后脑勺，握紧了手机，耐心等着顾西泽回复。

这一次，顾西泽没有立刻回答，而是微微侧身，对上那人的视线。

那人立刻感觉自己的脸红了，顾西泽的目光通透智慧，嘴角带着一抹似笑非笑的了然，仿佛一眼便直视到了他的心底最深处，所有的想法在他面前瞬间无可隐藏地暴露出来。

发问的人两颊烧得厉害，他不好意思地偏头，想先避开顾西泽的视线，却在此时听到顾西泽缓缓开口了："她动笔的时间比曹济权晚，但从开始之后便没有过滞塞，她写得非常快，这说明她心里整道题的答案已经出来了。"

仿佛是为了验证他的说法，程意意按着从左到右的顺序越写越快，转眼间，81 宫格已经填完大半，曹济权起初领先的优势荡然无存。

准备比赛的二十多天里，程意意练习得最多的就是这样的基础数独题。她不缺解开高难数独的灵活思维，最缺的是熟练程度。

在职业选手看来，直观法解题其实并没有真正意义上的难度，剥开表象，他们能一条线解开数独并不偶然，而是以相当数量的题目和大量的时间累积做基础。

片刻之间，程意意写完答案，按下计时器。

裁判宣布答题正确，大屏幕上的计分器上，程意意的成绩翻了一页。

1:0。

答完的题板被人推走，两人跟前放上了全新的题目。

曹济权捏紧了笔，额头有些汗，呼吸也开始紊乱。他的思维还停留在刚刚那道没填完的题里，明明就只差三四个宫格了，程意意在他后面那么久才开始填，在他觉得胜券在握的时候，却被反超了。他觉得不甘心，偏偏无可奈何，只得拼命提醒自己静下心来去看第二题。

程意意要的便是对手这样的心理落差。

她没再像做第一题那样花许多时间去思考，毕竟那样的做法太耗费脑力与精力。这一次，她只像平日里练习一般，沿着一条线往下填，这样解出来的正确率会更高。

速度虽然比第一题慢了一点，但她手上的速度均匀，中间卡了几秒便再没有停顿。

余光里，曹济权还没开始动笔，她的嘴微不可察地抿了抿。

她只能在这一局胜了曹济权，因为连她自己都不能确定，拖到第三局对上季雍她能有几分胜算。她从来不喜欢做没有把握的事，让自己置身被动与恐慌之中，正和此刻她的对手一样受人支配。

曹济权终于提笔了，他的神情仿佛在孤注一掷。这一次，他的填列速度甚至比第一题时程意意还要快，只听见笔尖在题板上"唰唰唰唰"响，字迹比第一局要潦草得多。

观众甚至都辨不清他填的数字是几，只看见镜头里，这个三十多岁的男人额头上渗着晶莹的细汗，持笔的手还在微微颤抖。

程意意的实力竟那么令人恐惧吗？

众人想到这一点，视线又不约而同地移到程意意身上。她的神情依旧像填第一题一般坦然镇定，只是从观众席的呼声里察觉曹济权追上来的时候，不动声色地加快了速度。

"意意会赢吧？"顾母眼看那人的进度就要追上程意意，偏头紧张地问道。

"嗯。"顾西泽的视线没有离开舞台，轻声应了她一个字。

这听起来像是敷衍。

顾母愤愤地回头，再看向台上，曹济权竟已经填完，按下了计时器。

观众哗然。

两人速度的比拼真是比任何一种模式都更让人心跳加速。不到最后一秒，谁也不能确定真正的赢家，仅仅两题，就把大家的情绪都调动起来了。

"你不是说意意会赢吗？"顾母瞪了自己儿子一眼。

"曹济权没有赢。"顾西泽轻轻摇头解释。

可他分明已经按下了计时器！

顾母正要开口，台上已经到了裁判验证环节，她只得咽下到了唇边的问题。

"曹济权答错，扣一分。程意意未完成，不加分。"黑衣裁判宣读这一题的结果。

曹济权居然出错了？

观众席又一次热闹起来，一波三折，简直比悬疑剧还刺激。曹济权的思路本没有错，却在慌忙仓促的填列中写错了数字，从上一季的表现来看，他不应该犯这样低级的错误，必然是被对手影响了。众人没来由地替他惋惜，因为十道赛题，第七题结束时，这一局的胜负便已经确定了。

5:1。

程意意的胜利几乎是压倒性的，曹济权赢了两次，还剩三道题，他再无扳回比分的可能。

输掉比赛的那一刻，曹济权竟意外地觉得自己松了一口气。

终于结束了。

他的大脑在高强度的运转后还有些发昏，指尖微微疼挛。程意意与他握手的时候敏感地察觉到了这一点，只装作浑然未觉的样子冲他笑了笑，移开话筒之后，才压低声音对他说了句"抱歉"。

"没事，愿比服输，确实是我的实力差了一筹。"曹济权的笑意里带了几分苦涩。

在走上这个舞台之前，他万万没有想到跟一个年纪轻轻的小姑娘同台比拼会产生这样大的压迫感，有那么一瞬间，他甚至觉得自己是绝望的，放弃的念头都在脑子里转了好几次。一点差错都不能出，怎样努力都无法追上她的速度。

好在他这三十多年没有白活，终究坚持着比完了这一局，不然真是平白让人笑话了。

评委们依次发言完毕，程意意第二次被季雍授予了勋章。

这一次的意义又与上次有些不大一样，这枚勋章意味着，程意意将在第三轮比赛时，带领着中国队，进入国际对抗赛环节。

这是中国队三季以来的第一位女性队长。

她年轻、漂亮，实至名归。

台下的掌声雷鸣般涌动，直到季雍按下手示意，掌声才缓缓停了下来。

"其实我真的感觉非常遗憾，意意不是职业选手。"

季雍当年是国内数独界第一人，他在役的很多年里，风头无两，无人能与其匹敌。然而没有一个实力相当的对手，他的职业生涯是寂寞而遗憾的。

他与程意意年纪相当，倘若当年能在赛场上相遇，她必然是他最大的对手。接过勋章，待到季雍说完，程意意才微微笑起来："我倒是非常庆幸没有在第三轮遇到季老师，否则真的不能肯定现在站在这儿的人会是我。"

"谦虚了。"陶教授摇摇头，点评道。

还真不是……

"我要借用海明威的一句话。"陶教授接着道，"冰山之所以宏伟，是因为它只有八分之一浮在水面上。程意意的天赋远远不局限在数独方面，换一个领域，也许她还能有更大的成就。"

头发花白的老教授一本正经地夸她，这盛赞让她感觉有点心虚。纵使程意意脸皮厚，都忍不住红了脸，只得低头撩了撩头发，好不容易才掩饰住。

"这虚怀若谷的品质也很好。"陶教授接着补充。

这下，任是程意意低着头，也掩藏不住了，因为她的脸头一次红到了耳朵根。

分明是个严肃的点评环节，观众们不知怎的，竟被台上的两人逗笑了。

01

录制结束，前台的观众陆续离场，工作人员在收拾道具和录像设备，场面有些混乱。程意意没有立刻跟着众人回后台，视线在台下搜寻一圈，便看到了那身影。他身姿颀长，傲然挺拔立在原地，专注地看着她，眼神柔和。

"西泽。"她唤了他一声，看看四下没人注意，等不及下一旁的台阶，一手撑着舞台就要从高处跳下去。

"小心！"

顾西泽见她这样冒失，眉头一皱，来不及斥责，便赶紧上前接住了她。

程意意整个人摔进了他怀里。她的鼻尖抵在他的白衬衫上，深深吸了一口气。清新的柠檬香气，带着熟悉的味道，钻进她的鼻腔里，让人安心得想要闭上眼睛睡一觉。

"伤好了就不知道长记性。"顾西泽的眉头还没松开，手心抚上她的头发，往下滑，便触到了她后脑头发下的疤痕。

伤口不浅，又缝过针，不会轻易地长平，即使已经愈合了，摸上去还是有一条微微凸起的疤痕，就好像划在他心口上。

程意意浑身都白皙细嫩，偏就留下了这道长不平的伤口，像条小虫子盘踞在发间，即使这个地方不容易被人发现，他还是知道她心里在意极了。

伤口上剃掉新长出的头发还短，硬硬地冒出来，造型师大概好不容易才把这些短发收进了辫子里。

提到伤口，程意意便不说话了。隔了许久，她才低声反驳一句："我想你。"

因为想你才会冒失。

顾西泽一腔未来得及出口的说教，一瞬间统统被堵了回去，如同被突然喂了一口蜜饯，满心满眼都甜起来，暖暖的，舒服得要命。

算了。

他心里想着，帮程意意把辫子里冒出来的乱发整理好，轻声问她："要先到后台换衣服吗？"

裙子是节目组提供的，程意意肯定要先回后台换下来。

闻言，她却摇了摇头，问他："伯母先走了吗？"

她刚才在台上瞧见顾西泽的时候，余光是看到顾母坐在他身侧的。

"嗯，司机在等她。"顾西泽应她。

其实顾母主要是怕程意意比完赛看见她不自在，却不知道程意意早就在台上发现她了。

"什么时候到的……怎么突然想来看我比赛？"程意意的嘴角翘起来，"一开始就告诉我的话，我肯定还能表现得更好点。"

毕竟她前半场就顾着看宋安安和倪茜。顾西泽听她的语气，并不知道昆南来过，因此也按下不提，温声开口答她："我一下飞机就来了，进来才发现你婆婆也在这儿。"

程意意羞红了脸，推开他，自顾自地站直了，指责道："顾西泽，你果真变了。"

"哦……"顾西泽懒洋洋地应她，又见程意意还是瞪着他，这才又顺着她的话追问，"哪里变了？"

顾西泽做什么事都严谨有序，极少跟人开玩笑，念书的时候他就从来不逗她，现在却越来越百无禁忌了。

程意意轻哼了一声："哪里都变了，罚你去停车场等我！"

倪茜的事情还没有解决。

她刚才大概是生怕程意意下了节目找她麻烦，跟在离场的观众群里匆匆就溜走了。程意意的话出一口，顾西泽便明白了她想做什么，偏偏站在原地不动。

"意意，"他牵过她的手，神情认真地道，"我会处理好的，你担心的事情都不会发生。"

他的眼神幽深而明亮，专注且笃定，没有人会怀疑他做不到。程意意犹豫了片刻，轻轻点了点头，很快又摇了两下。

"我还是得找我妈谈谈。"程意意缓缓抽出自己的手，重新握住他的手。

头上的伤口带给她的痛感仿佛昨日才造成的。她不是一个大方的人，锱铢必较得紧。倘若是别人，她早十倍二十倍地报复了，可这个人是倪茜。

尽管再不想承认，血缘关系还是无法剥离，但并不是说她就会无限宽容忍让。她很清楚倪茜的软肋与弱点，只有把她放在眼皮子底下，才能让人心安，若不然被有心人利用……只能说昆南做的这些，确实让她有了危机感。

他的领带不知怎的有些松了，程意意重新帮他系好，正了正，这才浮起笑容："我做完这些就去停车场找你。"

程意意是独立的个体，她有自己的想法与主见，不会为任何人轻易改变。他爱的，也许正是她珍贵的人格魅力。以至于他在茫茫人世中孤独行走时，一眼便发现了她，她浑身都与他契合，是他喜欢的模样。

顾西泽没再坚持，轻轻俯身，在她的眼睑上落下一吻。再起身，他迈开长腿，步入了录制厅外的电梯。程意意目送他的背影消失在电梯里，这才找个周边没人的地方，拿出电话来，拨通倪茜的号码。

电话响了两声便被接通了。她从前从未用过这个号码给倪茜打电话，倪茜大概没料到是程意意，悠悠地问了一声："喂？"

半晌没听到回复，倪茜这才感觉不对劲，想要赶忙挂了电话，程意意却开口了。

"想挂电话？"程意意轻声询问，"看起来你一定不介意我给那位行长的妻子寄些东西。"

她的声音冷淡平静，言语间却惊得人魂飞魄散。

"别骗我了，你寄什么？"倪茜的语气听起来有些心虚。

"那你试试喽？"程意意轻轻笑了两声，缓缓停住，然后道，"给你十分钟，到后台1号更衣室找我，"说罢，她抬起手腕看了看表，"现在是十一点十五分。"

倪茜气急败坏地挂了电话，偏偏还不得不忍受程意意的威胁，只得蹬着鞋跟七八厘米的高跟鞋匆匆离开地下停车场，"噔噔噔"往楼上跑。

尽管那个人的妻子又老又丑，但她娘家强大，自己还是不得不避其锋芒。若是被她知道了自己的存在，他为了少些麻烦，说不定便会直接弃了自己，换个更年轻的。

程意意从小古灵精怪，她的威胁宁可信其有，不能冒险。这个臭丫头如今有顾西泽撑腰，越发张狂了。她之前本来不想随便惹程意意，她老了之后还得靠程意意过活,可……

倪茜还没想完,电梯便到了十九楼。她气喘吁吁地找到更衣室门口,一手撑着门,正要按下门把手,程意意却从里面打开了门。

她面无表情地放她进来,把门锁上,转身便直奔主题:"昆南给了你多少钱?"

"这……"倪茜捏紧小坤包,眼神飘忽,"怎么问这个?"

她顾左右而言他,迟迟不肯回答。她始终不明白程意意是怎么一下便猜到给钱的是昆南。

"我上次的伤级鉴定书还在,当时在住院没空追究你的法律责任,现在不知道还可以判几年……"程意意把辫子拨到胸前,神色漫不经心。

"你!"倪茜怒气冲冲地抬手,一巴掌就要扬到程意意脸上,"我是你妈,你是我生的!"

"法律上可没说亲妈就不用坐牢。"程意意轻描淡写地回了一句,恍若并未察觉她的动作,只抱起手,眼睛冷冷地盯着她。那眼神黑幽幽的,实在慑人,倪茜竟不禁地打了个寒战,她的手扬在半空,终究没敢打下去。

"我很忙,不想陪你浪费时间。"程意意沉下声,低头看了一眼表,再抬起头来,神情更冷了,"你应该知道我耐性有限。"

也许是程意意的威胁终于起了作用,倪茜这一次终于吐出了真言。程意意抱着手静静听完,神情复杂,不知是嘲笑还是苦笑。

败家子。

这么多钱给倪茜有什么用呢?

"现在他只给了一小部分,剩下的要等事成了……"倪茜的声音越说越小。

"拿来。"程意意摊手。

"凭什么?"倪茜拧眉,捏紧了手里的包。

程意意的身份曝光对她没好处,她一开始是不愿意的。直到昆南开出筹码来,她才心动了。有了那些钱,至少她下半辈子是不用愁了,还不用在臭男人跟前小意讨好。现在更新换代的速度这样快,过个一两年,谁还记得她是谁。

帮着程意意,这个臭丫头一辈子也不会给她这么多钱。

"你觉得,在我知道的情况下,这件事还可能会成吗?"程意意冷哼一声,嘲讽她的天真,"尾款你也不用惦记了,我会找昆南说清楚。"

"顾家再好你又嫁不进去，还不如选个实在的。"倪茜始终舍不得还没焐热的巨款，紧紧捏着她手里的小坤包，"昆南有什么不好？人高，长得帅，爱你，重要的是愿意娶你！"

程意意不愿听她废话，看准时机把包抢了过来。

"你还给我！"倪茜尖叫一声，扑过来就要抢包。

程意意身高腿长，占尽优势，抬手把包里的东西统统倒在更衣室地板上。

镜子、口红、粉饼，还有三张银行卡，在地面上散落开来。

程意意望准了她往哪儿扑，提前一步便把卡捡到手。

"别再做白日梦了，天底下哪里有白得的馅饼。"程意意把卡塞到自己包里，最后冷冷地提醒一句，"别怪我没提醒你，赶紧断了这些乱七八糟的关系，另谋生路才是正经事，否则早晚有你翻船的时候。"

说罢，她也不再管身后的人，抬腿开锁便准备出门。只是程意意没想到，门口站了一个让她感觉意外的人。大概是没料到房门开得这样急，她甚至没来得及躲开。

"宋安安。"程意意定睛看清楚眼前的人，嘴角轻轻勾了起来，微亮的眸光昭示着她的好心情，"我正担心找不到你呢。"

没料到程意意先发制人，宋安安不动声色地往后退了两步，说："找我做什么？"

程意意闻言，又一次微微偏头笑起来，避开她的问题，轻声问道："手上拿的是什么？"

程意意的笑容甜得有些慑人，宋安安还想要再退，又仿佛想到什么，强迫自己定住脚跟，不肯输了气势，再次发问："你找我做什么？"

02

宋安安握紧了手机，仿佛那样便有了底气。

"你是个聪明人，我不想和你绕弯子。"程意意慢条斯理地伸出手，"手机给我。"

"呵，"宋安安的红唇轻启，嗤笑一声，"你在说笑吗？这是我的手机。"

"宋安安小姐，"程意意郑重地唤她一声，一字一句咬字清晰，"未经许可侵犯别人隐私，你的行为真的非常不礼貌。"

她开门时，宋安安显然已经在门口站了许久。门开得急，宋安安那慌乱想要逃窜的样子还未来得及掩饰。程意意用脚指头也能想得到，她在这儿当然不只是听壁角这么简单，这样好的机会，她猜测宋安安肯定要留下些证据。

之后，宋安安下意识握紧手机的动作更验证了她的猜测。更衣室的门锁得紧，拍不到，大概也只能把手机贴在门缝边上录音。见宋安安还是装傻，程意意已经没了耐性，只是面上不显，继续道："你录了这些……敢发吗？"

程意意换了衣服，修身的衣物更显得她个子高挑，居高临下地俯视宋安安，语气始终不紧不慢。

宋安安总觉得那目光里饱含轻蔑，仿佛她是天底下最卑微的蝼蚁。一字一句，像是针扎在心坎上，她握紧了手机，越发觉得憋屈得喘不过气来。

是，她不敢。

程意意已经察觉了一切，昆南的计划落空，不可能再帮她，她若是一意孤行把录音发出去，就要准备着再次承受顾西泽的怒火。

顾西泽第一次发怒，她便从风头无两的新晋影后沦落到今天连个三流剧本都接不到，想要接个能露面的通告都得求爷爷告奶奶。

顾西泽确实只吩咐顾氏院线封杀了她的电影。

可不缺见风使舵、落井下石的小人。她风光时把她捧上天，落魄时谁都争着来踩一脚。平日里再好的朋友，也不敢冒着得罪顾西泽的风险来帮她一丝一毫。

这段录音是她一个人录下来的，无论将来以什么形式传播出去，被追责的永远是她。顾西泽若是再发一次怒，她的人生便再无翻身的可能。这段录音发出去，她需要付出的代价远远超过程意意。

她心里分明清楚极了利害，握着手机的右手却怎么也抬不起来。

真不甘心哪……

明明只差一点点，只差一点点，就可以揭穿她的真面目……

什么大众女神，什么智慧与美貌并存……程意意只是个令人作呕的私生女，比自己不堪百倍千倍……天知道她是怎样爬到今天的高度的，若是没有遇到顾西泽，她和她那个妈差不多少！

宋安安迟迟下不了决定，程意意却仿佛看懂了她神情之中的怨气，忽地偏头笑了笑，收回了手。

那笑容说不清是轻嘲还是讽刺，宋安安只感觉心底生出不好的预感。后台更衣间外的走廊狭窄，程意意向前迈开腿，宋安安心中慌乱，又摸不清她的意图，见程意意上前，条件反射般撑着墙连连往后退了几步。

慌乱间，手机自宋安安掌心垂直滑落，与走廊上的白色大理石碰撞，发出"砰"的一声脆响，真不知道宋安安是无意，还是给自己找个台阶下。见宋安安这样惊恐，程意意终于止住脚步，漫不经心地道："我突然改主意了。她抱起手来，挑了挑眉毛，笑容更明亮，"手机你还是自己留着吧，真以为我会怕你的录音不成？我这个人最讨厌被人拿捏威胁，最好快些把你的证据昭告天下，我倒想看看你费尽心思，到底能够改变些什么。"声音轻且慢，自信满满。

那一瞬间，宋安安心里几乎都信了程意意的话，程意意真的一点不害怕她手中的录音，反而有一种秘密被曝光的轻松。下一秒，这念头又被她强行压了下去。

她握紧拳头，挺直腰身，强作镇定，紧紧盯着程意意的眼睛，红唇一开一合："我就不信你不想嫁入顾家，别再装了，你妈是情妇，你爸爸是臭名昭著的罪犯，你只是个出身卑贱的私生女。"

"是吗？"程意意唇边的笑意忽然淡了，松开抱着的手，朝她逼近两步。

宋安安无处可退，靠着墙直起了腰，偏开头。程意意偏要让她身心都感受到恐惧，右手两根手指扳正她的下巴，直直地看着她的眼睛。她那漂亮的眸子此刻带着几分森然的杀气，幽深摸不到底，叫人四肢百骸都开始乏力。那么，你能不能告诉我，你费尽心机换张和你认为卑贱的人一模一样的脸，到底是为什么？跟着录像带学我的表情和动作很累吧？"她温柔的声线压低后竟意外地可怖，叫人毛骨悚然，"这样的你难道不是更可笑、更卑贱吗？你一次次出现在我面前的勇气还真让人钦佩呢……"

程意意将她的下巴挑得更高，语气恍若朋友间的揶揄："动了哪里呢……发际线？额尖？鼻头？眼角？"

扳动下巴转换视角，直到宋安安没忍住吃痛地低呼一声，程意意才做惊讶状，深感遗憾地道："哦，我还忘了下巴。"

程意意毫无遗漏地一一点过，宋安安心下惶然又悲愤，这一刻只恨不得从未出现在这个地方。宋安安终于想要抬手拍开她，程意意却在她动作发出之前收回了手，直起身又道："等一切曝光，你的自娱自乐也是时候结束了。我不是心慈手软的苦情剧女主角，你也不是有资质翻得了身的女配角。"

程意意语重心长地把话说完，慢条斯理地把手拍干净，转身要走，却察觉宋安安上一秒绝望的眼里似乎又有了几分希冀，好奇地顺着她的视线转身往后望去，笑意便再也撑不住了："西泽，你怎么又上来了？"

顾西泽站在走廊背光的地方，看不清神色。他身形高大挺拔，立在原地，不知听到了多少。

"你在上面待得太久，我担心你。"顾西泽迈开腿，缓缓走到程意意跟前，面上的神情便清晰起来，他微笑着，笑容温润而柔和。

宋安安从未见过顾西泽的脸上出现过这样的神情，放松而专注，汹涌的爱意掩藏在平静的表情之下，仿佛那个世界就只容纳了程意意一个人。

宋安安颓然地靠在墙上，四肢突然失去了力气。他竟然完全不介意……明明程意意是这样表里不一的女人，他分明听见了的……

程意意却不再理她，径直上前，偏头微笑着伸手搭进顾西泽的臂弯里，走过长廊拐角时，她像是又想到什么，站定回头，最后补充了一句："宋安安小姐，这世界可不是你意淫出来的样子。"

他们的身形消失在她眼前，程意意的声音却仿佛一直在这光线昏暗的走廊里回荡。

倪茜确认两人确实走远了，才从更衣室里走出来，匆匆就要离开，走出几步，却还是不放心地回过头来，捡起地板上破碎的手机。

宋安安还失神地站在墙边，无暇分神顾及她。

手机上有她的录音，昆南许诺的钱没了，她才不会傻到给人留下证据，身份曝光对她没有半分好处。

宋安安录得这样急，应该还没来得及上传备份。

倪茜飞快地把碎屏的手机塞进小坤包，走出电视台大楼，才掏出来往地上砸了又砸，直到手机再也看不出原来的模样，这才放心地扔进垃圾箱。

"先回家休息吃饭。"顾西泽俯身帮程意意系好安全带，坐正启动迈巴赫，说道，"妈妈下午邀了人来家里玩，你要是有兴致，可以陪她玩几圈。"

"知道了。"程意意的声音听起来怏怏不乐。

俯下身换CD，她还沉浸在刚才的懊恼里。虽然当时装得若无其事，可她一点都不想让顾西泽看到她凶巴巴威胁人的样子。

"怎么了？"顾西泽听出她不高兴，温声询问，尾音拉长，包容又无奈。

程意意换完CD，仰头靠在椅子上，偏头看他，轻声道："你有没有觉得我太凶了？"

"嗯。"顾西泽点点头，又补充道，"还有点坏。"

刚刚换上的CD乐曲节奏欢快，还没来得及听上几秒，戛然而止。

程意意直接关了它。

"你说什么？我没听清楚。"她抱着手冷着脸，定定地打量着他，浑身上下都写着"我不高兴"。

恰逢红灯路口，顾西泽踩停，轻轻笑起来，侧身在她的额头上印下一吻。

"但我喜欢，很可爱。"

这吻来得猝不及防，车窗开着，程意意赶紧捂住脸，看着左右无人注意，升起车窗，这才放下心来。

红灯进入了倒计时。

她的面颊已经发红，嘴上却还不肯饶人，低声嘟囔一句："我才不相信呢。"

这一句顾西泽许久没有回应，直到过了红灯口许久，他突然轻轻开口唤了她一声："意意。"

"哦。"程意意仰头休息，不想与他说话。

"你知道高三的时候谁给我写过情书吗？"

"徐琪、沈倩倩、汪琦卉……"程意意顺口说出一连串名字，声音戛然而止，而后怒气冲冲地睁开眼睛，"你问这个干吗？"

顾西泽那时候便是学校的风云人物，追他的女生围起来简直可以绕附中两圈，和程意意交往之后，女生们的热情倒是收敛了许多，但程意意偶然还是在顾西泽的抽屉里发现了一封未来得及清理的情书。

居然还有人敢在她眼皮子底下挖墙脚！

顾西泽是她的人！

程意意恨不得对每个人宣誓她的主权，可偏偏就有人不信邪，怎么想都觉得顾西泽不可能被一个小女生套牢。

情书这种粉红的物件太引人注意，为了避免成为谈资，顾西泽会在每天放学后清理抽屉。

初三放学比高三早一些，程意意从此便习惯性在放学后背着书包去高三教学楼旁等顾西泽，找到机会就把偶尔出现的粉红色信封落款扫一眼记下来。

顾西泽是有女朋友的人，偏偏这些人不忌讳，一个劲惦记着撬她墙脚，程意意心眼小，不生气才怪。

"所以那时候你放学后这么勤来教室找我，都是为了看我的情书吗？"顾西泽轻笑着问她。

时隔多年还被戳破那些小九九，程意意仿佛泄了气的皮球，她语塞了半晌，勉强挤出一句："写给别人我才不稀罕看呢，谁叫她们惦记你……"

程意意记下了她们的名字之后，最常见的报复方法就是找准机会疯狂秀恩爱。

图书馆、食堂、操场……都留下了他们俩亲密的身影。

秀到人家心碎了一地，不知道怎么捡的时候，她才会心满意足地带他走，扬扬得意的样子就像小猫一边晒太阳，一边被顺了毛。

程意意中学念书那会儿，情绪管理还没修炼到家，顾西泽现在都能一眼发现她的小心思，更别提那时候，只是怕她羞愤，不忍心戳破她罢了。

和现在一样。

程意意时刻存在的危机感渗透到骨子里，她害怕失去现在拥有的一切，不停地战斗。他明明想要帮她挡住所有的风雨，给她世上最强的安全感，却总是没有做到。

程意意是懊恼，而他是自责。

03

"意意。"他又轻轻唤了她一声。

"嗯……"

程意意应他，低头垂眸，手指在手机屏幕上胡乱地点来点去，大概是在玩闯关小游戏。

她就是不看他。

转弯汇入主干道之后，路上又拥堵起来，车子走走停停。

又一次停下来时，顾西泽干脆伸手过来，抓紧了她的左手。被他抓住了手，程意意玩不了了，只得单手关了游戏，把手机放回外套口袋里。

她的手有些凉，十指发僵，他的掌心却是干燥的，将她的手整个包裹起来。程意意的视线移到车窗外，轻轻叹了一口气，才闷闷地说道："你会觉得我可怕吗？"

"不会。"程意意话音未落，顾西泽便摇了摇头。

"我爱你。"他紧了紧她的手，似乎想要在这一刻把他的温度全部传递给她，"怎么样都喜欢。"

外界的诱惑再美妙，他也可以无动于衷，拒绝不了的，只有程意意。闻言，她的嘴角终于轻轻翘了起来，对着车窗，谁也看不见。

车流重新动了。

他的眼睛看着前方的路况，不用偏头也能感受到她的心情重新变得晴朗了，因为车厢里的气氛开始轻快起来。

就这样吧。

他其实有很多很多话想要告诉她，叫她安心。可有时候千言万语也改变不了一些东西，她的不安感由内而外根深蒂固，只能在未来漫长的日子里由他切身告诉她，让时间缓缓去改变。

近四十分钟的车程，直到顾西泽把车停在老宅的地下车库，程意意才意识到，顾西泽竟然真的把她带回家了。

她磨磨蹭蹭舍不得下车，顾西泽干脆直接俯身过来帮她解开了安全带，顺道在她鼻尖啄了一下。

"今天是张仪做菜。"程意意喜欢吃张仪做的菜，他试着吸引她。

张仪做的菜好吃也不能让她心里不忐忑啊……跟着男方回家见父母，这正式得多，也比除夕那次紧张得多。

程意意扳过车窗的后视镜，理了理头发，最后用纸巾把口红擦淡些，露出粉嫩的唇瓣。

"怎么样？"程意意偏头朝他眨眨眼睛。

上节目前化妆师给她上的就是清新裸妆，粉底打得薄，程意意当时没卸，现在擦掉口红，便完全是乖巧的学生样了，是长辈会喜欢的类型。

瞧见顾西泽点头，程意意才满意地下了车。

临进电梯，程意意抬手时，又猛地看到无名指上的戒指，赶紧把它取下来塞进包里，又探身去取顾西泽的。

平日里她想要牵顾西泽的手一牵一个准，这次顾西泽却仿佛看穿了她的念头，程意意的手还没伸来便移开了。

"不给。"顾西泽义正词严地拒绝，率先一步迈开腿走进了电梯。

"那你换个指头戴……"程意意赶紧跟上。

"不换。"顾西泽干脆把手插进了西裤的口袋里。

"西泽……"程意意急了，要让顾父顾母看见以为他们私定终身，留下厌恶感怎么办。

"戒指他们早就见过了，大方戴着就是，没有藏的必要。"顾西泽见她真的急了，这才伸手牵住她，开口解释完，又道，"别担心，他们很喜欢你。"

"早见过了？"听清他的话，程意意绝望得想捂脸。

"这段时间我都戴着。"顾西泽偏偏还要火上浇油，揽住她的肩，轻声征求道，"所以戴上吧，嗯？"

他的声音偏低，充满磁性，如同羽毛直从耳根扫到心尖上，尾音好听得让人心痒。

她的手不自觉又放回了包里。戒指刚取下来，残留着余温，指尖轻轻摩挲，感受着它的纹路，她忽然开口问道："戒指买了多久了？"

"戴上我就告诉你。"顾西泽垂眸来牵她的手。

程意意半推半就顺着他的动作把戒指套回无名指。

她的十指如削葱根，纤长白皙，搭上戒指星钻静谧的光泽，优雅、完美。顾西泽满意地端详了半晌，才轻声答她："两年。"

买了两年了。

两年前她还在伦敦念书。程意意欲言又止，顾西泽却一眼看穿了她的心思，接着补充道："买给你的。"

"我觉得也是。"程意意美滋滋地举起手，张开五指细看，戒指一瞧就是她会喜欢的款式，再放下手时，她主动伸手牵紧了顾西泽，十指相扣。

"西泽。"她踮脚在他耳边轻唤一声。

"什么？"顾西泽的耳朵有些痒，强装镇定才听程意意把话说完。

"谢谢。"

谢他没有放弃她，等了她这么久。

顾西泽没骗她，顾母邀了人来家里玩牌，他们进门时她正在牌桌上，只来得及笑着和程意意说了几句，便被朋友催了，只得让张仪招呼他们吃饭。

顾父不在家。

程意意顿时觉得自己在宅子外面半天的心理建设都白做了。顾母的态度这样亲切随意，分明就是在告诉她，别把自己当作外人。

她按压下心中思绪的翻涌和受宠若惊，抽了几下，才从顾西泽手中把自己的手抽回来，老实跟在张仪身后去餐厅吃饭。宅子大，若不是碰巧有张仪带路，说不定她还真找不到餐厅在哪儿。手里空了，顾西泽只能把两手插回西裤口袋，压着步子，放缓速度跟在她身后。十一点多才下节目，又在电视台耽搁了一会儿，现在就只剩他们两人还没吃饭。

两人刚走不久，牌桌上大家便压不住好奇心了。

"西泽倒是找了个漂亮的女朋友啊，金童玉女，挺般配。"

顾母笑笑，随口应了一声。这随口一应，倒让人有点瞧不懂她的意思了。牌桌对面坐着一个胆大的出声试探道："不会是真的要结婚了吧？我记得……A市数得上来的人家，可没听说谁家女儿有叫意意的……"

这话倒是引得顾母抬头多看了她一眼。

她记得这人家里倒是有个适龄的女儿，在她面前装作不经意提了几次。那姑娘看着倒挺乖，可关键西泽不喜欢，她也拿他没办法。她隐晦地拒绝了她两次，这人说话便阴阳怪气起来了，现在不知道为什么又往自己跟前凑。

她记得今天自己没邀她，大概是叫顾淑昌带来的。顾淑昌是西泽的堂姑，平日里爱跟这类人往来。

家族大了，要顾及的事多，若不然，她是连顾淑昌也不想请的。

果然，那人话音刚落，顾淑昌便接过了话茬："你还不知道，这个意意看着年纪小，倒是个有主意有本事的，咱家西泽中学的时候就开始跟她谈，这么些年来谁也看不上。

"中学那会儿的小孩谈恋爱，不都凭感觉看脸吗？管你家里是怎样乱七八糟的……"

顾淑昌话音没落，顾母手上一颗幺鸡扔到中间。

聒噪。

她缓缓抬起眼皮看着顾淑昌，温声催促道："该你了。"

没人不懂她的言外之意。顾淑昌奋力压下脸上的青红，努力平静地去看牌，才低头，又听顾母开口了。

"我倒是不看重这些，这姑娘漂亮乖巧，我挺喜欢。咱们这样的家里，选个有主意有本事的媳妇总比没主意没本事的好，是这道理吧？"她垂眸理着牌，娓娓道来，最后又温声询问众人。

众人纷纷应了。

顾母又像是忽然想起什么，偏头道："淑昌，那个访谈你也看过？"

"什么访谈？"顾淑昌眼神茫然。

"没看过啊……"顾母笑起来，"那我怎么瞧着西泽早恋的事你倒是比我还清楚？"

顾淑昌的脸色白了白，极力控制才平静下来，垂眸低声讪讪道："我不是西泽的堂姑嘛，关心可不得比旁人多些……"

不止吧……

在场的人心知肚明。顾淑昌嫁了个二世祖，从来只知道在外头胡混，她膝下没有一男半女，便在小辈里最有出息的表侄儿身上打起了主意。从顾西泽记事起，她就三天两头对他嘘寒问暖的，有时比亲妈还要亲些，就盼着顾西泽长大以后多孝顺她。

不说别的，顾西泽是家族里身份最尊贵的嫡长孙，待到他手握顾家所有资源的时候，指缝里随便漏一些下来，便足够她这辈子用了。

若是顾西泽未来的妻子和她更亲些，那就再好不过了。也因此，她极力想要从自己认识的人里替顾西泽挑个合适的。

她自然不喜欢主意大的程意意，先不说她现下拉不下脸和这丫头片子套近乎，就说从前那会儿，她警告程家的事情若是让程意意知道了，她的努力不都白费了？

那时候谁知道顾西泽这小子是个情种，居然跟个黄毛丫头牵扯这么多年。心下一想，她只觉得越发焦躁起来："嫂子，西泽真要跟这个意意结婚？"

"这可不是我决定的，你得问西泽。"

"不是，嫂子你可别犯糊涂，婚姻就得讲究门当户对……"

"门当户对不见得能好好过啊。"顾母又慢悠悠地打下一张牌，"东风。"

闻言，大家都忍不住抬眸轻瞄了顾淑昌一眼，她可不就是个门当户对没过好的吗？

只是顾淑昌心里急，没听出顾母的言外之意，接着又道："那也总不能样样凭西泽喜好行事吧？西泽到底还年轻……"

"倒也不尽然，意意这孩子，我和他爸爸还真是哪点都满意，虽然出身是差了点，但人无完人嘛，天底下哪有什么都占全的好事。"

"嫂子！"顾淑昌还要再说，却见顾母抬起头来招呼她身后："意意，饭吃完了？"

程意意正从厅门进来，皮肤莹白，五官精致漂亮，那眼睛更是好看得让人出神，她面上挂了盈盈的笑意，清脆地应了顾母一声。

顾西泽随后便跟着进门。这女孩倒真是个天仙般的人物，除了出身差点，谁也说不出两人不般配的话来。

"来得真巧，来，过来。"顾母冲她招招手，"我这会儿老输，你来替我玩几圈。"

程意意也不扭捏，大大方方走近，在牌桌上坐下了，才羞赧地道："我的技术还不到家，阿姨们别笑话。"

顾母搭着她的椅子站在身后，豪气地挥挥手："没关系，赢了算你的，输了算我的。"

程意意冲顾母甜甜地应了一声，转回身开始理牌，再抬头，对着顾淑昌意味深长地笑了笑。

04

程意意从来好记性，是最会算牌猜牌的。怕吓坏大家，刚坐下来那会儿，她还装模作样熟悉了几圈。顾西泽在一旁笑看她，不说话，手上削了个苹果，切成小块叠在盘子里，习惯性放到程意意手边。

"哎哟哟，西泽，"一旁有人笑起来，"只记得削你女朋友的，我们这些姑姑婶婶都成了陪衬的……"

顾西泽身份尊贵非同一般小辈，性子自小又早熟老成，平日里她可不敢这样打趣，此刻见顾西泽还知道给女朋友削苹果，她可实在忍不住了。

"婶婶喜欢吃什么？"

"嗯……香梨吧。"她做了决定，满心期待等着顾西泽动手。

顾西泽却轻笑着，放下刀擦了擦手，背过身低声招呼用人把削好的端了过来。不是顾西泽削的，她却没敢较真，就着用人端来的碟子，拿着牙签插了一块，边看牌边吃起来，心里对程意意又高看了一眼。

人长得漂亮，手段应该也不简单。顾西泽连个苹果都要亲自给她削，顾父顾母看起来对她又没什么厌恶感，用不了多长时间便能嫁进顾家了。

这天底下偏有人就这样好命。她在心里轻声叹了一口气，面上的笑容却越发和煦起来，见程意意手生，连给她放了几把水。

程意意自然不可能毫无察觉，言笑间记住了她的脸。

程意意似乎越打手越顺了，顾母只是去上个厕所的时间，回来便见抽屉夹子里的钱明显厚了一些。

牌桌上的四人里，顾淑昌的脸色是最难看的，虽不至于阴着脸，但她嘴抿得紧，就算还带着些许笑意，但在场之人有谁看不出来她的勉强呢。

顾母回来，程意意好歹有了人照应。顾西泽瞧着在场的都是一群太太，也不好再多待，看程意意似乎玩得挺开心，便放心地与众长辈打了个招呼，到楼上书房处理公事了。

顾母环视牌桌一圈，眼睛笑得弯起来，拉了把椅子在程意意身边坐下，专心看她打。

她一看便瞧出了些章法。

程意意的性子稳，心理素质极好，不管手里的牌是好是坏，面上都是一副笑盈盈的样子，温温和和地接着大家的话，输赢都是一副安然的样子。

中间还自摸了一把十三幺，连她在一边看着都难免心潮翻涌，程意意却只羞赧得红了脸，自谦道"运气好"。

其他几人还真当程意意新人手生运气好，打法明明没有章法可循，误打误撞偏偏总是和牌。

顾母的笑容却越来越深，她算是看出来了，程意意是个能算概率会猜牌的。算概率就不说了，程意意记性好，推理能力强，看过她的节目，顾母知道她一猜一个准。

然而她这样的年纪能猜牌，却是神乎其神了。别人打的牌只要稍重些，或者想碰没有碰，拿了一半的牌重新缩回去，这类细小的动作，她都能一一注意到，偶尔抬头看人表情，找到规律便能看透牌的路数。她分明可以总赢，然而一圈打下来，却总会刻意让别人赢几把。

整张桌子上输得最惨的大概要数顾淑昌，她就没赢过。其他人还只当她运气差，顾母坐在程意意边上看得再清楚不过，程意意对她似乎一点也没手下留情。

还有对面那个总爱跟顾淑昌打联手的，程意意放了几次水之后发现她依旧执迷不悟，偏要帮着堂姑，再下手时便一点情面不给，一起教训了。

顾母侧身看着，心情不错，剥了个橘子，顺手分了一半给程意意。程意意接过，回头冲顾母甜甜地笑了笑，掰了一瓣放进嘴里，转回身摊牌。

她又是小和一把。

顾淑昌又输，打开面前的抽屉，现金已经输光了。

"不玩了，不玩了……"顾淑昌拿出钱夹子，故意在众人面前倒了倒，"现金没了。"

跟程意意打牌有点邪门，她总有种被压着打的憋屈感，仿佛被故意针对了一般，想要找出些什么，偏偏又无迹可寻。她早就觉得喘不过气，现在输光了现金，剩下的时间正好去美容院舒舒服服做个 SPA。

"欠着也没关系。"程意意咽下橘子，冲她笑笑，"堂姑不够的话，我这儿还有。"说罢，从跟前抽出一沓递给她。

顾淑昌面上不露喜忧，心底却几乎要抓狂了。

谁叫你烂好心！

偏偏程意意笑得一脸温和无害，众人又都纷纷劝她，此刻走了便是扫大家的兴，她只得着着心中的不悦强迫自己坐下来，接着开始熬。

直到天色昏暗，这场牌局才算散了。

出门的时候，顾淑昌整个人都有些阴沉，她本就头昏脑涨地走到门口，偏偏顾母不识趣，送客的时候把她留到最后，一个劲让她下次再来，顾淑昌心里极多的不耐烦偏偏不能发作，反复说了几次，她只得硬着头皮点点头。

见她答应了，顾母才满意地松开手，又道："还有一件事。"

"嫂子你说。"

"那位……下次来就别带她了吧，虽说她女儿是挺好的，但到底西泽不喜

216

欢，也怕意意以后知道了心里不高兴，留下隔阂就不好了。"

"嫂子，这也太憋屈了吧。"顾淑昌目瞪口呆，"我说你这样可不行，哪有婆婆讨好儿媳妇的道理，她怎么说也是小辈，哪有你顾忌她喜不喜欢的道理……"

"可西泽喜欢啊，我就西泽一个儿子，不然你去跟西泽说说？"

顾淑昌讪讪地住了嘴。她又不傻，哪里敢在顾西泽面前说这个，年轻人最听不进劝，她一张口，摆明了讨人嫌。

顾母关门折返。

顾淑昌的车沿着公路开出一段，突然停下，她转回头看顾宅。整栋大宅灯火通明，也许厨房已经准备好了晚餐，看起来便洋溢着一股生机与喜气。

她回想自己这一整天，总觉得哪里不对劲。

晚餐时，程意意才算见到了顾父。他大概是在外出席什么会议，风尘仆仆地赶回家，眉宇间还有些倦色。

顾母上前接过外套，程意意赶紧欠身叫人。瞧见程意意在家里，顾父打起精神来对她点点头，随和地问了几句。

程意意一一答了，见顾父又与顾西泽说着话，这才返回厨房帮着张仪拿碗筷。

不知道是不是自己的错觉，程意意总觉得顾父对她的态度也比上次和气得多。他们都在用自己的方式，温和轻松地让她缓慢融入，没有不安，没有尴尬。

大概他们是真的不介意她的家庭，并且满意地接纳了她。程意意理着盘子，不知怎的，觉得有点受宠若惊。

"意意，我来便是了，你去吃饭。"张仪催促。

程意意应着，加快手上的动作，把碗筷整齐地放进碗柜里，直到顾西泽探头唤她，她才擦擦手上的水，跟着他一道入席。一场颇显隆重的家宴，桌上放着十四五道菜，大半是她喜欢的，她一眼便看出来，这是特意吩咐的。

糖醋排骨、麻辣肥牛卷、酸菜鱼片、酱爆鸡丁……

顾西泽的口味清淡，她从前听他隐约提起过，家里人的口味也和他差不多，少油少盐，基本不见辣。

这些菜都是做给她吃的，程意意捏着筷子，总觉得心里不安。

"意意，别愣着，先吃呀。"顾母用公筷给她夹了块排骨，"不喜欢吗？我记得西泽说过你喜欢这个。"

"不会，我喜欢的。"程意意应声，夹起来，埋头咬了一口，抬头冲顾母点点头。

顾母这才轻轻笑起来："是吧，张仪做川菜也有一手，你在咱们家有口福了。"

程意意嘴里有东西，没出声，依旧笑着点头。她生得好看，笑起来最漂亮，桃花眼弯弯，亮晶晶的，让人甜到心坎里，顾母看着喜欢，又给她夹了一块。

顾父一贯是严肃寡言的样子，一顿饭下来也没说过几句话，只听着别人说，偶尔含蓄地点头。桌上摆的大半是辣菜，见顾母总给程意意夹，辣得她脸红，他才出声让顾西泽去给她倒了杯水。

程意意觉得，她似乎从没像今天这样一次性从陌生的长辈那里接受过这样多的善意，而且是对她这样重要的善意。

她小时候便生得可爱，嘴巴甜，最容易讨长辈喜欢，他们一部分会爱怜地摸摸她的头，给她一把糖，还有一部分在得知她的身份后，心里的喜欢便大打折扣。

没有大人这样用心地对过她。可那不重要，因为他们不是程意意的什么人，程意意自己也从没用心地对他们。

可现在，曾经缺失的似乎在这儿一瞬间找到了。如果没有顾西泽，他们对她来说一辈子大抵便是陌生人罢了，可命运是这样奇妙把他们牵连在一起，毫无血缘关系的长辈也能让感动一点一点凝聚，像是一股热流，从她的心间流向四肢百骸。

晚餐过后，顾父去了书房，顾母便不再约束着他们了，自己看电视，挥挥手让顾西泽带着程意意去四处参观。

待到两人走远了，她又吩咐给程意意铺床。

"太太，程小姐住哪间？"

"嗯。"顾母偏头沉吟片刻，开口道，"就西泽旁边那间，打扫出来给意意睡吧。小两口难得聚两天，我才不做这恶人。"

这边，程意意却是头一次参观顾西泽在老宅的卧室。她推门步入卧室好久，还觉得有些不真实。这就是男神顾西泽从小住到大的地方呀，和他在丽都那套黑白灰的无趣公寓一点也不一样。

连床单都是可爱的蓝白条纹。

"西泽，你小时候也有玩具啊。"

程意意在书柜后面的置物架上发现了新大陆。整排的飞机模型由小到大摆满了架子，做工精致，线条极漂亮。

顾西泽跟着进来。

程意意抬手轻轻摸了摸看起来最帅气的一架，抬头看他，眼睛发亮。

"你若喜欢，我可以做架新的送你。"

01

从前念书的时候，程意意便一直认定顾西泽点亮了手工技能，却没想到，这技能他何止点亮，简直是满点！顾西泽连这样精致的模型都能做出来……还会做饭，会编好看的辫子，程意意突然觉得自己枉为女儿身……

"这是什么时候做的？"程意意指尖划过模型帅气利落的线条，眼睛在发光。这架飞机模型已经不再崭新，即使主人保存得很好，看起来也应该有些年头了。

果然，下一秒顾西泽便出口验证了她的猜测。

"三年级。"他答着，松了松衬衫的领口，倚靠在书柜边上，静静地注视着正好奇地打量他房间的程意意。模型的做工极好，细节都一一呈现出来，叫人根本看不出是小学生的手笔。

果然童年时代的顾西泽也是顾西泽……程意意暗呼一声，他从来习惯从容不迫地去着手做每一件事，一旦开始，便要追求极致。这性子他估计是打小便养成的，连玩个玩具都如此。

程意意忽然想到自己上三年级的时候，一会儿想要学美术，一会儿又跟着别人进合唱团……她聪明，学什么都快，然而随便学会了一些，却又都没了兴趣，能坚持到最后的爱好寥寥无几。和顾西泽一比，真是惭愧得脸红。

可在认识顾西泽之前，她从未察觉自己这样有什么不好。同龄人辛苦练习，想要入门的时候，她仅凭天赋便能领先，学腻了就再换一个领域，她只享受这种挑战的快感，却从未想过花了一堆时间、精力学得半生不熟，对她来说究竟有什么意义。

很多东西，她是后来同顾西泽在一起，天长日久，慢慢被影响，才学会的。

"喜欢哪个？"见程意意的指尖搭在另一架模型上，顾西泽又向她介绍了那一架的型号和材质。

"我喜欢哪个你都肯给我吗？"程意意故意抬头问道。虽然模型都旧了，可保存了这么多年还这样完好，可见顾西泽当初必定是极喜欢的。

程意意只是开玩笑，却没想到顾西泽认真地点了点头。

"嗯，给你。我的都是你的。"他的衬衫松开两粒扣子，黑发散落额前，放松地斜倚在书架上，与平日里严谨内敛的样子截然不同，别有一种迷人的魅力。

他停顿了一下，接着补充："但这些都旧了，你若喜欢，我现在可以做更好的。"

听到这儿，程意意心里便够舒服了。她嘴角微微翘起来，然后摇了摇头："我是女孩子呢，要这个干吗？"

顾西泽忙得要命，程意意可不想占用他本来就有限的休息时间。程意意虽然拒绝了，可她的喜欢都写在眼睛里，顾西泽哪里会看不出来，嘴上不再提，只暗暗在心里记下了。

"哎，西泽，过来。"程意意笑得眼睛弯弯的，"这些都是你什么时候拍的？"

顾西泽洗完澡，刚擦着头发走出浴室，便听程意意偏头饶有兴趣地大声问他。

她坐在远处的沙发上，手里捧着相册。顾西泽都不知她是怎么从比她个子高得多的书架上抽下来的。

他特意放在书架最高层……

想着，顾西泽心底便生出一股危机感来，擦头发的手缓缓顿住，只把毛巾搭到一边，迈开长腿便走到程意意身侧，直到看清楚相册的内容，他才暗自松了一口气。

不是那本。

相册里都是些他们念书时的照片，顾西泽更多时候在镜头后面，相册里都是程意意的单人照，大部分连程意意自己都从未见过。

图书馆里，她闷闷不乐地托着下巴坐在一边转着笔等他。公交车上，他拉着拉环站在她身侧，她坐着唯一的座位，偏头靠在他腰上睡熟了。

有一张是路灯下，她委屈地独自走在前面的背影，那天似乎和他吵了架……

其实已经不用顾西泽回答了，翻了一遍照片，她便仿佛重温了一遍过去的日子。那些记忆其实从未在脑海中消失过，只是年纪越大，便越难得有时间将它们翻出来回忆罢了。

"这张……"程意意翻到最后一页。

"这么丑为什么还要洗！"程意意被自己丑得目瞪口呆，本来有的温情也瞬间荡然无存。

那是一张她在田径场上跳高的照片，程意意那年运动会被嫉妒她长得好看的室友坑了一把，替她报名参加了跳高。

程意意的偶像包袱重，最怕的便是这类需要身体协调性的运动。对她来说，跳得好看和跳得过去不能兼顾，为了班级荣誉，她忍痛选择了后者，还特意叮嘱了顾西泽不用抽时间来看，没想到他还是来了，还带了摄像机。

程意意双手捂着照片不想再看自己可笑的姿势，抬头商量道："这张照片是我的，我要拿走了。"

"很可爱，不丑。"顾西泽不肯给，"你的就是我的。"

"那你的也是我的吗？"程意意抱紧相册，又补充道，"你刚才说过……"她一副要等到答案才肯松手的样子。

"当然。"顾西泽点头。

"那好，书架顶排第四本，帮我拿下来，我刚才没来得及细看。"程意意愉快地撒了手，"你的就是我的，我要带回 G 市多看几遍。"

她才撒手，顾西泽便料到不妙。果然，程意意已经先看过了那本，就在这儿等着他呢。

"君子一言。"程意意仰头扬扬得意地冲他笑。

顾西泽看着她古灵精怪的样子，只得无奈地摇摇头，起身把相册给她拿了下来。

"小骗子。"相册递到她手中，他终于还是没忍住抬手戳了戳她的额头，低低骂了一声。

顾母当年想要个可爱的女儿，买了一堆裙子，却生了个儿子。小孩的长相本就雌雄难辨，顾西泽长得白，顾母便爱上了把小花裙子往他身上套，穿起来还真像个漂亮的小姑娘。顾西泽还不记事那会儿，就被拍下了一堆这种照片作为留念。

程意意接过相册迫不及待便翻开了，她自己看也就罢了，偏偏还要拉着顾西泽一起看。

"这条蓬蓬裙真的好看，西泽。"程意意笑得直不起腰，直拍他的背，"你别说，伯母的眼光还不错……哎，别翻页啊，这圈小蕾丝很萌的……"

顾西泽还是没忍到相册翻完，便一把合了起来。

他的"人设"正在遭受崩塌的危机。

程意意的笑还没停，就见顾西泽合了相册俯身过来。他还穿着浴袍，发梢的水迹未干，眼睛黑亮。

程意意仰倒后缩，紧张地安抚道："你别生气啊，西泽……"

"我不生气。"顾西泽轻轻摇头。

有水珠滴落在程意意的眼睑上，冰凉凉的，夹着清新的柠檬味香气，伴随细致缠绵的吻，密集地落了下来。

房门被人轻叩了两声。

"程小姐，"有个声音温和地道，"您的房间就在隔壁，床铺好了，需要先放洗澡水吗？"

程意意到底记起了是在谁家里，赶紧推开身上黑着脸的顾西泽，扬声应道："不用麻烦的，我自己来就好。"

她接着坐起身，重扎一遍散乱的头发，理了理额角，拉平上衣，抬手拍了几下泛红的双颊，白了顾西泽一眼，这才起身，临出门前还不忘顺走了桌上的相册。

招呼她的是个四十来岁的女人，看起来十分和善，程意意中午的时候便在客厅见过她一面。她把程意意引进了旁边的卧室，放着洗澡水，又细心地给程意意讲了卧室里各样东西摆放的位置。

程意意一一记下，笑着认真地道了谢。

"程小姐太客气了，这些都是我分内的事。"她摆了摆手，受宠若惊。

把人送到门口，瞧着人走远了，程意意才关了门，开始收拾行李。待到东西都放好，程意意终于得以进浴室泡了个澡，洗掉浑身的躁意，仿佛这才结束一整天的忙碌彻底放松下来。

待裹着浴袍出门，她这才有空细细打量卧室。

她的房间格局看起来不像客房，很宽敞。窗边还放了一组蓝白色的地中海风格沙发，极清新漂亮，一看便知是女人的手笔，大抵是顾母布置的。

拉开二楼的落地窗帘，便能看到大宅的院子。院子中心一棵几人合抱的大榕树被围在花坛里，院子四周点了一圈小灯，光线温润柔和，并不扎眼，像满月时的月亮。

程意意推开阳台的落地窗轻呼了一口气，夜风凉凉地掠过脸颊，叫人心里放松而安定，浑身的躁意似乎也渐渐平复了。

她在阳台上站着吹了没两分钟风，却又听得卧室的门被叩响了。就那敲门的节奏，她一听便知是顾西泽。

程意意闭了闭眼睛，等了一会儿不见停，只得快步走到门边，压低声音道："西泽，这是在你家，不是在公寓……"

顾西泽却不接茬，轻声道："你的耳钉掉我床上了。"

程意意往耳朵上一摸，清早上节目前戴上的银耳钉果然掉了一个。

02

"真的只是为了还耳钉？"程意意嘀咕一声，半信半疑，又想着顾西泽应该不至于骗她，这才开了门。

耳钉果然在顾西泽摊平的手心里放着。假期只有两三天，她从 G 市来时就只带了这一对，少了一个耳钉就没法戴了。

程意意正要伸手去拿，顾西泽的手心却忽地收拢了，刚好把她的手握在掌心里，接着压低声音问道："头发怎么不吹干？"

她的长发湿漉漉地披在肩上，发梢还滴着水。

"刚洗完出来呢……"程意意嘟囔一声，挣扎两下，想把手抽回来。

"我帮你。"顾西泽说罢，长腿迈开，拉着程意意就进了房间。

"我一会儿自己来就好，"程意意急了，"你快回房间去，一会儿该被人看见了。"

顾西泽却不理，把耳钉还了她，径自进浴室找了吹风机，在沙发边上把电源插好，这才冲她招招手："过来。"

程意意很少有把头发吹到全干的耐性，中午也就罢了，晚上也这样躺上床，日后是要留下病根的。有人帮着吹头发这样享受的事情，平日里程意意肯定不会拒绝，可这是在顾西泽家的宅子里。

这么晚他还待在她房间里，叫人家怎么想……

程意意扶着卧室门眨着眼睛看他，就是不肯动弹。顾西泽自然清楚她想些什么，服软低声道："我出门的时候会小心些，不叫人看见。"

程意意得了这承诺，又扫了一眼走廊，见左右无人，这才关了门，心满意足地走到他跟前的沙发上乖乖坐好。

顾西泽心底却是轻轻笑了自己几声。陪着程意意在自己家的宅子里玩躲猫猫，这样幼稚的事情他都能做出来，他觉得自己好像越活倒越回去了。

吹风机低低的鸣声里，暖风随着他的指尖在她长发间穿梭，吹得头皮暖洋洋，舒服得整个人都有些昏昏欲睡。

偏偏Lucky被吹风机吵醒了，睡了一整个下午，它的精力充沛得有些过分，一边小声叫唤，一边挠箱子。程意意只得把它放出来，抱到膝盖上顺毛安抚，有一搭没一搭地与顾西泽说着话。

假期这么短，程意意却有一堆做不完的事，顾西泽正提到第二日的行程，她忽地想起来："明早起来我得先去医院看英宛，她快要临盆了。"

"我送你过去。"顾西泽低声应她。

"真快啊……"程意意仰头靠在沙发边缘，闭着眼，心中有万千感慨，"我离开A市的时候，英宛还一点不显怀，再回来，宝宝都要出世了。"

英宛将要成为一位真正的母亲了。程意意潜意识里只觉得昨天才从崇文大学毕业，今天同窗便先后结了婚，一个个有了小孩。

顾西泽沉默地听着，若有所思，却并没有出声打断她。

Lucky自然感受不到主人的怅然，迈着小短腿往后扒，和程意意浴袍的衣角较上了劲，一下挠一下拽，直到程意意把它抱在怀里，它才勉强安分了一些。

程意意从前没有养过小动物，顾西泽也从未见过她这般包容的模样，一时觉得新奇，关了吹风机，笑道："真舍得把它留在A市？"

"舍不得也没办法了，"程意意抚了抚它的小脑袋，"研究所这样忙，我照顾不好它，只能交给它爸爸了。"

更何况张清就与她住在同一层楼，她还真不放心天天把Lucky扔在宿舍里。

"对吧，爸爸？"程意意抱着萌萌的小猫一齐回头看他。顾西泽失笑，伸手接程意意手里的猫，Lucky 却抬起爪子一拍，不让抱。程意意强行把它塞进顾西泽怀里，小猫又开始不安分地挣扎起来。

"Lucky，听话！"程意意赶紧给它顺毛，又解释道，"它才两个半月大，再长大一点应该就不会这么好动了……满三个月要记得带它去打疫苗，但千万别在生病的时候打……"

顾西泽抬眸，看着程意意的樱唇一开一合认真叮嘱的模样，有些出神。

"怎么看着我……"程意意抬手摸了摸，"我脸上有东西吗？"

"没有。"顾西泽轻轻摇了摇头，忽地开口唤她，"意意。"

"怎么了？"她露出不解的神情。

"我们要个孩子吧。"

这个话题就这样重新被猝不及防地提起来。程意意有些发愣，回神后随即笑起来："不是应该先结婚吗？顺序都不对，我不要。"说罢，她又低下头去逗猫。

"我们现在就可以结婚。"

顾西泽弯下腰把 Lucky 放到地面上，起身抓住程意意的手，在她自己眼前摊平。白皙纤嫩的无名指上，那枚戒指格外漂亮。

"我以为我已经求婚成功了。"

"不算，"程意意语塞，一把抽回手来背到身后，"这是你趁我睡觉的时候偷偷戴上的。"

"那我再来一次……"

"等等。"程意意忽地抬手捂住了顾西泽的嘴巴，也打断了他未说出口的话。

她的神情有些茫然。过了许久，她才放下手来，又把头埋进他的怀中，双手轻轻环抱住他的腰。

"再给我些时间吧，西泽……"她的声音很少有这样不安的时候，"让我好好想想。"

欲速则不达。顾西泽大概清楚她在迟疑犹豫些什么，点到即止，再不往下催促，温柔地吻了她的发心，轻声应答她："好。"

过去的五年里，程意意从未深想过自己未来的家庭与婚姻。倘若是在上一次离开 A 市的时候问她想不想要个孩子，她的答案一定是否定的。

她不懂得怎么去孕育、抚养一个孩子长大成人，她甚至惶恐那份责任落到自己身上，沉重得令她背负不起。

可这一次，她清楚地知道，她的心不再那么坚定了，尽管就连她也不清楚是什么改变了自己。如果她有了孩子，也许会是一个和 Lucky 一样可爱的小生命，她的孩子拥有顾西泽这样好的父亲，还有顾父顾母这样好的爷爷奶奶，一个完整的家庭。

那是她曾经可望不可即的。

和她自己截然不同，她的孩子将永远不会经历她曾经历过的。吹干的发丝柔软垂顺地披在身后，程意意把头发拨到一边肩上，回到床上躺下。顾西泽拉了椅子坐在床头，帮她盖好被子。

床头的暖光灯下，他的眼神显得格外沉静温柔。

"回去睡吧，西泽。"

"我看你睡着。"

03

程意意起得早，到医院的时候，英宛才刚刚从床上起来活动，瞧见程意意敲门，惊喜地就要朝她冲过来，走得快了，还有些打晃。

"慢点！"程意意快步上前扶住她，惊魂未定。

"没事，挺着肚子走快了就是老打晃，不会摔着的，"英宛扶着她的手站稳了，又笑道，"怎么这么早就来了？我婆婆他们都还没到呢。"

"一起床我就来了，早点来看你。"程意意在床头放下果篮。

英宛的老公陪床，此刻刚刚出门去给她买早餐。她住的是双人间，现下另一床的人还没醒，再说话时，程意意便压低了声音。

"本来想给孩子买些小衣服小玩具，可我又不大懂这些，干脆就偷个懒封红包好了。"程意意把东西插进英宛口袋里，眨眨眼睛，"连带着西泽那份一起哦。"

英宛瞧着她的模样，扑哧一声笑出来："哎，说真的，在顾总家宅子里住一晚是什么体验？顾总爸妈凶不凶？是不是电视剧演的那种豪门恶婆婆……"

"哪能都跟电视剧里一样，"程意意失笑，"他们挺和善，西泽的妈妈特别温柔。"

英宛挺着肚子，站了一会儿便觉得有些累了，张腿在床边坐下，程意意便拉把椅子坐在她跟前。

"要摸一摸吗？"

"可以吗？"程意意眼睛一亮，再次得到英宛的答案，这才摊平掌心小心翼翼地轻抚了两下，感受到她肚子上的起伏，于是问道，"孩子会踢你吗？"

"会，淘气死了，整夜被他吵得睡不着觉。"英宛虽然抱怨着，嘴角却始终带着笑意，按住她的手，"你别动，就贴在上面试试，还可以感受他的心跳。"

程意意依言，果然在那里感受到了均匀的律动。

"意意，你还记得吧？大学的时候有天晚上咱们寝室夜谈，可说好了一个人生孩子，其他三个要做干妈的。"

"我自然记得。"程意意含笑点头。

是了，英宛点头，整个寝室程意意记性最好，最不可能忘的人就是她。两人说得正酣，英宛的丈夫买早点回来了，买少了怕没有英宛喜欢吃的，他便每样买了些，手上拎了许多小袋子。

这还是程意意第一次瞧见英宛的丈夫，虽算不得帅气，身材却挺拔高大，气质硬朗，是英宛上学时喜欢的类型。

英宛又介绍了两人认识，这才打开早餐的袋子，招呼程意意一起吃。程意意晨起喝了些白粥垫底，不怎么饿，正要拒绝，英宛的早餐袋子一打开，味道便飘进她的鼻腔里。

那是红烧牛肉面的味道，程意意平日里本也喜欢吃，可今天闻着，腹底却不知怎的涌上一股酸意，浑身泛油腻，有些恶心，只来得及冲英宛摆摆手，便快步朝病房外的洗手间走去。

趴在洗手池上干呕了半天，待到胃里稍微平复了一些，程意意才直起腰，接些凉水冲了一把脸，猛地想起上个月的例假还没来。

研究所的工作繁重，程意意一心想要拿到好成绩，为了工作常常作息紊乱，三餐不继，生理期从来不准时，可也从未这么晚过……

程意意心中的猜测一冒头，便再也压不下去了。

会不会是在 G 市那晚，顾西泽最后来看她的那次？可那天她明明做了防护措施也吃了药。

不可能的啊！

程意意想着，竟觉得四肢发软、浑身乏力，连头上都开始冒汗。千万不能在这关口怀孕，和肖庆合作的课题眼看就能攻破。

她的博士到六月份才读满两年，虽然课程已经提前学完了，可就算她现在开始准备论文和答辩，老师放行，也得到明年三月才能填提前毕业审批表，想要拿到学位证书，最慢也得在明年六月以后。

"百人计划"需要全职，入选名单公布后在六个月内到岗工作即可。在程意意的规划里，假若公布的名单上有她，三月份再提交提前毕业审批表也来得及；假若没有，她就继续把博士念下去，毕竟冯教授是个难得的好老师。

她昨晚是对顾西泽的话动摇过，想过要个孩子，可绝不是在这个时候。

可假若现在有了孩子，她的计划便会全盘被打乱。休了学，一切便泡汤了。

"意意？怎么了？"

英宛不知什么时候扶着墙走到了洗手间门口，她大着肚子，走起路来有些蹒跚，眼中带着几分忧色。

程意意勉强压下心中的情绪，抽出一张纸巾擦干面上的水汽，嘴唇动了动，却什么声音也没能发出来。

"不会是怀孕了吧？"英宛压低声音惊呼道，她刚怀孕几周的时候，也是像程意意这般，一点油腥也闻不得，"你上个月那个来了吗？"

"还没来，平时也不准，只是没有这么晚。"程意意皱起眉轻轻摇了摇头，把滑落的头发别到耳后，说道，"还不能确定……"

"别愁眉苦脸的了，怀了孩子不是好事吗？"英宛走近，轻轻拍了拍她的肩，"学长肯定高兴疯了……"

见程意意的眉头还是轻蹙着，英宛正不知怎么安慰她，却忽地从记忆中翻出一个片段来。

那天晚上夜谈，她们似乎还延伸至其他的话题，对床的田悦提起了理想生孩子的年纪，大家纷纷说了自己的看法，唯独没等到程意意的答案。起初她还以为程意意睡着了，朝上铺试着唤了几声，才听得程意意的声音低低传来："不想要孩子……"

"不是吧意意，你和学长不生个宝宝简直白瞎了这么好的基因。"大家低声议论。

她记得程意意当时在床上翻了个身，晃了一下。

"到时候再说吧，我带不好小孩的，能不要就不要了。"

她们和程意意一个宿舍，自然再清楚不过，顾西泽的家世非凡，又是家中独子，程意意日后说不准就要妥协。那晚话题到那儿便止住了，谁也没往下提。

如今再想起来，程意意那时候便不想要孩子，更别说现下她手上有课题，又交了百人计划的申请材料，正是需要出成绩的时候。

她这样皱着眉……

"意意，你不会是不准备要吧？"英宛惊呼道，握住程意意的手，"这事学长知道吗？"

"我还没测，他不知道。"程意意摇摇头，"也许没怀上呢。"

04

匆匆与英宛作了别，程意意一出医院便直奔对面的药店，等待的几分钟里，她心中焦虑地祈祷了千百次，心几乎要蹦出来，结果终于留在第一条杠上。

害怕结果出错，程意意又撕开一盒测试，始终是一道杠，狂跳的心终于平缓了几分。

真是庆幸……

此刻她的心中只剩下这一个念头。今早的恶心干呕，大概是因为最近太忙了，低血糖。

程意意打开洗手池的水龙头，任水"哗啦啦"从指间流过，直到双手冲得干干净净，才又洗了一把脸，找出发圈，把披在身后的卷发利落地扎起来。

镜子中，她的脸色还有些发白。程意意从包里拿出口红，在唇上淡淡涂了一层，又在脸颊上轻轻点了两下，用手指揉开，气色看起来才勉强好了一些。

她的包里还放着昆南的卡，从倪倩那儿抢过来的。就近找了个同城快递寄送点，程意意把卡塞进去，想了想，还是什么话也没留，封上快递的文件袋，在快递单上写下了昆南公寓的地址。

几个小时便能送达，他看到字迹应该就知道是她。

程意意想了许久，还是决定用这种方式把卡还给他。昆南现在大概比任何人都后悔，而且羞于见她。

然而每个人都应该为自己做错的事情付出代价。

昆南成年了，他已经有了成年人判断是非的能力，却还是选择用这种幼稚恶劣的方式解决问题。

事情既然已经发生，现在打电话去质问，打他、骂他一顿，作用都不大了，程意意冷静地隐忍不发，才是对他最大的惩罚。

昆南几乎是程意意认识最久，也是最重要的朋友了，唯愿经过了这一次，他能真正学着长大。

程意意轻轻叹了一口气，最后放下笔，付了快递钱。

今日正是难得晴朗的好天气，再出门，已经到了午餐时间。程意意随意在超市买了两盒牛奶，刚刚排队等着结账，顾西泽便来电话了。

"吃饭了吗？"

"还没呢。"程意意前头排着两人，她一手拿着牛奶，又从货架前抽出一条巧克力，"我刚从英宛那儿出来。"

"到公司来，我等你一起吃。"

"可我刚买了午餐。"

"可我想你。"

平日里认真严肃的顾总，隔着电流绵绵地说着情话，程意意忍不住又把电话拿近些，贴紧耳朵。

"这不太好吧，我又不是顾氏的员工……"她的嘴角弯得可以挂葫芦，偏还要拿乔。

"我下楼接你。"

"你的秘书团看到我会不会不喜欢？"

"你不是最热衷宣誓主权吗？"

"那好吧。"她最后装作勉强同意的样子说道，"我现在过去。"

程意意一上公交车，手机就又响了，她掏出手机来看新消息，却是一条娱乐新闻，正打算关了手机塞回口袋，她的眼睛却不小心从标题上捕捉到了一个名字——宋安安。

她定睛一看，那推送消息的标题写得十分夸张：《新生代影后宋安安黑料大起底，仙女人设除了演技都是假的》。

她好奇心被勾起，还是暗搓搓地戳开看了，着实被新闻里的"实锤"惊了一下。

宋安安的盛世美颜居然是整的！她在整形医院的档案不知怎的被曝光了，照片里清清楚楚地记录了她整容前素颜的样子，还有大量不同阶段的微调效果图。

新闻撰稿人甚至在宋安安整容前整容后的图片一旁，附上程意意的图片作为比对。

结果一目了然。

宋安安与程意意的相似度从三四分，神奇地变为如今的八九分。桃花眼的眼头更开，眼角更翘，鼻子更挺，下巴的轮廓更完美了。

评论区的风向毫不意外，最让人感到意外的是，骂得最厉害的，居然是宋安安自己的"颜粉"。

宋安安的"人设"彻底崩塌了，而整件事情最大的受益者，大概要数那家被曝光的整形医院。

顾西泽每天有一半的时间在工作，可事实上，程意意还从未去过他工作的地方。顾氏集团的写字楼位于整座城市的黄金地段。

正午的太阳晒得人发晕，好在吃过半条巧克力垫底，程意意的低血糖总算好了些，至少没再犯恶心。

下了公交车，她便从包里找出棒球帽戴上遮太阳。穿过马路和熙熙攘攘的人群，她终于抵达了顾氏的大楼下。

大楼美貌的前台小姐们今天都有些芳心荡漾。

顾总今天居然在大厅的沙发上坐了二十来分钟！

要知道，虽然她们是大楼的前台，可顾总作为整个集团日理万机的大老板，停车场有电梯直达顶楼办公室，平日里哪有时间来底楼晃悠？

多少人羡慕她们的工作，可唯有她们自己清楚，作为集团的底层、微不足道的前台，见到这个集团金字塔顶尖人物的机会，比外面的甲乙丙丁多不了多少。

可今天，她们居然有幸看着顾总在不远处的沙发上看了整整二十分钟报纸。

"今天口红这个色号还适合我吧？"

"帮我瞧瞧，我的眼妆晕了吗？"

"放心好了，顾总坐这么远，5.2的视力也瞧不见你晕开的眼线。"语罢，说话这姑娘蹲下埋头在柜台下掏出镜子补粉底。

"顾总坐好久了，难不成是在等人？"有人猜想。

"反正不可能是来这儿瞧你的……"答她的人一边应着，一边关了闪光灯，悄悄把藏在柜台后的手机露出摄像头来偷拍。

毕竟她们都难得有和他离得这么近的时候。

第十五章
感谢你来到我的生命中

01

顾西泽自然注意不到姑娘们的小动作，他埋头看了一眼手表，估摸着程意意快到了，合上报纸，起身。

"啊啊啊！顾总过来了过来了……他是在朝咱们这边走，是咱们的方向，对吧？"前台有人极力忍住激动，压低声音向同事确认。

"把你的口水收一收，明显是到门口接人的好吧，就是不知道是什么大人物能让顾总亲自下来，特助们怎么也不跟着……"

果然，他行经前台时，目光未曾偏移半分，视线始终朝着大厅正门的方向，长腿迈开，三两步便走远了。

得以近距离看了一眼大 BOSS，众人内心又是一阵惊呼。

真人好年轻，简直比新闻里帅十倍！

"我觉得咱们顾总国民男神的位置还能再坐十年……那些小鲜肉明星哪里比得上他……"

有人忍不住低声感叹一句，其余姑娘忙不迭点了几下头，深以为然。身材、面容会渐渐变老，可气质和风度不会。众人上一秒还沉浸在顾总高大帅气的背影里，下一刻，心纷纷碎了一地。

顾西泽行到门外，再转身进来时，身后多了一个身材高挑纤细的女人。女人戴着棒球帽，黑色卷发扎成马尾利落地垂在脑后，只露出一抹白皙纤细的下巴来。

她穿着剪裁利落的短外套，蓝色修身牛仔裤越发衬出她一双大长腿笔直纤细，简单的白色球鞋，打扮充满了活力与朝气，倒像是个没毕业的大学生。

众人看不清她的长相与神情，但从气场看，绝对是个美人。

她跟在顾西泽身后进门，两人分明没有什么出格的动作，举止间透露出无比的亲昵。大概见她没跟上来，顾总甚至停下了脚步，偏头等她。

隔得有些远，众人只能看清顾西泽的嘴角微微弯起，含着些笑意，嘴巴一开一合说了些什么，神情极温和放松，眼角眉梢都带着春天里暖洋洋的温度，与她们在新闻里常见的严肃模样截然不同。

"饿了吗？"待到程意意跟上来，顾西泽才顺手接过她的包，轻声询问了一句。

"有点，"程意意点点头应他，"不过我刚刚已经吃过些东西垫底了。"

说罢，她抬头看了看四下，瞥到眼睛都看直了的前台小姐们，又道："包还是我自己拿吧，不然别人还以为我矫情得连个小包都拎不动呢。"

顾西泽失笑，程意意平日里可不就是连个小包都拎不动吗？这样想着，女朋友的情绪还是要照顾的，他把包递还给她，又在她伸手来接的时候，顺势牵住了她拎包的右手，十指紧扣。

程意意挣扎了两下，没挣脱，便不再动了。她嘴悄然抿起，舌尖扫过唇齿间，依稀还能感受到口腔残留的巧克力香味。

口袋里的巧克力还剩小半块，程意意没吃完，想留着过会儿再吃，又怕气温太高融化了，干脆掏出来，偏头问顾西泽："要吃巧克力吗？牛奶味的。"

程意意的十指如同削葱根，纤长白嫩，举着巧克力金色的锡纸在他面前打晃，格外好看。

"要。"顾西泽微颔首，只等着程意意剥好，却没想到程意意直接将巧克力塞进了他的西服外套，叮嘱道，"你要记得吃，不然太热会融化的。"

顾西泽哭笑不得。

两人低声说着话经过众人面前，最后进了电梯。前台安静了许久，直至电梯门合上，终于有人出声打破静默："那个女人是程意意吧？这么说，顾总大概是专程下来接她的……"

"我见到的一定不是顾总本人……顾总是'禁欲系'，怎么可能把别人的手牵得这么牢……"

"只看见个下巴，不过真是挺好看的，难怪宋安安照着整呢……"

"顾总给女朋友拎包好'萌'。"

众人好不容易从顾总带女朋友来公司的冲击中回神，再低头，桌柜上一堆补妆的粉底腮红片刻之间被各自的主人收拾得干干净净，仿佛从来没有出现过。

大家面面相觑，最后又都不自在地移开了眼睛。

作为一名合格的顾氏员工，大 BOSS 唯一上过的那期《周一访谈》她们至少看了三遍，有的片段太帅，甚至被截成动图和短视频在公司内部论坛里传得火热。大家都知道顾总有女朋友，可电视上看到和现实里亲眼看见，差别还是极大的。

至少在很长一段时间里，两人十指紧扣的画面在她们脑海中是挥之不去了。人比人就是要气死人的，她们怎么就没遇到过这么优质的初恋对象呢？

"顾总乘的那部电梯……这是回顶楼了吧……"有人好似记起什么，扑哧一声笑起来。

闻言，大家脸上不约而同地浮出笑意。

顶楼秘书团那群眼高于顶的家伙今天不知得受多重的内伤，她们一向觉得自己是整个公司最漂亮、最优秀、离顾总最近的女人，今天在顶楼见到程意意会是什么表情，都不用想就能哈哈笑出来了……

"哈哈哈……不行了，我晚上回去得再看一次《天生我才》压压惊……"

"完全被碾压吧……哈哈哈……"

程意意还是第一次踏上顾氏大楼的顶端，被顾西泽牵着手行经秘书室，程意意感受到了二三十道目光在自己身上聚集，这还是在大部分人去食堂吃饭的情况下。程意意从小对这些再敏感不过，怎么会看不到别人状似忙碌的行动间偷瞄的眼神。

"西泽，"程意意忍住笑意低声道，"你的员工好奇心都很重啊。"

"嗯。"顾西泽点头，"毕竟是我第一次带女朋友上来。"说话间，他的视线扫了一周，所有的目光瞬间安安分分地回归了原位。程意意顿时觉得身上一轻，跟着顾西泽进了最里面的办公室。

百叶窗一拉，便完完全全是两个人的空间了。

顾西泽的办公室很大，又在高楼之上，隔着玻璃窗往下望去，仿佛整座城市都在脚下，心中平添几分豪气。

书桌柜子的摆放位置和他公寓的书房如出一辙，极简大气的风格，冰冷单一的色调。在装修风格上，程意意的审美一向不能和顾西泽达成一致，绕过宽大的办公桌，程意意才在后面的椅子上找到了一个蓝白色企鹅造型的软垫来。

那是程意意买的。

她忍俊不禁："西泽，我给你放书房，你怎么拿到公司来了？叫人看见，你的霸道总裁人设就坍塌啦……"

程意意明显是想取笑他，顾西泽才不会接话茬，面色平静淡定，拿好了筷子才抬头道："过来吃饭。"

菜是张仪做好了让司机送来的，打开保温盒，还冒着热气。顾西泽没怎么吃，就顾着给程意意夹菜了，直到程意意饱了，他才几口吃掉剩下的那部分，吩咐江特助进来收拾。

这是程意意待在 A 市的最后一个下午，第二天一收假，她就得回 G 市去。两地相隔的恋爱，能在一起的每分每秒都弥足珍贵。

顾西泽开始伏案工作，她便坐在一旁的椅子上托着下巴看书，偶尔抬头打量一下顾西泽专注的侧脸。

他做事情从来都这般认真。

高楼的采光极好，春日里的阳光穿透玻璃打在人身上，少了外头的灼热，多了一丝舒适与安定。他的睫毛在垂下眼睑看文件时格外纤长，脸部线条完美硬朗，像极了他们念书的时候一起待在图书馆的模样。

那时候顾西泽还不大穿这样正式的西服，多半是穿附中的制服。不过他穿起校服来也帅极了，别人套着像麻袋，顾西泽身高腿长，搭上一张俊朗的脸，偏偏就能穿出不一样的气质，修短的黑发垂落额前，眼眸幽深，永远平静而严肃，程意意真的喜欢极了他高高在上、俯视众生的样子。

约会的地方多在图书馆，常是顾西泽提前到了，在那儿等着她。顾西泽几乎不用占座，因为很少有女生有勇气在他身边坐下，远远看着便让人脸红心跳了。

程意意还碰到过一次例外的，那天她抱着书匆匆跑进自习室，正瞧见顾西泽放下笔，偏头皱眉，声音平淡地对一旁的漂亮女生道："对不起，这是我女朋友的位子。"

那女生是个胆大的，也许是会错了意，大眼睛眨了眨，眼神火热而炽烈，将书放在桌子上："那我做你女朋友好了。"

顾西泽的声音陡然冷下来，缓缓道："我没有换女朋友的打算，请把你的书拿走。"

"我就喜欢这个位子，又没贴着你女朋友的名字，我怎么就坐不得了？"女生羞恼，干脆一屁股在凳子上坐下来。

顾西泽的眉头皱得越发深，一言不发地起身收书。

那女生被他的动作羞得面红耳赤，只得重新抱起书，给自己台阶下："不用你走，我走！让给你，行了吧！"

顾西泽已经拿好了书，抬眸正看见自习室门口的程意意，他先是冲她笑了笑，然后压低声音冷淡地回了那女生最后一句："我女朋友年纪和心眼都小，不喜欢别的女生坐过的位子。"

他的视线自始至终没有在那女生身上停留过片刻。

02

春日里的阳光太暖，程意意才托着下巴看了一会儿书，便觉得自己开始犯困了，眼皮重得怎么也掀不开。

顾西泽的工作这么多……好像比她还要忙……

程意意神思恍惚冒出这念头，越发觉得意识模糊起来。她总是奔波在学校和实验室里，周末也鲜少有时间能够休息。

好像就是从到伦敦留学时开始，她想要做完的事情太多，想要做得更好，恨不得每天变成四十八个小时，好叫她做完了一切之后，得以长长睡上一觉。那时候她那样拼命，却始终不明白自己不甘心的、想要得到的究竟是什么。

走到了今天，一切似乎终于渐渐明晰起来。

她只是想要成为更好的人，有资格站在最好的人身侧。

一个没有梦想与坚持的人会有什么样的结局？只要想到倪茜，程意意便不寒而栗。

努力、自谦、上进。

不管怎样，顾西泽的处世方式终究在不知不觉间潜移默化地影响了她，让她变成了最好的样子。程意意的头点了几下，终究抵抗不了春困的魔力，一头扎了下去。顾西泽眼疾手快，在程意意的额头磕到桌子之前，用掌心垫住了她的额头。

程意意睡得沉，完全没意识到自己在哪里，她掀了掀睫毛，没有睁眼成功，脑袋无意识地动了几下，干脆将脸颊贴在顾西泽掌心继续沉睡。

顾西泽失笑，缓缓放下另一只手里的笔，腾开手，帮她把垂到脸颊上的碎发撩到耳后，露出格外莹白漂亮的耳垂。

"意意？"他试探着唤了两声，如预料一般没有得到回复。

程意意睡觉从来很有时间概念，大概因为心中总装着事，再怎么犯困，她的意识总在闹钟响之前也会清醒。大概是因为顾西泽休息室的沙发太舒服，盖在她身上的毯子太柔软了，一觉便从中午睡到路灯亮起来。

她记得中间有一会儿顾西泽唤了她几声，想让她起来吃下午茶，程意意嘟嚷着翻了个身就拒绝了："不饿，困。"

这会儿睁开眼睛，简单掬了些凉水洗了把脸，叠了毯子出休息室，见顾西泽还在外间的案几旁端坐，程意意心中不由得又愧疚起来，她明明是想在离开A市前陪顾西泽最后一下午的，结果却自己睡着了。

"醒了？"顾西泽似有所感，一抬头，正见程意意扶着门框看他，"饿吗？"

"不饿。"程意意轻轻摇头，睡了一整个下午，她的大脑和意识反而十分清醒，腹中没有饥饿感，浑身十分轻松。

"头发乱了。"顾西泽合上文件，轻轻朝她招招手，"过来。"

窗外的天已经完全暗下来，还未到窗口，便能看到远处黑夜中璀璨闪亮连成一片的灯火。

程意意松开门框，摸了摸束起来扎到耳后的卷发，果然睡乱了。顾西泽起身把椅子让给她，程意意便乖乖坐下，背后靠着自己的小企鹅软垫，舒服得忍不住打了个哈欠，偏头轻声问道："还不能回家吗？"

"别乱动。"说话间，顾西泽已经拆了她的发圈，把头发分成几束，辫子编了个开头，这才温声答她，"事情已经做完了。"

顾西泽的动作不重，始终很轻柔，感受着纤长的十指在发间穿梭，程意意又打了个哈欠："那我们这会儿就回去了？"

"不。"他摇摇头，又道，"回去之前先带你去个地方。"

程意意还没来得及问清楚，办公室的门便被人敲响了，发出"咚咚"两声。

"顾总。"是个温婉的女声，不是江特助。

"她们怎么还没下班……"程意意下意识就要从座位上起身，却被顾西泽按住了肩膀："等一下，还没编完。"

"我坐在你的椅子上被人瞧见了不好……"她话音未落，顾西泽已经示意门外那人进来。

办公室的门应声打开，进来的女人大概是顶楼的秘书，端庄漂亮，杏色OL套装，将端着的托盘放在茶几上。

"顾总，您吩咐的热牛奶。"

来人抬头望见办公桌那面坐的是程意意后，眼中闪过一丝惊诧，待看清顾西泽站在她身后的动作，她的神情瞬间变成了不敢相信。

可她有再多的情绪，也只能在瞬息间收敛干净，低下头去，微微欠身，朝那方向行了个礼。

"谢谢，你先出去吧。"

"是。"她应声退了几步就要转身离去，又听顾西泽问道："江特助呢？"

"特助还没回公司。"她猛地想起什么，"他让我告诉顾总，您吩咐的事情已经办妥了。"

"好。"

得了顾西泽的答复，她这才继续往外退，轻轻带上办公室的门，心中呼了一口气。如果刚才她没看错，顾总是站在程意意身后替她梳头吧？若不是亲眼所见，有谁会相信呢？若从前有人跑来跟她说顾总帮女朋友编辫子，她一定会觉得那人疯了。

"先喝了你的热牛奶。"这边顾西泽说着，利落地将辫子结了尾，拨到程意意的肩膀上搭好，低头开始穿外套。

"你刚刚说要带我去哪儿？"

"天台。"

"去天台看夜景吗？"程意意的眼睛里闪过一丝兴奋，立刻端起了装牛奶的玻璃杯。

"嗯。"顾西泽微笑点头。

顾氏集团的总部大楼是A市著名建筑，程意意念书时就曾经听到过流传的说法，顾氏总部天台是A市中心地带最好的观光地，高度足够的没有它位置好，位置更好的建筑高度不够。

可惜这是顾氏内部员工才有的福利，她从未享受过。顾氏总部位于河岸，对岸便是集团旗下的综合性商业广场，灯火璀璨，整片天空几乎被照亮，从最高楼俯瞰，想想也知道那是多美妙的景色。

程意意一口气喝完牛奶，放下杯子，跟着顾西泽穿上外套，迫不及待地催促："咱们走吧！"

自办公室里出来，顶楼的灯大部分亮着，路过会议室居然还有人在开会。程意意没料到没下班的员工会这样多。

走在顾西泽身侧，一路接受着大家的欠身颔首，她才后悔起来，不动声色地拂了拂鬓角的碎发，力图让自己的腰挺得更直、更有气势一些。出来得太急，她居然连口红也没来得及擦。

直到电梯门合上，将众人的视线隔绝，程意意才放松下来，好奇地道："他们一向都加班到这么晚吗？"

"嗯。"顾西泽淡淡地补充一句，"他们的加班费比你高。"

闻言，程意意立刻便笑不出来了。大企业管理层的工资自然是几倍几十倍于研究所，程意意加班多半是自愿主动的，很少会有加班费。

"顾西泽，你变坏了！"程意意挥开顾西泽的手，指控，"你从前从来不这样……"

程意意的话音未落，顾西泽便俯身在她嘴角轻啄了一口："别说话。"

电梯"叮"一声响，门缓缓朝两侧打开，程意意还没回神，手便被顾西泽重新握住了。

开了灯，程意意才彻底看清楚了天台的景物，眼睛缓缓睁大了。

可视范围内的天台有五六百平方米种满了花草、绿树，被改造成为空中花园，既节约能源，又为顶楼隔热，花草间的灯光亮起，让置身其中的人几乎忘了自己还在一座大楼上。

"跟我来。"他扣紧她的右手，带她沿着楼梯爬上了观光台。

凉凉的夜风把她的鬓发吹乱，站在悬空的走廊上，她闭上眼，总觉得自己的脚步开始发虚，手上的力道也变软了。

"意意，睁开眼睛。"

"不敢看……"程意意声音微颤，她没有恐高症，可第一次从这么高的楼层往下看，心中总是害怕的。

"这样还怕吗？"他的双手从身后缓缓抱紧了她的腰，将她护在怀里，寒意和呼啸的风声也被隔绝在外，"相信我，看一眼。"

顾西泽抱得那样紧，热度和勇气仿佛又都源源不断地回到了她的身体里。

程意意的睫毛微颤了两下，终于轻轻掀开了眼帘。

极目远眺，这座城市的景色尽收眼底。在地面上看起来直入云天的高楼大厦此刻都矮小了许多。蜿蜒的河两岸点缀着万千五光十色的灯火，河中偶尔零星的光亮，想必便是游船了。交错的立交桥被霓虹灯点亮，像是绘图纸上极富美感的线条。马路成了色彩斑斓的丝带，车流如同闪光流动的金色沙砾。

程意意的目光缓缓收回，落到了对岸灯火璀璨的广场上。

下一秒，她的眼睛缓缓瞪大了。

隔着河，广场前整座大楼的灯光闪烁了两下，熄灭了半秒钟，而后有的房间从左至右渐次亮起来，依稀辨认，那灯光仿佛组成一句英文。

Precious things are very few in this world.

这世界上珍贵的东西总是罕有的。

程意意一边辨认一边念出来，神情微微诧异，笑出声来："哎，那是什么？"

没等她继续说话，那灯光又灭了，再亮起来，依旧是从左至右渐次组成的英文句子。

That is the reason there is just one you.

所以这世界只有一个你。

"这是要求婚吗？"程意意隐约意识到，神情都兴奋起来，"谁这么大手笔？"

她刚想回头去看看顾西泽的表情，还没来得及转身，对面大楼第三个灯光闪现的句子就被顾西泽的声音缓缓念出来，萦绕在她的耳边，念得极低沉也极好听。

Thanks for you coming to my life.

感谢你来到我的生命中。

顾西泽的发音不带痞气的纽约味，也不是夸张的伦敦腔，而是介于圆转和强硬间，简洁、清晰、明朗又好听，就好似程意意从前留学时在教授和校长的发言里曾听到过的一般，有种矜持而又尊贵的味道。

偏偏这样的味道里，又夹带着让人心尖都轻颤的认真与专注，就好似站在云端的神祇有一天俯下身，深情地朝人伸出手来。

I want to spend the rest of my life with you.

我要与你共度余生。

他俯身，埋头在她的耳边，缓缓念出最后一句。

程意意有些发蒙。

她压根没有想到这场求婚是为她准备的，就在刚才爬上楼梯的时候，她也仅仅以为这只是一场简单的临别约会。

偷偷戴上的戒指不算求婚。

她记得昨晚自己就是这样不经意地抱怨了一句。

他就这样放在了心上。这大概是他能想出的最浪漫的求婚方式，虽然依旧是这样没有新意又俗气。

可心里想着这套路俗气，程意意还是蒙到久久说不出话来。她的鼻子不知为什么有些发酸，夜风吹得她的眼睛干涩却泛着水光。

最后一句，在大楼的灯光里停留得最久。

直到程意意逐个单词看得清清楚楚，整座广场才重新亮起来。整个过程也许不到半分钟，广场恢复了常态。

河畔依旧是一派五彩斑斓、喧嚣热闹的盛景。在下面，那些身处其中的人大概永远不会清楚，这些突然熄灭的灯光是怎么回事。

只有站在这个角度的她与他明白。

他准备了这样盛大而难忘的一场求婚仪式，在这样仓促的时间里。

只属于她一个人。

高楼的夜风很急很大，带着寒意呼啸着从耳边掠过。

眼前的一切如同画布上永不可能在现实之中存在的永乐之地，震撼得有些不真实，唯有身后的心跳与温度是真实的，他的手束在她的腰肢上，把寒气、风与恐惧统统隔绝在外。

程意意就在这时候突然转身扎进了顾西泽的怀里。他的衬衫上带着淡淡的柠檬香气，她喜欢的、那样干净而叫人甘愿沉沦的味道。

"西泽。"她轻声开口唤他。

"我在。"

她反手紧紧抱住他的腰。

"我爱你。"

她的手在他腰后，悄悄把右手无名指的戒指换到了左手上。在古罗马和古埃及有一个传说，每个人的左手无名指上都有一条关于"爱"的静脉。

那静脉是一条能够直接到达心脏的通道。

把戒指戴在那里，因为那是一个离心更近的地方。

"意意，你的戒指……"姚澜给程意意递文件，冷不防瞧见了她无名指上的钻戒，低低惊呼了一声，"你结婚啦？"

办公桌对面的郑宽闻声抬头："真的？戴在哪儿？我也想瞧瞧豪门的戒指长什么模样……"

程意意赶紧接过文件，藏起手来笑道："真结婚肯定要请你们的，这会儿就别逗我了，我戴着就是图个好看。"

"说真的，意意，你是我见过的最努力的年轻姑娘，"姚澜一边整了整桌上的文件，一边道，"换了别人有顾西泽这样专情的男朋友，哪里还在咱们研究所待得下去，一出声，想要什么没有？在研究所辛苦熬夜加班，费神费力不说，每个月那点工资，只够给你男朋友买副袖扣的。"

"他的是他的，我的是我的，哪里能混在一起。"程意意温和浅笑，"明天会变成什么样子谁也不知道，充实自己才最踏实。"

"你也是我见过的最聪明的姑娘。"姚澜给她竖了个大拇指，轻轻叹了口气，"难怪我总觉得你合眼缘，你的思想就是比同龄小姑娘深刻得多，诚恳、认真，也稳沉。"

程意意连连摆手笑道："每次被澜姐一夸，我都觉得自己飘飘然，特别了不起，快别夸了……"

收假回来两天，程意意觉得自己的运气好到爆，先是实验上的进度，就好比将预想中的可能作为钥匙，一把把测试之后，终于找到了打开大门的那一把，她的课题结果是有用的。

其次便是，她向导师提起自己有意向提前毕业，出乎意料的是，教授居然欣然同意了，甚至还特意抽出时间来，帮她选择适合的论文课题。

"肖庆有天赋，也够专注，可还是沉淀不够，我留了他这么久，就是想再磨一磨他。"冯教授合上文献，书桌后的他头发花白，却依然精神矍铄，虽然面色依旧严肃，但他的目光明亮而充满岁月沉淀的智慧，"你和他不大一样，你知道自己想要什么，也许更残酷更大的平台能让你成长得更快。"

这一刻，程意意忽然觉得自己以往所有的辛苦都值得了，教授不是刻薄古板，而是胸中有丘壑。他早就看清楚了他们各自需要的是什么。

"'百人计划'的申请材料你已经交了？"

"是。"程意意赶紧低头应声。

"也好，"冯教授淡淡地点了点头，"先试试，不行就再磨两年，好好做完你们手上的课题，它能把你们拔高到新的层次。"

"是。"程意意的回答越发谦恭。

"毕业论文也要多花时间好好准备，不要让物质和功名左右你的心，现在付出的每一滴汗水，将来都有可能给你带来意想不到的收获。"

"是。"

这一次，程意意听得前所未有地认真，一字一句都铭刻在了心上。

午饭，肖庆请客，在研究所食堂。

课题进度一下子向前迈了一大截，整理好当天的实验数据，写完报告，正是下班时间，程意意难得这样准点下班，正赶上了食堂的午饭，她很久没在食堂吃过午饭了。

本是请了同一间办公室的同事，可姚澜忙着接孩子放学，郑宽腿长人帅，有约不完的妹子，自然不可能浪费时间陪他们吃食堂饭菜，到最后，只剩他们俩自己庆祝。

研究所食堂的大厨其实手艺不错，小炒的味道和外面的饭馆味道其实差不了多少，只是听起来有点寒酸，不过吃得很开心就好了，她还把顾西泽给她点的外卖也打开，放在桌上。

"多吃点。"肖庆把菜都推到她面前，眼神晶亮，"师妹你可是大功臣。"

"吃不了那么多。"程意意赶紧重新把餐盒推到中间，"说什么大功臣，师兄你也是大功臣。"

没有肖庆帮忙，也许她根本进不了研究所，也找不到冯教授这样好的导师。这世上怀才不遇的人多了去了，没有碰上合适的人与机会，大多数人一辈子只能默默无闻。程意意没有一刻像现在这般觉得自己是幸运的。

她庆幸自己遇到了肖庆这样好的师兄和冯教授这样好的导师。

可能一天的好运到这会儿算是用光了，程意意刚端起碗来吃了没多久，另一个人便端着餐盘在不远处的位子上坐下来。

这人竟是张清。

她穿着黑色制服，放下自己的电脑包，淡淡地朝程意意这边扫了一眼。程意意眼神冷漠，回视她，直到她先移开视线，程意意才把目光放回碗里，压下心中的不悦，无视她继续吃饭。

奈何她装作看不到，张清却不想。

她一边吃，一边偶尔瞥向程意意的方向，眼神在她和肖庆之间游移，收回视线后，嘴角又噙起一抹意味不明的冷笑。

那神情，程意意都不用深瞧，瞥一眼便能翻译出来。看吧，程意意果然是她预料中的那种女人，勾三搭四，水性杨花！

她大概觉得程意意的品行比她恶劣百倍。

张清眼中若有若无的嘲讽太碍人，程意意实在腻烦，干脆换个方向吃饭不去看。

"怎么了？"这下连肖庆也看出些许端倪，回过头去看了张清一眼，低声问道，"怎么，你们有过节？"

"恐怕不止有过节那么简单，她应该是恨死我了。"程意意答着，慢条斯理地把菜夹回碗里。

"不是我说，意意，"肖庆急了，"你怎么招惹上那种心理阴暗的女人？你不怕她在你背后放冷箭？"

张清摔小猫的事情，大概已经传遍整个研究所了。

这事说大不大，在法律上，没有办法让她受到应有的惩罚；可说小也不小，因为被摔死的小猫都是在大家眼皮子底下长大的，活生生的生命。

这事传开之后，她便都独来独往了，趋利避害是人的本能，没有人有勇气冒险走在内心这样阴暗的人身侧。

可张清似乎不大在乎这些。配合她的科研团队是早已固定的，不可能因为她摔死了几只猫而改变，再不愿意，她的团队成员也不敢在她面前说些什么，毕竟还在她手底下讨生活，只得耐着性子配合她，和她一起在实验室里待满一整天，下班之后才能分道扬镳。

"不是我想招惹她，"程意意低头喝了口汤，抬头道，"她摔死猫我看见了，她想要倒打一耙，我只能先下手为强了。"

"那你可得防着点，"肖庆心有余悸，"她也申请了'百人计划'，又是竞争对手，又恨你，还和你住一幢宿舍……那种极端偏激的人，说不准会做出什么事来。"

"不用担心我，师兄。"程意意吃完最后一口饭，抿唇冲他笑了笑，接着道，"我的心眼可比你多。"

"嘿……"肖庆佯装怒道，"小白眼狼，担心你才跟你说这些，你居然还敢暗讽师兄不长心眼。"

年后回到研究所，工作便越来越忙，分身乏术，程意意其实早就向 G 大提交了辞呈。她是临时聘用的编外人员，签的合同也差不多到了期，收拾好东西拍拍屁股就走人，也没人会说什么。但因着这工作是姚澜介绍的，程意意还是坚持着等到新的助教到岗，办完了交接手续之后，才从 G 大离职。

周末，程意意一直等到最后一堂课，教授讲完课走了，才有时间在台上简单和大家说了几句。

"下周大家就会迎来新的助教。你们是我带过的第一批学生，能够和大家相处两个学期，我很荣幸，也非常开心，但天下无不散的筵席……"程意意缓缓收起桌子上最后一本书，和来的时候自我介绍时一样，温暖柔和地冲大家笑了笑。

她的笑容总是充满了感染力，眉眼弯弯，眼睛明澈见底，嘴角微扬的弧度完美迷人，如同明珠生光，能赶走人心底的阴霾。

"愿大家用才智和学识获取今天的收获，以明智和果敢迎接明天的挑战，永远年轻，永远保留一往无前的精神。"

话音落下半晌，阶梯教室里响起了雷鸣般的掌声，程意意深深冲台下行了个礼。她起身时好好环视了教室一遍。

今天来上课的学生都齐了，教室挤得有些满。

这些研究生都喜欢程意意不点名，其实程意意一直很想坦率地告诉大家，她早已经不需要点名册了，每个学生的电话号码和邮箱她都能记住，自然也都记得他们的名字和脸。

可是瞧了瞧台下一张张悲戚的面孔，程意意还是把到嘴边的话咽了回去。

程意意是个好说话的助教，温柔又和气，对谁都有耐心，与谁都能聊上两句。带了大家这么久，人非草木，孰能无情，许多女同学的眼圈红了，被这气氛感染，程意意心里也不大好受。

程意意比计划中在教室多留了半个小时，安抚完同学们的情绪，才趁乱拎着文件袋和电脑包从前门离开。

早早做到后面的教案，似乎也用不上了。

转过楼梯拐角，程意意将教案扔进了可回收垃圾桶，合上桶盖，还是觉得心中有些怅然若失。

此刻，她并不难理解这世上为什么会有人热爱传道授业，这不仅是一个崇高的职业，工作环境也充满了书卷气，最重要的是和年轻人打交道，永远觉得自己充满活力。

可人的成长，永远都是一个不断舍弃、轻装前进的过程，想要得到一些，势必就只能放弃另一些。

她在楼梯旁站了许久，正要动身离开的时候，却听到有人轻声唤自己："助教……"

程意意回头，发现身后的楼梯上站着几个平日里最喜欢跑来与她说话的同学，中间甚至还有对情侣，为首唤她的，便是陶乐。

"怎么了？"程意意浅笑着轻声询问。

"我们想最后请助教吃个饭……"

程意意推脱几句，最终没能抵挡住同学们的热情。大抵是成长的环境使然，她从幼时走到现在，无时无刻不在拼命寻求别人对自己的肯定。

她将自己磨成滴水不漏的样子，只为了老师、长辈、朋友的称许与微笑。性子已经养成，轻易没办法再改变，或许又要等到她长睡的那一天，才能放下这些烦人的桎梏。

学生们的喜爱和热情，大概是所有她渴望得到的肯定里，来得最容易、最单纯也最直白的一种。

程意意觉得自己没办法拒绝。

吃饭的地方就在 G 大南门外的饭馆，这饭一直吃到落地窗外的天色微暗，程意意在所有人反应过来之前结了账，然后把喝醉的同学一一安顿好，送回学校宿舍，这才坐上公交车，回自己住的地方。

程意意清楚自己没什么酒量，所以从来不喝。宴席结束了，也只有她还是清清醒醒的。

时间是周末，离上床休息也还早，研究所的姑娘这会儿大多聚集在宿舍楼下的小花园里的路灯下健身聊天打牌。

　　程意意事情多，又怕被 G 市的蚊子咬得一身包，平日里不太参与小花园的活动，这会儿走到楼前，正要进门，却被其间一个姑娘唤住了："意意！"

　　程意意回头，借着灯光才看清，这姑娘和她同住一个楼层，唤出她的名字，笑道："有什么事吗？"

　　她神秘兮兮地凑近："我刚刚下楼，看见有个大帅哥靠在你宿舍门口等你呢。人真的长得好帅！"

　　"大帅哥？"程意意失笑，"有多帅？"

　　"我瞧着和你男朋友长得挺像的，也差不多高，带点痞气，说实话，我更喜欢这个类型。"她神情兴奋，脸上是掩藏不住的笑意，"我刚刚跟他说你去上课了，他还答了我，声音也好好听！"

　　程意意心里大概有谱了。

　　道过谢，程意意进门上楼。

　　只走到三楼拐角，便看见了站在高处楼梯口的男人——昆南。

　　算起来，程意意其实有好久没见过他了。

03

　　她在楼下其实已经大概猜到来人，只是上来看清他的模样时，心中还是微微有些惊诧。他的头发不知什么时候染回了原本的黑色，修成板寸，五官依旧深邃立体，俊美逼人，然而周身的气质却在不知不觉中发生了几分说不清道不明的变化。

　　那变化，大抵是因为他的眼神里也沉淀了些什么。

　　"意意。"还是昆南站在高处率先开口，轻声唤她，"你回来了。"

　　他说话的声音不高，话音才落，走廊上的声控灯到时间就自动熄灭了。

　　昆南鲜少有这样低声说话的时候。

　　"怎么突然来了 G 市？"程意意停顿了一下，跺了几下脚，直到灯重新亮起来，她才继续道，"之前怎么不给我打电话？"

　　"怕你不接。"他的声音又低又闷。

　　倒也是。

程意意拎着包继续上到四楼，走到跟前，才隐约嗅到昆南周身的烟草气。难怪他站在楼梯口的窗边，大概是想让风把身上的味道吹淡一些。这一刻，昆南身上少了以往的张扬，黑发垂在额前，多了几分平日没有的安静，看起来竟格外乖巧。

"下次直接给我打电话吧……"程意意轻轻叹了一口气，换一只手拎包，"我会接的。"

这次昆南沉默着，头微微点了两下。走廊里的光线太暗，程意意重新跺了跺脚，把声控灯点亮，才低头从电脑包里拿钥匙。

对面不远处的门就在这时候发出"嘎吱"一声轻响，程意意闻声抬头，正看见张清站在那扇门后。

她大概刚洗过澡，已经换上了睡衣，头发湿淋淋地披在脑后，目光移到昆南身上，她面上的嘲讽越发明显，嘴角微翘，带起一抹冷笑。

那平淡无奇的脸背着房间的光线，在这时看起来有几分阴沉难测。

程意意拿好了钥匙，抬眸平静无波地回视她，只是片刻，那门"砰"的一声重新关上，她才淡淡地收回视线，转身低头仔细开自己的房间。

然而凑近了才发现，她清晨出门时夹在门缝的发丝已经不在了，插上钥匙之前，程意意又从门轴中抽出一小截纤细的自动铅笔笔芯。

笔芯是断的。

她的心跳重了一拍。

这门有人开过。

"意意？"昆南没看清程意意手上细微的动作，只见她站在门口迟迟不动，便出声唤她。程意意不动声色地把钥匙插进锁眼，拨顺耳边的头发，开门，这才回了昆南一声。

门打开，她没有忙着进，而是先环视了宿舍内一圈。程意意的房间从来收拾得整洁干净，此刻粗略看去，房间内倒是和出门时没有多大差别。

"你在这儿等了多长时间？"她回头问他。

"没多久。"昆南语焉不详。

"吃过饭了吗？"

他摇头。

那便有三四个小时了。

程意意叹一口气，松开门把手给他让道："进来吧，我给你找些吃的。"

她的三餐不规律，有时工作到深夜饿得发慌，只能在柜子里多存些吃的，此刻她蹲下身从柜子里拿了东西，再起身时，动作却又停顿了一下。写字台上有她昨晚刚用碳素笔起草的论文大纲，一口气写了三四页稿纸，此刻整整齐齐地码在桌上，可她出门的时候，分明没有那么整齐。

进门的人还动了她的论文稿纸，她的大脑里瞬间冒出千百个念头，可此刻昆南还在，程意意只得按下心中的思绪翻涌。

她转身把吃的都递给他，又从饮水机接了杯水俯身放在他面前，这才又问了一遍："怎么突然来 G 市了？"

昆南的大个子挤在她那小巧的电脑椅上，迟迟没有回答，吃的从左手上换到右手上，许久，他才垂眸低声回她："我想来找你……意意，"接下来的几个字，他说得认真而郑重，"对不起……"

程意意有些发愣，记忆中，昆南上一次与她说对不起，是约她去附中咖啡馆的那天。他临时有事来不了，在电话里跟她道歉，在那之前，她从来没听昆南那样郑重地与谁说过对不起。

她印象中的昆南，从来都是一副横行无忌、桀骜不驯的模样，霸道张扬无须掩饰。因为一出生便注定他能轻而易举得到许多人终其一生得不到的东西，周身没人不在顺从他、追捧他，他的人生是这样一帆风顺。

可真论起来，昆南和那些正儿八经的"富二代"在本质上还是有区别的，程意意清楚。可正因为清楚，她才会至今想不通昆南为什么会选择利用宋安安。

"在 A 市，你约我出来那天……究竟发生了什么？"程意意紧紧盯着他面上的神情，终究没忍住开了口。

昆南眼中分明闪过一丝挣扎，他似乎几度欲开口相告，终究还是咽了下去："对不起……"

昆南不愿说，程意意也不再追问，只是轻轻摇了摇头："你知道我会原谅你，可是昆南……"她停顿了一下，坐下来，在他对面与他平视，声音柔软平静，"你也应该知道，有的错误，一生只能犯一次。"

昆南垂头沉默。

"我知道了。"这一声隔了许久，他抬手又松了松领口，才缓缓沉重地出口。

他这一声答应得艰难，可程意意清楚，昆南是知错会改、言出必行的人，他既然出了声，便是答应决定放下了。

换作别人，程意意自然有一百种不动声色地拒绝的方式。可昆南是她十来年的好朋友，就和她了解他一样，他也清楚她的性格和脾气。

程意意一言不发地把银行卡寄还给他，便是在等着这一天，等着他想清楚、考虑明白来找她。可以选择的路就只有这一条，若他还是放不开，到最后，他们可能连朋友也做不了。

快刀斩乱麻，这样虽然残忍，却是对昆南最好的方式，时间久了，他总有一天能够释怀。

"快吃吧。"气氛太沉重，程意意装作若无其事地笑起来，问道，"不饿吗？"

昆南终于动了动，撕开食物包装纸，只是又忍不住抬头去看程意意，最后小心地试探道："我还是你最好的朋友，对吗？"

"吃你的吧。"程意意这次终于真心笑起来，伸出指头戳了一下他的脑袋，"只要你当我是你的朋友一天，你也是我最好的朋友。"

"好。"昆南点头，"我们说好了。"

他低头把拆掉的包装纸扔进垃圾桶，露出怀念和回味的表情："我记得我上学的时候就最喜欢吃这个。"

"是啊，上课的时候你还抢了我的吃。"程意意笑起来，"结果被老师罚站走廊。"

"有吗？"当年的事昆南记不大清楚了，问道，"我记得那时候我半点不听老师管教，真去站走廊了？"

"嗯。"程意意肯定地点头，"我帮你看着表，站了不到一分钟，你就跑到田径场踢球去了。"

昆南吃完了一堆东西，喝完了两杯水，就在程意意要端起杯子再起身给他接水时，昆南唤住她："不喝了，意意。我这就回 A 市了。"他说着，从座位上起身，"你从前劝过我很多次，让我上进些，"昆南轻轻笑了笑，眼睛发亮，"可我当时应下，事后却总没有做到。你说得对，我是时候该做些有意义的事情了。"

04

昆南的声音安静低沉，缓缓地开口，说得极认真。

程意意诧异地抬头望去，想要看清楚他的表情。昆南的目光从来都是桀骜的，他说话的时候总是带着几分不羁与无所畏惧。

程意意几乎是头一次听他这样认真地为自己的未来许下承诺。昆南的个子大，程意意看他总需要仰着头，而这一次，她抬头仰着脖颈，认认真真看清昆南的面孔，终于相信了他的话。

他是认真的。

因为，她头一次在昆南的笑意里发现了安静与专注。他的嘴角微翘，漾出好看的弧度，声音带着几分清朗，悠远却又含着耀眼的光芒。

"嗯。"程意意也轻声笑起来，温声补充道，"我相信你。"

她本想要踮起脚来抚摸他的发心，给他一些鼓励，手抬到一半，却尴尬地发现，她和昆南的身高差得太多。

昆南早就不是当初跟在她身后的小小少年了。还是昆南看出她的意图，轻轻俯下身来迁就她，她的手这才得以搭上他的发心，轻轻晃了两下。

他的目光与她齐平，干净又清亮。

"谢谢你，意意。"他说到这儿顿住了，直起身来，眼神轻轻晃了晃，似乎是在下定决心，许久，他张开双臂，最后向程意意索取一个朋友间的拥抱。

"意意。"他小心地唤她。

程意意犹豫半晌，终究没有拒绝，任他轻轻揽住她的肩膀。

此刻程意意就在他的怀中，不用担心她会看到他的神情，昆南似乎也终于有了些许开口的勇气，嘴唇轻启，一字一句缓缓吐出，告诉程意意："能那么早认识你，是我一生最美的相遇。"

他的声音再次停顿了一下，终究把剩下的话艰难地咽了回去。

"我该走了。"昆南终于缓缓松开她的肩膀，终结了这段话，然后直起身来，"再见，意意。"

那告别里含着太多的温度与复杂的情绪，在程意意还没来得及反应的时候戛然而止。她甚至来不及看清昆南转身时的神情，他已经开了宿舍门，大步走进光线昏暗的走廊里。程意意追了几步，到了门口，正看见昆南背对她越走越远，黑暗中，他抬起手来冲她挥了挥，示意她不用送。

程意意低低叹了一声，心中不免惆怅，可末了，又有几分说不上来的欣慰。

在门口站了许久，程意意才压下心中的千般思绪，转身回房，关门上锁。

还有一件事情同样重要。

折断的笔芯和掉落的头发现在就躺在她的垃圾桶里，还有桌子上被人动过的论文……危险就悬在头上，程意意没办法放任自己沉浸在其他情绪里。

研究所的宿舍楼治安极好，楼下二十四小时有保安巡视，更别提陌生人进楼需要填访客登记表，她来了这么久，从未听说宿舍楼里发生过盗窃事件。程意意抿着唇，将整间房里里外外仔细检查一遍，最终发现，被动过的地方，大概只有书桌和书柜这一片。

来人没有拿走任何东西，翻动之后，还记得谨慎地将每样文件整理好，按照她摆放的样子放置回原地，若不是程意意先有戒备，恐怕还真会无所察觉。

程意意留学那会儿，住的是房价最低廉的留学生公寓，整个片区的人均素质和治安自然也得对得起它的房价。

程意意刚留学不久，就曾经在傍晚做完兼职回公寓的路上被飞车党抢走过手机。即使那手机便宜得不能再便宜，可还是让她的不安全感上升到了极点，内心越发警觉。

贵重的东西，程意意从来不敢放在公寓，现金都存进银行，怕被盗刷，她还特地分开存在两张卡上。即使她看起来一穷二白，那个房东小老太婆也总爱趁她不在的时候，拿着钥匙到她的房间转转。

程意意初时没有证据，只得忍气吞声，后来才学乖了。

回国这么久，安逸的生活让她几乎忘了从前的日子，还是那天和张清当面对峙之后，张清阴沉的眼神才让程意意的警觉重燃。

张清就和她住在同一层楼，管理员那里有每间宿舍的备用钥匙，张清想些法子拿到配一把备用钥匙并不难。

在门锁上稍微布置不费什么事，就算是自己想多了，至少能求个心安。然而就是程意意自己也没有想到，她的警觉居然这么快就起了作用。除了桌子上的论文，书柜里的文献、一堆实验报告、研究资料都有被翻动的细微痕迹。

好在她的毕业论文只随意在 A4 纸上起了初稿，这些东西后期随时有修改的可能，张清应该也清楚，即使看见了，也没有多大的意义与价值。所以之后张清又打开了书柜翻看那些资料报告。

张清在找的……大概是她现在研究课题的实验成果和进度。

这些资料太多，昆南下午便来了，时间有限，张清应该没来得及细看。电脑程意意设有开机锁，事件查看器里也没有开机的记录，张清谨慎，应该没敢打开电脑。纵使张清真的打开了，这些记录也不大可能有时间一一删掉。

张清还记得她们是竞争对手。

程意意眉峰挑起，抱起手来。

其实程意意一直觉得，真要论起来，"百人计划"的名额，她不如张清有竞争力。不管张清有没有在研究期限内得到成果，她终究是得到过肯定的人，年龄与资历都比她高一些。

而现在，却是张清自己先乱了阵脚。

有了第一次，张清肯定还会来第二次、第三次……

程意意此刻却并不觉得害怕，相反，她甚至隐隐有些兴奋。有什么比知道对手恐惧更让人高兴呢？

主机的电源灯在宿舍的灯光下微闪，程意意坐下，跷起腿，偏头看着电脑，嘴角无声地勾起一抹微笑。

周一，七点整。

拉开窗帘，窗外天色微阴，淅淅沥沥地下着小雨。程意意照常洗漱，拎着文件包准备上班时，才在手机里发现了英宛刚刚发来的消息。

是一张当年的室友们和小婴儿的合照，空出了她的位子，还附着一句话："假装你在系列。"

程意意不由得失笑。

英宛的小孩已经生下来一个星期，昨天刚出院，当年同一间寝室的朋友都约好了回A市探望她，顺便也在今天聚一聚。只是程意意忙着研究所的工作，实在抽不开身，回不了A市，只能看着她们聚了。

小婴儿的皮肤已经比刚出生时白了一些，脸颊肉嘟嘟的，刚睁眼，看起来懵懂天真，可爱得要命。

程意意关了手机，打开一盒牛奶，插上吸管，抿了一口，终究觉得有些过意不去，想来想去，还是拨通了顾西泽的电话。

A市的天气与G市截然不同，才七点，太阳便高高悬挂起来，光线穿过落地窗打进室内。

顾西泽正对着镜子打领带。

他很少出门这样晚，书房的台灯刚熄灭不久，可当清晨的光线照在身上的时候又得精神百倍地起来工作。

衬衫是程意意年后在商场给他买的宽领型衬衫，最适合打温莎结。

温莎结的打法烦琐，顾西泽拆开重来了两遍，始终觉得不满意，最后一次才勉强放下手，遗憾地摇摇头。程意意的温莎结打得最好看，可惜她不在。

早晨正是 Lucky 精力充沛的时候，它从窝里一爬起来就跑到顾西泽卧室来找他，见主人站在镜子前迟迟不动，张嘴伸出尖牙咬住他的裤管往后拽，后腿蹬成八字，使出了吃奶的力气，羊毛面料的定制西裤转眼便被它咬出个小洞来。

好在裤腿上那洞并不显眼，顾西泽失笑，蹲下单手便把这小家伙拎回窝里放好。

转身回卧室套上外套，顾西泽低头看表，准备出门，程意意的电话就在这时候打来了。

"西泽，你还在家吗？"

正是上班时间，程意意不常在这个点打电话过来，顾西泽点头："正准备出门，怎么了？"

程意意呼了一口气："那还好，我上次买了个平安锁，放在梳妆台的柜子里，你还记得吧？本来打算英宛出院的时候送给她……"

"知道了，我去公司的时候会顺道带给她。"顾西泽点头，转身回梳妆台前拿东西，刚刚放回窝里的 Lucky 又屁颠屁颠地跑到跟前，锲而不舍地继续咬裤腿。

从丽都公寓到顾氏大楼，确实会经过英宛家，应该不会耽搁多长时间……程意意想着，挂了电话，这才满意地给英宛发信息。

平安锁是玉质的如意造型，通透漂亮。顾西泽合上盒子，一时失笑，她对别人家的孩子倒是喜欢又上心。

把平安锁的盒子装进口袋，轻轻叹了一口气，他再一次俯身把 Lucky 抱起来，放回窝里，又在它跟前的盘子里倒些幼猫猫粮，见它埋着小脑袋"哼哧哼哧"吃起来，这才起身，拎着文件迈开腿出门。

司机早已经在地下车库等待，江特助唤了一声"顾总"，欠身帮他打开后座车门。

顾西泽总觉得身后的江特助憋着笑，便没忙着上车，回头淡淡地发问："在笑什么？"

江念没料到顾西泽突然转过身来，脸上的笑意还来不及收敛，被抓了个现行，心中懊恼得不行。

江念的手指动了动，低声道："顾总，您的衣服……"

顾西泽低头。

他一身昂贵的藏青色定制西服这会儿已经沾上了满身的白色猫毛。

"有什么好笑的？"顾西泽皱眉。

"是，不好笑。"江念连连点头，"是我失态了，顾总您可以把外套脱下来，我用车上的湿毛巾能擦干净……"

顾西泽这才抿唇点头，冷淡地应了他一声。

江特助接过外套，面上已经平静下来，可心里的笑意怎么也止不住。

要他怎么想象？顾总这样彻头彻尾的完美主义者，英俊"高冷"的霸道总裁，今天居然穿着一身沾着猫毛的西服就出门了……

顾西泽自然不知道他的特助在前排傻乐，吩咐了司机路线，便低头计划起下班后带 Lucky 到宠物医院打疫苗的事情。

顾母最喜欢小猫小狗，明里暗里表示过几次，愿意帮他带 Lucky……

顾西泽本就忙得抽不开身，按理说将 Lucky 交给顾母是再好不过的，可他一想起那天晚上程意意和 Lucky 挤在一起冲他叫"爸爸"的样子，不知怎的，就不愿意起来。

第十六章
我们结婚好吗

01

黑色迈巴赫缓缓在小区外围的车位停稳，远处收费的小保安抱着本子几乎看直了眼，上班这么久，在这一片，他还是头一次见到这样的豪车。

有女人从身后擦肩而过，匆匆朝那车跑去。

都不用看清车上的人，尹仲微用脚指头想也能猜到那是顾西泽的车到了。

英宛还在月子里不能见风，意意说让顾西泽把平安锁送到家里，可谁又真敢让学长跑这个腿？只能她跑下来拿了。

作为和程意意一间寝室住了两年的同学，学长应该不至于认不出来她吧？尹仲微心中正忐忑，顾西泽已经利落地打开车门迈开长腿下了车。她只来得及瞥见对方的裤腿，便赶紧回神站定，欠身率先打了个招呼："学长好，我是意意的室友尹仲微，和学长好久不见了。"

待看清顾西泽时，尹仲微心中又不禁感叹一句，那么多年不见，学长还真是依旧完美得让人自惭形秽啊……所以说，意意这个神奇的女人，到底是怎么把学长支来跑腿的。

顾西泽立刻记起她来，礼貌地微微颔首："不用拘礼。"他清冷英俊的面容和煦几分，"意意时常和我提起你们。"

意思是不必自我介绍，他记得。尹仲微面上也露出笑意："英宛刚生产不大方便，就让我代她下来拿意意的礼物，怎么都没想到意意让您亲自送来……"她再次欠身，"真是麻烦了……"

说话间，顾西泽已经从口袋里拿出了装着平安锁的盒子，递到尹仲微手中："意意在研究所，实在抽不出时间来，这两天跟我念叨过好几次，我代她送也是一样的，并不麻烦。"

尹仲微自然听得出来他言语间为程意意解释与维护的意思。

"没关系，等意意回到A市，大家都有空的时候再好好聚一次也是一样的。"尹仲微双手拿着平安锁的木盒，说道，"反正离意意请产假回来应该也不远了，到时候再……"

"产假？"顾西泽忽然出声，他极少打断别人说话，可听清那个词的一瞬间，他的眉头不易察觉地皱了起来。

"意意应该也快了吧……"尹仲微不确定地应他。

顾西泽在尹仲微看过来之前掩饰住面上的波澜，极力让内心平静下来，继续道："产假是意意自己说的吗？"

"这我就不知道了，"尹仲微摇摇头，"我也只是听英宛提了一下，好像是她住院的时候看见意意孕吐了吧……"

顾西泽这一次切切实实震惊了，耳朵嗡嗡鸣响。

如果尹仲微说得没错，意意怀上应该已经有一段时间……

为什么要瞒着他？

顾西泽不敢往下想，他的大脑空白了片刻，手脚都有些发软，好一会儿才找回一些理智，分别前，向尹仲微要了英宛的号码。

这一天A市的上班早高峰倒是不似平日拥堵，司机的车开得很快。顾西泽用了全部的自制力才让自己平静了些许。在迈巴赫快要抵达顾氏大楼时，他终于拿出手机，拨通了那个号码。

电话响了五声，每一刻等待，都仿佛是再漫长不过的煎熬。

电话接通时，对方大概刚和人说完话，话筒另一端的声音还带着笑意，温声询问："你好，请问你是？"

"顾西泽。"

这声音一出口，英宛便立刻听出来了："是学长啊，意意的平安锁我已经收到了，非常喜欢，谢谢您亲自送来。"

"不用谢。"顾西泽回了她，继续道，"我有些事情，想向你求证。"

"学长您说。"英宛爽快地点头。

"意意怀孕了，对吗？"顾西泽一问便抛出一个重磅炸弹，吓得英宛差点扔了电话，"上一次意意回A市的时候，你就知道，对吗？"

"这……"英宛的声音有些慌，程意意要求她保密，她甚至不清楚顾西泽是从哪里知道这件事的。想到程意意对待怀孕的态度，她心中越发惶恐起来，这对昔日的金童玉女好不容易才重新走到一起，不会因为孩子的事闹矛盾吧……

"学长您听我说，意意她之前也不知道，她还没结婚，哪里懂这些，是我自己猜的……"

英宛的口风是这样，顾西泽哪里还不能判断。挂了电话，封闭的车厢内，气氛沉到了冰点。他仰头闭上眼睛，抬手揉了揉发疼的太阳穴，程意意的电话就在这时候打了过来。

"西泽，平安锁送到了吗？"

她大概是刚到研究所办公室，背景音里有饮水机出水的声音。

"送到了。"

程意意听得出他的兴致不大高，又关心道："昨晚睡得那样晚，是不是没睡好？"

顾西泽没答，反而问了一句："意意，那天晚上的事情……你考虑好了吗？"

程意意立刻反应过来顾西泽说的是孩子的事情，她当时说再给她些时间好好想想，一转眼，那么久又过去了。

其实她清楚，顾西泽要的并不是一个答案，而是一种态度。她很清楚自己当年的坚持已经松动了，她不再那样排斥孩子出现在自己的生活里。可以她现在在研究所的情况，怎么才能给他承诺呢？

变数太多，她更不想承诺了之后又让顾西泽失望。

这么想着，她便支吾了起来。

顾西泽忽然觉得浑身上下仿佛充斥着一种疲怠感，他不知用了多少力气才拿稳了手机，打完了电话。

顾西泽在车内静默地坐了许久。

江念没有催促，也不敢催促，只得从前排后视镜悄悄往后望去。即使他并不清楚具体发生的事情，即使他也想捂住耳朵假装自己没听见，可从顾西泽刚才接连的两个电话里，他还是隐隐感觉到些什么。

地下停车场的光线昏暗，车厢内没开灯，他自然也看不清顾西泽的表情。可不知怎的，这一刻，他却仿佛能感受到顾西泽的失落与无奈，或许还有零星的悲戚。

这个神祇一般高高在上俯视众生的男人，终究也同普通人一样，有着在黑暗中脆弱的一面。

"江特助。"顾西泽忽然唤了他一声。

"顾总，我在。"江念条件反射地应声，他还没来得及从后视镜收回视线，反应过来顾总唤他，差点打了个激灵。

刚把双手和视线安安分分地放回膝盖，他便听到顾西泽接着吩咐他处理公司一天的事务。

"顾、顾总，您这是……"江念的声音透着迟疑。

"按我说的做，下车。"

顾西泽的声音带着慑人的气魄，半点不容人拒绝。江助理条件反射地下了车，关上车门前，又听顾西泽转头对司机道："去机场。"

迈巴赫重新启动，离开车位绝尘而去，留下江念被喷了一脸尾气。

02

入了夏，多雷雨。航班延误许久，落地时，G市的小雨淅淅沥沥还在下。

风一吹，即使顾西泽撑着伞也挡不住细雨斜斜掠过，水迹浸入了他的外套和发梢。江特助安排接机的人诚惶诚恐地跟在顾西泽身后，瞧着顾西泽那被雨水打湿的后背，后悔没有准备一把大伞。

顾西泽却并未注意这些，他的步子迈得极快，到了停车的地方才回头对他道："车我开走，你可以先回去了。"

"顾总您现在不去公司吗？或许我可以替您开车。"那人忙道。

"不必了。"顾西泽摇头拒绝，接过车钥匙，径直打开了驾驶室的车门，"我还有其他事情。"

车辆随即启动，一个漂亮的甩尾溅起些许水花，车子消失在雨幕中。

不知道顾总急匆匆来G市有什么事，不是来公司巡视的，那应该是来看女朋友的吧。

《天生我才》最新一期播出之后，顾总女友的人气这段时间在网上便居高不下。自古英雄难过美人关，那个女人长得漂亮，轻易便能把镜头下的大牌明星比下去，还聪明，也难怪顾总这样喜欢，老往G市跑了。

……

离程意意下班的时间还早，顾西泽开着车在尖塔山路漫无目的地转了两圈，终于停下来。

雨珠飞溅在车窗的挡风玻璃上，雨刮器刚擦拭干净，水迹很快又重新布满透明玻璃。顾西泽握着方向盘，却并不明白自己此刻的行为到底有什么意义。

他分明已经过了冲动的年纪。

决策者的感受会立刻影响账户的净值，倘若有了害怕、轻慢与懊恼，所有的负面情绪一定会在下一刻殃及账户。所有的交易与决策成败，都取决于他如何控制自己的情绪。

年近三十，顾西泽有时觉得自己的情绪控制能力已经达到炉火纯青的地步，在必要时刻，他能使自己的理智凌驾于一切之上。

可人生越往下走，他越发清楚地认识了自己。

他不是无欲无求的神祇，即使他曾经极力想达到那样的境界，可只要脑海里留存着关于程意意的记忆一天，那便注定是奢望了，他总要受到情爱的牵绊，更何况程意意是最不能让人省心的。

熄了火，他冒着小雨下车，在路边的超市买了打火机和烟。

雨水顺着超市外的顶棚噼里啪啦地滑落，外面就是朦胧的雨幕，淋不到他，空气里却充满了水汽，被打湿的黑发掉下几缕，搭在额前，打火机连打了好几次，才点燃了一支烟。

烟草的劲大，辛辣又呛鼻，顾西泽好些年没尝过这味道。路上偶尔有疾驰而过的汽车，还有撑着雨伞行色匆匆的行人。

这一刻，没人注意超市外这个面色疲惫的吸烟男人是谁，即便是顾西泽，也只是这世间最普通的被困惑着的凡人。

飞机晚点，在机场漫长的等待里，他的思绪飘游了许久。

也许他清楚程意意顾虑着些什么。

也许他内心真正想要的不是一个孩子，而是安定。

兜兜转转那么多年，他知道自己最缺少的东西是什么。

一支烟燃尽，他终于长长地叹了一口气，静默了良久，最终把打火机连同烟盒扔进了垃圾桶，依旧顶着雨幕上了车。

顾西泽回到程意意宿舍的时候，研究所已经有人陆续下班回来，程意意工作起来一向勤勉，下班时间比众人都会晚些。

她倒是给过顾西泽宿舍钥匙，可顾西泽来得匆忙，并没有带上，此刻只能等程意意回来。

宿舍楼老旧，下雨天更是连同走廊里的光线都昏暗潮湿起来。顾西泽没有把声控灯拍亮，只双手插兜靠在墙侧安静等待。

"你是？"楼梯间有女人询问的声音传来，"你是程意意的男朋友？"

顾西泽抬头望去。

这人他记得，上一次他来的时候，她还同程意意说了几句阴阳怪气的话，程意意不大喜欢她，当即便笑着反击了。

他从墙侧起身站直，微一颔首，语气淡淡地道："有事？"

"倒也没什么事，"张清从楼梯转入走廊，拿出钥匙，对着昏暗的光线找了半晌，开了自己房间的门才补充道，"就是想提醒你一下，这公寓是公共场所，她三天两头换个男人带进来恐怕不好，这可是女生住的地方……"

"请问你是？"没等她说完，顾西泽便出声打断了她。

他第一次正眼打量眼前的女人。

中规中矩的黑色正装，头发悉数规矩地绾到脑后，眉毛稀疏，五官平平，本是再普通不过的打扮，然而她鼻孔微张，下巴微扬，眼神中含着的好似是对世间一切的轻蔑与不屑。

顾西泽的平静回应与打量让张清忍不住皱起了眉，勉强回了一句："我姓张。"

"张小姐，"顾西泽郑重念出她的名字，继而冷声道，"高等学府出身，我想你应该不至于是法盲，故意捏造散布虚构事实，贬损他人人格，破坏他人名誉，是可以入刑的。但凡有半点证据，请你拿出来，否则，请你停止对我女朋友不负责任的诽谤。"

顾西泽的声音不含半点怒气，然而一字一句冷冷道来，带着慑人的威压，气势全开，寒气逼人。

张清握紧文件袋，指甲深深嵌入掌心。

"我是没什么证据，信不信由你。"她停顿了一下，又冷声笑道，"可你现在站的那个地方，几天前别人站了一下午，这可不是我凭空捏造杜撰的。"

语毕，她不再多言，转身进门去，走廊只传出"砰"的一声铁门撞击声。

顾西泽的眉头深深皱起来。

他早前便提过让程意意搬出去住，程意意不喜欢，他便也没再提。现在看来，他当时就不该那样轻易同意了。和这样心思不纯的人住同一层楼，什么感受可想而知。

他的眉头还未来得及舒展，终于在楼梯间等来了熟悉的脚步声。他转身回头，程意意正踩上最后一级阶梯，朝他望来，看清他的一瞬间，眼睛眨了眨，眼睛瞬间便亮起来。

"西泽，你来了？"

顾西泽的身形微微停顿一下，瞧程意意高兴地朝自己走来，终究应了她一声。

03

顾西泽的这一声应答听起来有些低，程意意隐约听出不对劲来。可走廊上的光线太过昏暗，身形高大的他站在走廊深处的阴影中，她始终看不清楚他面上的神情。

"怎么突然来了？也不和我说一声。"程意意问着，往里走，从包里拿出钥匙，拍手开了灯。早上她和顾西泽通电话的时候，也没听出他有要来的意思。

"想你了。"顾西泽轻声应了她，声音中有微不可察的恍惚。他掩饰得很好，一般人也许发现不了，可程意意思维何等敏锐，她立刻从这简单的三个字中觉察出不对劲来。

"西泽……"程意意迟疑着出声，顿住脚步，拎着钥匙站在原地，借着灯光朝顾西泽望去，这一瞧，才低声惊呼，"怎么淋成这样了？"

顾西泽的发梢都被打湿垂在额前，西服的颜色比往常暗，程意意知道，那是因为浸了水。深色的西服衬得他的皮肤比平日更白皙了几分，眼神深邃，含着她看不大懂的情绪。

"伞不够大。"他应着她，走近了两步，跟在她身后。

顾西泽答得随意，可此刻意意来不及多想，弯腰三两下找出钥匙打开宿舍门，叮嘱道："你先洗个热水澡把衣服换了。"

顾西泽常来，程意意的宿舍衣柜里便留下了几件他换洗的衣服，这会儿总算派上了用场。

"好。"

程意意从衣柜里找出他的长裤和衬衫，又加了件毛衣，塞进他手里："洗快些，我给你冲杯姜茶，你洗完出来喝。"

正是换季的时候，又淋了雨，程意意怕他感冒了。

"好。"

他应她的声音低得那样柔软，这一刻，程意意恍惚生出一种自己脱口而出的无论是什么他都会答应的错觉来。

浴室里不久便传来哗啦的水声。程意意从柜子里拿出姜糖膏，用勺子挖出满满两勺，褐红色的膏体缓缓落到玻璃杯底部，只等着饮水机的水烧开。

宿舍不可以开火，想要喝姜茶，只能这样简单做。

饮水机烧水的低鸣声中，程意意缓缓在床边落座，又想起了方才走廊昏暗的灯光里顾西泽恍惚的神情来。

不对，一定发生了什么……

不是休息日，即使顾西泽来 G 市，也不可能丢下一堆工作，这么快便到了。到底什么事？明明早晨上班之前，她还同他通了电话。

程意意皱着眉头回想，刚觉得大脑中抓住些什么，桌子上的手机便震动起来。

是英宛的电话。

才有些眉目的猜测仿佛立刻得到了验证。

程意意接通电话，即使隔着话筒，英宛声音里的愧疚也几乎满得快要溢出来："对不起，意意，是我没管住嘴……学长他可能知道你怀孕的事了。这事我想了一整天，还是觉得心神不宁，千错万错都是我的错……"

果然。

程意意无奈地揉了揉昏沉的脑袋："没关系，也是我那天忘了跟你说清楚，我没怀孕，那天早上恶心只是因为低血糖。"

说话间，浴室的水声已经停了，饮水机亮起绿灯，程意意匆匆道了别挂掉电话，起身拿玻璃杯接水。滚烫的开水瞬间把深褐色的姜糖膏冲成好看的颜色，打碎的干姜在玻璃杯里缓缓舒展开来，她拿勺子微微搅匀，顾西泽已经从浴室出来了。

顾西泽的发梢滴着水，刚洗过澡，白皙的面容上带着微红，硬朗的轮廓被柔化了些许。

几个小时的飞行折磨，又淋得一身雨，他看上去有些精神倦怠，却强自忍着，身形依旧刚直挺拔。

"西泽，来喝你的姜茶。"程意意招呼他在椅子上坐下，起身去拿吹风机。程意意的头发长，顾西泽帮她吹干的时候多，她帮他的时间却很少。

他的黑发浓密，此刻刚洗过，带着湿意，穿梭在指尖，十分柔软。程意意曾听人说过，头发浓密柔软的人做事情有条理，有智慧，有理想，有抱负，也最容易心软。

可不是心软吗？英宛那样说完，他大抵以为她瞒了这么久，多半是不想要腹中的这个孩子了。

可他仍然隐忍到了现在，不忍质问她，没有冲她发脾气。

程意意是一个极致的利己主义者，这世界上任何一个人都可能不清楚，可顾西泽不会不知道。诚然，倘若让从前的程意意在事业和孩子之间抉择，她必定会毫不犹豫地选择前者。

倪茜就不喜欢孩子，即使是她怀胎十月辛苦生下来的程意意。

她生程意意后，身材走样，小腹上也多了两道褪不掉的妊娠纹，在后来的很多年里，每次发脾气都要对程意意提起，那对她来说几乎是天大的牺牲。

那时候，她觉得自己大抵还是遗传了倪茜天性里的冷血自私。

生孩子对她来说需要付出太多太多，时间、精力……在程意意二十岁之前，根本无法想象未来会有孩子出现在自己的生活之中。她对自己的人生规划具体明确，计划中唯独没有一个孩子。

可现在，一切又似乎跟从前不大一样了，她甚至不清楚自己是在什么时候改变了那些曾经坚定不移的想法。

倘若那天在医院真的是孕吐而不是低血糖，她会留下这个孩子，即使那意味着将要暂时终止她的学业与事业，愧对师兄，愧对导师。那天的验孕结果出来之前，她昏昏沉沉想了许多，可就是从未有过不要这个孩子的想法。

因为未来那个孩子不仅仅属于她一个人，也属于顾西泽。他会长着和顾西泽一样好看的眉眼，有着他对万事的担当与智慧。

头发差不多吹干了，程意意关了吹风机打算收起来，手背不经意擦过顾西泽的额头，瞬间被那温度烫得弹开了手。

"西泽，你怎么发烧了？"程意意惊道。

"发烧了吗？"顾西泽低声跟着程意意重复了一遍。

他的动作比平日迟了半拍，抬手触上自己的额头确认："是有些烫。"

顾西泽是不常生病的人，这样的人一旦病起来，总要费一番周折才能痊愈。她的手脚有些慌乱，赶紧放下吹风机，蹲下从柜子里拿体温表："西泽，我们去医院。"

平日里什么东西放在什么地方，程意意总能立刻找到，可这会儿打开柜子，她才忽地想起来，体温表被她之前顺手放在另一边的抽屉里。

顾西泽把喝完水的玻璃杯放在案几上，轻轻地摇摇头："别慌，意意，吃了药就好了。"

程意意又把药箱拿来，一颗一颗把药倒出来放在顾西泽的手心。她自始至终咬着下唇，一言不发。

怎么能不慌呢？

她之前根本没看出来顾西泽在发烧，也不知道他烧了多久，若不是想到要给他吹干头发，还不知道要什么时候才能知道他生病了。

"我没事，"顾西泽轻轻拉住她的手腕，"别担心。"

他的掌心也是滚烫干燥的。

程意意突然觉得眼睛有点酸，她极力忍着就要夺眶而出的泪水，把最后一颗药放进顾西泽的掌心里，放柔声音劝道："西泽，我陪你去医院吧，好吗？"

顾西泽有几分昏昏沉沉的眩晕感，看清程意意眼中盈盈的泪光，他又努力让自己尽量保持清醒，抬手吃药，一口气喝光玻璃杯里的热水。

虽然大脑昏沉，可顾西泽觉得自己现在的思维远比来 G 市的路上要清明。

程意意虽然极力忍着，可她眼中的担忧和慌张就要随着水雾溢出来，他看得见，那是不掺任何杂质的。

这一秒，顾西泽突然觉得，自己内心深处其实早已经妥协了。

在程意意回来之前。

没有孩子又怎么样呢？

至少她此刻爱着他，且就在他的身侧。

宿舍楼暖黄的灯光里，她的侧脸格外柔和好看，刚接满水的玻璃杯冒着氤氲的热气。

一切都是他妥协的理由。

"好。"他的嘴角漾出一丝笑容，答应她。

04

最近的医院距离研究所宿舍也有两公里。

顾西泽的车就停在宿舍楼下，程意意不放心让顾西泽开，可自己当年拿了驾驶证之后便再没碰过车，她系好了安全带，有些手足无措，深深呼了一口气，还没来得及把车启动，便被顾西泽抓住了掌心。

"我来吧，意意。"待到程意意转过身看着他，顾西泽冲她笑了笑，松开手，"相信我，你就坐在车上，我不会冒险的。"

言罢，他便侧身打开车门，撑伞下车来与她换座。程意意隐隐冒汗的手心终是松开了方向盘，不知怎的，她觉得自己的鼻子更酸了。打开车门，顾西泽正好行到跟前，把伞递给她，然后坐上了驾驶座。

阴天，医院的人不多，整个大厅空荡荡的，十分冷清。程意意唤了好几声，才叫醒了挂号窗口睡着的小护士。那年轻护士睡眼蒙眬地爬起来。

"挂什么科？"

"呼吸内科。"程意意把挂号费一同递上。

"名字。"

"顾西泽。"

顾西泽？

听到这名字，那护士陡然清醒了几分，抬头看她，待看清她的脸，低声惊呼，眼睛亮起来："你是程意意吗？"

"我是，麻烦请先给我挂个号。"程意意的嘴角勉强露出些许笑意，心中有些急了。

"挂呼吸内科？"

她的视线又朝程意意身后瞧去，果然看见一道高大的身形，这人五官深邃俊美。小护士平日在电视机里见惯了顾西泽穿着正装庄重的样子，这会儿他穿了浅色毛衣，她居然差点认不出来，年轻英俊了不是一点半点，站在程意意身侧，就仿佛大学里那些情侣。

顾西泽白皙的面颊上带着些许不正常的红晕，应该是发烧了。但他神情沉静，眼神清明，不见病态，又让护士有些不敢确定。

"是发烧吗？"护士迟疑道，"我们医院五点就下班了，如果发烧的话，建议挂急诊。"

"好。"程意意收回零钱，转身接过顾西泽手中的卡，重新递到窗口，"那就麻烦您挂急诊。"

小护士按下内心的激动接过这张传说中的黑卡，操作好之后把键盘朝外转。程意意熟门熟路地输入密码，最后接过病历本和挂号单，转身时，顾西泽已经伸出手等着她牵。

程意意失笑，把手放进他的掌心。那手心的热度比平日里烫得多，温度高得甚至有些灼人，但程意意不愿松开，她的手冰，正好给他降温。

顾西泽生病的时候似乎变得特别黏人，程意意去缴费的时候，本想叫他先去病房躺下休息，他却不肯，寸步不离地跟在程意意身侧。又是抽血又是化验，折腾了好久，顾西泽才得以安静地在病床上躺下来打点滴。

待到打针的护士走了，程意意探身去摸他的额头，想看看温度有没有降下来几分，然而仍是滚烫的。

她把冰袋裹进毛巾，敷上他的额头。又想到温度计上接近三十九摄氏度的温度，程意意眼中憋了一天的泪再也忍不住了。

她在眼泪掉出来之前背过身，悄悄抬起手背飞快擦掉，然而才擦掉，又立刻流了出来，再擦……怎么也止不住。

顾西泽对她来说是顶天立地、无所不能的，他总是站在最前方为她挡住所有的寒意与风浪，他那么好，好到她常常忘了他也是会生病的普通人，也会虚弱地躺在病床上。

"意意，我没事。"顾西泽出声唤她，他哪可能猜不出她在哭，"过来。"

程意意赶紧擦干了脸上的泪迹，这才转过身，只是那泛红的眼睑到底遮不住。

她搬了凳子，在他跟前坐下。

他轻轻叹了一口气，握紧她的手："别哭。"

程意意一哭，他便也难喘过气来，心疼得难受。其实他此刻大脑昏昏沉沉，浑身疲惫，很想睡过去，可他不忍心，强撑着精神和程意意说话。假若他睡过去了，程意意便只能难受又煎熬地等着他醒来，他清楚极了等待对方虚弱地睁开眼睛的感受。

"我们结婚吧，意意。"他忽地提起这件事来。

程意意沉默，一言不发，只是双手紧紧回握他干燥的掌心。顾西泽眼里带了些许笑意，虽然在病中，可他的眼神依旧充满着感染力，仿佛夜空里的一轮明月，其中蕴含的温柔几乎要使人溺毙。

他接着开口："你不想要孩子也没有关系，过些年咱们就在宗族里过继一个……"

顾西泽是宗族里的嫡系独子，只要他开口，多的是人想要把孩子过继到他名下，一过来便是名正言顺的继承人。

闻言，程意意刚刚擦干净的眼泪就这样猝不及防地重新掉下来。在顾西泽发现之前，程意意半身靠下，把头枕在他的臂弯里。

"不。"她轻轻摇了摇头，声音有些低，却仍一字一句地说了出来，"我想要咱们的孩子。"

听清她话中的意思，顾西泽眼神微震，连身体都僵硬了片刻。他不敢想象期盼了那么久的东西，就这样轻而易举地降临了。

手背上方有水迹滴落，那是程意意的眼泪，那触感微凉，一切提醒着他，这不是梦境，而是切切实实存在的现实。

程意意握紧他的手，动了动，把冰凉的脸颊贴在他干燥的掌心，她的声音柔软："西泽，咱们会有孩子的。"

"英宛把事情都告诉我了……"程意意停顿了一下，才继续解释，"那天在医院我并没有孕吐，是低血糖，我和她当时都误会了。

"在检验结果出来之前，我也想了很久很久，那时候我便想清楚了，要是真的怀上了，我要生下来。

"每个生命都有他存在的意义，我没有剥夺的权利，他会有这世界上最好的爸爸，以及疼爱他的爷爷奶奶。

"而我也会试着做一个好妈妈。"

程意意说完最后一句，从顾西泽的臂弯里直起腰来，起身在他的额头上轻轻印下一吻。

下了一天的雨在傍晚才停下。

残留的雨滴停在窗户的透明玻璃上，留下朦胧的水迹，隔着窗外的路灯，蒙上一层暖黄色的薄雾。

程意意又上了"热搜"，和顾西泽一起。

两人一同出现在 G 市某医院的照片被偶遇的路人上传到网上，照片里，两人紧紧牵着手，在医院窗口处等待，平日里"高冷"的"国民男神"顾总裁，居然连抽血的时候也不舍得放开自己女朋友的手。

吃瓜群众都没怎么见过顾西泽正装之外的样子，照片里他穿着浅色毛衣，身形高大颀长，肩宽腰窄，完美地将那衣型撑了起来，像个二十岁的青葱少年，一副每个女孩念书时都暗恋过的校草模样。

程意意的身高只及他的胸膛，然而几张照片里，全是他紧紧握着程意意的手，亦步亦趋地跟在她身后，像只黏人的巨型无尾熊，没有半点总裁样。

那满屏的亲昵甜蜜，即使隔着屏幕，也控制不住地溢了出来。

这照片连带着平日里冷清的社区医院都热闹起来，虽然那时候顾西泽已经出院好几天了。情侣们纷纷到两人被拍的地方做出同样的动作拍照，俨然成为一种风潮。

天天打寄几脸：冰冷冷的狗粮胡乱往脸上拍。

小情绪：我想就这样牵着你的手不放开……顾总这么可爱，绝对是这歌听多了。

我的脸好疼：颜值 MAX，舔屏一百遍。

mua 小可爱别生气：感觉大家都错了，顾总绝对是怕疼。大家小时候去医院打针，不都是这样抓紧家长手的？

程意意打着电话，翻到评论最末页，忽然笑起来，朝电话里道："顾总，有人说你是巨型无尾熊。"

电话另一端的 A 市，顾西泽合上文件，平静地"嗯"了一声，换了文件，他接着道："那你就是我的树权。"

听到翻动文件的声音，程意意知道顾西泽在忙，说了几句之后，也不再打扰他，道了别挂断电话。

她正准备退出 APP 时，冷不防在热搜词条里看到了另一个名字。

"宋安安宣布无限期隐退。"

这个词条排名在最后，程意意看清了标题，最终却并没有点开那视频细看，而是直接关闭软件，返回了桌面，把手机放到一边。

程意意记得，就在一年前，宋安安新上映电影的消息还时常出现在热搜榜第一位，而现在，曾经风光无限的新晋"影后"从娱乐圈隐退的新闻，仅仅挂在了热点的尾巴上。

这个世界是最健忘的。

她说不上来自己心中到底是畅快还是其他什么情绪。其实这些东西早就是可以预料的，宋安安的影视生涯已经没办法再继续了。

被院线封杀，没人敢再请她拍电影；几乎零片酬新拍的电视剧创收视率新低；没有综艺节目邀请，因为观众反感甚至厌恶她的炒作和欺骗。

与其毫无意义地在娱乐圈内继续熬下去，不如跳出来，重新找些出路。何况，她这些年拍电影赚的钱已经够她过完下半辈子。

会后悔吗？也许吧……

宋安安自己也渐渐记不得当初怀着怎样的野心动了第一次手术，最初似乎是开眼角，消肿之后，果然漂亮了一些。

然后是第二次、第三次……

她做了这么多，就是为了去靠拢顾西泽的审美，可假的终究是假的，她永远都是一个没有什么戏份的替代品。长得像程意意又怎么样？正主回来了，她什么都不是，还失去了自己。

到最后，宋安安忽然怀念起自己最初的那张脸来，其实最初的她已经够清丽好看，是无尽的欲望，让人走岔了路。

脸上所有的改变都是不可逆的，她想要回头的时候，才意识到这一点。

她已经没办法回头了。

在投资学里，这被称为协和效应。

在投入了最珍贵的成本、将事情进行到一定程度时，她忽然发现不宜再继续下去，却已经无法回头，只能将错就错，欲罢不能。

沉没成本延续了她无畏的坚持，她本该早早放弃这一切，然而却像赌徒一般，怎么也无法跨出这沉淀的泥潭。

确实可笑又可悲。

第十七章
只要是你就好

01

程意意和肖庆的课题已经进入尾声，待到整理完成，便能够将成果发表，程意意连加了几天班，连毕业论文也暂时放到了一边。

不断的失败、漫长枯燥的等待已经过去了，现在，她只等着见到研究成果面世的那一天。

到了这一刻，她反而觉得自己对成功比之前看得淡了。

无论"百人计划"入选的名单上有没有她的名字，她都坚持着走到了今天这一步。

曾经的校友多半去了大企业工作，要么在学院任教，只有极少的一部分坚持留在了科研行业里。

"有兴趣，有激情，有坚持"，这是当初进研究所的时候导师要求他们的话，到了如今，她已经可以问心无愧地说自己做到了。

又逢周五。

大半个月连绵的阴雨过后，G市终于迎来难得的好晴天。

程意意的文档已经整理完就要下班，肖庆也风风火火地从实验室回来了。

这会儿办公室里只有他们俩，肖庆脱了白大褂，径直走来，拉了把椅子在她对面坐下，压低声音悄悄道："意意，内线消息，大BOSS现在就在顶楼开会讨论'百人计划'的举荐名额，今天初审。"说到这儿，他笑着跷起腿来一拍手，说道，"有个好消息得告诉你，猜猜是什么？"

程意意停下手里的活儿，心跳快了几分："咱俩都在初审名单上？"

"聪明！"肖庆放下腿，忍不住兴奋地抖了两下，换了一条又跷起来。

他们的课题进度大概被导师往上汇报了。

大牛们可能都没想到，这个难度的课题，冯教授竟敢一点没参与撒手让学生去做，更想不到的是，居然还真被两个博士都没毕业的小朋友拿到了成果。

"即使最后没上正式名单，这个牛皮也够我吹好久了。"他抱着手站起来，对着黑屏的手机拨了两下头发，转头笑问程意意，"师兄年轻吧？"

程意意扑哧一声笑出来，附和他："嗯，年轻。"

这一句话赞得真心。

肖庆其实是标准的浓眉大眼，传统审美中最帅气的男人，年纪也比程意意大不了几岁，可常年在研究所的人总是不修边幅，有时忙得几天来不及刮一次胡子，蓬头垢面的时候，看起来难免比实际年龄大了不少。这会儿意气风发、一往无前的样子，倒是瞬间便改变了他周身的气场。

他担得起一句"年轻又帅气"！

不管怎样，这个好消息让程意意忙碌了一天的疲惫感全消失了，她伸开双手往后伸个懒腰，却又听肖庆像是想起什么，不高兴地低声嘀咕了一句："就是那个张清也在，这种心理变态的人也能上初审名单，真是白瞎了一个名额。"

这本就是程意意预料之中的事情，胸口闷了两分钟，便也释然了。即使这世界上道德不能审判所有人，张清也不会成为逃脱的那一个。

程意意的眼睛弯了弯，想到昨天下班后又一次被动过的宿舍，嘴角轻轻挑起来。

"师妹我跟你说，"肖庆想了想，还是觉得不放心，劝道，"你还是得提防着她，不行就从宿舍里搬出去，想到你们俩就住同一幢楼同一层，我总觉得心里发毛，毕竟她可是眼睛都不眨就摔死一窝小猫的人。"

"好，我会多长个心眼的。"程意意笑着应他。

大概在肖庆心中，自家小师妹是这世界上最温和无害的人了。

"别好好好，就知道敷衍我，"肖庆不高兴地皱眉道，"顾西泽不是你男朋友吗？得用起来，让他给你找个合适的房子赶紧搬出去，不怕一万，就怕万一。"

"知道了。"程意意仍旧笑着应了。

虽然搬不搬是另一回事，但师兄的好意，她是心领的。不过关于这一点，肖庆和顾西泽的意见倒是不约而同地统一起来了。

顾西泽离开 G 市前和她提了不止一次让她从宿舍楼搬出去，连新房的钥匙都交到了她手中，大概是实在不忍心她继续住在这幢阴雨天走廊墙壁就会长青苔的宿舍楼里。

文档整理完，程意意这天倒是得以早早下班回宿舍，咬着牛奶盒上楼，又在楼道里与张清狭路相逢。

张清应该也得知名单的事情了。

以往她见程意意总要抛几个阴险中含着嘲讽的眼神，而今天，大概是因为知晓程意意也上了名单的消息，紧迫感太强，倒没了心情理程意意，阴沉着脸拎着电脑包就从程意意身侧匆匆下楼。

程意意眯起眼睛喝光牛奶，把盒子扔进垃圾桶，发出声响让走廊的灯光亮起来，低头找钥匙开门。

然而还没等找到钥匙，程意意便接到了来自 A 市的电话。那号码很眼熟，是倪茜的。程意意本来不大想接，可按掉一次又一次，电话又锲而不舍地打来，实在烦不胜烦。

她耐着性子找出钥匙将门打开，最后才皱着眉接通了。

还没等她发声，那边便响起倪茜断断续续的哭泣声："意意，你是妈妈怀胎十月生下来的，你可千万得帮帮妈妈……"

倪茜惯来会这点伎俩，程意意最听不得这些话，不想多跟她啰唆，不等她说完便直接把电话挂断了。

不到三十秒她又打来。

"程意意！"倪茜的声音尖厉，明显急了。

"你可别忘了，上次你要拿走银行卡，我可什么都没说直接给你了，现在一堆人就堵在我门外，你不帮我，明天就只能见到我的尸体了！我是你亲妈，你以为我死了，你能落得什么好？"

话筒另一端背景声全是噪声，细细一辨，听起来果然像是有人在砸门。

"银行卡可不是你还的，我不抢，你会给？"程意意挑眉。

"现在是争这些的时候吗？"倪茜着急说道，"那个人的老婆现在雇了打手上门来找我，你快给顾西泽打电话，别人一定会给他这个面子，肯定有用。"

"我凭什么替你打这个电话？"程意意抱起手来，靠在一边墙上，悠悠道，

"我说过什么？让你断了这些乱七八糟的关系另谋生路，否则早晚翻船，你听了吗？"

"程意意！"这一声大喊尖锐得就要顶破天际，她的声音更是急促起来，"你现在打电话，我把户口本给你，让你把户口迁出去！"

这一句，倒是让程意意准备挂断电话的手指缓缓顿住了。

那时候父亲入狱，倪茜连夜拎着箱子跑了，整个中学期间她都在程家暂住，户口却一直挂在倪茜的户头上。

程意意再大些，倪茜想起了这个优秀的女儿，从此便再也不肯轻易把户口本拿出来了。程意意就是她下半生的保障，她要把这个女儿牢牢攥在手心里才有安全感。

程意意受够了这样行事处处受制、剪不断理还乱的牵绊。

见她迟迟不应声，倪茜心中越发慌乱没了底。

门外的声响越来越大，眼看那门已经摇摇欲坠，她咬咬牙，狠声道："给我一笔养老金，我再签一份关系断绝书。"

这话说得倒是一点不知道惭愧。

程意意闻言便是一声嗤笑："你想钱想疯了吧？我一个穷学生，哪儿来的钱？户口本和关系断绝书都请您留着，你以为这些能威胁到我什么？

"过去的这些年里，但凡你对我花过一点心思，给过我一分钱，养老金我给你便给你了，可你没有。想想你做过的事情，再来跟我谈条件。"程意意言罢，毫不犹豫地挂了电话。

手机在预料之中最后一次响起来。

周末加班收尾实验的计划被搁浅了，程意意只来得及给肖庆打了个电话告个假，便连夜收拾行李返回 A 市。

这几乎是她这么些年来人生中最大的转折。

她终于要在法律上结束和倪茜的亲属关系。

年少时她曾经痛恨极了自己的出身，以及身体中流淌的血液，假使能够选择，她恨不得把自己塞回倪茜的肚子里去。

她从未得到过倪茜施舍的一分一毫，反而处处受牵绊。

可是现在，她将自由了。

一想到这儿，程意意便觉得浑身上下的每一个细胞都欢呼雀跃起来。

三个小时的飞行只是眨眼间。

程意意拎着行李箱走出航站楼，机场大厅灯火通明，落地窗外已经是黑夜。一抬头，她便一眼找到了人群中个子最挺拔的顾西泽。

视线相接，他的嘴角轻轻荡开柔和的笑意，低低唤了她一声："意意。"

飞机落地之前，顾西泽已经在机场等了许久。

今天的程意意看起来格外开心，即使经过了几个小时的飞行，依旧神采奕奕，头发柔顺地披在肩后，眼角眉梢都是飞扬与放松。

才走近，顾西泽俯身接行李箱，没想到程意意踮起脚来便吻了他的额头。柔软的唇瓣蜻蜓点水般触及他的皮肤，他感受身体过电一般酥麻了片刻。

"怎么乐成这样？"顾西泽觉得好笑。

"反正就是高兴。"程意意站稳身体，伸手插进他的臂弯，与他十指相扣，补充道，"特别高兴。"

顾西泽只任她牵着手，不再说话。

顾西泽的掌心永远是温暖而干燥的，让人的安全感抵达每一寸神经，程意意紧紧握着，眼神便有些悠远起来。

她仍然记得当初和顾西泽分手的直接原因，点燃一切的导火索，是顾西泽看到了倪茜发来的短信。

信息内容大抵是让程意意多讨好顾西泽，日后少不了她的好处。而在最初，也是倪茜告诉程意意，巴结顾西泽这样有权有势的公子哥，就可以把她狱中的父亲救出来。

直到懂事的那一天，程意意才算明白了倪茜的谎言有多么拙劣，可已经来不及了。

那时候她已经无法对顾西泽坦诚以待。

02

从很久之前开始，程意意便在等待这一天，即使没有这次契机，她也早已下定决心，早晚要和倪茜斩断关系。

心中记挂着事情，在公寓睡了一夜，天还未亮程意意便睁开眼睛，想要轻手轻脚地从顾西泽臂弯里起身，再检查整理一遍需要的证件，没想到才动了动，

278

顾西泽便醒了过来。

黑暗中，他侧身揽过程意意的腰，声音带着几分初醒的低沉喑哑："我陪你去。"

"不了，你再睡会儿，"程意意扒开他的手，翻身坐起来，说道，"我姐会来接我。"

昨天倪茜最后一次打来电话时，程意意已经与她谈得清楚明白。法律上无法断绝亲缘关系，签署关系断绝书自然也不能被承认，她早些年便想过其他办法。

倪茜对她从未尽过抚养义务，程意意未满十四岁便住进程家，差的只是一份被公证的收养协议罢了，也只有通过收养的办法，才能规避血亲带来的牵绊。

倪茜签署将她送养的协议，程家补办领养手续，一切完成之后，程意意就算是一劳永逸地解决了倪茜这个麻烦。

程家自然是十分愿意接受这个养女的。

程母行事从来奉行利益至上。她是不喜欢程意意，可现在程意意算得上一飞冲天，如今不费半分力气，程家便能得到顾家这样的亲家，未来的好处难以估量，她没有把程意意拒之门外的道理，加上程娴在其中斡旋，她很快同意了补办收养手续。

离上班时间还早，但顾西泽还是起来了。程意意想一个人去，他自然相信她能独自将事情解决得很好。他没有再坚持陪同，只是在她收拾证件和协议的时候，进厨房给她做了份早餐。

天蒙蒙亮，程意意便拿着文件袋出了门。

补办手续在民政局，八点钟上班，是她起早了。

程意意插兜在路口吹了好一会儿风，卷发都被吹乱了，终于等到了程娴的车。

"意意！"程娴才停稳，便率先朝她打了招呼，又询问，"早餐吃过了吗？"

"在家吃过了。"程意意点头，上车系好安全带，把文件理好放在膝盖上。

"又是顾西泽给你做的？"程娴启动车子，忍不住打趣她。

程意意的早餐从来是在路上买了面包和牛奶对付，她自己做的东西不好吃，也懒得把时间花在这上头。

"这你也知道。"程意意无奈地笑起来。

"真好。"程娴开车看着前方，感叹着轻声道了一句，"爸爸知道，也应该能放心了。"

想到狱里的程渊，程意意的面色柔和了几分："今天把这些结束了，我再去看爸爸。"

"对了，意意，昨天在电话里你没说，"到民政局有一段路，碰上堵车，程娴这才来得及好好问她，"倪茜怎么突然同意了签这个协议？我记得你升学要办身份证那会儿，她连户口本都不肯给你……"

程意意看向窗外，面上的笑意缓缓淡下来："现在有事情求我，不签也不行了。"

程意意没多说，程娴也不再问，她知道程意意一直在等着这天。

协议一式三份，双方签署后，连同证明材料一起往上递交，按程序申办事实收养公证。

程母到场签完字，便不肯再留，面无表情地起身，叫上程娴送她回去。只剩下倪茜神情憔悴，昨天刚经历了那样的惊吓，险险逃脱，连脸上的妆容也不再如往昔那般精致。

她是真的老了，再贵的粉底也遮不住脸上的细纹。现下又与程意意脱离了关系，以后她就真的无依无靠了。

就算从前还有些积蓄，可她花钱大手大脚惯了，那些钱又够用多久？补办完了收养手续，最后一道程序便是到辖区派出所办理分户。

"意意……"在户籍管理室外排了许久的队，倪茜不甘心地又唤了程意意一声。

程意意不想耽搁时间，去拿她手中的户口本，倪茜下意识地捏紧，却还是被程意意抽了过去，连同材料递进窗口，开始办分户。

等待时，程意意才回头转身，悠悠地对她道："种什么因，得什么果，你早该想到这一天。"

倪茜此刻心乱如麻，终于生出些后悔的情绪，可当初她又怎么能想到程意意会有今天，到最后还要嘴硬几句："你以为程家有什么好人？他们才是恨极了你，我再怎么不负责，至少不会害你。"

程意意轻笑着打断了她："有件事也许你不知道。爸爸入狱之后，你连夜收拾东西、带着存款离开的那晚，我没有睡着，就站在门后。"

程意意的眼神饱含嘲弄，幽深的目光让人无所遁形，倪茜下意识往后退了半步。

"我没有叫你，因为我知道即使叫了，你也不可能带我走。那时候，你真的考虑过我要怎么活下去吗？"说到这句，程意意压低了声音，抱着手接着道，"程家的人再怎么讨厌我，至少给过我一口饭吃，我感激他们。你说反了，处处害我的，不是别人，是你。"

经过一整个上午的等待，程意意终于从户籍室窗口后接过两个户口本。

一本是倪茜的，一本只有她自己的名字。意意翻开自己的反复确认好几遍，最后才满意地合上，放回包里，又把倪茜的递还给她。倪茜愣神站在原地，神情恍惚呆滞，迟迟不肯伸手去接。

程意意就是她下半辈子的饭票，可这张饭票现在没了。程意意才不管倪茜想些什么，她现在浑身轻松，嘴角强忍着才不至于飞扬起来，把户口本强行塞进倪茜怀中："拿着吧。"

从这一刻起，她们的亲缘关系，就算彻底斩断了。

从此在这个世界上，无论是法律还是道德，都无法再将她和倪茜捆绑在一起。倪茜的未来无论是什么样子，都与她再无关系。

程意意率先出了大厅，走出几步，察觉倪茜还跟在身后，便回头看她。

短短几步，倪茜似乎终于回神意识到自己未来将面对的是什么，嘴角干裂苍白，面色灰败，看着比来时竟又老了几岁。

程意意的脚步定了定，最后同她说道："许多事情我劝过你，可你从来都不听。离开A市吧，做点正事。"程意意翻了翻口袋，从长款薄风衣的口袋里拿出一张卡，递到她面前。倪茜茫然接过，显然没有预料到程意意竟又发这样的善心，她张口欲言，却又被程意意打断了。

"这是最后一次。生恩已尽，我身上再没有什么是属于你的。"语毕，程意意利落转身，再不看她一眼。

天空澄碧，万里无云，太阳正当空。

程意意的衣摆被风带起，她迈开腿大步走远，一次也没回头。

03

放下了人生最重的一个包袱，轻装前行时总是心情愉悦，脚步轻快的。时间已到正午饭点，顾西泽还在工作，程意意挂断电话后，打定主意在附近随便吃些东西，下午去远郊探望程渊。

从前倪茜和程意意住的房子，便在辖区的派出所附近，沿着香樟大道直走，第二个路口右拐的高档小区里。

程意意本想找个地方吃饭，却下意识地沿着路往那儿走。

搬到程家之后，她便再没来过这一片，偶尔乘车远远路过，也永远是车窗外的风景，一闪而逝。此刻走在树荫下，程意意才发现，大道两旁的大楼与商铺已经全部更换了，和记忆中她住了十来年的地方截然不同。

其实在那里的回忆，对年少的程意意来说算不上美好。漂亮女人带着孩子独居，尤其是倪茜那样无所事事的女人，整日只会逛街打麻将，家中还偶尔有男人出没，一举一动都是别人口中的谈资。程意意就不止一次听见有大人叮嘱自己家的小孩不准跟她玩。

记忆力太好有时就是叫人这样烦恼。

都不用怎么回忆，稍一想，往事便一桩桩一件件浮上心头，走到第一个路口时，程意意便顿住了脚步。

晨起出门时穿的鞋子不合脚，走长了路，后跟隐隐磨得生疼，她索性放弃了回去看看的想法，转身往回走，在来时的路上随意挑了家牛肉面馆解决午餐。

浓汤赤酱，面条上齐齐码了一层切成薄片的卤牛肉，切碎的香菜点缀其间，冒着腾腾的热气，程意意掰开筷子，夹起几根面条慢条斯理地吹冷。

这世上很多事情，其实根本不必回头看。

她只愿活在当下，随时准备着朝前走。

估摸着上次带去的书程渊应该都看完了，程意意特地换了两本新的带上，一个人来到公交车站，转乘两趟，经过一个多小时，终于抵达远郊的康山监狱。

会面依旧隔着玻璃，程渊两鬓的头发看着又白了些，但精气神比上次好了不少，眼睛里多了几分光泽，还如同朋友般笑着和她聊了几句书里的内容。

时间有限，程意意絮絮叨叨地同他说了自己的学业和实验进度。聊了许多，她终于提起倪茜的事情，略过起因，把早上同倪茜解除关系、和程家补办收养手续的事情说了一遍。

程渊显然有些惊诧，举着话筒半晌才轻声回了一句："这样也好，"他微微点头，"你既这么做，就一定是想清楚了，我知道你从来都是个有主意的孩子。"

程意意闻言，终于微微抿唇笑起来，像是小时候得到肯定般。

他和倪茜本身没几分感情，年轻时的事，如今忆起只觉得可笑又荒唐。在这个地方待得久了，有时细细一想，甚至连那个女人的面貌和性格都在记忆中模糊起来。

其实程意意缺少的不是意见，而是长辈的倾听。

程渊在心中长叹一声，他不是一个称职的父亲，无论是程意意还是程娴，他亏欠她们的都不是一点半点。程意意聪明，有天分，若是换对正常的父母，好好培养，无论在哪个领域，她现在的成就一定不止于今天这样。

好在她自己也够争气。

狱警敲敲门示意时间差不多到了，程意意赶紧趁着最后几分钟把最后一件事说完："爸爸，我和西泽可能就要结婚了。"

"结婚？"程渊沉吟，"见过他父母了？"

"嗯。"程意意点头，轻声道，"他们人很好，待我也和善，我之前也完全没有料到。"

这也出乎了程渊的意料，他与顾西泽只有多年前的一面之缘。顾西泽那时还只是个十来岁的少年，但言谈举止、行事风度已经隐隐可见其父的风范，整个 A 市无人能否认他的优秀与出众。

那时候顾西泽还不认识程意意，就是程渊自己也没想过，这样优秀的年轻人未来会同自己的女儿产生牵绊。

他能够想象，要让顾家这样清正的家族接受程意意，顾西泽到底需要付出多少心思和努力。

"既是如此，"程渊点头，"那好好珍惜吧，意意。"

程意意的出身是不幸的，她生来便比别人缺失了很多。别人习以为常、唾手可得的东西，她需要付出不知多少努力才能得到。可她又是幸运的，她聪明，从不哀叹命运，勤勉坚持，一步一步走到今天，得到了如今的一切。

"爸爸为你高兴。"

他没办法挽着自己女儿的手，送她走进婚姻的殿堂里，却仍然为她骄傲，为她高兴，比任何人都更希望她能得到幸福。

短短两天的周末过去，程意意再回到 G 市，周一上班，实验室里便发生了一件大事。

她和肖庆共用的实验室失窃了。

程意意之前摆放整齐的东西，都不在她记忆中的位置。

研究课题的过程中，两人花了大量心血一起做了数不清的实验，有的实验附件是实物，这些材料需要和论文一起作为课题的研究成果。

实验室是公共空间，她先前只以为是肖庆在周末换了地方摆放，转身询问时，发现师兄也一脸茫然，心下便明了了。

门锁没有坏，实验室的钥匙不能带离，非上班时间都由分管员保管。

天知道张清又想了什么法子拿到钥匙，偷走了那些东西。研究所的领导们年初的时候便计划在实验室安装监控，可拖到现在，也没能全部装上，可以预见，即使知道小偷是谁，他们也拿不出有力的证据。

"咱们实验室不会有人进来过吧？"肖庆这才迟钝地反应过来。

"不然咱们的材料是自己飞走了吗？"程意意感觉好笑，脱下白大褂，在窗边的椅子上坐下来。

"不是，意意，"肖庆急了，"你怎么还这么淡定啊？论文马上就该发出去了，这会儿材料被人拿走……"肖庆急得抓了抓头发，"不行，我得去找分管员，看谁借过咱们实验室的钥匙。"

"没用的，她既然想偷，怎么可能正大光明地去那儿登记借钥匙？"程意意给他泼了盆凉水。

肖庆也知道这样做没有意义，可就是没办法淡定下来。听出程意意的话外音，他急忙道："你知道是谁了？"

"你说呢？"

程意意站起身，抱着手靠在窗台上。见意意态度淡定，肖庆这才强自镇定了几分，想来想去，外面求财的小偷哪里知道他们这堆破东西的价值，会专门来实验室偷这些的人，只可能来自研究所内部。

尤其是他们俩的竞争对手……张清。

肖庆反应过来，不解道："她冒这么大风险偷走咱们的材料有什么用？最多拖延一下咱们的进度，咱们该往下做的还不是得往下做……"

"我带回去整理的论文和实验数据她也常来看，现在又带走了实验材料，估计是已经准备好抢先咱们一步发表了。"程意意缓缓道。

"常来看？"肖庆越发震惊。

"她自己配了钥匙开门进去的，"程意意撩起耳边的碎发，说道，"都是趁我不在的时候。"

肖庆的眼睛瞪大了："意意，你知道怎么还让她看？这种事不是应该告诉师兄和导师吗？"

"她当时还什么都没做，打草惊蛇了，她又想到其他的主意，反而防不胜防。"程意意解释。

"可那女人都能随意进出你的宿舍了，你怎么就一点也不怕呢？"肖庆实在理解不了程意意的想法。

"猜到她的目的，我就不怕了。"程意意拍拍他的肩，"别紧张，师兄，我不会让自己陷入危险之中的。"

肖庆只得无奈地摇摇头，又问道："你说她要抢先咱们把论文发表？我们和她研究的课题不同，导师也知道咱们的进度，她就不怕吗？"肖庆始终不解。

"我早前便有耳闻，"程意意不慌不忙地解释，"她常把手下学生的论文拿过来，第一作者署上自己的名字发表，剽窃成性，即使这样，她还是顺利地获得了'杰青'的资助。"

至今在研究所里屹立不倒，这只能说明张清的后台不一般。

姚澜就同她说过，当时张清手底下有个学生不服气，最后毕业论文被卡住，无奈肄业。

虽然两组课题不同，可大致方向并非南辕北辙，张清只要稍作修改，便能将成果套用到另外一个课题里去，只要能顺利地抢先发表，到那个时候，她的名望与声誉会踏上一个崭新的台阶。

届时，程意意和肖庆再发表自己完善后的论文，便完全没了初始的震撼和影响力。即使他们俩不甘心，再把事情闹大，张清也能解释，她完全不知道两人的课题是什么，也没有机会知道，只不过碰巧提前两人一步发现了结果。

她是得到"杰青"资助的牛人，而程意意和肖庆是两个连博士都没毕业的小家伙。

知道真相，但拿不出证据，即使两人的导师是院士，也半点奈何不了她。

倘若硬要较真，研究所的名声不好听，他们说不定还会得罪一批将来势必需要依靠的人，轻轻松松便让他们的任何论文都遇到难题，影响毕业。

可张清大概怎么也没想到，她以为的两个博士都没毕业的小可怜，一个是低调的研究所大 BOSS 的儿子，另一个"心狠手更辣"。

04

张清动作迅猛，程意意开始准备毕业答辩时，这一天终于在预料之中到来了。

"肖庆，程意意，"冯教授在门上敲了几下，见两人抬头，才接着吩咐，"你们俩跟我到办公室去。"

他额间的纹路竖起，鬓角又白了几分，眉头带着几分舒展不开的郁色，强忍着怒气。

显然，教授已经得知了张清发表的新论文内容。

教授一走，程意意整理完手上的资料，起身刚踏出一步，便被肖庆拉住了衣摆："意意，咱们之前这样瞒着，老师他会生气吧？"

"放宽心，师兄，"程意意抬手轻拍他的手臂，"老师更气的是张清。"

"可是……"肖庆还是不敢确定。

"一会儿我来说就是了。"程意意轻轻冲他笑起来。

冯教授为人疾恶如仇、刚正不阿，堪称学术界的一股清流，也不知年少时吃了多少苦才坐到今天的位置。他看得起那些一心一意做学术、靠真本事说话的人，最厌恶那些投机取巧、剽窃贪腐的学术界败类。

在这样的导师手下，肖庆和程意意无疑是幸运的。

程意意大概能猜到教授现在的心情。

到了冯教授这个级别的学术界大牛，极少有人会再亲力亲为地带学生，这将分散他们极大的精力，有的博士生甚至一年到头见不到几次自己的导师。

冯教授严厉，可对两人实在算得上倾尽心力扶持，他花了大量时间，关注程意意和肖庆的实验进度，随时引导着，不让两人的研究方向走偏，眼看学生的成果已经出来，果实却被另一个人窃取了。

同一家研究所，"百人计划"举荐名额的竞争对手。

他没办法劝服自己相信这只是一个巧合。看清楚了张清的论文内容，他便立刻来找自己的学生求证。发表张清论文的学术期刊在来时的路上已经被老人攥成筒状，在掌心握皱了。

如果没有实质性的证据，这件事最后被压下来，他无法想象这对两个初出茅庐的年轻人来说会是多大的打击。

多少有天赋有前途的年轻学者就在遭受这样的打击后一蹶不振，只要他想，随时能找出一堆例子来。

期刊被放到两人面前的办公桌上，强自平静下来，冯教授沉声开口："翻开看看，二十三页。"

尽管已经知道其中的内容，程意意还是捡起书依言翻开，凑过去和肖庆一起看。

办公室的气压低得吓人，时间一分一秒过去，直到两人看完一遍，冯教授才压低声音问出来："多少相似度？"

"百分之三十以下，但核心论点被抄走了。"程意意把期刊放回桌上，低头轻声回答。

肖庆则看完之后便一直低着头不说话。

以为两个学生被这消息打击得回不过神来，冯教授心中虽然也是一团怒气，但还是难得放缓了声音道："你们俩的论文投出去多长时间了？"

"两个半月，"肖庆抓了抓头发，声音中带着几分无奈，"现下应该离退稿不远了。"

核心期刊从审稿至录用，至少得三个月，如今张清的论文提前刊发，自然没他俩什么事了。

"也不用这么悲观，未必就没有其他办法。"冯教授劝完，面色阴沉，神情严肃，背起手在办公桌后踱步半晌，抬头又问道，"好好想想，她是用什么机会接触到论文的，首先得找出证据。"

"我常拿资料回去宿舍整理，她就和我住在同一楼层。"程意意理了理耳后的鬓发，随后双手在身后交握，"我觉得她应该是配到了我房间的钥匙。"

冯教授刚欲开口，程意意又接着道："可惜宿舍楼道内没有监控。论文投出去之前，实验室也有人进来翻动过，拿走了一些材料。当时我和师兄找过保安科，警察也来看过，可大楼外的监控里，往来的都是内部人员，没查出什么。"

冯教授本就是直性子，这时再也忍不住，狠狠拍了拍桌子："欺世盗名，业内败类，无耻之徒！"

年纪越大，所追求的东西也就越纯粹，冯教授的眼里揉不得半点沙子，平日里肖庆和程意意处事稍有不端就要被他狠狠训斥，现在知道了张清的行径，却不能立刻找出确凿的证据，他怎能不生气。

更何况被盗走论文的是自己的学生，他一手扶持着他们成长起来，没有人比他更清楚两人的付出。

他含怒握紧了办公椅，眼睛瞪圆，额上的青筋都气得凸起。

"老师……"程意意抓住这机会，低声道出一句，"其实还有一件事……其实我之前隐隐感觉有人进过宿舍，但当时不能确定。"她不安地绞绞手，"想着图个心安，我就把常放在宿舍的那一份稍微加上了些内容，删减改动了一些实验数据……我没有想到，动过的地方她全部用了……"

程意意说得轻描淡写，其实那改动何止是稍微，从第一次在门缝里发现笔芯断裂开始，她便开始修改论文，张清看到的那一份，许多核心数据和内容根本是凭空捏造的。

张清一开始就没想过在冯教授监管下的数据会有差错，更别提程意意的高智商造假，许多地方不严格按照步骤一模一样反复做几遍实验，根本无法察觉其中的问题。

而张清没有那个时间，她得抢在两人之前把论文发出去。真正的实验数据和论文原稿一直被程意意备份在移动硬盘中，随身携带。

生物等实验科学领域是学术造假的高发区。实验科学依靠实验来得出结论，为了名利，有的科研人员难免铤而走险，修改、捏造实验数据来得到预期的结论。

学术期刊通常也只审核科研论文的新颖性和重大性，只看出示的数据能否证明结论，并不会怀疑实验数据。

学术造假的例子层出不穷，而张清这一件却是特殊的。她所在的研究所是学界内首屈一指的，她本人是"杰青"的资助获得者，还是研究所拟推荐的"百人计划"候选人。这样的人学术造假，可想而知媒体和舆论将会怎样穷追不舍地把这件事深挖到底。

那时，罚款、撤销学位、解雇、声名扫地，她将在科学界内再无立锥之地。

不用深想，冯教授就清楚了程意意这一点轻微的改动有多致命。只是这时候他也顾不得去追究程意意的举动是不是刻意的，相比两个小家伙的论文被盗窃，还是张清盗走的是造假论文更让人容易接受。

冯教授的面色严肃凛然，挥挥手示意两人先走，然后低头打起了电话。

程意意轻轻地把门带上，双手插进风衣口袋，神色轻松坦然。

"意意，还是你厉害！"肖庆朝她竖起大拇指。

倘若张清今天被定的罪名是剽窃，为了课题组、研究所的声誉，研究所多半会本着息事宁人态度的人把这件事情压下去。

被窃走成果的不过是两个博士都没毕业的小家伙，有谁会对他们感同身受，替他们强出头呢？

程意意改动论文之前，便好好思考过这个问题。

导师性子清高，恐怕孤掌难鸣。肖庆的父亲就算想帮他，一方面得顾及研究所的名声，另一方面得找出确凿的证据。

她的目的并不是让张清身败名裂，倘若张清没有先起贪欲恶念，她所做的这一切根本威胁不到她。

可既然她做了，就得承担起责任来。

程意意的举动事实上也截断了研究所的退路。

张清能够成功捏造数据，这和课题组与研究所的监管把控不严有很大关系，与其等着张清的数据造假被世人发现，成为天大的丑闻，还不如研究所先行出面，要求期刊的主编撤下论文。

只是这样一来，张清便再没有辩解的余地了。程意意走出研究所大楼，深深吸了一口气。

太阳高悬，万里无云，天空蓝得澄澈漂亮。有蝉鸣伴随着微风拂过耳畔，研究所楼前的花坛香气沁人心脾。辛苦筹谋等了几个月，程意意现在只觉得神清气爽。

这也算替 Lucky 报仇了。

想着，程意意撕开手里的面包包装袋和牛奶盒，在花坛边的长椅上坐下来。早上匆忙赶来，没来得及吃早点，此时还不到吃饭时间，食堂没开门，她只能先随便吃些垫垫肚子。

忽然手机响了一声，有新进消息。

程意意咬了一口面包，把手机按亮，见那消息是顾西泽发过来的。顾西泽从前极少使用这些社交软件，还是程意意玩他手机的时候顺手给他下载了一个。

顾西泽玩了几次，觉得还蛮有意思，从此短信的功能便被取代了。

消息里是一张动图。

顾西泽在公司顶楼的办公室，偌大的办公桌上，Lucky 趴在一堆文件上睡得正香。

Lucky 的体形比她走时大了不少，有点肥，至少程意意的口袋是装不下它了。

它还是通体雪白，两只小爪子安静地搭在一起，额头倒向一边，睡得极可爱。顾西泽伸出一根修长如玉的手指戳了戳它的额头，它却半点没有要醒来的迹象。

真不知道顾西泽是怎么把它带到公司去的。一想到 Lucky 屁颠屁颠地跟着顾西泽走进办公室的情景，她便忍不住要笑出来了。

他的员工要是发现了自家顾总其实是个隐形"猫控"会是什么表情？

程意意还没来得及收起笑意，面前便投下了一片阴影。

"笑什么？"

01

女式黑色牛津鞋在程意意跟前站定。

程意意还未抬头，面上的笑意便缓缓淡下来。

"自然是笑你。"程意意说罢，缓缓站起身，慢条斯理地把吃了一半的面包包装袋折起来，塞回口袋，这才抬头去看张清的脸。

那张脸依旧表情寡淡至极，因为长期待在实验室里而面色苍白，单眼皮微陷，面上的神情愠怒，看起来气势惊人，眼神深处却带了几分藏不住的虚张声势。

程意意嘴角重新漾起的笑意里，带了几分说不清的嘲弄，正像张清从前抛给她的那种眼神一般，既有不屑，又饱含厌恶，或许还多了几分说不清道不明的怜悯。

张清不知道那怜悯从何而来，却莫名对这目光反感至极，心中烦躁。

程意意的个子高，居高临下看人时，叫人感觉处处受压制，她那不慌不忙的模样，更让张清浑身格外不舒服。

就一会儿的工夫，张清还没被通知自己剽窃的是造假论文。

"尽管笑吧，总有你哭都哭不出来的时候。"那笑意刺进张清的眼睛里，她的面色沉下来，语气中带着几分森然。

"先别急着这么快下结论。"程意意实在懒得再和她说下去，漫不经心地卷了卷袖口，最后俯身拿起长凳上的牛奶，说道，"你既然说得那么笃定，那就好好看看最后哭不出来的人到底是谁。"

程意意的嘴角露出几分意味不明的微笑，不待张清反应，率先绕开一步，头也不回地走远了。

张清再回头，只来得及看见她扎在脑后一摇一晃的黑色马尾。

不对，程意意这样子……

她心下有些慌乱，好似有蚂蚁沿着心脏爬进四肢百骸，转身匆匆折返大楼，手机铃声就在这时猝不及防地响起来。

张清滑动屏幕接通。

"张清，你都做了些什么好事？"电话另一端，男人铺天盖地的责骂裹挟着怒气而来，一入耳，叫人连手都忍不住开始颤抖。

那是她硕博时期的导师，这些年一路扶摇直上，如今已经升任研究所二把手。

导师平日里见谁都是三分笑，只是张清心里明白，他私下里的脾气最是狠厉，在过去的几年里，她已经深深领教过。

"你是个什么东西，多大的胆子，居然敢造假论文糊弄我！"

张清发表的论文里，第一作者是她自己，第二作者便是这位从前的导师，第三作者则是研究所另外一位领导。

她的论文出了问题，这两位脱不了干系。

一听那声音，张清下意识便生出恐惧，耳朵只来得及捕捉到"造假"二字。

"不可能！"张清的声音笃定，冯教授较真严苛是所内出了名的，他监管下的论文怎么可能有错？"数据都是真实的，论文不可能有假……"

"你拿什么证明？研究所已经在写信给期刊要求撤下你的论文，你现在给我立刻公开原始数据！"

撤下论文……不然就公开原始数据去证明。

可她哪里有原始数据……

"数据有些乱，还需要好好整理，老师，你再给我点时间……一定还有其他的办法，不行我再重复一次实验，论文不可能有假！"张清说着，声音渐渐弱了，她忽地想起了程意意临走时那意味不明的微笑，心种缓缓有阴影蒙上来。

程意意的笑没有那么简单。

原本的笃定瞬息之间消散湮灭了，张清的心就在这一刻跌入了谷底。

程意意！一定是她动了手脚！

程意意故意让她抄走了作假的论文，故意让她来不及验证抢着把论文投出去。

难怪稿子投出去的几个月，她每每抽出时间重做实验，总不能得到程意意论文里的数据，一直以来，她总以为是自己的方式和手法出了错，可现在看来，这些数据从一开始就是捏造的。

这只是一个精心编制，等着她往里跳的陷阱。

可笑的是，她毫不犹豫地跳了进去。

更痛苦的是，如今就要摔得粉身碎骨。

此刻，她已经顾不得去想意意到底是怎么发现了这一切，脑海中只渐渐浮出一个念头来：她的人生完了……

"我给你两天时间整理，只要能公开原始数据，这件事就还有回旋的余地，所里那边我去斡旋。"电话另一端又传来声音，她从前的导师强压着怒气叮嘱。

那声音宛如一道催命符，张清已然听不清他在说什么，只觉得浑身被郁气和烦躁充斥得要爆炸，忽地便满心消极起来，她不知道自己哪里来的勇气，不等导师说完，一言不发径自挂断了电话。

从前的张清是不敢这样做的。就是那年，导师在她的第一篇核心论文第一作者署上自己名字的时候，她也没敢。

似乎就是从那时候开始，她想着，熬吧，熬吧，熬到她也出头的那一天。等到资历足够了，她也在别人的论文上署上自己的名字。

不劳而获的感觉太美妙，她开始渐渐理解了自己的导师。

科研行业需要承受的压力本就不一般，她身上的压力更甚，作为年轻便成了名的女性科研人，她需要不断得到成绩、发表论文来巩固晋升自己的名誉、地位。重压之下，能力难继，她只能重复当初别人对自己做过的事。

轻而易举得到一切的滋味，就如同吸食毒品一般叫人上瘾，再难戒掉。

可惜上天从不曾偏爱她，大环境如此，整个行业那么多人，偏偏被发现的就只有她！就只有她受到了不公平对待！

她想着想着，森森然笑起来，才笑了几声，眼里却又盈满了泪花。

张清消失了。

导师打来电话的当天，她便消失在了众人的视野里，手机也一直处于关机和无人接听的状态。

研究所查实数据，开会讨论过后，给张清发了邮件，给她三周的时间充分考虑和申辩，可张清没有回来。

她只回了一封简短的邮件。

开头是这样的一句话:"别再找我,怎么处理,你们看着办,我是不会再回头了。"

肖庆和程意意投出的论文终于度过了漫长的审稿期,正式被权威科学杂志刊登。

程意意的毕业答辩也借着这股东风,一鼓作气地顺利通过。

这一次,研究所特意放宽名额,肖庆和程意意,连同那位博导,三人的名字一同出现在"百人计划"的举荐名单上。

G 市的研究所算得上国内生物研究领域人才最密集的地方,其实上了研究所的推荐名单,就算是半只脚踏进"百人计划"里。

从研究所公布推荐名单那天起,程意意便着手收尾工作。

金秋十月,"百人计划"的名单经过漫长的几轮专家评审,终于出炉。

肖庆和程意意的名字赫然在列。

入选者须在名单公布之日起六个月内到岗工作,在 G 市待了两年,程意意也终于将要回到 A 市。

其实她手上的工作已经交接完成,平日里能做的,不过是偶尔帮老师的团队打打杂。老师的年纪越来越大,已经无暇分出精力去做其他琐事,只全心全意将有限的时间放在做研究上。

她和肖庆将是老师的最后一批学生。

用了两年的办公桌已经被收拾好,拧干毛巾擦了几遍,干净得像她来时一般。程意意最后给窗台上的小盆栽浇过水,同姚澜和郑宽道了别。

顾西泽的车已经在研究所的大楼下等她。

最后剩下的,便只有同导师道别了。

平日里被老师吹胡子瞪眼睛骂得狗血淋头,这会儿却只记得导师的好,程意意觉得眼睛和鼻子都酸极了。回国的两年里,她无数次庆幸自己遇到了这样好的导师,一手扶持,让她成长到今天。

尤其是在经历了张清的事情之后,程意意的感恩之情更甚。

没有人比她更清楚教授究竟教会了她多少东西,她抬手欲要敲门,嗓子里的声音却莫名发不出来。

再回头看肖庆,他也比她好不到哪里去。

肖庆待在冯教授身边的时间更长,对老师的感情只会比她更深,此刻分别在即，一个大男人，眼睛都红了。

去了A市后，不知道一年还有几次和老师见面的机会。

程意意和肖庆还在门外犹豫着，那办公室的门"吱呀"一声从里面开了，冯教授显然没料到门外有人，一抬眸，被两个学生吓了一跳："怎么不敲门，杵在这儿？"

程意意乖巧地背起手，温婉地笑起来："正打算敲呢，老师就出来了。"

"嗯。"冯教授点点头，"今天实验室里没什么需要帮忙的，你们去做自己的事就好了。"

"老师，"程意意迟疑着，轻轻唤了他一声，"我们是来道别的，今天就要回A市了。"

她前几天才同教授说过，教授大概是忘了。他的唇抿了片刻，似是回想，最后才微微点点头，叹了一口气："是我忘了。"

"毕业快乐，我为你们高兴。"他的嘴角微微翘了几分，看得出是想极力挤出亲和的笑容，可长期严肃的面部表情让他此时此刻挤出的笑容有些勉强。

程意意平日里能说许多好听讨巧的话，随便找出两句都能打破现在沉重的气氛，安抚大家的心情，可话到嘴边，这会儿全说不出来。

这个两鬓斑白的老人在说完了庆祝毕业之后，终究不忘最后谆谆叮嘱："离开研究所也要记住潜心做研究。老师没有那么功利，不要求你们有多高的名誉和地位，记住了吗？"

"记住了。"肖庆和程意意抬头齐声回道。

"虽然这是一个大部分人随波逐流的时代，可我必须要求你们做少的那一部分，守住道德和学术的底线，纵然做不到有的事情有所为，至少得做到有的事情有所不为，须得守住读书人的尊严！"

"是。"两人沉重地点头。

"还有，金钱不是衡量是否成功的标准，只要你们活得正派、有信念、有追求，做自己力所能及的事，老师就会为你们骄傲。"

"好。"

两个学生的神情凝重，眼神认真。

老人的眼睛审视过无数人，自然能辨出是真是假，瞧着他们应该都听进去了，心中终于有了几分欣慰。

好在最后一次，他带出了两个好学生。

他点了点头，轻轻挥挥手："好了，去吧。"

"老师再见。"

冯教授没有应声，依旧轻轻冲他们挥了挥手。程意意把最后的许多话咽进了腹中，和肖庆一道走出了研究所的大楼。

出了门，程意意才发现肖庆竟然哭了，眼眶里的水迹在秋日的阳光里晶莹地闪了几下。

难怪师兄刚才走得那么快。

她装作没看见的样子，直到肖庆把眼眶中的水迹擦得干干净净，才偏过头不动声色地安慰道："师兄你家就在 G 市，假期回家时还有时间常来探望，我回了 A 市，下一次再见导师，还不知是什么时候。"

也是。

话说到这儿，肖庆好歹把程意意的安抚听进去了几句，平复下心情，目光触及大楼停车位里熟悉的车，回头询问："意意，你现在就跟顾西泽回 A 市？"

"嗯。"程意意点头，"提前回 A 市，在入职之前，还有些事情要做。"

比如《天生我才》的国际 PK 赛。

参加这个比赛，程意意最初的目的其实已经达到了，她如今甚至隐隐为自己的名气负累，但任何事情都应该有始有终，这同样是当初导师告诫过他们的箴言。

世界上永远不缺乏天才，程意意一定不是其中最聪明的那个，她没办法预料国际赛的结局，然而无论成败，最终都需要她亲自执笔，为比赛画上一个圆满的句号。

"那入职后再见了。"程意意微微笑起来，眉眼弯弯，露出洁白整齐的牙齿，感染力十足，率先伸出手。

情绪低沉了许久，此刻，肖庆面上也终于漾出些许笑容，他也伸出右手，重重回握："再见。"

相聚和离别，每天都在这个世界的各个角落发生，幸运的是，相识近十年的师妹依旧会作为搭档，同他一道在科研这条漫长的大路上走下去。

02

"你和肖庆认识多久了，意意？"

"八年吧，上大学起他就是我本科的师兄了。"程意意系好安全带，抽出一瓶水，打开瓶盖喝了一口，心中有些好奇顾西泽怎么忽然明知故问。

"认识这么久了啊……"顾西泽低声重复了一句。

程意意敏感地听出些什么，拧紧瓶盖，悄悄朝顾西泽的侧脸看去。

他的黑发修得更短了一些，光洁饱满的额头毫无保留地露出来，皮肤白皙，眼眸深邃，轮廓精致硬朗，英俊逼人。然而他嘴紧抿着，不知怎的，程意意就瞧出几分不高兴来。

"西泽——"程意意声音里带着笑意，懒洋洋地拖长了调子，"你是不是在介意师兄握了我的手？"

程意意的手生得纤细好看，十指好似削葱根，握在手心分外绵软。从前上学的时候，学校举行文艺演出，程意意同另外一个男生搭档，牵着手跳完了整首曲子。

她那会儿是崇文大学的"大众女神"，牵了她的手跳舞，这事无论放在谁身上，都够吹一阵子牛了。

男生也算是学院小有名气的帅哥，曲子结束，下了台松开程意意的手，他面上还是一副意犹未尽的样子，正巧被在后台等她的顾西泽看到了。

她记得那天的顾西泽就是这样的神情，嘴紧抿着，无关紧要地说了两句话便不再开口，看起来分明一副不高兴、偏偏我就是不承认的样子。

程意意那会儿哪里明白他怎么就突然不高兴了，还仔细反省了自己最近有没有做错事情，直到一连两天顾西泽都紧紧牵着她的手陪她去上课，陪她去吃饭，陪她逛超市，程意意才隐隐悟出来。

顾西泽吃醋的方式也是这么与众不同。

刚才和肖庆握手时，比普通的礼节更重一些，大概让顾西泽瞧着不得劲了。

他千里迢迢抛开工作来接她回 A 市，贴心地在研究所大楼下等了半天，却只看见她在门口跟师兄言笑晏晏的样子。

程意意觉得换作自己也要装一肚子醋。

见顾西泽还是专心开车，不接她的话茬，程意意干脆倾过身，偏头在他的脸颊上重重啄了一下："别生气了，我家西泽哪里有这么小气。"

大概是被那句"我家西泽"安抚住了，顾西泽的面色缓和了几分，唇齿间含糊地吐出两个字："不够。"

程意意依言，又倾身吻了一下他的嘴角。

顾西泽被吻过的嘴角这才稍稍翘起些许弧度，偏偏脸孔还要强行板起来："不够。"

"差不多得了啊。"程意意的警告听起来不大有威慑力。她打开车窗，迅疾的风从耳边掠过，她低头拿了根皮筋，扎起长发，视线一时触及腿侧的纸箱。

纸箱不大，是刚才从研究所办公室拿下来的，装着一些零碎的东西。大件之前已经和宿舍的行李一起办理了托运。

程意意忽地想起什么，从纸箱的底层翻出一台去年用的旧手机，按了一会儿启动键，还有电，能开机，虽然触屏已经不太灵敏，但程意意还是顺利把相册里一堆顾西泽花边新闻的截图翻了出来。

她其实也不太清楚那时候自己是什么心态，尽管明晰而理智地告诉自己未来不能奢望，可还是会下意识地被关于顾西泽一举一动的新闻吸引住目光。

比如，今天的顾西泽和哪个女伴一同出席了宴会，今天的顾西泽和谁共进了晚餐，今天的顾西泽被哪个咖啡厅的服务员搭讪。

那些报道多半是失实的看图说话，媒体惯会编故事，程意意心里明白，可情感偏偏总要与理智背道而驰，那时候她就是忍不住焦躁，觉得硌硬。

那时明明顾西泽已经不再是她的。

程意意收回思绪，把截图翻到第一张，柔声开口："西泽，我也有一个问题。"

"什么？"顾西泽应声，缓缓踩下刹车，在路口等待绿灯。

"乐佳希是谁？模特张苗苗你也认识吗？还有这个季晴……"

程意意接连念出一堆陌生却又隐约有些印象的名字，顾西泽心中不知怎的生出不大好的预感来。

他不动声色地偏头，扫了几眼程意意的手机屏幕，心下明了了几分。

"怎么不回答？"程意意念了半天，见顾西泽还是一言不发，有些生气了。

"不认识。"

她抬起头来，正瞧见顾西泽眼神中带着茫然的模样，心下已经信了几分，但还是小心翼翼地确定了一遍："你说真的？"

"一个也不认识。"

顾西泽的语气里自始至终带着的笃定终于让程意意安下心，她笑了笑道："那我就信你。"

她埋头，口中不知低低念叨了一句什么，顾西泽只瞧见她的指尖在相册的右上角点下编辑，然后全选，删除。

她扎起的黑发纷纷扬扬被车窗外涌进的风吹起，微垂的侧脸精致又好看，皮肤柔嫩莹白，桃花眼尾上挑，眼睑微微带着天然的红晕，纤长又细密的睫毛安静地垂着，目光始终专注于手机屏幕上。

红灯的倒计时很快结束，顾西泽启动车辆的同时，轻轻唤了她一声："意意……"

"嗯？"程意意懒洋洋地应他。

"户口本带了吗？"

听到顾西泽问这个，程意意才从手机屏幕上抬起头来，眨眨眼："约好的事情，我什么时候掉过链子？"

顾西泽这才轻声笑起来。

倘若回 A 市的飞机没有延误或晚点太久，他们将在今天的太阳落山之前，正式结为合法夫妻。

不知是谁先发现了，社交平台上，程意意的主页里显示情感状况的那一栏，悄无声息地被改成了"已婚"。

程意意的社交平台主页许久没发过动态，上一条还是《天生我才》进入 PK 赛的时候，她上台前叫工作人员给自己拍了张全身照。照片中，她走在前面，编起的辫子柔顺地垂在肩上，回过头来，五官精致柔和，桃花眼的眼睑微晕，好看得要命。

配文只有两个字：加油。

这两个字简洁明晰，下面的留言已经破了十万。

没办法，谁让程意意总不发动态呢？舔屏的"颜党"们只能一遍一遍来这条动态下回复。发现程意意的情感状态栏被改成已婚之后，大家简直炸了锅。

程意意结婚的对象会是谁，他们都不用过脑子，用脚指头想也能猜到。

看来蝉联多年"国民男神"宝座的顾西泽，如今已为人夫。媒体纷纷转载报道，事情刚开始发酵的时候，有网友恰巧在伦敦拍到了牵手逛街的两人，在网上发出照片。

伦敦正下着暴雨。

那雨大概是突然来的，因为照片中的两人显然上一秒还在逛街。

顾西泽穿着黑色大衣，单手撑着伞，另一只手搂住程意意的肩。他的个子高大，伞便举得高了些，大概是怕斜着飘进来的雨将程意意打湿，那伞柄便刻意向程意意的方向倾斜。

程意意被遮得严实，他左边的肩膀却大半暴露在雨中。黑色的大衣看不出雨迹，却不难叫人知道，他身上一定被淋湿了。

拍下照片的网友在最后附文："偶遇正度蜜月的顾西泽和程意意，单身狗已被虐哭。"

程意意不是明星，除了参加那档智力竞赛节目，她平日里算得上低调至极，就连在世界顶级的科学期刊上发表了论文，也都是国外率先报道，才被国内的媒体将原文照搬过来，附带了些外国网友的评论。

亚洲人总是显小一些，外国网友的主流评论大都是怀疑程意意的年龄。

"天哪，她真的有二十五岁吗？我觉得她还是个高中生，不过看起来真漂亮！"

"她和我十三岁的妹妹看上去差不多大，像个洋娃娃。"

再往下，多是一些吹捧的评论了，毕竟世人总对那些长得好看的人格外宽容。

程意意虽是亚洲人的长相，可有时，美丽是跨越国界的。

国内网友们一致认为，在这样年轻的时候取得这样的成绩，足以证明程意意是个能潜心研究的人，天赋与努力并存，不高调，不浮躁，她的前途不可限量。

他们喜欢的并不是明星，而是一个女科学家。

如果非要再画个重点，那一定是，长得好看的女科学家。

程意意的评论区也就是从这时候开始，总比其他名人的评论区更加宽容友善。

结婚的消息被传开，网上也多是一片祝福。

从前还不能理解顾西泽眼光的网友，现在渐渐明白了，程意意拥有的不只是一张漂亮的脸蛋，美丽于她来说不过是锦上添花。她的聪明、她的沉着、她的境界，远远在这世间许多人之上，那才是她真正的财富。

顾西泽原来并不肤浅，他早已经清楚极了，他爱的不仅是一个美丽的女人。有多少人能做到像他们一般，从十来岁起，只专注于一段感情里？

两人十年的爱情长跑，早已不能轻易被别人下定义或指点评论。

程意意人虽远在伦敦，但一打开手机，便感受到了国内的热度。虽然关了微博的消息提示，可短信区还是被从前的同学同事攻占了。

她淋了雨刚洗过澡，头发擦了一半，便不耐烦地把毛巾扔到一边，专心回复起短信。还是顾西泽洗完澡出来瞧见，才捡起毛巾重新给她擦起头发。

待到那些短信一一回复完了，程意意这才打开微博。

千万条消息一瞬间涌入，差点把她的手机挤爆。

上一条两个字的微博，评论区翻到最后，还是有大批粉丝忍不住痛哭流涕，尤其是顾西泽的小粉丝。倘若顾西泽开通了微博，估计这会儿评论区的长城都被哭倒了。

别拦我，让我走：我男神怎么这么想不通！年纪轻轻就踏进了婚姻的坟墓！

明天窝就是菊苣：心碎，从校服到婚纱，女主角是别人……

夜里：不声不响地结了婚，不声不响地度蜜月，恕我不能接受！男神你回来！

程意意把评论翻到最后，乐不可支，干脆偏头躲开顾西泽手里的毛巾，将他的右手从沙发后拉到跟前，兴致勃勃地道："西泽，咱们拍一张。"

程意意一直觉得顾西泽的手是这世界上最浑然天成的艺术品。那手骨节分明，十指纤长白皙如玉，再好的画工也难以描绘。

至少此刻，她的手搭在他手上与之交叠时，确确实实感觉到了一点自惭形秽。

不过那些都不重要，重要的是——

"咔嚓"一声，程意意将两人戴在无名指上的素色铂金指环拍下。

没有配文，直接上传图片。

照片的角落，是程意意未来得及擦干的一缕俏皮的头发。

03

其实程意意并非大家所想的特地来伦敦度蜜月,她主要是来参加《天生我才》最后一轮国际赛,参加比赛的同时,顺道度蜜月。

国际赛的准备自然需要比前两轮更充分,毕竟也算是为国征战,程意意又是队长,因此不敢大意,特地提前一个星期抵达伦敦。

在节目组里睡了两三天调时差,今天顾西泽来时,她才算恢复了精神,起床化个美美的妆,同他一起出门吹风,不料刚上街,便被大雨淋了回来。

伦敦的天气真是像熊孩子阴晴不定。

电视里播着前两季国际赛的现场录制视频,程意意的头发渐干,在室内的暖气中,她又开始有些昏昏欲睡。

"西泽,昆南这会儿也在伦敦上学吧?"

迷迷糊糊中,她忽然想起来。

那天昆南从G市离开后,程意意便再没有见过他。

昆南说他要做些有意义的事情。

程意意曾经想过,他也许会回家,跟着家中的长辈学做生意,也许会做些自己喜欢做的事情。

万万没想到的是,昆南会回到学校读MBA。程意意听旁人说起时,还觉得有几分不可思议。

小霸王在中学的时候最讨厌的便是念书,想让他安安静静地在凳子上坐一会儿,比登天还难。

程意意醒着听课的时候,他还能待一小会儿跟程意意说说话,程意意要是趴在桌子上睡着了,醒来时他准已经在田径场的绿茵坪上踢球。若不是被家里压着,他多半连大学都没耐性念到毕业。

而现在,他选择了自己曾经最厌恶的一条路,只因为这条路对他来说确确实实是有意义的。

他终于也开始设计规划自己的未来,担起家中独子的责任来。

"嗯。"提起昆南,顾西泽不太情愿回答,但还是出声应了她。

自从被程意意戳破,顾西泽越来越懒于掩饰自己吃醋时的不高兴。

气压有点低，程意意的睡意都消散了几分，她抬起双手揉揉顾西泽的脸："好啦，我就是问问！"

她正要说出下一句，桌上的电脑忽然"叮咚"——进了一封邮件。

那发来邮件的地址十分眼熟。

程意意偏头仔细一想，猛然记了起来，那是希思罗机场的客服邮箱。她从前在机场官网填失物登记时，官网上的一列客服邮箱里便有这一个。

她的心轻轻跳动了两次，指尖触及笔记本的触摸屏，迟迟不敢点开。

"怎么？"顾西泽看出她的迟疑。

"那块……"程意意还有些愣神，偏头正要回答的一瞬间，指尖冷不防抖动了一下，酒店的网速极快，邮件立刻被打开了。

邮件开头便是客服的道歉，告诉她，她于 2010 年 7 月在官网填写失物登记的失物已被寻回，请她到机场的失物招领处认领。

客服的邮件里，还分享给她一则有趣的故事。

当年捡到程意意腕表的，是左手边座位上一位年迈的医生。

程意意下了飞机后走得极快，他的腿脚不大灵便，一会儿就不见了她的踪影，医生决定把腕表交到机场的失物招领处。谁知折返的时候，不慎被机场外的出租车擦伤了，当晚他住进了医院。那腕表并不贵重，但经此一耽搁，便被老人忘到了脑后。

最近他在整理旧物的时候，重新翻到了这块腕表，还发现了表盘背面刻下的人名缩写字母。印象实在太深刻，稍一回忆，老人便记起了当年坐在自己右手边、哭了十几个小时的东方姑娘。

他隐隐猜测，这块腕表里一定藏着一段令人难忘的爱情。于是，当天午后，他驱车两个小时，将腕表交给了希思罗机场的地勤。

程意意的唇瓣动了动，张口欲言，却最终什么都没有说出口。

多年前遗失在 A 市飞往希思罗机场航班上的女式腕表，就这样被寻回了，她曾经真的以为有生之年再难见到它。

人总要为自己的一时冲动付出代价，就像她当年头也不回、决绝地下了决定，事后无论跑多少次机场，填多少次失物招领，也再难将它寻回。

可人生就是这样充满戏剧性。

兜兜转转了五年，遗失的腕表终究回到了她的手里。

国际赛第一轮上台的时候，程意意重新戴上了那块老旧的腕表，同顾西泽一样戴在左手上。

其实从机场失物招领处寻回的时候，腕表已经坏了，可顾西泽拆开不知怎么捣鼓了一番，仅仅一两个小时，腕表便重新开始转动了。

程意意今天没穿节目组准备的那套昂贵的短款礼服，因为顾西泽送给了她一件更适合的战袍。

淡金色的纱裙未及地，层层叠起，V领的剪裁如同古希腊神话中女祭司的裙子，将一切想要表达的元素大胆地收在裙面那熠熠星光里。

程意意身材高挑、冷艳高贵，将礼服的美无限展露。

她的头发悉数绾起，盘在脑后，露出纤细白嫩的脖颈。程意意极少尝试浓重的妆容，然而真正化起来，比淡妆时更叫人移不开眼睛。

睫毛纤长恍若蝶翼，一抹红唇美艳惊人，她就站在舞台的正中央灯光汇聚的那一点，像极了雅典娜再临。

金发碧眼的裁判最后宣布比赛规则。

顾西泽心底渐渐觉得，这其实是一场已经能预测结局的战斗。她眼中是势在必得的笃定，她自信而强大，淡金色的金缕衣便是她的铠甲。

这一刻，没有人能够打败她。

没有人能够将她击垮。

顾西泽的位子被安排在贵宾席第一排，这个地方视野极好，能轻而易举清晰地将程意意的身形收入眼底。

他目不转睛地注视着他的妻子，视线灼灼，一寸也不舍得移开。

程意意像是忽然感受到了他的注视，微微侧身偏头，对上他的视线，俏皮地眨眨眼睛，嘴角微微翘起来。

红唇间，她整齐洁白的牙齿微露，眼睛弯弯，眼周天然的微红稍稍晕开来，撩得人心里发痒。也就是在这一瞬，台上聚光灯下的神祇重新坠入凡间，成为他的精灵。

顾西泽摇摇头，极力压下心中的翻涌，无奈地回了她一个微笑，示意她认真比赛，心中却早已不能平静。

他不知道怎样才能形容心中瞬息之间涌起的那一股澎湃的感动。

她是他的妻子，将要陪他走过百年的人。

他将分享她未来人生里的每一次喜悦、每一次感动、每一次神伤、每一次哭泣。

他能伸手将她揽入怀中，哄她，安抚她，也能站在原地，注视着她逐渐成长。

他将永远爱她，保护她，直至死亡将他与她分开。

顾西泽的神情渐渐悠远起来，他忽地想起了从前在书里见过的一句话：人生下来的时候都只有一半，为了找到另一半而在人世间行走。有的人幸运，很快便找到了；而有的人，却要寻找一辈子。

他是如此幸运，在他还是青葱少年的时候，便寻觅到了这个将要与他共度一生的人。

即使中间历尽坎坷与曲折，可他清楚地知道，无论绕了多远的路，他们终究会牵着手，回归想要走的这一条路。

不管需要付出多少代价，不管使用什么方法，他知道他的心从未偏移。就从那年盛夏，在高三教室的走廊上，程意意大着胆子踮脚吻上他的那一秒开始。

那天的晨光格外和煦明媚，她光洁白皙的侧脸上细小的汗毛清晰可见。她的眼睛里盛满了紧张，他甚至注意到了她因为不安而握紧的小拳头。她是那样可爱。以至于，他此生心里、眼里都被种下一种名叫程意意的魔咒。

他从未告诉过她，唇瓣相接的那一刻，他的心跳也许比她还要快。

"教授，有您电话。"

助手在实验室门口探头，敲了两下门，声音放得很轻。她本不敢打扰程意意，但电话在办公室接连响了好几遍，对方看起来挺着急的样子，怕教授错过什么要紧事，她才大着胆子来实验室说一声。

程教授并不是那种严苛古板的BOSS，相反地，她年轻漂亮，为人温柔和煦，甚至与大家年纪相仿，即便这样，实验室里也无人敢在她面前造次。

作为一位高产的青年科学家，她的实验室永远是紧张与忙碌的，对实验精益求精，对数据要求苛刻。她从不发脾气，但她永远有办法感染任何人，将散漫与大意视作一种罪过。

"好，我知道了。"

程意意应着她，却并没有立刻抬头。直到将用过的培养皿放入清水中浸泡，执笔在册子上逐项记录完毕，她这才起身，接过手机。

"谢谢。"

她微笑着颔首示意，发梢别至耳后，眼睛温柔明亮，唇角的弧度极有亲和力。即使相处的时间已经够长了，女助手还是忍不住觉得受宠若惊，红着脸欠身回了个礼。

真是好看啊……她心底轻轻叹出一口气：别了，教授。她转身往回走，行至走廊时，忽地想起什么，从大褂口袋里掏出手机，按亮。

界面上果然还是昨晚睡前她正浏览的图册，最上面那张，是程意意博士时期参加脑力竞技节目的比赛截图。

那是在伦敦赛场，最后一战结束，程意意被队友簇拥在正中，淡金色礼服像极了古希腊神话中女祭司的袍子，她眼神饱含智慧，纯粹而坚定。

众人一起举起了冠军奖杯，神情飞扬，笑容灿烂。

即使那档节目曾十分火爆，始终时隔太久，大多数人早已连赛制都记不清楚，更别提当年那些天才选手，可唯有一个人成为了例外——

程意意。

那是那档脑力竞技节目的最后一季，也是程意意最后一次高调出现在电视荧幕上。再之后，她回归实验室，从此深居简出。

可没有人会忘记她的名字。

她率领的团队不断攀登于最富挑战的领域，每每获得新的荣誉，总有主流媒体用大幅的版面宣传报道，不断提起——

国际青年科学家，生物科学之星，崇文大学教授……

三十来岁，还很年轻，可她似乎就这样站在了学界上层，同龄人无法企及的云端之上。

女助手关掉图册，把手机放回口袋，心中的豪情涌上心头。

这些图片，其实她看过许多次，但每一次再看，总能激励自己，她没有理由以年轻为借口松懈。

已经过了饭点，程意意拿到手机不到片刻，铃声便又响起来。

是个陌生号码，连着给她打了这么多电话，不知道什么事。程意意脱了白大褂，接通电话。

"喂？"

那端半晌没人说话，听筒中有汽车往来的背景音，听起来像在马路边。她皱了皱眉，正打算挂断去吃饭，那边有小孩哭啼啼地唤了一声。

"妈妈……"

小女孩的声音可怜又委屈。

程意意一怔，这是她小孩的声音没错，可这个时间，她应该舒舒服服地躺在幼儿园的小床上睡午觉。

"宝贝，你在哪儿？"

"我在……"顾子缇环视四下一圈，惊喜地发现了一块路牌，"我在广……"

"广……"程意意重复了一遍，还是疑惑。

"喂，"顾子缇盖住话筒，压低声音，戳了一下男孩的小臂，"你知道那个字念什么吗？"

"不认识。"男孩不看路牌，专心拿着树枝在逗地上爬过的蚂蚁。

"哼，带你出来有什么用！"顾子缇生着气回头，"多认识几个字有什么好神气的，不教就算了。"

她松开话筒，继续跟程意意讲话："妈妈，我的朋友带我从幼儿园的侧门出来玩，我们迷路了，经过了三条马路、三家蛋糕店、一家玩具城……我的小电话手表没电了，我把表给了卖西瓜的叔叔，叔叔的手机借我打电话……"

顾子缇挂了电话，把手机递还。

她眯起眼睛，清脆地道了一声："谢谢叔叔。"

男人无奈地把西瓜刀放回案几上，用抹布擦干净手，说："算了，来来来，你的手表还给你。"

"我已经送给叔叔了，这怎么好意思呢。"

顾子缇背着手，稍微推拒两次，便把手表接了回来。

这一声叫得更甜了："谢谢叔叔。"

说罢，她埋头继续用勺子哼哧哼哧挖起了西瓜。

那西瓜比她的小脑袋瓜还要大，真不知道她哪来这么好的胃口。

小人精，明明就是她非要用手表换西瓜吃，她没说错，可这么一表述，整得好像他一个大男人贪小孩儿便宜似的。

不还能行吗？

程意意赶到时，两个年纪加起来八岁不到的小家伙正并排蹲在树荫下，戴着黄色安全帽，穿的都是幼儿园的夏季制服——背带短裤，露出藕节般白生生的四肢，正用树枝逗蚂蚁玩。

真是令人好气又好笑。

他们还不知道，幼儿园里这会儿被他们搅得天翻地覆，老师们大概已经因为两个离园出走的小家伙急哭了。

打完电话通知老师，程意意给他们一人买了一支甜筒，才把他们从树荫下哄回来，坐上长椅。

程意意语重心长地教育了好久，最后叮嘱："以后不准再乱跑了，知道吗？"

男孩咬了一口甜筒，乖巧地点头："知道了，阿姨。"

程意意的目光移向顾子缇，她却不高兴地哼了一声，别过头，不肯答应。

程意意就一个女儿，半句重话也未曾说过，平日里把她捧在手心养，这会儿自然不如顾西泽的严父形象有威慑力。被顾子缇哼了一声，她也不生气，拿过女儿手里的甜筒，好声说道："缇缇，你告诉妈妈，为什么要从园里跑出来？"

像是问到了点子上，顾子缇停止晃荡小皮鞋，大眼睛一红，嘴巴一撇："我不想上学，爸爸非要让我上学，每天上每天上，真讨厌。"

"那你为什么不想上学？"

"老师今天问我，小桃仁是在谁的帮助下变成了小桃树，我说农民伯伯。她又问我小桃仁的心情怎么样……妈妈，你说无不无聊？每天就会问这些书上早就写清楚的幼稚的问题，我的同桌还是个鼻涕虫，整天缠着我跟她玩雪花片，我不玩，她就把我堆好的马车拆了……整个幼儿园没有人懂我……"她越说越委屈，鼻子一酸，就要哭出来。

程意意赶紧把甜筒塞回她手里。

"好，你反映的问题妈妈知道了，妈妈会跟爸爸商量的，试着让你去上大班。"

"真的吗？"

"但你得答应妈妈，以后有事要回家跟爸爸妈妈商量，不准再随便乱跑了。"

"不会再乱跑了。"顾子缇乖巧地坐正，点点头，"那我能跟于杭一个班吗？"

于杭，就是她身边的那个小男孩，眉清目秀，性格安静。

两人不知道什么时候认识的，小班和大班隔层楼，他们居然也能玩到一块，今天还一起跑出来了……

"好。"

"那我们说好了哦，要拉钩钩，妈妈。"顾子缇仰着脸提醒。

程意意伸出小手指，突然觉得有点儿对不住人家的父母。

终于得到承诺，顾子缇满意地从长椅上跳下来，舔着甜筒跟妈妈回幼儿园。

顾子缇人生中的第一次徒步远行，带着一个不听话的拖油瓶，穿过了三条马路，数了两拨蚂蚁，吃了半个脸盆大的西瓜，经历了一场谈判，最后在妈妈的甜筒里结束了。

01 强夫的刘海

开学第一天。

顾子缇的小手摸了摸额头的刘海，几番犹豫，最后踮脚把剪刀塞回了柜子最高层。

好像不能再短了……

"天哪，缇缇，你怎么把头发剪成这样了？"

她才站稳，便听身后来叫她起床的奶奶一声惊呼。

刚上一年级的孙女整合遗传了爸妈的好基因，平日里带出门，谁不夸一声小仙女，可现在……

顾子缇觉得自尊心被奶奶的目光深深刺伤了，气呼呼地转身瞧镜子。然而只看了一眼，她便飞也似的抬起双手，捂上额头，再不肯放开。

她记得自己分明只动了五刀，额前的长发就被剪得七零八落，在空中一晃一晃，像极了《哆啦A梦》里那个讨人厌的强夫。

不！这不是她！

她怎么可能会被自己丑哭呢？

"挺可爱的。"瞧着大孙女的眼睛都红了，顾母只能强行哄道，"乖，另外一种风格嘛。"

顾子缇才不信这些："奶奶，今天我能请假吗？"

"可是今天开学呀。"顾母强忍着笑意。

就这样去上学，一定会被新同学嘲笑的。

她小班时期的同桌"鼻涕虫"就是因为开学第一天哭得满脸鼻涕，被同学们叫了三年的"鼻涕虫"！那太可怕了！她璀璨的人生怎能留下这样的污点？！

"奶奶，您帮我给老师打个电话，就说我生病了，爸爸已经去公司了，他一定不会发现的……"顾子缇跳起来抱着奶奶的手臂撒娇，"我下次陪您去王奶奶、李奶奶、陈奶奶、徐奶奶家串门。"

"那……那怎么行呢？"

顾子缇咬牙道："就穿那条巨幼稚的公主裙去！"

"这……"顾母继续迟疑着。

"再带上我一百分的卷子！"

"可是——"

"广场舞也陪您跳，打麻将的时候也帮您。"顾子缇屈辱地闭上了眼睛。

"成交！"顾母哼着小曲拿起了座机话筒。顾子缇的请假计划还是流产了。原因无他，于杭那个多事精没在报名的同学里看见她，于是给程意意阿姨打了个电话，非要在放学后前来探望。顾子缇最后是被爸爸拎着背上的书包塞上车的。

"爸爸！你不能这样，我有人身自由！"

"每天上学是小学生的基本义务。"顾西泽垂眸锁车门，沉声吩咐司机开车。

"可我今天就是不想去上学！"她气急了就站上后排的椅子，"我已经连续四百三十三天没请过假了，难道就连休假一天的权利也没有吗？"话音刚落，车子就颠簸起来，顾子缇一个趔趄，差点从椅子上栽倒，眼看就要脸着地——顾西泽拦腰将女儿抱下来，待她坐稳，将她参差不齐的刘海用一枚红色的回形针别好。

"我已经连续当了你两千四百天的爸爸，一天也没请过假。"顾子缇摔倒之前攥紧了手，发誓就要在今天推翻爸爸的暴政，可听到这句话时，小拳头却不自觉地在裙子上摩擦两下，松开了。

好吧。顾子缇抿嘴，心中叹了一口气，摸了摸额头的回形针。

就看在回形针的面子上。

02 书包不见了

"爸爸……我……我的书包不见了，怎么办？"顾子缇上气不接下气地哭着跑到厨房门口。"哦。"顾西泽头也不回，倒出平底锅里煎好的荷包蛋。

"爸爸，我说我书包不见了。"

半晌没得到想象中的回应，她透过擦眼泪的手指缝，试图看清楚爸爸面上的神情。

"是吗？那书包会去哪儿了呢？"顾西泽顺着她的话问道。

"我也不知道，昨天晚上写完了作业，我就把它放在书房的桌子上，今早去看就没有了……"

"确定是放在书桌上，不是别的地方吗？"顾西泽的声音听起来很平和，没有生气的迹象，"我记得妈妈在九点钟提醒你不能再看动画片了，但你还是又看了半小时。按照昨晚的作业量，你写完作业应该是十一点半。"他停了一下，又说，"写到十一点半，你会把书包放在哪儿呢？爸爸一会儿帮你找一找吧。"

这温柔，不同寻常地可怕……顾子缇身上寒毛直竖。

待到爸爸端着荷包蛋回头，四目相对，顾子缇终于意识到一件事——

这是暴风雨前的宁静！

她提着一颗忐忑的心，回头看向餐桌前端坐的程意意，视线交叠间，她明白了另一件事——

妈妈也帮不了她。

最终，顾子缇绝望地立正闭眼。

"爸爸妈妈，对不起，我错了。

"我的书包没有丢，压在我衣帽间的毯子下面。

"我撒谎的原因是昨天沉迷于看动画片，没有把作业写完就睡着了。

"我很害怕，因为我们老师会把没写完作业的人叫到讲台上念检讨，很丢脸。

"但比起撒谎，我更不应该逃避责任。"她竖起三根手指发誓，"我以后会把作业写完再进行娱乐活动，如果没有遵守，就让我的个子变矮，头发掉光。"

顾西泽对这个毒誓很满意，点点头，把装荷包蛋的盘子递到她手里。

"吃完就去上学吧。"

顾子缇从那天起再也不爱吃荷包蛋了。

03 我爱爸爸

顾子缇这天早早上床睡了，顾西泽帮她关灯时，忽然发现了桌子上摊开的日记本。

他本来无意窥探女儿的隐私，只是路过时，刚巧看到了"爸爸"这两个字。

年近四十的老父亲顾西泽终究没有按捺住自己的好奇心，走近两步。

"今天是妈妈出差的第三天，可能是因为早上吃了鸡蛋，肚子不舒服，脑袋也昏沉沉的，一整天都很难受。

"出门时，爸爸帮我扎了一个丑丑的马尾，把我送到了学校。虽然被同学们嘲笑了一整天，可是我明白，这对爸爸来说已经很不容易了。他只是希望我每天都坚持上学，养成持之以恒的习惯。

"我爱爸爸，希望明天早上肚子能好一点，不过就算还是很难受，我也会坚持去上学的。"

顾西泽瞧着女儿的睡颜，只觉得心都要融化了。

那张小脸与程意意仿佛一个模子里刻出来的，性子也和程意意小时候像极了。

他在她额头上轻轻吻了一下，掖好被角，关了灯，走出卧室。

次日，顾子缇头一回在上学日睡到十点整，请了整个学生生涯唯一的一次病假。

《顾盼倾心》
作者 / 小红杏
4月温暖上市

清冷总裁 vs 刺猬少女

继《顾意知几许》后
人气作者小红杏
甜 宠 养 成 文

内容简介:

汾乔告白,索吻,顾衍都可以坐怀不乱地拒绝,
可当汾乔和别的男生亲近,顾衍彻底坐不住了。
"乔乔,你年纪还小,遇到喜欢的也该多挑挑。"
"那我挑你,行么?"

暖心片段:

汾乔走到教学楼楼下的时候,考试结束的铃声刚刚响起来。考生们陆陆续续从考场中出来,飞奔向附中门外等候的父母而去。汾乔被挤得胸闷气短,脸色也发红,好不容易挤了进去,却不知谁退了几步,一头撞在她肩上,她重心不稳,倒头就向地面栽去。

汾乔什么也没来得及抓住,只能暗叫一声倒霉,绝望地闭眼。

"怎么总爱摔跤?"声音低沉,含了一丝无奈,在嘈杂的千万声音里,汾乔的耳朵准确捕捉到了那一句,同时,一只手揽住她的腰,稳稳地把她托了起来。

"顾衍……"汾乔怎么也没想到顾衍居然会在考场外。

"抓紧我的手。"顾衍没有答她,而是一手握住汾乔的手,带着她往外走。拥挤的人群中,顾衍替她开出了一条路,空气中的氧气都似乎充足起来。

她悄悄抬头注视前方高大的背影,内心深处不知怎么突然有了些许的安全感。汾乔加快脚步,紧紧跟上顾衍的步伐,握住顾衍的手不自觉加重了手上的力道。

上车不久,顾衍发现了汾乔的脸色有些白。她窝在座椅里就仿佛整个人都陷下去了。闭着眼,长长的睫毛垂了下来,像极了两把小扇子,如果不是紧蹙着眉头,她看起来就像是个精致的洋娃娃。

顾衍的心一软,倾身抚摸汾乔的发顶,询问的声音也难得柔和了几分:"头疼?"

汾乔睁眼,眼神是隐忍的,头大概是疼极了,眼里还氤氲着几分水汽,猝不及防对上顾衍的视线,她连忙偏头看向窗外。

"躺过来。"

什么?汾乔不解地看向顾衍。

顾衍一声轻叹,把手中的文件夹放在一边,扶着汾乔的肩膀,让她轻轻躺在自己的腿上。

"闭眼。"

那声音仿佛有魔力,汾乔依言乖乖闭上眼睛。顾衍的手指穿梭在她的黑发间,缓缓按摩,那力道有些重,却刚好缓解汾乔几乎要命的头疼。不知过了多久,感觉到汾乔的身体渐渐放松下来,顾衍才放轻了手上的力道。

"好些了吗?"

没人答应,顾衍低头,才发现汾乔已经睡着了。